KB061616

COINCIDE

"그럼, 죽 이곳에서 근무하셨다는 거군요."

"네, 그렇죠. 제가 교도관이 되고 바로, 이 교도소에 오게 되었습니다. 당시 저는 모든 것이 막막하기만 한 신출내기였어요. 낯설고 어색했지만 적응하려고 열심이었습니다. 그러던 중에 그가 이 교도소에 수감되었던 겁니다."

그들은 독고설기 교도소장의 사무실에 모여 있었다. 그곳은 좀 낡아 보였으나 깔끔한 느낌이 들어 주인처럼 말쑥한 분위기였다.

"……아, 인사가 늦었군요. 조사를 시작했어도 막히는 부분이 많았는데. 마침 연락을 주셔서 적잖이 놀라웠습니다. 그동안 어떤 취재 요청에도 침묵하셨다고 들었는데, 선뜻 저희에게 도움을 주신다니 감사할 따름입니다."

장용빈 의원은 어색하게 웃으며 상석에 앉은 독고설기 교도소장을 보았는데, 그는 조금 웃기만 하고서 자신의 손을 만지작거렸다. 아무래도 그 사무실에 앉아 있는 사람은 모두 긴장을 한 모양이었다. 장용빈 의원의 맞은편에 앉은 공수겸 보좌관마저 얼어있는 모습을 보면 그랬다.

"천만에 말씀입니다. 제가 아는 것이 적다 보니 말할 필요성을 못 느꼈을 뿐이죠. 늦었지만 조금이라도 도움이 된다면, 그걸로 족합니다."

독고설기 교도소장의 실제 나이가 어떨지 몰라도, 그보다 더 젊어 보였다. 그래서 처음 복도에서 봤을 때는 눈치채지 못하고 있다, 가까이에 왔을 때 비로소 그를 알아본 것인지도 몰랐다.

"아무튼, 오늘 해 주시는 말씀이 저희에게 소중한 정보가 될 겁니다. 사실 기사에 나왔던 다른 사람들의 얘기는…… 신빙성이 낮아 보였거든요. 실제로 교도소장님이 기억하시는 '구승희' 씨는 어땠습니까?"

아까 허설에 덴 탓에 장용빈 의원은 못내 조급한 태도를 보였다. 옆에서 그 모습을 본 공수겸 보좌관은 그에게서 서두른다는 인상을 받았지만, 자신도 독고설기 교도소장에 대한 기대가 컸으므로 구태여 그를 저지하지 않았다.

"제가 먼저 연락을 드렸고, 두 분께서 여기까지 오셨으니 말씀드릴 겁니다. 다만…… 기대가 크신 것 같아, 제가 드리는 말씀이 그에 미치지 못할까 봐 그게 걱정이군요."

"이거…… 민망하군요. 하지만 맞는 말씀입니다. 교도소장님께 기대가 큰 것이 사실이지만, 저희가 만족하거나 실망을 한 대도 신경 쓰지 마시고 말씀해 주시기 바랍니다."

"결과가 어떻더라도, 약속을 했으니 말씀드릴 겁니다. 하지만 그전에……."

눈앞에서 장용빈 의원이 기세 좋게 큰소리를 치는 와중에도, 독고설기 교도소장은 뭔가가 마음에 걸리는 모양이었다. 자꾸만 두 손님의 눈을 피해 생각에 잠기던 그는 마침내 장용빈 의원을 보며 입을 열었다.

"뜸을 들이는 것 같지만, 제가 질문을 드려도 되겠습니까?"

"……물론입니다! 얼마든지 하셔도 됩니다."

무언가 골똘히 생각하던 독고설기 교도소장은 장용빈 의원과 공수 겸 보좌관을 번갈아 보더니, 이윽고 주먹을 쥐고는 말했다.

"제가 정치에 훤하지는 않습니다만…… 의원님의 명성은 익히 들었습니다. 대다수의 분들과는 조금 다른 행보를 보이시더군요. 재조명이랍시고 수박 겉 핥기만 하는 '그 사건'을 조사하신다는 것도 말입니다."

진지한 기운이 말속에 딱딱히 스며들어 뭐라고 끼어들 틈이 안 보였기에, 흡사 그에게 야단을 맞는 느낌이 들었다.

"명민하신 분이니 이번에도 분명 좋은 결과를 이끌어 내실 겁니다. 다만, 왜 그런 일에 의원님이 뛰어드신 건지 잘 이해가 가지 않아서 말입니다. 저는…… 이번 일에 대한 취지가 무엇인지 궁금합니다. 만약 단순한 호기심이시라면…….."

말끝을 흐린 그의 표정이 희미하게 굳어 있었다. 때문에 밝을 줄 알았던 그들의 분위기는 한순간에 가라앉아 버렸다.

"……."

"뭐…… 그렇게 생각하실 수 있죠. 요즘 '구승희 사건'을 재점화한다고 하지만, 막상 들여다보면 내용이 다 거기서 거기더라고요. 그래도 참고할 겸, 일을 삼아서 보게 되었는데 좀 실망스럽기도 했습니다. 저희가 그런데 교도소장님께서는 오죽하셨겠습니까?"

시선을 아래로 둔 장용빈 의원은 눈을 감고 생각에 잠겼다. 예상치 못한 상황에 부딪혀 당황한 그였으나, 애써 침착히 마음을 가라앉히려 노력했다. 곧 눈을 뜬 그는 독고설기 교도소장을 마주 보며 차분하게 말하기 시작했다.

"저는 그냥…… '구승희 사건'에 대해 보태거나 빠짐없이, 있는 그대로를 알고 싶습니다. 그에 대해 안다고 하는 사람들은…… 너무 한쪽으로 치우친 시선을 가졌더군요. 그런데 저희는 단순히 호기심을 해소하기 위해 이러는 게 아닙니다. 처음에는 흥미를 느낀 게 사실이지만, 들여다볼수록 무언가 어긋난 인상을 받았습니다. 그것을 풀고, 그 안에 있는 진실을 알아내고자 하는 것이 저희의 취지입니다. 그는 제 또래지만, 저는 그 당시 사건에 대해서는 알지 못했습니다. 그래서 최근의 소식이 더 충격적으로 다가왔고 이제는 '구승희 사건'에 대해서 제대로 알고 싶은 것, 그뿐입니다."

장용빈 의원은 한껏 진지한 모습으로 독고설기 교도소장을 향한 설득의 말을 풀어놓았다. 그가 말을 마치자 독고설기 교도소장은 잠시 이마를 가볍게 긁적였다.

"난감하군요. 저는 그냥 가벼운 마음으로 드린 질문이었는데, 그렇게 진지하게 대답하실 줄은 몰랐습니다. 제가 부담을 드린 것 같네요."

"아닙니다. 당연히 말씀드려야죠."

"그럼 이만 각설하고, 제가 기억하는 그때의 일을 말씀드리죠."

독고설기 교도소장은 손바닥을 비비며 한숨을 깊게 쉬었다.

"막상 말하려니 좀 가물가물하네요…… 이십 년 전, 그때 저는 신참 교도관이었죠. 모든 게 처음인 탓에 힘들었지만, 더 물러설 데도 없어서 그냥 버티고 있었어요. 그리고 그가 이곳에 오게 되었습니다. 함께 수감된 다른 재소자들 중에서도 유독 눈에 띄었었죠."

그는 기억을 더듬느라 눈가를 조금 찌푸렸는데, 주먹을 수시로 쥐었다가 펴는 모습이 아직도 긴장되는 모양이었다.

"어려 보이기도 했지만…… 그는 몰골이 말이 아니었습니다. 마른 것보다 분위기가…… 그의 모습은, 지금까지 제가 본 어느 재소자보다 엉망이었습니다. 그때는 아무래도 제가 신참이다 보니 그러려니 했었는데 지금은…… 뭐라고 할까. 아무튼 누구라도 가까이 하고 싶지 않은 그런 모습이었어요. 스스로도 비참해하는 게 눈에 보였고, 다른 사람들로부터 단절하려고 들었죠. 안 그래도 쓰러질 것 같은 몰골을 했으면서, 밥도 잘 먹지 않아서 여간 골치가 아니었습니다."

말을 마친 독고설기 교도소장은 자신을 보는 장용빈 의원을 마주 보았다.

"그가 수감되었을 때 모습이 어땠다는 거죠? 어두웠다는 건가요, 아니면 거친…… 그런?"

"아, 어둡기는 했지만 거친 느낌은 아니었는데…… 제가 설명이 부족했습니다. 그에게는 그런 분위기가 없었습니다. 그러니까 언론에서 알려준 것처럼, 범죄형의 인간과는 거리가 멀었다는 거죠. 어찌 된 일인지 '구승희'하면 다들 그렇고 그런 그림을 떠올리는데, 참 이상한 일입니다."

"……그럼 **그**는 여기서 수감되었던 동안 아무하고도 어울리지 않았다는 말입니까?"

줄곧 숨죽이고 있던 공수겸 보좌관이 참으로 느닷없이 질문하는 통에, 장용빈 의원은 흠칫 놀라 그를 돌아보았다.

"제가 기억하기로는…… 그랬던 것 같습니다. 항상 말도 없이 조용했거든요. **그**가 수감된 이유가 퍼진 후로, 다른 재소자들도 그를 가엽게 여긴 탓인지 달리 시비도 걸지 않았습니다."

"수감된 이유가…… 누구랑 도둑질하다가 혼자 잡혔다는 게 사실인가요? 아까, 듣기도 했지만 자료에도 대강 나온 터라 잘 몰라서 말입니다."

장용빈 의원은 조금이라도 더 잘 듣기 위해 귀를 쫑긋 세웠다.

"저도 자세히는 모릅니다만, 무슨 사정이 있어서 돈이 필요했다더군요. 그런데 형편이 어려워서 어쩔 수 없이 아는 사람과 강도질을 벌인 거라고요. 결국은 안 좋게 풀리는 바람에…… 혼자만 잡히고 죄도혼자 다 뒤집어쓰게 되었다고 들었습니다."

"네…… 그랬군요."

독고설기 교도소장의 눈에 맥연히 감돈 쓸쓸한 빛은 어느덧 처음보다 가라앉아 있었다.

"그때 저는 안 된 마음보다, **그**가 밥을 거르고 비틀거리는 게 걸렸었죠. 그러다가 잘못되기라도 한다면 여럿이 피해를 입을 것 같았거든요."

그는 그 말을 하고 인상을 쓴 채 고개를 흔들었는데, 말은 안 했어도 후회하고 있다는 뜻으로 보였다.

"그런데 어느 날부터인가, 그가 밥을 먹고 기운을 차리는 것 같았어요. 그 이유가 궁금하기보다는 다행이라는 생각이 들었습니다. 그래도 여전히 조용했고, 누구와도 어울리려고 하지 않았지만…… 일단 그것만으로도 안심이 되었습니다. 그의 안색도 점점 정상적으로 돌아왔고 행동도 무난했기 때문에 모두 안심하는 분위기였습니다."

독고설기 교도소장이 고개를 천천히 숙이니, 장용빈 의원과 공수겸 보좌관은 서로를 쳐다보기만 했다. 그들은 독고설기 교도소장이 스스로 말을 이을 때까지 기다리기로 했다.

"그때…… 어수선했거든요. 재소자들끼리 걸핏하면 시비가 붙었고, 유혈이 난무할 정도로 순식간에 아수라장이 되고는 했죠. 그런 소동이 얼마나 빈번했는지 모릅니다. 사실 그들만 탓할 수도 없는 게, 당시에 더위가 심했었거든요. 하도 더우니까 재소자뿐만 아니라, 다른 교도관들도 무척 힘들어 했었죠. 아무튼 그의 상태가 나아져서 반가웠는데…… 저를 포함한 많은 교도관들은 큰 불만 보느라, 다른 데에는 완전히 방심한 상태였어요."

얼굴을 쓸어내린 독고설기 교도소장은 한동안 말이 없었다.

"하필이면 그런 때…… 재소자들도 잠잠해지고, 비로소 한숨을 돌릴 수 있었는데. 갑자기 벌어진 일이었어요. 우리…… 교도관들이 모여 꿀맛 같은 휴식을 취하고 난 다음, 나중에 재소자들을 헤아려 보니 그가 없더군요. 처음에는 별일 아니라고 생각해서 저와 동료들이 그를 찾아다녔죠. 그는 평소에 말이 없었을 뿐, 특별히 불량하지도 않았거든요. 더구나 건강을 회복하면서 모범적인 모습을 보였기 때문에 아무도 그를 의심하지 않았어요."

장용빈 의원은 독고설기 교도소장의 말을 주의 깊게 듣느라 미동도 하지 않고 귀를 기울이고 있었다. 그 옆에 앉은 공수겸 보좌관은 이따금 갸우뚱거리며 수첩에 뭔가를 적었다.

"하지만 끝내, 그의 흔적을 찾지 못한 저와 동료들은 그제야 상황이 심각하다는 것을 알아차리게 되었죠. 위에 상황을 보고하고, 곧바로 수색에 나섰습니다. 샅샅이, 정말 샅샅이 뒤졌음에도 나오는 건 없었습니다. 해도 해도 달라지는 게 없으니, 시간이 지날수록 여기저기서 난리였어요! 이를 안 언론에서는 경쟁하듯이 동시다발적으로 기사를 내보냈고, 그를 접한 대중은 소리 높여 우리를 비난했고, 위에서는 책망과 함께 불호령이 떨어져서 도저히 정신을 차릴 수가 없었죠…… 교도소에서는 여전히 모두가 그의 흔적을 찾고 있었는데, 날씨는 덥고 같은 데를 여러 번 수색해 봐도 깨끗하니 짜증이 날 수밖에 없었어요. 하지만 그러면서도 저와 동료들은 한 가지만큼은 확실히 알고 있었죠. 모두들…… 구승희 씨가 탈옥할 사람이 아니라는 걸 말입니다."

'……'

"그렇게 모두 지쳐서 나자빠지려는데…… 그게 발견된 겁니다. 속초에서……."

다시 침묵이 찾아옴과 동시에, 독고설기 교도소장의 안색은 점점 어두워졌다.

"그 소식을 듣고 저는 놀라움보다…… 황당했습니다. 당시 동료들의 반응도 그랬었는데, 도무지 받아들이기가 힘들더군요. 그전까지 저희는 모두 '실종' 쪽으로 기울어 있었는데 정말, 짐작도 못한 일의 연속이었습니다. 전후곡절이 어떻게 되었든, 사람들은 이미 구승희 씨를 희대의 탈옥수쯤으로 여기고 있었어요. 언론에서는…… 그에 못지않게 자극적인 방향으로 사건을 바라봤고. 뭐, 주변 사람의 증언이라면서…… 말입니다."

"저희도 자료들을 찾다 보니까, 대부분에서 그런 느낌을 좀 받았습니다."

독고설기 교도소장의 말을 듣던 중, 장용빈 의원이 조심스럽게 맞장구를 쳤다. 말을 해 놓고 보니 괜스레 눈치가 보인 그였지만, 독고설기 교도소장은 그저 끄덕일 뿐이었다.

"정말 그랬어요. 거기에 열광하는 사람들이라니…… 아무튼 기자들은 이곳, 교도소에 들이닥쳤는데. 구승희 씨에 관한 것이라면 무엇이든지 캐내겠다는 분위기를 마구 풍겼죠! 일단 재소자들에게 접근하면, 어떻게든 원하는 걸 얻으려고 애를 썼어요. 그래서…… 마영희에게 된통 당한 기자도 많았습니다."

잊고 있었던 마영희에 대한 말이 나오자, 장용빈 의원과 공수겸 보좌관은 당황스러워 몸 둘 바를 모르게 되었다. 자신을 찾아온 손님들이 보이는 반응에 재미를 느낀 독고설기 교도소장은 잠시 무거운 분위기를 덜어내고서 키득거렸다.

"……교도소장님은 어떻게 그들을 피하신 거죠?"

머뭇거리던 장용빈 의원이 질문했다.

"저는…… 당시에 신출내기여서 기자들이 원하는 걸 줄 수가 없었거든요. 제게는 특별한 정보도 없었지만 그들이 찾는 것은 오직, 구미가 당기는 정보를 안겨줄 누군가였기 때문에…… 그러니 저 같은 게 눈에 들어올 리가 없죠. 저 역시 그런 건 달갑지 않아서 말입니다."

"그래서 지금까지 아무에게도 말씀하지 않으셨군요?"

"그렇다고 봐야겠죠. 당시에 어찌나 난리였는지 가족은 물론이고 친구들도 저한테 질문을 퍼붓더군요. 심지어 일면식도 없는 사람들까지 제게 꼬치꼬치 캐묻는 경우가 허다했습니다."

독고설기 교도소장은 오래 전을 회상하며 가끔 불편한 내색을 했다.

"아무튼 그때 구승희 씨의 수의가 발견되고…… 많은 게 달라졌습니다. 솔직히 말씀드리면 사람들의 반응에 놀라기는 했어도, 마음은 편해지더군요. 비록 저희가 방심한 것이 사실이지만, 감쪽같이 사라지고는 그렇게 대놓고 수의를 발견하게 만들다니…… 사람들은 더 이상 저희가 아닌, 구승희 씨에게 관심을 집중하고 말았어요! 그때야 비로소 마음을 짓누르던 짐이 덜어지는 것 같았습니다! 저는 다른 건 외면한 채, 그저 제 일만 생각하게 되었는데…… 그때 왜 그렇게 이기적이었는지 모르겠습니다. 저를 포함한 동료 모두는 어느새 구승희 씨가 탈옥했다는 걸 믿어 버렸고, 누구도 그걸 의심하지 않게 되었죠.

아마…… 위에서도 그게 더 편했을 겁니다. 며칠이 지나 그분이 망연자실하시는 모습을 보기 전까지, 정말 마음을 놓고 있었습니다."

"……그분이라는 건, 누구를 말씀하시는 겁니까?"

흥미롭게 듣고 있던 공수겸 보좌관이 말했다.

"아…… 그분은, 구승희 씨와 가족처럼 지내시던 분인데. 구승희 씨가 여기 수감되기 전에 일했던 공장이 있었거든요. 바로 그 공장의 사장님이셨는데, 듣기로는 그분의 가족과도 격의 없이 친했다더군요. 애초에 구승희 씨가 강도가 된 이유도 그 집, 그러니까 그 공장의 사장님 집을 말씀드리는 겁니다. 아무튼 뒤늦게 소식을 접하신 그분이…… 정신없이 오셔서는 이내 하염없이 오열하셨죠. 짐작도 할 수 없을 만큼 오랫동안 잠을 설치신 것 같았는데, 그래서 심신이 상당 지쳐 보이셨습니다. 퉁퉁 부은 얼굴로 구승희 씨는 탈옥한 게 아니라고, 뭔가가 잘못돼도 한참 잘못된 거라고 울부짖으셨어요."

점차 말투가 느려진 독고설기 교도소장은 어슴푸레하니 처처한 빛을 자아냈는데, 어쩐지 울 것처럼 표정을 찡그렸으나 그다음은 없었다.

"그 모습이 민민하게 느껴졌지만, 그게 다였습니다. 그분이 무슨 말씀을 하셨어도 어디까지나 본인의 입장에서 하는 말일 뿐이었으니까요. 설령 그 말씀이 사실이라고 한들, 제삼자의 입장에서는 무척 고루하게 느껴질 뿐이었습니다. 더구나 속초에서 구승희 씨의 수의가 발견된 마당에, 누가 들어 주려고 했겠습니까. 그래서 저도 그랬고, 동료들도, 다른 사람들도 그분의 말씀에 귀 기울이지 않았습니다……."

"그 당시, 다른 교도관들의 증언이 담긴 기사에 대해서는 동의하시는 겁니까?"

조용해진 가운데, 장용빈 의원이 독고설기 교도소장에게 말을 건넸다. 가라앉아 보였던 독고설기 교도소장은 장용빈 의원의 질문으로 인해 퍼뜩 정신이 들었다.

"……아, 모든 기사 내용을 아는 게 아니라서. 제가 아는 것만 따져 보자면 일단, 다 맞다고 하기에는 어폐가 있는 것 같습니다."

"어떤 점에서 그렇게 생각하십니까?"

"네, 당시 상황도 그렇고…… 동료들 사이에서도 분위기가 좋지 않았거든요. 저희가 사람들에게 듣는 말이라고는 질문 아니면 질책뿐이었으니까요. 거기에다 수의가 발견된 직후, 여론은 구승희 씨에게 집중적으로 관심을 쏟았습니다. 지금처럼 말이죠…… 그래서 동료들은 여론의 시선에서 아주 조금은 자유로울 수 있었어요. 그런데 어느새, 언론에서 저와 동료들을 가만히 놔두지 않더군요. 처음에는 책임 추궁을, 다음에는 구승희 씨에 대해서였습니다. 그들이 집요하게 물고 늘어지니 나중에는 하나둘 입을 열고…… 어찌어찌 얘기하는 사이에, 참았던 불만들이 엉뚱한 데서 터져 버리게 되었죠. 그렇게 얻은 얘기들은 기자들의 손을 거치며 이상야릇하게 탈바꿈되고 말았어요! 그들이 워낙 교묘하게 둘러대는 통에 따져 보아도 소용이 없더랍니다! 저희 같은 사람들이야, 이미 한 말을 주워 담을 수도 없으니 그저 참을 수밖에요…… 그리고 당시에는 중립이란 게 있을 수도 없었거니와, 더욱이 '그분'의 말은 외면받기에 딱 좋았죠."

"그…… 다음은요?"

독고설기 교도소장이 말을 멈추자, 그것을 경청하던 장용빈 의원은 그를 쳐다보았다.

"제가 아는 내용은 대충 이렇습니다. 무슨 말을 하기는 했는데…… 두서없이 떠들기만 했군요."

"직접 말씀해 주신 덕에, 생각지도 못 한 것까지 알 수 있었습니다."

장용빈 의원의 얼굴은 진지하면서도 아까보다 한층 밝아져 있었다. 독고설기 교도소장도 그가 말을 마치고 나자 인상이 편안하게 풀어진 동시에 홀가분해진 모습이었다.

"그러시다니 다행입니다. 오래 전 일이라 걱정을 했거든요. 저, 근데……."

"네?"

"제가 궁금한 걸 못 참아서 말입니다. 의원님께서는 정말, 당시에 '구승희 사건'을 전혀 모르고 계셨습니까?"

독고설기 교도소장은 갸우뚱거리며 장용빈 의원을 의아스레 바라보았다.

"아…… 아~ 그것 말입니까?"

뒤늦게 질문을 파악한 장용빈 의원은 고개를 푹 숙이고 말았다. 얼굴이 화끈거린 탓도 있었지만, 당시 그렇게 유명한 사건을 몰랐다는 것에 대해 죄인 같은 마음이 들었기 때문이었다.

"오해하지 말아 주셨으면 합니다. 의원님을 추궁하려는 것이 아니라 당시에…… 외국에 계셨었나요?"

"아뇨, 그건 아닙니다."

겨우 얼굴을 든 장용빈 의원은 자신을 희한하다는 듯이 보는 독고설기 교도소장을 향해 어색한 웃음을 흘렸다.

"제가 그 당시 '구승희 사건'을 까맣게 모르는 이유는…… 아주 단순한 이유라서 민망스럽군요. 저는 그때, 많이 아팠었거든요."

대답하면서도 몹시 부끄러워한 장용빈 의원이 애써 웃은 터라, 그 모습을 살피던 독고설기 교도소장은 말없이 고개를 끄덕였다.

"아. 그런 거라면…… 이거, 제가 실례를 한 건 아닌지 모르겠습니다."

"괜찮습니다! 그런데 저희도 몇 가지 질문을 드리고 싶은데요."

독고설기 교도소장이 온호한 분위기의 미소를 짓는 사이, 장용빈 의원은 공수겸 보좌관과 눈빛을 교환했다.

"교도소장님께서 말씀하신 것 중에 질문을 드릴 건데, 제 대신에 이 친구가 할 겁니다. 그래도 괜찮으시겠습니까?"

"저야 상관없으니 편하신 대로 하십시오."

장용빈 의원이 공수겸 보좌관을 지목하니, 이에 독고설기 교도소장은 흔쾌히 허락했다.

"그럼 실례하겠습니다. 우선 구승희 씨가 이곳에 수감되었을 때 말입니다. 그때, 구승희 씨와 가깝게 지낸 사람이 한 명도 없었습니까?"

"그게 말입니다. 구승희 씨가 몸이 안 좋았을 무렵에는, 누구나 그를 피하고 다녀서요. 건강을 회복하고 나서는 글쎄요…… 이렇다 하게 어울린 사람은 없었던 걸로 압니다."

독고설기 교도소장은 최선을 다하기 위해 지그시 생각에 잠겼다. 그러고는 공수겸 보좌관에게 성심성의껏 대답해 주려 노력했다.

"제가 기억하기로…… 특별히 친하게 지낸 재소자는 없었습니다."

"재소자가 아닌 다른 사람은요? 어땠습니까?"

"아…… 구승희 씨를 딱하게 여긴 교도관이 몇몇 있었지만. 다들 가깝게 지내지는 않았을 겁니다."

"그럼 구승희 씨는 탈옥…… 사라지기 전에 말입니다. 건강을 회복했다고 말씀하셨는데, 혹시 별다른 낌새는 느끼지 못하셨습니까?"

"아까 말씀드렸듯이, 구승희 씨 한 명만 볼 수 있었던 상황이 아니었거든요. 재소자들 간에 다툼 외에도, 저와 동료들은…… 쉴 틈이 없었습니다. 그러니까…… 이상한 점은 느끼지 못했습니다."

대답하는 독고설기 교도소장 목소리에서 얼핏 언짢은 감정이 느껴졌는데, 그는 무표정하게 앉아 있었으나 예민한 곳을 건드렸는지 기분이 퍽 상했다는 인상을 주었다. 그것을 눈치챈 공수겸 보좌관은 어쩔 줄 몰라 입을 다물어 버렸다.

"그러고 보니, 그가 수감되었을 때 면회 온 사람은 없었습니까?"

어색한 침묵이 흐르던 중에, 장용빈 의원의 목소리가 들렸다.

"음……! 그걸 잊고 있었군요. 근데, 특별한 게 없어서요."

"그래도 말씀해 보세요."

"아까 말씀드렸던 그분 있잖습니까? 구승희 씨가 일했던 공장의 사장님 말입니다. 면회를 왔던 사람은 그분이 유일했었죠. 그분의 아들도 오기는 했었지만, 그때는 이미…… 아무튼 그분은 참 지극정성이셨어요. 구승희 씨를 면회하시러 이곳에 오실 때면 매번, 만나는 교도관마다 일일이 인사를 하셨습니다. 그때, 새파랗게 어린 저한테도 거리낌 없이 예를 다하셨습니다."

"그럼 그 외에 면회 온 사람은……."

공수겸 보좌관은 조금 망설이다가 독고설기 교도소장에게 질문했다.

"네, 그건 확실히 기억합니다! 구승희 씨가 첫 번째 면회 외에는 모두 거절했었기 때문에, 그건 알고 있습니다. 유일하게 면회를 허락한 사람은 공장의 사장님, 그분이셨습니다. 확실해요!"

"네, 알겠습니다. 그렇다면 혹시 이곳 안에서 다른 재소자와의 원한 관계…… 그런 게 있었습니까?"

"글쎄요, 워낙 조용했던 사람이라…… 자세한 건 모르겠지만 한창 재소자들 간에 시비가 끊이지 않았을 때, 구승희 씨는 예외였습니다. 한 번도 그들의 다툼에 휘말린 적이 없었으니까요. 말도 하지 않는 사람이 어떻게, 그러니…… 원한을 가질 만한 일이 있었을까요?"

독고설기 교도소장은 턱이 간지러웠는지 손가락으로 그곳을 가볍게 문질렀다.

"원한 관계도 없었고, 사라지기 전까지 어떤 낌새도 없었고, 특별히 가깝게 지낸 사람도 없었고……."

공수겸 보좌관은 어딘가 개운하지 않다는 표정으로 중얼거렸다.

"모두 사실입니다."

"당시에 모든 교도관들이 이 교도소를 샅샅이 뒤졌다고 하셨습니다만…….".

"깨끗했습니다. 그 무더운 날에 같은 곳을 몇 번이나 찾아봤었는지……! 다시 떠올려 봐도, 도무지 알 수가 없어서 얼마나 답답했는지 모릅니다."

독고설기 교도소장은 당시를 회상하며 곧잘 넌더리 쳤는데, 갈수록 한숨을 많이 쉬어 무슨 말을 하려 해도 눈치가 보였다.

"……직접 보지 못했어도 고생을 많이 하신 것 같습니다."

"…….".

"기분이 나쁘시겠지만, 그때 모든 곳을 찾아본 게 맞으신지…….".

"휴…… 제 기분이 어떻더라도 짚고 넘어가야 할 건 압니다."

공수겸 보좌관이 조심스럽게 묻자, 독고설기 교도소장은 침울한 모습을 하다가 곧 차분한 어조로 말을 이었다.

"그때…… 덥고, 짜증도 나서 모두 지쳐 있었죠. 하지만 정말 아무것도 없었습니다! 당시에 제가 신참이라서 잘 모를 것으로 생각하신 것 같은데, 그 사건이 있고 나서 늘 찜찜했어요! 그래서 틈만 나면, 이곳의 설계도를 뒤져내며 골몰했다는 말입니다! 그 노력이 끝나는 일은 없었고, 지금도 그렇습니다. 그러니까 제가 두 분을 모셔서 잊어버리고 싶은, 찜찜한 그날을 회상하는 거고 말입니다!"

독고설기 교도소장은 점점 언성을 높이고 있었으나, 자신은 그것을 깨닫지 못하는 모양이었다. 감정이 격해진 그는 성난 얼굴로 공수겸 보좌관에게 다가가고 있었는데, 어느 정도 힘들 것이라 예상했지만 이렇게 되리라고는 생각 못 했다.

"힘드시겠지만 진정을 하셔야…… 겠는데요."

"……."

공수겸 보좌관이 차마 떨어지지 않는 입을 힘들여 움직이자, 선뜩 당황한 독고설기 교도소장은 곧장 그에게서 물러나 고개를 돌렸다. 그런 독고설기 교도소장의 모습에서 그간 겪었을 고충이 드러나는 것 같아 안타까울 따름이었다. 그로 인해 공수겸 보좌관은 문득 하던 일을 멈추고 생각에 잠겼는데, 어느 틈에 그곳에는 어색한 공기가 흐르고 있었다.

"제 생각은 좀, 다릅니다."

각자 침묵하는 와중에 장용빈 의원이 무심스러운 태도로 입을 열었다.

"의원님……?"

그의 목소리가 튀어 나오자, 공수겸 보좌관은 당황스러워하며 그를 작게 불렀다. 한편, 손님들을 외면한 채 애써 화를 억누르던 독고설기 교도소장은 어리둥절히 장용빈 의원을 쳐다보았다.

"무슨…… 말씀이신지?"

"저희에게 자청해서 아시는 대로 말씀해 주신 건 감사하게 생각합니다. 교도소장님 덕분에 한쪽으로 기울어지지 않게 알 수 있게 되어서, 다행으로 여기고 있습니다. 하지만 저희가 예서 듣고 있는 게 다 사실이라면, 교도소장님의 말씀에 문제가 있는 것 같습니다."

독고설기 교도소장을 가만히 응시한 장용빈 의원이 침착하면서도 분명한 어투로 말했다.

"제가 한 얘기에 문제가 있다고 하셨습니까?"

"유감스럽게도 저는 그렇게 생각하고 있습니다."

"……그렇게 생각하시는 이유를 물어봐도 되겠습니까?"

독고설기 교도소장은 단숨에 표정을 찡그렸지만, 그다지 기분 나빠하는 투가 아니었다. 두 사람 간에 묘한 분위기를 감지한 공수겸 보좌관은 그저 당혹스러울 뿐이었다.

"말씀을 들어 보면, 구승희 씨는 약자일 뿐이었고 탈옥했다는 것도 의심스럽게 여기시는 것 같은데 말입니다?"

"네…… 그렇습니다."

독고설기 교도소장은 좀 굳어진 얼굴로 장용빈 의원을 바라보았다.

"그리고 언론이고, 여론이고…… 과잉 반응을 보였다고 하셨고요."

"……그렇죠. 그날의 사건은, 자체적으로도 충분히 경악할 만했습니다. 하지만 그렇다고 해서 세간에 알려진 것처럼 그가 악명을 떨칠 정도는 아니었다고 생각합니다! 사람들은 그에게 뭔가가 있을 거라고 망설임 없이 추측하지만, 제가 아는 구승희 씨는 혈혈단신 힘들게 상경해서 가족 같은 사람들과 의지하며 산…… 그런 사람이었습니다."

"그러다 강도가 되어, 이곳에 수감되었던 거고요……?"

"……."

점점 더 굳어지는 독고설기 교도소장의 얼굴에도, 장용빈 의원은 한 점 아랑곳없이 천연스레 말했다. 무표정하게 자신을 바라보는 장용빈 의원에게서 아무런 감정을 읽지 못한 독고설기 교도소장은 잠시 입을 다물게 되었다. '나를 놀리는 것일까?'라는 생각이 들었으나, 어딘지 그것과는 좀 다른 느낌이 들었다.

"그래서…… 다르게 생각하신다는 게 뭡니까?"

"뭐라고 말씀드리기가 힘들군요. 저는 지금 조사하는 '구승희 사건'에 대해 가감 없는 진실을 원합니다. 조사 초기에 많은 자료들을 열람하면서…… 너무 치우친 느낌을 받았었죠. 오랜 시간이 흐른 후에 알게 된 사건이고, 비공식이라고는 하나 저희가 호기심이나 풀자고 하는 것이 아니니 더 신중을 기할 수밖에요. 물어물어 다른 목소리를 찾아보려고 해도, 죄다 같은 의견을 합창하듯이 내놓으니 참 답답하게 느껴졌습니다. 그렇기 때문에 교도소장님으로부터 온 연락이 무척 반가웠습니다."

그들을 둘러싼 공기는 언뜻언뜻 묘하게 달라지고는 했는데, 갑작스레 일촉즉발이 되었다가 무난하게 흐르는 듯하니 도무지 파악이 안 되는 것이었다. 그에 따라 공수겸 보좌관은 언제 어떻게 변할지 모를 이 분위기가 몹시 신경 쓰였다. 그래서 그는 조심조심 장용빈 의원과 독고설기 교도소장을 번갈아 살펴보았다.

"……그래서요?"

"그래서…… '구승희 사건'에 대해 줄곧 침묵하신 분의 말씀이니, 솔직히 기대할 수밖에 없었죠. 들어 보니 기대했던 대로 수많은 말과는 상관없이, 올곧이 피력하시는 게 인상적이었습니다. 거기에다 말 속에 울림이…… 신뢰할 수밖에 없게끔 만들지 뭡니까? 그 때문에 하마터면, 어긋난 부분을 잊어버리고 지나칠 뻔했습니다."

장용빈 의원은 얄미울 만큼 차분하게 자신이 하고 싶은 말을 하고 있었는데, 말하는 동안에도 그의 시선은 독고설기 교도소장을 떠나지 않았다. 독고설기 교도소장은 딱딱한 표정으로, 무슨 생각인지 알 수 없는 장용빈 의원의 말을 귀담아듣고 있었다.

"교도소장님의 말씀에도 일리가 있습니다만, 그것대로라면 이해가 되지 않는 부분이 있습니다."

"……."

장용빈 의원의 말을 들어 보던 독고설기 교도소장은 다음 말을 예상한다는 듯 고개를 조금 움직였다.

"사건이 일어난 얼마 후 속초에서 그의 수의가 발견된 것이죠. 사실, 그를 '희대의 탈옥수'라고 하는 것도…… 그것이 발단이라고 할 수 있습니다. 그전까지는 사람들 모두가 그렇게까지 생각하지 않았으니 말입니다. 그렇게 덩그러니 발견된 수의 때문에, 억지스러운 듯 보이는 주장들이 설득력을 얻어 지금의 뼈대가 된 거라고 생각합니다."

"……그렇군요. 그걸 잊고 있었습니다."

고개를 숙인 독고설기 교도소장은 곧 나직이 중얼거렸다.

"아시다시피, 그 일대에서 그를 목격했다는 제보가 줄을 이었습니다. 교도소장님의 말씀을 들어 보면 그는 약자에 불과한데…… 이상한 일이죠."

"무슨 뜻인지는 알겠습니다. 앞뒤가 맞지 않게 들리셨겠지만, 제가 드린 말씀은 모두 사실입니다. 그래서…… 수의가 발견되었을 때, 누구보다 충격적이었습니다. 이걸 어떻게 설명드릴 수 있을지…….

"저는 아직도 의문스러운 것이 많습니다만, 조심스럽게 추측해 보자면…….

"……?"

넌지시 말을 꺼낸 장용빈 의원은 조금 뜸을 들이다가 말을 이었다.

"그, 구승희라는 사람이 철저히…… 연기한 것은 아닐까. 그렇지 않고서는 설명하기가 힘들다고 봅니다."

장용빈 의원은 담담하게 얘기하고 있었지만, 독고설기 교도소장의 반응이 어떨지 신경 쓰였다. 그래서 독고설기 교도소장을 자꾸 곁눈질하게 되었는데, 그는 여전히 굳은 표정이었으나 딱히 장용빈 의원의 발언 때문에 거슬린 것 같지 않았다. 그보다는 그와 나누는 대화에 집중하느라 미처 표정 관리할 새가 없다고 봐야 옳았다. 게다가 그 내용은 예상한 것 이상으로 흐르고 있었기에 독고설기 교도소장 스스로 생각에 잠길 수밖에 없었다.

"……."

잠깐 곰곰이 생각하던 그는 점점 힘 있게 고개를 가로저었다. 그러다 종내 희미한 웃음이 스치는가 싶더니, 다시금 굳은 얼굴로 장용빈 의원을 바라보았다.

"……역시. 아무리 떠올려도 그렇게 생각되지는 않습니다."

'흐음.'

독고설기 교도소장을 살펴본 장용빈 의원은 뭔지 모를 생각이 들었다.

"그렇군요. 혹시 제가 드린 말씀이 불쾌하게 들리셨습니까?"

"그건 아닙니다. 사실, 저도 그런 게 아닌지 생각하고는 했죠. 그래서 그동안 수도 없이 당시의 기억을 떠올려 봤습니다. 구승희 씨의 사건은 충격적이기도 했었지만 정말 의외였으니까요. 하지만……."

짧게 고개를 젓고 난 독고설기 교도소장이 장용빈 의원을 똑바로 보았는데, 그것은 확신에 찬 모습이었다.

"그동안 많은 재소자들을 겪어봤습니다! 교도관에게 동정심을 얻으려는 부류, 교도관에게 어떤 식으로든 연기하는 부류, 그것 말고도 기가 차는 여러 재소자들을 말입니다. 그런 걸 비교해도, 구승희 씨는 그들과는 달랐습니다! 제게 보인 그 행동들은 연기가 아니었습니다!"

감정이 고조되었는지 독고설기 교도소장은 목소리에 힘을 더하고 있었다. 확신에 찬 그의 모습에 장용빈 의원은 작게 끄덕였다. 하지만 장용빈 의원의 표정에는, 눈동자에는 그것과는 별개의 감정들이 담겨 있었다. 또한 그것은 영악스럽게도 쉽사리 모습을 드러내지 않아 누구도 눈치채는 일이 없었다.

"음…… 그러니까 그는 연기하지 않았다는 말씀이군요."

"그렇습니다!"

"그렇다면 '구승희 사건'을 어떻게 보면 좋을 것 같습니까? 특수강도 등의 혐의로 이곳에 수감되었었고, 처음에는 걱정이 될 정도로 몹시 허약했다가 어느 순간에 건강을 회복 중이었죠. 그러다 얼마 후 이곳에서 감쪽같이 사라지고는 느닷없이, 속초에서 그의 수의가 발견

됐고. 또 당시에 속초에서 그를 봤다는 목격자가 쇄도하기도 했고 말입니다. 그러고 나서…… '희대의 탈옥수 구승희'가 악명을 떨치기 시작했습니다."

"……."

말을 마친 장용빈 의원의 한쪽 눈가에 미세한 경련이 일었다. 다만 본인은 그것을 인식하지 못했으며, 다른 이들 또한 상황에 맞는 대처를 찾느라 미처 그를 못 보고 지나가게 되었다.

"의원님…… 께서는 무슨 말씀을 하고 싶으신 겁니까?"

독고설기 교도소장은 시선을 제 손에 둔 채, 저음의 목소리로 물었다. 그렇게 자신의 감정을 숨기려 한 모양이었으나 그것은 별 소용이 없어 보였다.

"저는 어디까지나 '구승희 사건'을 냉정하게, 제삼자의 시선으로 보려는 겁니다. 그게 가장 필요하다고 생각하기 때문이죠. 교도소장님께서는 서운하실지 몰라도, 당시의 관계자들이 감정적으로 호소하는 것에는 관심 없습니다. 그들이 가진 느낌이나 기분에 일일이 동조하는 것으로 제 시간을 할애할 생각이 없다는 말씀을 드리는 겁니다."

장용빈 의원이 점점 언성을 높이자, 그를 경청하던 독고설기 교도소장의 입가가 꿈틀대기 시작했다.

'……어?'

그때까지 잠자코 있었던 공수겸 보좌관은 불안감에 어찌할 바를 몰랐다.

'이를 어쩌나, 아까부터 불안하더니. 지금 같은 상황에서는 말릴 수

도 없고, 난처하게 됐잖아…….'

이윽고 마른 침을 삼킨 공수겸 보좌관은 좀 더 두고 보기로 했다. 만약 자신이 말리게 된다면 상황이 악화되어 이대로 독고설기 교도소장이 영영 입을 닫을 것 같아 불안한 마음이 들어서였다. 좀 막연한 데가 있었지만, 공수겸 보좌관으로서는 운 좋게 마련된 이 자리가 허망스레 날아가지 않기를 바라는 마음이 간절했다.

"먼 길 오셨는데, 제가 원하시는 정보를 못 드렸나 봅니다."

독고설기 교도소장은 한껏 경직된 자세로 장용빈 의원에게 말을 살짝 꼬아 건넸다. 그는 겉으로 평정심을 잃지 않기 위해 애쓰고 있었으나 붉으락푸르락하는 것이 보였다.

"저희는 여기에 와서 이렇게 교도소장님의 말씀을 듣게 된 것을 행운이라고 생각합니다. 이제야 '구승희 사건'에 뛰어들기는 했지만 시간이 많이 흐른 지금, 저희가 어디서 무엇을 얻을 수 있겠습니까?"

장용빈 의원은 눈썹을 곰틀거리고서 두연 허공을 보았다. 그는 무엇 때문에 기분이 상한 것인지, 욱하는 자신을 억누르고 있었다.

"그렇기 때문에 여기에 온 것이……! 저희는 교도소장님에게서 그 사건에 대한 모든 것을 듣고 싶습니다."

"그렇게 말씀하셔도 제가 더 말씀드릴 만한 것이……."

난색을 표한 독고설기 교도소장은 어딘가 초연해진 모습으로 은은히 고갯짓만 했다. 그 와중에 장용빈 의원은 제풀에 지쳤는지 고개를 숙인 채 말이 없었는데, 그렇게 한동안 침묵이 오갔다.

"……그러셨죠?"

'?'

고개를 숙인 채 어깨를 늘어트린 장용빈 의원이 작게 말했다. 하지만 너무 작은 탓에 혼잣말처럼 생각되어 뭐랄 수도 없었다.

"아…… 지금 저한테 하신 말씀이십니까?"

조금 당황한 독고설기 교도소장은 장용빈 의원을 자세히 바라보았다. 천천히 고개를 든 장용빈 의원은 독고설기 교도소장을 똑바로 마주 보며 말하기 시작했다.

"죽…… 이 교도소의 설계도를 뒤져내 보셨다고 하셨죠?"

"맞습니다."

"당시에 모든 교도관들이 샅샅이 수색하셨고요?"

"말도 마십시오! 그때 얼마나 정신이 없었다고요."

"속초에서 수의가 발견되고…… 그를 본 제보자가 많았지만, 교도소장님께서는 그의 탈옥을 믿지 않으시고요?"

"네……."

장용빈 의원의 연이은 질문에 답하던 독고설기 교도소장은 차츰 이상한 생각이 들었다.

"지금 뭐하시는 겁니까?"

독고설기 교도소장의 의아스럽다는 반응에도, 장용빈 의원은 차분하게 다음 질문을 했다.

"당시 수색을 하셨을 때 말입니다. 혹…… 간과하신 게 없었을까요?"

"그……!"

아무런 표정도 담지 않은 장용빈 의원의 얼굴과 계속되는 질문 내용이, 독고설기 교도소장으로 하여금 경계심을 불러일으키게 만들었다. 그러다 마침내 장용빈 의원이 던지는 마지막 질문이 그의 노여움을 부르고 말았다.

"……."

울컥한 독고설기 교도소장은 얼른 찌푸린 얼굴을 감추고 눈을 감아 자신의 언짢은 기분을 감추려 했다. 치밀어 오르는 분을 진정시키기 위해 우선 마음을 가라앉힌 그는 장용빈 의원의 언행이 아까부터 이상했다는 게 생각났다. 처음에는 서로가 편안했으나, 어느 순간부터 장용빈 의원의 심경에 변화가 느껴졌었다.

"……?"

가만히 눈을 뜬 독고설기 교도소장은 눈앞에 있는 장용빈 의원을 물끄러미 보았는데, 여전히 그의 속내를 알아내기란 힘들었다.

"불편하신 모양입니다……?"

장용빈 의원이 무심하게 건넨 그 말은 어두운 표정의 독고설기 교도소장을 곰틀곰틀하게 만들었다.

'……저의를 알 수가 없어.'

내내 무표정으로 일관하던 장용빈 의원은 이윽고 입을 열었다.

"뭐, 이해할 것도 같습니다. 답답하시겠죠! 분명 사실대로 말씀하셨는데 듣는 사람이 뜨뜻미지근한 반응을 보이니……."

그는 말을 하는 동안 작게나마 어떤 내색도 하지 않았으므로, 그것이 독고설기 교도소장에게는 무척 거치적거렸다.

"하지만……."

그들이 모인 사무실의 공기는 알 수 없는 방향으로 흐르고 있었다.

"저는 이해하기 힘든 것이 사실입니다."

"……뭐가 말입니까?"

넌짓넌짓 갸웃하던 장용빈 의원이 눈길을 돌리며 말을 잇자, 무의식적으로 물은 독고설기 교도소장은 바로 입을 다물어 버렸다.

"이렇게 교도소장님과 마주하니 처음에는 신뢰가 가더군요. 그런데 그게…… 오래가지 않았습니다. 말씀을 들으면 들을수록, 미덥지 못하다는 생각이 들었습니다."

이내 가벼이 움칫댄 독고설기 교도소장은 내색하지 않고 잠연히 있었는데, 한참을 생각하던 그는 조심스럽게 장용빈 의원에게 물어보았다.

"무엇이…… 그렇게 못 미더우신 겁니까?"

독고설기 교도소장과 장용빈 의원이 서로의 시선을 피하고 있을 무렵, 공수겸 보좌관만이 그 무거운 공기를 이기지 못해 고개 숙이게 되었다.

'무엇이……?'

쌉싸래한 그림자가 드리워진 채로 창밖을 바라보던 장용빈 의원은 슬며시 입을 열었다.

"이렇게 되어 버리다니…… 하지만 중요한 일이니, 말씀드려야겠군요."

찬찬히 고개를 돌린 장용빈 의원은 묘한 눈초리로 독고설기 교도소장을 쳐다보았다. 이에 독고설기 교도소장은 자기도 모르게 마른침을 삼켰고, 공수겸 보좌관은 아직도 고개를 들지 못하고 있었다.

"……말씀하십시오."

"교도소장님께서는 이런 자리를 선뜻 마련해 주시고 열심히 설명해 주셨습니다. 그런데 사실은 내내 걸리는 게 있었죠. 그전까지 '그 사건'에 대해 한 방향만 가리키던 주장들에 비해, 교도소장님께서 전혀 새로운 정보를 제공해 주신 거죠. 그것은 생소할 정도였지만 설득력이 있었는데…… 그렇기 때문에 더 이해하기 힘든 겁니다."

장용빈 의원의 얘기를 주의 깊게 듣던 독고설기 교도소장은 점점 초조해지려 했다.

"그래서 얻은 결론은, 교도소장님께서 말씀하신 것처럼 단순히 '그'를 위해서가 아니라는 겁니다."

독고설기 교도소장은 조금 황당하다는 얼굴로 장용빈 의원을 쳐다보았다.

"일부러 저희에게 말씀해 주셨지만……."

"의원님!"

두 사람의 눈치를 살피고 있던 공수겸 보좌관이 그리 크지 않은 목소리로 장용빈 의원을 저지하려 그를 불렀다. 하지만 장용빈 의원에게서는 물러설 기미가 보이지 않았다.

"왜 그렇게 생각하는지 아십니까?"

"당황스럽군요. 제가 드리는 말씀이 잘 받아들여지실지 신경 쓰였었는데…… 이건 예상 못한 일이라서."

도대체 어떤 반응을 보여야 할지 난감해하던 독고설기 교도소장은 곧이어 들린 장용빈 의원의 얘기로 인하여 조금씩 얼굴이 굳어지고 말았다. 그리고 그것을 지켜본 공수겸 보좌관의 얼굴도 굳어지게 되었다.

"교도소장님께서 '그'에 대해 말씀하신 건 잘 들었습니다. 늦은 감이 있더라도 저희에게 당시의 기억을 말씀해 주신 것도 그렇고, 지금까지 이곳의 설계도를 뒤져내셨다는 것도 말입니다. 아주…… 잘 들었습니다."

비꼬는 것처럼 들리는 그 말에, 독고설기 교도소장은 기가 차다는 얼굴로 외쳤다.

"잘 들으셨다니 참 다행입니다!"

"……설계도는 왜 보신 겁니까?"

독고설기 교도소장은 너울대듯 질문하는 장용빈 의원의 목소리가 서늘하게 들렸지만 얼른 대답했다.

"아까 말씀드렸듯이, 제가 놓친 점이 없었는지 알아내려 한 겁니다! 이십 년 전 그날이 잊히질 않아서, 그래서 이 자리를 마련한 거란 말입니다!"

"……."

가만히 듣던 장용빈 의원은 뭔가 골똘히 생각하다, 다음 순간 고개를 잘래잘래 흔들었다.

'……?'

"앞뒤가 맞지 않아요…… 아귀가 맞지 않는다는 말입니다. 그토록,

자신을 포함한 그때의 교도관들에게는 어떤 과실도 없다고 하셨는데. 혹시 간과하신 게 없었는지 질문한 것에 대해서는 아주 단호하셨어요. 그렇게 최선을 다하시고 아무런 책임도 없으신 분께서, 그 오랜 시간 동안 자신이 놓친 게 없었는지 알기 위해 설계도를 놓고 골몰하셨다니……."

잠시 눈앞이 흐려진 독고설기 교도소장은 자신의 두 주먹이 떨리는 것조차 알지 못했다.

"모순적이죠."

장용빈 의원은 무심한 척 독고설기 교도소장을 곁눈질했다. 돌처럼 굳어 버린 그의 모습이 어쩐지 거슬렸다.

"……."

"교도소장님께서 '그'에 대해 하신 말씀은 믿습니다만, 그 외의 것은…… 지금까지 하신 말씀을 살펴보면 '구승희 사건'의 진실을 알아내기 위해 매우 고군분투하신 것 같더군요."

"……."

"그 점에 대해서는 대단하시다고 생각합니다. 하지만 그것은 '그'를 위한 것이 아니라, 교도소장님 자신을 위한 것으로 보입니다. 혈혈단신 상경해서 어쩌다 교도소에 들어온 사람을 위해서가 아닌, 그저 당시 교도관이었던 자신의 무고함을 증명하려는 노력쯤으로 보인다는 겁니다."

그곳에는 어느새 장용빈 의원의 목소리만이 울리게 되었는데, 독고설기 교도소장의 시선은 그와는 상반되게 스르르 내려가고 있었다.

"그리고 지금 저희에게 당시의 기억을 말씀해 주시는 이유는, 지난 이십 년간 가져온 자신의 주장을 저희를 통해 확인받고 싶으신 거라고 생각합니다."

"……."

안색이 급격히 어두워진 독고설기 교도소장은 잘 떨어지지도 않는 걸음으로 책상 앞에 앉았다. 그의 시선은 장용빈 의원을 피하고 있었으며, 무표정한 얼굴임에도 상당히 격분해 있음을 모자람 없이 알 수 있었다.

'아…… 아아~'

기적적으로 마련된 자리가 보기 좋게 틀어지는 현장을 바로 앞에서 똑똑히 목도한 공수겸 보좌관은 망연자실하고 말았다.

'안…….'

"……이쯤에서 그만, 마쳐야 할 것 같군요."

책상에 시선을 고정한 독고설기 교도소장은 눈에 띄게 차가워진 말투를 가감 없이 내보였다.

'돼…….'

장용빈 의원과 독고설기 교도소장은 서로를 외면한 채 오롯이 딱딱한 말을 건넸다. 그런 두 사람 모두, 공수겸 보좌관의 얼굴이 창백해지는 것을 알지 못했다.

"그래도 이왕 오게 된 거, 좀 둘러보다 가겠습니다."

"네, 그렇게 하십시오."

한 사람의 속이 타들어 가거나 말거나 성큼성큼 걸어가던 장용빈 의원은 이내 사무실의 문을 열었다.

"……."

장용빈 의원과 공수겸 보좌관이 그곳을 나온 직후, 문은 천천히 닫히는 중이었다. 그에 신경이 집중된 공수겸 보좌관은 사뭇 간절한 마음을 발하며 아직 열린 문틈 사이로 사무실 안을 바라보았다. 그러나 그 문은 끝끝내 닫히고 말았다.

"……."

차마 더 이상 움직일 수 없었던 공수겸 보좌관의 마음속에 기어코 눈물이 핑 도는 순간이었다. 어깨를 늘어트린 공수겸 보좌관은 순순히 장용빈 의원을 따라 걷고 있었지만, 그의 시선은 바닥을 향하고 있었으며 걸음걸이도 느럭느럭했다.

'이런 기회를 제 발로 차 버리시다니…….'

고개를 조금 든 그가 장용빈 의원의 뒤통수를 빤히 보았는데, 장용빈 의원의 걸음걸이에서는 자신과 달리 망설임을 찾을 수 없었다. 공수겸 보좌관은 내심 당장이라도 장용빈 의원을 끌고 독고설기 교도소장의 사무실로 가고 싶었다. 그러면 그는 투덜대더라도 결국은 공수겸 보좌관의 뜻에 순응할지도 몰랐고, 평소대로라면 그랬을 것이었다.

'도대체 어디서부터 잘못된 것일까?'

그러나 그의 상사는 몹시 못마땅한 상태였기에, 공수겸 보좌관은 평소대로 할 수도 없었거니와 말을 걸고 싶은 마음조차 거두어들여야 했다. 아직은 교도소를 나서지 않았으니 바로잡을 수 있을 것 같았음에도, 장용빈 의원의 상태만 보자면 공수겸 보좌관이 어떠한 시도도 할 수 없게끔 만들었다.

그 시각, 여전히 경직된 모습의 독고설기 교도소장은 엄절한 얼굴로 책상 앞에 앉아 있었다.

"……."

무슨 생각에 깊이 빠져 있느라 그의 미간은 통 펴질 기미가 보이지 않았다. 내내 복잡하던 표정이 좀 풀리는가 싶더니, 다시 어두워지고는 그것이 반복되었다.

"……."

어느덧 그의 시선은 전화기를 향하고 있었다.

교도소 곳곳을 둘러보고 나니, 공수겸 보좌관의 상사는 한결 누그러져 있었다. 그리고 그것은 곧, 숨죽이고 그를 살피던 공수겸 보좌관에게 한 가닥 희망으로서의 의미가 되려 했다.

"뭐, 발견하신 거라도?"

"둘러보고는 있는데 이십 년이나 지났으니…… 별다른 소득은 없다고 봐야겠지, 어렵네."

혹시나 하는 마음으로 말을 건네자, 짐짓 장용빈 의원의 말투에 욱기가 걷혀 있었다. 생각보다 빨리 평소 모습으로 돌아온 상사를 확인한 공수겸 보좌관의 마음에, 새록새록 설레발이 깃들었다.

'그래…… 좀 이른 것 같아도 지금이 기회야! 이대로 기회를 날릴 수 없어!'

재빨리 결심한 공수겸 보좌관은 떨리는 마음으로 마른침을 삼켰다.

장용빈 의원의 모습이 편해 보였기 때문에, 더 기대할 수밖에 없었다.

"저……."

"응?"

"말씀하셨다시피, 이미 이십 년이 흐른 상태니 지금 아무리 둘러보셔도 소용없을 것 같습니다."

공수겸 보좌관에게 시선을 돌린 장용빈 의원은 가벼이 고개를 끄덕였다.

"그래서 말입니다. 지금이라도 교도소장님께 설계도도 얻으시고, 다시 말씀을 나누시는 게……."

하지만, 공수겸 보좌관은 말을 채 마치기도 전에 얼어 버리고 말았다. 편해진 줄 알았던 장용빈 의원에게서 다시금 울컥하는 기운이 느껴진 탓이었다. 순식간에 그의 얼굴이 딱딱하게 굳어진 것을 보고 공수겸 보좌관은 시선을 돌려야 했다.

"얘기는 충분히 해 봤고, 설계도라는 거…… 꼭 거기서만 구해야 하나?"

장용빈 의원의 음성은 누가 들어도 그의 기분을 알 수 있게 만들었으므로, 공수겸 보좌관은 곧 체념하고 말았다.

"네……."

한참을 둘러봤지만 자신들의 말처럼 별다른 소득을 얻지 못한 그들은 허전허전한 모습으로 교도소를 나서려 정문으로 향했다.

"……?"

아무 말도 없이 조용한 가운데, 어쩐지 공수겸 보좌관의 귓가에 뭔가 들리는 것 같았다. 멈칫한 그가 귀를 기울여 봤으나, 더 이상 들리지 않았으므로 다시 장용빈 의원을 따라 걸었다.

'……!'

잠시 후, 멀리서 누군가가 달려오는 소리가 점점 또렷이 들렸다. 공수겸 보좌관은 그것이 자신들과 상관있는 것이기를 간절히 바라며, 더 나아가지 못하고 자꾸 머뭇거렸다.

'제발, 제발…….'

그러다 문득, 제 앞에서 무심히 걸어가는 장용빈 의원의 뒷모습을 야속히 바라보게 되었다.

"……."

"……요~"

"!"

그들의 뒤에서 익숙한 목소리가 들린 탓에, 공수겸 보좌관은 그것이 반가웠음에도 오히려 돌아보기 겁났다. 다만, 그의 심장이 거세게 요동쳤다.

"잠시만! 기다려 주세요~"

그 익숙한 목소리가 장용빈 의원과 공수겸 보좌관을 향했기 때문에, 자기도 모르게 화색이 돌기 시작한 공수겸 보좌관은 기쁜 마음으로 장용빈 의원을 보았다.

"……?!"

뒤에서 애타는 목소리가 들림에도 장용빈 의원은 아무렇지 않은 듯, 여전히 정문을 향해 걷고 있었다. 아니, 정확히는 뒤에서 인기척이 느껴졌을 때부터 걸음을 재촉하고 있었다.

"……."

공수겸 보좌관은 그것을 눈치채자마자 기운이 빠졌으나, 장용빈 의원의 기분이 어떻더라도 이런 기회를 놓칠 수 없다는 생각이 강하게 들었다. 그래서 가던 길을 멈추고 달려오는 사람을 기다렸다. 다행히도 달려오는 그가 제법 가까이 온 상태였기에, 공수겸 보좌관은 미소로 그를 맞았다.

"헉…… 헉!"

이윽고 공수겸 보좌관 앞에 선 그는 숨이 보통 차는 게 아닌 모양인지, 누가 곁에 있건 없건 정신없이 허덕였다.

'……!'

순간, 정문을 몇 걸음 앞에 둔 장용빈 의원의 뒤통수에서 무척 원통해하는 것이 보였다. 그것을 곁눈질한 공수겸 보좌관은 아직도 헉헉대는 그, 독고설기 교도소장을 넌지시 바라보았다.

"헉, 헉…… 제가 그래도 체력은…… 자신 있었는데. 헉…… 이 거리를 달렸더니, 하늘이 노래지네요. 저도 나이가 많이 들었어요, 허허허!"

독고설기 교도소장이 무슨 말을 해도 공수겸 보좌관은 그저 반가워 웃음이 끊이지 않았다. 그런 두 사람 곁에 장용빈 의원이 못마땅한 몸짓으로 느릿하게 다가왔다. 그러고는 뚱한 얼굴로 공수겸 보좌관의 옆에 섰다.

"하…… 이것, 참. 오기는 했는데 무슨 말씀을 드려야 할지……."

가쁜 숨을 간신히 가라앉힌 독고설기 교도소장은 금세 눈을 아래로 내렸는데, 간간 살짝 웃기는 했지만 상당히 무안해하고 있었다.

"……맞습니다!"

이내 결심한 듯, 독고설기 교도소장은 선선히 고개를 들어 장용빈 의원에게 외쳤다. 별안간 큰 소리가 나는 바람에, 장용빈 의원과 공수 겸 보좌관은 깜짝 놀라 독고설기 교도소장을 보았다. 이에 당황하여 겸연스레 웃던 독고설기 교도소장은 두연 진지한 얼굴로 말했다.

"의원님께서…… 제게 하신 말씀. 이십 년간 '그'의 진실을 좇는다 면서 제 책임에 대해서는 철저히 회피한다는 그 말씀, 맞는 말씀입니 다!"

독고설기 교도소장은 말을 하면서도 착잡해하며 고개를 주억거렸 다.

"그게, 그렇죠. 당시…… 다른 책임자들이 많았으니까. 저보다 경력 이 오래된 선배도 많았고, 아무튼 그런 사람들도 크게 괘념치 않아 보 이기에…… 게다가 저는 새파란 신입이었으니 애써 모른 척해 온 겁 니다."

고개를 약간 숙였던 독고설기 교도소장은 차차로 장용빈 의원과 눈 을 마주했다.

"그래 봤자 변명 같지만…… 저는 그걸 자연스레 받아들이게 됐습 니다. 그래도 '그 사건'은 제 뇌리에서 좀체 지워지지 않아서, 그래서 혼자 그 일에 매달리게 된 겁니다. 그렇게 골몰하면서도 줄곧…… 정 말 깨달았어야 하는 걸 외면한 채로, 그토록 오랜 시간을 말입니다."

말을 마치고 난 독고설기 교도소장은 눈을 어디에 둬야 할지 혼란스러워하고 있었으나, 잠시 망설인 끝에 다시 고개를 들었다.

"그러던 중에, 의원님께 지금껏 덮어 놓았던 것을 꼬집히고 나니…… 처음에는 화가 나서 견디기 힘들었습니다. 제가 느낀 감정이 모욕감 같아서 더더욱 참을 수 없었지만…… 곧 혼곤해지고 말았죠. 제가 느낀 감정은 '모욕감'이 아닌, '부끄러움'이었던 겁니다!"

독고설기 교도소장은 얼굴에 편안한 기색을 띄우고서 담담히 말을 이었다.

"……순전히 저를 위한 것도 있었지만, 그것뿐만은 아니었습니다. 이제는 늦었더라도 더 늦기 전에 바로잡고 싶습니다. 그게 제 진심입니다!"

속이 후련해진 듯 보이던 독고설기 교도소장은 조금 머뭇거리다가 장용빈 의원에게 손을 내밀었다.

"아까도, 제가 완전히 터놓고 말씀드렸어야 했는데."

괜스레 쑥스러워하는 독고설기 교도소장의 모습에, 공수겸 보좌관은 한시름 놓으며 잘 됐다고 생각했다.

"……."

'……?'

그런데 어찌 된 일인지, 장용빈 의원은 흐리터분한 눈을 한 채로 독고설기 교도소장이 내민 손을 빤히 쳐다보기만 할뿐 말이 없었다. 그 행동이 황당해 말문이 막힌 공수겸 보좌관은 서둘러 상황을 수습하려 했다. 그러나 그 노력이 시작되기도 전에, 독고설기 교도소장이 힘들여 내민 손을 조용히 거뒀다.

"그런 말씀을 하시기 상당히 힘드셨을 텐데, 예까지 달려오셔서 하시다니……."

그 다급하면서도 절실한 공수겸 보좌관의 외침에, 독고설기 교도소장은 애써 미소 지었다. 그 미소를 보니 다행히 불쾌하게 여기지 않은 모양이어서 절로 안심이 되었다. 그러거나 말거나, 장용빈 의원은 고개를 돌려 두 사람을 외면하고 있었다.

"……아!"

"?"

뭔가를 생각해 낸 독고설기 교도소장은 주머니에서 쪽지를 꺼내, 그걸 공수겸 보좌관에게 건네주었다. 거기에는 글자와 전화번호가 적혀 있었다.

'하눌타리교회 정 목사……?'

선뜻 이해해 내지 못한 공수겸 보좌관은 조금 갸웃거린 끝에, 독고설기 교도소장을 쳐다보았다. 그러자 독고설기 교도소장은 소탈하게 웃으며 말했다.

"하하하. 거기 적힌 정 목사가 영진이, 구승희 씨가 일했던 공장 사장님의 아들이에요!"

공수겸 보좌관이 독고설기 교도소장의 설명을 듣고 눈을 크게 뜨는 한편, 내내 그들을 등지고 있었던 장용빈 의원도 깜짝 놀라 뒤를 돌아보았다.

"그, 뭐라고 설명해야 되나…… 제가 오늘 늦었지 않습니까? 사실은 어제 급한 일이 생겨서 어디를 갔다가 정 목사…… 영진이한테 들르느라 늦은 거였습니다. 물론 장 의원님을 만나 보는 게 어떻겠냐고 설득하려고 간 것이었죠. 그런데…….”

“그런데?”

마음이 급해진 공수겸 보좌관은 자기도 모르게 독고설기 교도소장을 재촉했다.

“그런데 정 목사가 언론에 적잖이 질려 버려서…… 예상은 했었지만. 아무튼 오랜 설득 끝에! 제가 먼저 의원님을 뵙고, 정 목사랑 다시 얘기하기로 했었습니다. 그래서 아까…… 제 기분이 어찌 됐건, 다시 그와 통화한 끝에 설득이 된 겁니다!”

“그럼 그동안, 그분과 계속 연락해 오셨다는 말씀입니까?”

생각지도 못 한 일이었지만 공수겸 보좌관은 놀란 마음을 뒤로 한 채 겨우 말했다.

“아, 뭐…… ‘그 사건’ 이후로 계속 눈에 밟혀서요. 그래서 매달린 거겠죠…… 아무튼 대화 중간까지는 정 목사에게 연락해야 되나 싶었습니다. 딱히 다른 점을 찾기 힘들어서 ‘대충 조사하는 척만 하고 마는 건가’ 했었죠. 하지만 의원님이 냉정하게 집어내시는 걸 보고, 연락하게 된 겁니다.”

‘……하.’

공수겸 보좌관은 그저 꿈같아, 이 의외의 수확이 믿어지지 않았다.

“명함이 있었는데…… 아무리 찾아봐도 없기에 급하게 적어 드리는 겁니다. 주소와 연락처는 거기 적혀 있고, 정 목사한테 미리 말해 뒀으니 수월하실 겁니다."

갑자기 제 손에 들린 쪽지가 무겁게 느껴진 터라, 공수겸 보좌관은 저절로 공손해지게 되었다. 그러다 홀연 의문이 들어 독고설기 교도소장을 말끄러미 보았다.

"……왜 그러십니까?"

"문득 궁금해지는 게 있어서 그렇습니다."

서로를 의아스럽게 바라본 독고설기 교도소장과 공수겸 보좌관은 곧 말을 이어 나갔다.

"뭔지 저도 궁금하군요. 그게 무엇입니까?"

"아까부터 교도소장님께서는 계속 '구승희 씨'라고 하시던데…… 그 사람, 교도소장님보다 어리지 않습니까? 그런데 왜 그렇게 공대하는 느낌으로 말씀하신 건지 알 수 없어서 말입니다."

독고설기 교도소장은 눈을 끔벅끔벅하더니 당황한 듯 웃었다.

"아…… 그건, 거기에는…… 말씀하신대로 그…… 구승희 씨가 저보다 어린 것은 맞습니다만. 지금으로써는 편하게 대할 수 없는 존재라서. 흠, 그리고 고인을 굳이 하대하고 싶지는 않습니다."

'……'

그의 대답을 들은 공수겸 보좌관은 어느 틈엔가 눈을 빛냈다.

"그럼 교도소장님께서는, 구승희 씨가 이미 고인이 되었다는 말씀이십니까?"

"……"

말없이 공수겸 보좌관을 응시하던 독고설기 교도소장은 이내 정중히 인사했다.

"안녕히 가십시오."

인사를 마친 그는 곧바로 뒤돌아 걸어갔다.

"……."

공수겸 보좌관은 강한 여운을 느꼈지만, 할 수 없이 장용빈 의원을 따라 그곳을 나섰다. 그가 힐금 보니, 장용빈 의원은 아직도 기분이 좋지 않은지 묵묵무언한 채 걷고 있었다.

'답답하다…….'

그렇기는 해도 막판에 얻은 수확이 공수겸 보좌관의 마음을 가볍게 만들었다. 이윽고 차에 탄 그들의 눈에, 운전석에 앉은 금석이 지루해 죽겠다는 투로 늘어져 있는 게 보였다.

"너 왜 그래? 오늘 대화가 길어지기는 했지만, 그런 게 처음도 아니 잖아. 근처에 뭐 없었어?"

공수겸 보좌관이 말을 걸자, 굼실굼실 움직인 금석이 볼멘소리를 했다.

"그게, 저는 살다 살다 이런 데는 처음이에요. 안 그래도 뭐 좀 없나 하고 돌아다녔는데…… 아무것도 없어요! 그 흔한 제과점이나 편의 점, 이런 거 전혀 없어요. 여기서 떨어진 데에 다방 하나랑 전파사만 있어요. 말이 돼요?!"

오죽 답답했으면 평소에 말을 별로 안 하는 금석이 저럴까 싶었다. 그렇지만 별수 없어, 공수겸 보좌관은 늘 하던 대로 그를 좀 달래다가 차를 출발시켰다.

'그나저나…… 이걸 어쩌나.'

공수겸 보좌관은 손 안에 든 쪽지를 바라보며, 비좁은 골목길을 힘겹게 가다 갑자기 대로를 맞닥뜨린 격이라 생각하게 되었다. 그만큼 뜻밖의 일이었고 기대한 적 없었기 때문에 더없이 기쁜 일이었다. 그런데 이 일의 주장인 사람이 벌써부터 모나게 행동하고 있으니 불안해질 수밖에 없었다.

'역시…… 내가 따로 해 보는 게.'

쪽지를 응시하던 공수겸 보좌관이 무심코 장용빈 의원 쪽을 돌아본 순간, 자신을 곁눈질하던 그와 눈이 마주쳐 버렸다.

'?!'

"……."

공수겸 보좌관은 이에 황당한 나머지 잠시 멈칫했는데, 장용빈 의원이 고개를 날래게 돌리는 걸 보고는 입가에 미소가 어렸다.

'오호라.'

어쩐지 마음에 여유가 깃든 공수겸 보좌관은 자신 있게 말을 늘어놓았다.

"오늘은 긴장감이 돌기는 했지만 그만큼의 보람이 있었습니다."

기분 좋은 얼굴을 하고 말하던 공수겸 보좌관이 불현듯 무표정하게 말을 이었다.

"마영희는 빼고 말입니다."

듣는 둥 마는 둥 괘념치 않는 척하며 차창 너머를 보던 장용빈 의원은 몰래 끄덕였다.

"그건 그렇고 의원님이 교도소장님을 몰아붙이신 것 말입니다. 초면인 의원님이 그렇게 세차게 몰아붙이셔서 언짢으실 만도 한데, 몸소 달려오셔서는 끝까지 도움을 주시다니……."

"이상하지 않아?"

내내 뚱한 모습이던 장용빈 의원은 더 어두운 낯빛이 되어 말했다.

"아까 교도소장이 구승희의 혐의에 대해서 말한 거 말이야. 정확히 무슨 죄를 지었는지 모른다는 투였잖아. 그 정 목사하고 계속 연락해온 거라면 더 이해가 안 되는데, 우리처럼 모르는 척 하는 게 아니라면……."

"무슨 말씀을 하고 싶으신 겁니까?"

"우리가 자료들을 토대로 조사하고 있는데, 당시 반응이…… 구승희가 죄를 저지르고, 재판에서 판결을 받고 나서도 너나없이 모두 조용했었다고. 그다지 뜨겁지는 않았다는 건데, 그러다가 구승희가 사라진 날을 기점으로 갑자기 사람들 사이에 열이 확 오른 거야!"

장용빈 의원은 돌연 한숨을 쉬고서 공수겸 보좌관에게 말했다.

"그전까지 별 관심도 없었으면서, '그날' 이후로 다들 '희대의 탈옥수' 어쩌고저쩌고…… 그런데 이상한 건! 구승희에 대해 뭐든 알려고 하는 그 사람들이, 정작 구승희가 무슨 혐의인지는 잘 모른다는 거지!"

공수겸 보좌관은 잠자코 장용빈 의원이 하는 말에 귀를 기울였다.

"……."

"모두가 그렇게…… '그'의 혐의는 덮어놓고 비난만 하는 게 이상하다고! '그'에 관해서 그렇게 잘 알지 못함에도 불구하고, 어느 순간 열광하듯이 관심을 갖는 다는 게 이해돼? 그냥 다들 악당이라니까 마음놓고 돌팔매질하겠다는 것처럼. 마치······."

"세뇌라도 당한 것처럼 말입니까?"

낮게 울리는 공수겸 보좌관의 목소리에, 멈칫한 장용빈 의원은 멍하니 그를 응시했다.

"뭐······."

"무슨 뜻인지 알겠습니다만, 벌써부터 결론을 정해 놓으시는 건 곤란합니다."

"······."

"솔직히 구승희가 완전히 결백한 것은 아니잖습니까? 이유가 무엇이든, 혼자 있는 노인에게 들이닥쳐서 강도질을 한 건 사실 아닙니까. 그 과정에서 그 노인을 다치게 한 것 또한 사실입니다."

공수겸 보좌관이 탐탁스럽지 않다는 투로 무표정하게 말하자, 말문이 막혔던 장용빈 의원은 겨우 입을 열었다.

"그 노인을 다치게 한 범인은 다른 사람이라던데?"

"그래도 그가 그 자리에 있었던 건 사실이고, 그로 인해 피해를 본 사람들이 있다는 겁니다."

"아니, 네가 하고 싶은 말이 뭔데?"

굳었던 모습을 푼 공수겸 보좌관은 가만히 눈길을 돌리며 말했다.

"제 말은, 쉽게 단정 짓지는 말자 이겁니다. 그렇게 단순하게 볼 일은 아닌 것 같은데, 의원님이 너무 치우치신 것 같아서 드리는 말씀입니다. 아직 조사해야 할 부분이 많은 지금, 벌써부터 그러시면 어떻게 합니까?"

그런 공수겸 보좌관에게 은근히 기가 죽어 버린 장용빈 의원은 아주 작게 중얼거렸다.

"……그랬나?"

그러고 나서 혼자 생각에 잠기려던 찰나, 공수겸 보좌관의 목소리가 그의 귓가를 자극했다.

"그나저나 교도소장님께서 악수를 청하셨을 때, 왜 응하지 않으신 겁니까?"

움찔한 장용빈 의원은 할 말을 생각해 내려 애썼다.

"내가 괜히 그랬겠어?! 왜 내 입장은 생각 안 하는 건데? 내가 오늘 기대 많이 했다는 거 알잖아. 그런데 그 교도소장이라는 사람, 사람 좋은 척만 했다고…… 정작 꺼내야 할 건 단호하게 인정할 생각도 안 하고!"

"그래서 아까…… 달려오셔서 사과하시고, 인정도 하셨잖습니까?"

"사과라니? 인정은 했을지 몰라도, 사과는 한 적이 없어!"

장용빈 의원과 승강이를 벌이는 사이, 공수겸 보좌관은 어느덧 기운이 몹시 빠져나간 모양새가 되고 말았다. 그가 지켜본 장용빈 의원은 원체 고집이 셌으므로 이쯤에서 마치는 것이 나았다. 그렇지만 입을 다물려니 그것이 못내 아쉬워 현기증이 나는 것 같았다.

"……그나저나 언제 연락할까요?"

"뭐 말이야?"

"정 목사 말입니다."

"아, 아~"

시끌벅적했던 차 안은 그새 안정을 찾은 듯 보였으나, 사실은 앞으로의 부담감에 각자 마음이 가라앉아 있었다. 하지만 동시에 예상치 못한 지름길을 발견한 것만 같은 기분이 들기도 했다.

16

더위가 서서히 가시던 어느 날, 황운보 교수는 반짝 눈을 떴다. 아직 일어나기에 한참 이른 시각이라 하늘은 검푸른 빛이 돌 정도로 어두웠건만, 그의 눈동자는 멀뚱멀뚱 허공을 헤매고 있었다. 그렇다고 소음 때문에 일어난 것은 아니었는데, 사실 그는 눈을 뜨기 전부터 어렴풋이 깬 상태였다.

'요즘 들어…… 생각할 게 많아졌어.'

느릿느릿 몸을 일으킨 황운보 교수는 등을 침대 머리에 기대었다. 그저 무료했던 그는 머릿속이 몽롱해 눈을 감고 조명도 켜지 않은 채 고요만을 취하고 있었다. 눈을 감고는 있었으나 좀처럼 잠이 오지 않아 생각에 잠길 수밖에 없었다.

"아이고, 아야야……."

내내 황운보 교수의 뇌리를 내버려 두지 않던 '탈옥수 구승희 사건'이 또다시 그의 심려를 부르려던 찰나, 머리가 지끈지끈 아프기 시작했다.

'도무지 알 수가 없어. '그 사건'이 재조명된 것도 뜻밖이지만, 다 옛날 일인데. 대수로울 것도 없는 일에 왜 다들 그렇게 관심을 두지?!'

이윽고 관자놀이를 감싼 황운보 교수는 한숨을 쉬었다.

'정말이지, 지긋지긋하다! 그깟 게 뭐라고 나 혼자 이 꼴이야? 그렇잖아, 나도 이렇게 앓다시피 하는데 말이야. 장인목, 그 노인네는 괜찮은 걸까? 워낙 고고한 척을 하니 알 수가 있어야지.'

쓰디쓴 내리막길을 걷게 되면서 자연스레 깊이 생각하는 것을 그만두었음에도, 오랜 시간이 흘러 다시금 집착하다시피 생각에 몰두하게 된 것이었다. 인상을 구긴 황운보 교수는 어느 순간 깜박 졸더니, 깨어나면 걱정하다가 다시 조는 것을 반복하고는 그대로 아침을 맞이했다.

황운보 교수가 부랴부랴 일어날 즈음, 장인목 병원장은 훨씬 한갓진 모습이었다. 그는 어려서부터 매우 이른 시간에 일어나 맑은 정신을 유지해 왔으므로, 그것이 습관처럼 유수히 배어들어 편안했다.

"……."

아침에는 아무리 바빠도 조용히 지내야 하는, 그 저택 안에는 그를 포함해 사람들이 많았다. 한창 조심스러운 그들을 뒤로한 채, 유심히 신문을 보던 장인목 병원장은 문득 시선을 돌렸다.

"……."

그날도 여느 때와 같이 조용하고 한가로운 분위기였다. 겉으로는 평소와 다를 게 없어 뵌 장인목 병원장이었지만 속까지 그런 것은 아니었다. 무엇 때문인지 그는 고개를 돌려 작은 숲이 보이는 창밖을 내다보았는데, 입은 굳게 닫혀 있었어도 뭔가 할 말이 많아 보였다.

"……."

다시 신문을 살핀 장인목 병원장은 이내 일어나 창가로 향했다. 말 없이 창밖을 바라보며 깊은 한숨을 내쉰 그의 너머로 탁자가 보였고, 거기에 펼쳐진 신문에는 '탈옥수 구승희'에 대한 기사가 조그맣게 실려 있었다.

한편, 깜빡 조는 사이에 자신의 일정에 차질이 생기자 황운보 교수는 불같이 화가 치밀었다. 그 불똥은 당연하게도 황남영에게 고스란히 튀었으며, 그녀는 늘 받아오던 애먼 화풀이를 평소보다 더 받아야 했다.

"에잇, 너! 이 계집애, 네가 하는 일이 뭐가 있다고 깨우는 것도 제대로 못 해?! 지금이 몇 시냐고!"

"……."

말 한마디 없이 고개만 숙인 딸을 보니 황운보 교수는 답답해 미칠 지경이었다. 그러는 동안에도 시간은 흘러갔기에, 그는 더 이상의 푸념을 꾹 누른 채 현관을 나서야 했다.

"다녀오세요."

상기된 황운보 교수를 마중 나온 황남영이 나지막이 인사하는 와중, 그의 눈에 딸은 더없이 우울해 보였다. 허름한 옷차림에, 깔끔하기는 고사하고 부스스하기만 했다.

'처녀가 저 모양이라니…… 저래 가지고 시집이나 갈 수 있겠어? 가뜩이나 나이도 많고 반반하지도 않은데. 너 때문에 내가 우울하다, 우울해!'

치가 떨린 그는 서둘러 주차장으로 향했다.

'이상하다.'

그는 생각했으나, 혹시 오류일지 몰라 아무리 기억을 더듬어 봐도 그 생각에는 변함이 없었다. 제 고용인이자, 흠이라고는 찾아볼 수 없는 장인목이라는 사람은 언제나 잔잔히 침착했다. 그런데 지금 자신이 운전하는 차의 뒷좌석에 앉은 '장인목'은 근래 들어 가장 신경질적인 모습을 하고 있었다.

'그게 언제부터였더라…… 아! 요릿집!'

얼마 전에 그 요릿집을 다녀온 뒤로, 장인목 병원장에게는 눈에 띄게 초조한 빛이 서려 있었다. 애써 태연한 체 점잖은 모습이었으나, 가까이에서 그를 겪어본 사람이라면 어렵지 않게 알 수 있을 것이었다. 그게 정확히 무슨 이유인지는 알지 못해도, 적어도 최근 그의 심경에 변화가 생긴 것은 모를 수 없었다.

'……그전부터였나?'

답이 무엇이든, 그가 장인목 병원장의 일에 참견할 처지는 아니었다.

도로는 생각보다 막히지 않았고, 황운보 교수에게도 더 이상 꼬이는 일이 생기지 않았다. 그저 평일이면 반복되던 일상이 자그맣게 흔들린 정도였음에도, 그게 자신이 부정하는 사람들에 의해 일어난 터라 썩 유쾌하지 못했다.

'다 와 버렸네…….'

붉으락푸르락한 얼굴로 운전하던 황운보 교수는 어느새 규양병원에 당도하게 되었다. 날씨도 화창했고 실바람도 따뜻했지만, 어쩐 일인지 그는 차에서 내릴 생각을 하지 않고 능장을 부렸다.

'시간을 보니, 보나 마나 장인목은 이미 출근했을 테고…… 골치 아프게 됐네.'

황운보 교수는 마지못해 뭐 씹은 얼굴로 차에서 내렸는데, 걸음을 옮기는 동안에도 불만이 많아 보였다. 평소보다 많이 늦은 것도 아니고, 지각을 한 건 더더욱 아니건만 그의 걸음걸이에는 짜증이 뒤섞여 있었다.

"하~ 침착해야지."

규양병원 안으로 들어서자, 예상대로 젊은 의사와 간호사 등이 몇몇의 환자들과 함께 눈에 들어왔다. 살살 머뭇거리던 황운보 교수는 애써 아무렇지 않은 체하며 걸었다. 한편, 그 의사와 간호사들은 장인목 병원장을 방패 삼아 거드름이나 피우던 평소와 달리 혼자 들어오는 황운보 교수를 보고 당황했다가 재빨리 인사했다.

"안녕하십니까."

"으음."

물론 그것이 진심에서 우러나오는 게 아니라는 것쯤은 알았으나, 황운보 교수는 태연하게 받아들였다. 하지만 오래 있어 봤자 껄끄러울 것이 분명했으므로 그는 서둘러 움직였다.

'……아직까지는 괜찮은데. 가식적이라는 걸 알아도 쟤들은 대놓고 무시하지는 못하니까. 그나저나, 이제 어쩌나?'

도망치듯 일 층을 벗어난 황운보 교수는 여간 곤란한 기색이 아니었다. 자신보다 규양병원에 늦게 들어온 사람들은 앞에서나마 가만히 있었기 때문에 좀 나은 편이었다. 그러나 규양병원은 자체로도 규모가 크고 명성이 어마했던 탓에 대단한 인물들이 대거 있었는데, 문제는 그들이 하나같이 황운보 교수를 곱지 않게 본다는 것이었다. 그런 그들과 마주칠 것을 염려한 황운보 교수는 차츰 조마조마해지고 있었다.

'급하게 하려니까 길을 못 찾겠네. 그러니까 어디로……'

비상구를 빠져나와 허방지방 기웃거리던 황운보 교수는 마주치기 싫은 사람들과 마주치고 말았다.

"……"

"……"

그 자리에 있는 사람들 중에 이런 상황을 예상하거나 의도한 이는 아무도 없었기에 더욱 당황스러웠다. 누구랄 것도 없이 피차 곤혹스러운 순간이라, 모두 말문이 막혀 헛기침만 하게 되었다.

"……안녕하십니까, 황 교수님."

더할 나위 없이 민망스럽던 찰나, 조심스러운 말씨가 들려 소리가 난 쪽을 본 황운보 교수는 그가 누군지 알아보았다. 그 의사는 다른 세 명의 일행보다 훨씬 젊은이였는데, 바로 유명한 병리학자의 조카였다.

"아아."

"이것 참…… 여러 가지로 놀라운 걸. 이 시간에 자네를 볼 줄은 생각도 못 했어~"

젊은 의사를 제외한 세 명의 의사들은 모두 황운보 교수를 향해 어색히 웃었다. 나이가 지긋한 그 세 명의 의사들은 흉부외과의 권위자들로, 당연히 황운보 교수와는 비교도 할 수 없었다. 그런 그들이 난처해하는 모습은 황운보 교수로 하여금 번뜩 경계심이 들도록 만들었다.

"으음, 이 친구는 알지? 이번에 새로 들어온 신입인데, 아주 촉망받는 친구야! 글쎄, 이 친구 큰아버지가 나랑 동문이라네!"

말을 마친 그는 흡족한 미소를 지으며 그 신입 의사의 어깨를 두드렸다. 황운보 교수를 제외한 모두가 입가에 미소를 띠는 가운데, 쑥스러워하는 그 신입 의사를 보니 좀 떨떠름했다.

'얼마 전에 저 양반들이 모여서 떠들썩하게 놀았다고 하더니만. 듣기로는, 오랜만에 옛 친구를 만나서 그 일대가 떠나가도록 요란했다지. 그 병리학자라는 옛 친구가 저 녀석의…….'

황운보 교수는 잠시 당황했지만 곧 태연하게 웃어넘겼다. 마음에 안 드는 상황이라고는 해도, 딱히 비딱해질 만한 기분이 아녔기 때문에 가능한 것이었다. 그렇게 한동안 가식적인 웃음들이 오갔는데, 다행히 황운보 교수는 그럭저럭 버틸 수 있었다.

"다행이지 뭐야. 말은 안 했어도, 흉부외과에 좀처럼 인재가 안 나와서 얼마나 조바심이 났었는지."

"맞아! 나도 그랬지 뭔가. 그런데 떡하니 이 친구가 나타난 거야!"

듣고 있자니 슬슬 불편해졌으나, 황운보 교수는 아무렇지 않은 척 끄덕거렸다.

"이 친구가 호주에서 유학했을 때, 거기서도 활약이 대단했거든~

그래서 그때 현지 의사들이 얼마나 탐을 냈던지…… 아주 간신히 여기로 데려왔다니까."

"실력이 그렇게 좋으면서, 싹싹하기까지 하니 맘이 안 갈 수가 없어!"

"과찬이십니다."

마치 좁쌀영감 셋이서 손자를 놓고 자랑하는 듯, 그 모양새가 적잖이 꼴불견이었다. 평소에도 코가 높은 그들은, 황운보 교수가 규양병원에 입성할 때부터 줄곧 마뜩잖은 눈을 해온 터라 더 우스웠다. 그런 이유로 자꾸만 콧방귀가 나오려는 것을 겨우 참던 황운보 교수는 여전히 쑥스러워하는 그 신입 의사를 바라보았다.

"……."

"어떤가, 겉으로 본다고 얼마나 알겠냐마는. 이 친구의 대부가…… 나 고등학교 때의 은사시더라고! 그 사실을 알고 내가……!"

"아~ 그분이 자네 은사셨군. 지금은 스웨덴에 계신다지? 대부님께는 지금도 연락드리고 있나?"

"아…… 네! 일주일 전에 안부인사차!"

분명히 눈앞에서 벌어지는 일임에도 황운보 교수와는 딴 세상 얘기 같았다. 그들 사이에 굳이 끼어들고 싶지 않았지만, 자신이 끼어들 틈도 없는 것 같아 더 서글펐다.

'하여간…… 학연, 지연, 혈연 그게 사회를 다 망치지!'

황운보 교수가 일부러 관대해지려 해 봐도, '그들만의 대화'로 인해 질색할 수밖에 없었다. 지금은 서로 아닌 체하고 있으나 그들은 황운보 교수와 사이가 안 좋은 사람들에 속했으므로, 아무리 시간이 지나도 그것이 달라질 수는 없었다. 더구나 지금 같은 상황에서는 까마득한 후배까지 있으니, 자칫하다가는 낭패가 되기 쉬웠다.

'쩝……'

"아무튼 좋은 일이야. 이런 인재가 아는 사람이라니, 마음이 놓여!"

황운보 교수는 그들의 분위기가 탐탁지 않았지만 적당히 장단을 맞춰주기로 했다.

"네, 그렇군요. 제가 보기에도 보통 인재가 아닌 것 같습니다."

오래 있어 봐야 좋을 것이 없었기에 황운보 교수는 어서 그 자리를 벗어나려 했다.

"대단하신 분들이니 많이 배우고, 기대에 부응해 주기 바라네."

"아, 알겠습니다!"

황운보 교수는 그 신입 의사에게 점잖이 말하고서 다른 세 명의 의사들을 향해 선뜻 인사했다.

"전, 그만 가 보겠습니다."

"우리가 자랑만 하느라 자네 시간을 많이 뺏었어."

"안녕히 가십시오, 황 교수님!"

"아아."

그 신입 의사가 큰 목소리로 황운보 교수에게 깍듯이 인사할 적, 그때까지도 분위기는 그런대로 괜찮아 보였다. 황운보 교수는 돌아서서 걸음을 재촉하는 중에도 점점 멀어지는 그들에게 신경이 쓰였다. 이윽고 모퉁이를 돌아선 황운보 교수가 긴장을 좀 늦추려던 순간, 뒤에서 들릴 듯 말 듯한 소리가 그의 신경을 곤두세웠다.

"……흥."

'!'

잠깐이었지만 황운보 교수는 그걸 듣자마자 부아가 치밀었으며, 덕분에 지금껏 그들이 자신에게 줬던 불신과 모욕의 시선들을 선명하게 떠올릴 수 있었다. 그간 다른 의사들과 마주치지 않으려 최선을 다해 피해 다닌 새 좀 달라졌나 했더니, 역시 그들은 나이만 더 먹었을 뿐이었다.

'나도…….'

걸음이 현저히 느려진 황운보 교수는 허탈하게 고개를 수그렸다. 화가 나는 것은 둘째 치고, 지금 자신의 처지를 차마 부정할 수 없어서였다.

'나도 예전에는…….'

규양병원에 온 지 얼마 안 되어 어려운 수술을 줄줄이 해내 많은 이들의 시선을 한 몸에 받던 시절을 떠올린 황운보 교수는 이내 쓸쓸해졌다. 젊어서였는지 몰라도 그때는 아무런 거리낌 없이 손 닿는 곳마다 척척 해냈었다. 그런 황운보 교수의 뒤에는 장인목 병원장이 버티고 있었으므로, 그에게는 무서울 것이 없었으며 그런 나날이 계속될 것만 같았다.

'그때는 주위에 달려드는 사람이 참 많았었지…… 그 많은 사람들은 다 어디에…… 난 어쩌다 이렇게 되었나.'

황운보 교수가 힘없이 두 손을 펼쳐 그것을 한참 보아도, 그 시절

같은 자신감은 찾아볼 수 없었다.

'오늘따라 왜 이 모양이지? 잠도 잘 못 자고, 출근 시간은 늦어지고, 그런 좁쌀영감을 셋이나……'

인상을 쓰던 황운보 교수는 문득 그 신입 의사를 떠올리게 되었다. 어쩐지 그에게서 기시감을 느꼈었는데, 그게 아니라 아렴풋이 옛날의 자신을 본 것이었다. 황운보 교수도 그 신입 의사처럼 아니, 그보다 더한 관심과 기대를 받아 보았기 때문에 그 상황이 익숙했던 것이었다. 단지 그것을 인지하는 데에 시간이 걸렸을 뿐.

'내가 어쩌다가……'

한숨과 함께 생각에 잠기려던 찰나, 그는 얼른 머리를 흔들어 그것을 떨쳤다. 요사이 부쩍 생각할 게 많아지다 보니 고민하는 버릇이 생긴 것 같아 은연중에 질려 버린 탓이었다.

"이제 고민은 그만두고 머리 좀 식혀야지."

어떤 고민도 떠안지 않은 황운보 교수는 그저 길을 걷고 또 걸었다. 무턱대고 걷다 보니 마음이 한결 편안해지는 느낌이었다. 눈을 들어 위치를 확인한 그는 가벼웠던 걸음을 멈칫했다.

'어……'

황운보 교수가 멈춘 곳은 병원장실 앞이었다.

17

세상은 눈에 띄는 변화 없이, 여전히 규양병원과 장인목 병원장을 우러르고 있었다. 그럼에도 불구하고 '불안'이라는 녀석은 장인목 병원장의 속에 잠식하기를 마지않았다.

"……."

의연한 모습으로 출근하여 병원장실에 들어온 뒤에도, 장인목 병원장의 머릿속에는 한 가지 생각뿐이었다. 그가 남몰래 챙겨 온 각종 신문들 틈에 몇 달 동안 끊임없이 회자되고 있는 그 사건. 언론은 물론, 사람들 입에서 입으로 눈덩이처럼 불어나고 있는 '탈옥수 구승희 사건'이었다.

'날이 갈수록 심해지고 있어! 이대로는…… 안 돼.'

장인목 병원장은 책상 위에 놓인 신문들을 보았다. '탈옥수 구승희'에 대한 기사는 처음보다 작아져 뒤로 밀려난 것처럼 보였으나, 앞으로 어떨지는 장담할 수 없었다. 거기에다 자신의 아들, 장용빈 의원의 기사 또한 어지간히 잦아들었어도 은근히 골치였다.

"하아."

책상 앞에 앉은 그는 두 눈을 감고 의자에 기대었다.

"……!"

바로 다음 순간에 심호흡을 하려니, 별안간 휴대전화가 울렸다. 좋은 소식이 아닐 것이라는 느낌이 든 그는 자기도 모르게 미간을 좁혔다. 그러고는 잠시 머뭇거리다, 마지못해 휴대전화를 들었다.

"……나야."

장인목 병원장의 예상대로 좋은 소식은 아니었는데, 곧이어 그는 흠칫하게 되었다.

"독고설기? 그 교도소장 말인가……? 언제?"

경직된 얼굴의 장인목 병원장은 당장 속이 까맣게 타들어 가는 것 같아, 누가 보더라도 심상치 않은 상황임을 알 수 있었다.

"알겠네. 행동은 하지 말고 지켜봐."

통화를 마친 장인목 병원장의 눈썹이 얼핏 굼틀거렸다.

"그 녀석…… 쓸데없는 짓을."

그동안 웬만한 일에는 굼적도 하지 않은 장인목 병원장이었지만, 이십 년 전 그 사건이 매일같이 대두되는 요즘 점점 힘이 부치는 것을 느꼈다. 이뤄 놓은 게 굳건한 만큼 주위에 사람들 또한 많았음에도, 어느 누구에게도 제 심정을 솔직하게 털어놓을 수 없었다. 그 사실이 그를 보이지 않는 벽에 둘러싸이도록 이끌어, 어떻게 있어도 편치 않게 만들었다.

똑똑

"?!"

넋을 놓고 있었으나 장인목 병원장은 지금 작은 소리에도 깜짝 놀랄 만큼 매우 예민해진 상태였다. 그래서 자신의 사무실 문을 두드리는 소리에 과민 반응을 보였으며, 소리가 난 쪽을 죽일 듯이 노려보았다.

"……."

가까스로 마음을 진정시킨 장인목 병원장은 고개를 돌리며 눈을 꼭 감아 버렸다. 이어서 주먹을 쥔 채 심호흡하기에 여념 없더니, 곧 아무 일도 없는 것처럼 눈을 떴다.

"누군가."

"……저, 접니다. 병원장님!"

"……."

하필이면, 지금 보고 싶지 않은 사람들 중 하나의 목소리가 장인목 병원장의 귓가를 스치고 말았다. 볼 때마다 혈압이 오르게 만들었기 때문에 지금만 안 보고 싶은 것은 아니었으나, 문제는 앞으로도 계속 봐야 한다는 것이었다.

'오늘은 또 무슨 억지를 부릴지, 알 수가 없어.'

가뜩이나 골치 썩을 일이 많은 요즘에는 더더욱 피하고 싶은 인물이었다. 하지만 앞으로도 계속 봐야 하기에 무작정 피할 수도 없거니와, 사무실 밖에서 버티고 있는 사람을 무슨 수로 피할 수 있겠는가 싶었다.

"……."

"병원장님?"

"들어와."

말을 하고 나서도 장인목 병원장은 벌써부터 몸서리가 쳐졌다. 이

옥고 풀이 죽은 모습의 황운보 교수가 쭈뼛쭈뼛 들어서는 게 보였다. 항상 그렇게 기가 죽은 개처럼 불쌍한 모습으로 다가와서는 결국 속만 뒤집고 가 버리는 게 황운보 교수였다.

'적당히 해, 적당히!'

황운보 교수의 변함없는 등장 방식에 눈을 돌려 버린 장인목 병원장은 어서 그가 제 발로 나가기를 바라고 있었다.

사실 이곳에 들러도 속 시원해지는 일은 없었으나, 황운보 교수로서는 많은 생각 끝에 들어온 것이었다. 그가 장인목 병원장의 사무실에 찾아온 이유는 '막연한 여지' 때문이었는데, 솔직히 그조차도 마음가짐에 문제가 있었다.

'……꿀꺽.'

밖에서는 보는 사람이 있건 없건 으스대기 바쁜 황운보 교수지만, 병원장실에서는 또 달랐다. 방금도 분명, 얼굴이 험상궂게 상기되어서는 속으로 장인목 병원장의 온갖 흉을 보며 뭔가를 할 것처럼 퍽 위협적인 모습이었었다. 그 스스로도 장인목 병원장에게 묵은 감정이 있는 터라, 무엇이든 받아쳐 주겠다는 다짐을 하고는 했다. 그러나 막상 장인목 병원장의 앞에 설 때면, 역정이 나 참을 수 없더라도 거짓말처럼 저자세가 되고 마는 것이었다.

'……이곳에 오기만 하면 뭔가 될 것 같기도 했는데. 방금 전까지만 해도 할 말이 산더미 같았었는데 말이야. 어째 여길 들어오기만 하면 당최 생각이 나지를 않으니, 이래서야 입이 떨어지지 않잖아.'

습관처럼 바닥만 보던 황운보 교수는 무슨 말을 꺼내야 할지 난감해하고 있다, 괜스레 딴청을 피우며 장인목 병원장을 흘금거렸다. 그로부터 자신을 향한 못마땅한 눈초리가 보였으므로, 황운보 교수는 급히 고개를 숙여 버렸다. 잠깐 본 것이지만 장인목 병원장의 모습에서 조금의 빈틈도 보이지 않아, 엔간찮게 당황할 수밖에 없었다.

'나날이 그 난리인데 저 노인네는 어쩜 저렇게 태평하지? 늙으면 겁이 많아진다는데, 백발이 성성한 주제에 저 의연한 태도가 다 뭐야?! 난, 그날 이후로……!'

몇 개월 전, '수의 사건'이 일어난 이후로 황운보 교수는 쭉 장인목 병원장을 지켜본 터였다. 물론 여간해서는 내색하지 않는 성격인 데다 자신과 마주하는 것을 극도로 기피하니 관찰하는 게 쉽지 않았다. 그러나 지금은 그런 걸 일일이 따질 판국이 아니었다. 단지 보기 싫은 사람을 피한다고, 뒤에서 흉본다고, 상관없는 데 가서 으스댄다고 될 게 아니었기 때문에 불가피했다.

'흥…… 자존심이 상할 지경이야. 난 잠도 편히 못 잘뿐더러 어떻게 될지 몰라서 머리에 쥐가 날 것 같은데. 저 노인네는 얌전한 고양이처럼 점잔이나 빼고 있다니! 당장 일이 생겨도 나보다 훨씬 타격이 클 텐데, 대체 뭘 믿고 저렇게 한가로울까?!'

황운보 교수는 오만가지 생각이 들어 타는 듯한 갈증을 느꼈는데, 실제로 목이 마른 게 아니라 무슨 얘기든 생각이 나는 대로 목청껏 외치고 싶은 마음이 굴뚝같아서였다. 하지만 그 생각대로 했다간 장인목 병원장에게 대번 핀잔 받을 것 같아서, 그의 눈밖에 나버릴 것만 같아 억지로 참으려니 느껴지는 갈증이었다.

'걱정하는 시늉이라도 했다면 말 꺼내기 수월했을 텐데……'

어쩌지도 못하던 황운보 교수는 다시금 슬쩍 장인목 병원장을 흘금 거렸다. 그러자 그는 이번에도 황운보 교수를 어지간히 권태로운 태도로 보고 있어, 그 눈빛이 황운보 교수로 하여금 발끈하게 만들었다.

'쳇! 알아, 안다고! 나도 네가 예뻐서 온 게 아니라고!'

"무슨 일로 온 거야."

"……."

황운보 교수가 계속 입을 열려고 하지 않아, 결국 인내심의 한계를 느낀 장인목 병원장이 먼저 말을 꺼냈다. 무게가 있는 것 같으면서도 신경질적인 그 음성이 귓가에 들리자마자, 움찔한 황운보 교수는 이내 굳어 버리고 말았다.

"할 말이 있을 거 아냐."

"……그게."

쉽사리 말하지 못하고 어물어물 헤매는 황운보 교수의 꼬락서니는 장인목 병원장에게 있어 더없는 꼴불견에 불과했다. 어차피 기대하는 바도 없어, 보고 있는 것만으로도 이미 피곤한 상태였다.

'말을 하려니…… 입이 떨어지지 않네. 이게 다 걸핏하면 불호령이나 내리는 저 노인네 탓이야! 자기가 병원장이면 병원장이지, 나도 지위라는 게 있는데. 아, 내가 왜 땅만 보고 있지? 죄인도 아닌데!'

순간 울컥한 황운보 교수는 내내 수그렸던 고개를 똑바로 들었다. 분명 그것은 드문 일이었기 때문에 스스로도 조금 얼떨떨한 기분이 들었다. 그는 내친김에 장인목 병원장을 향해 쏘아보려 했다.

"……?"

"……."

황운보 교수는 기세 좋게 고개를 돌렸지만, 막상 장인목 병원장과 눈이 마주치자 공중에 떴던 기세가 금세 땅으로 꺼지고 말았다. 아무래도 한 번에 두 걸음은 무리였던 모양으로, 자세 또한 굽어지려 했으나 그것만은 겨우 막을 수 있었다.

'쯧쯧쯧.'

황운보 교수가 공연히 옷매무새나 고치는 시늉을 하고 있어, 확 짜증을 느낀 장인목 병원장은 그걸 더 두고 볼 수 없었기에 독촉하게 되었다.

"도대체, 여기 온 용건이 뭐냐고!"

"아, 용건…… 그."

'답답해…… 해가 갈수록 답답해져!'

어물거리는 동안 용케 고개를 들고 있던 황운보 교수는 마침내 장인목 병원장에게 말을 건넸다.

"……요즘 어떠십니까?"

"?"

그것은 장인목 병원장이 선뜻 이해할 수 있는 말이 아닌 터라, 그에 대해 대답할 말을 찾지 못했다.

"그게 무슨 말이야?"

"네……?"

"내가 요즘 어떤지가 궁금하다고? 몇십 년 동안 내 밑에서 일했다는 사람이, 나보고 요즘 어떠냐고 물은 거야?"

겨우 건넨 말이 틀어지려 하니, 황운보 교수는 전긍한 마음에 간이 콩알만 해졌다.

"저…… 제 말은."

"갑자기 찾아와서는 무슨 일인가 했더니…… 이러니 기대를 말아야 지!"

장인목 병원장의 콧방귀가 적나라하게 들려, 황운보 교수는 한순간 에 마음을 얻어맞은 것 같았다.

"병원장님, 제 말을 끝까지 들어 보십시오! 제가 하려는 말은……."

황운보 교수는 자꾸만 생각과 다른 방향으로 일이 꼬여 간신히 참 았던 '갈증'이 더 세차게 요동치는 것 같아 정신이 없었다.

'안 돼…… 당황하지 말아야 돼. 이대로 쫓겨나면 내 꼴만 우스워지 게 돼.'

눈을 한 차례 끔벅거린 황운보 교수는 장인목 병원장을 찬찬히 살 폈다. 언제나 그렇듯, 그는 욱기 가득한 모습을 하고서 원념이 맺힌 눈으로 자신을 보고 있었다.

"제가 괜히 온 거라고 생각하시겠지만…… 사실은 중요한 이유가 있어서 온 겁니다!"

왠지 분한 마음이 들었던 황운보 교수는 필요 이상으로 힘주어 말 했다.

"……그래? 어디 그 이유 좀 들어볼 수 있겠나?"

장인목 병원장의 목소리에서는 황운보 교수를 조롱하는 투를 지울 수 없었다.

"뭐, 아시다시피 시간도 많이 지난 일인데. 지금까지 딱히 밝혀진 것도 없지만, 그래도 더는 두고 볼 수가 없어서 말이죠!"

두루뭉술하게 설명하는 황운보 교수가 답답하게 느껴진 탓에, 장인목 병원장은 슬슬 역정이 들려던 참이었다.

"자네 대체……!"

"이십 년 전!"

장인목 병원장의 채근에 다급해진 황운보 교수가 얼른 본론에 들어간 찰나, 그의 말을 흘려듣던 장인목 병원장은 불현듯 멈칫하고 말았다.

"……."

"그러니까 이십 년 전…… 그 일도 그렇고. 그 '수의 사건'이 벌어지는 바람에, 그게 별것도 아닐 수 있다는 건 알지만. 그게, 날이 갈수록 사람들 입에 오르내리느라 도무지 가실 기미가 안 보여서 말이죠! 언론에서도 쓸데없이 주목해서 이십 년 전 일이나 들춰내고…… 어떻게 될지 몰라서 제가 내색하지 않고 상황을 지켜봤는데! 어딜 가나 그 얘기만 하니까, 어떤 때는 등골이 오싹해질 정도더라고요. 그래서 제가……."

"……."

모처럼 막혔던 숨통이 트인 듯 시원하게 말을 토해 내던 황운보 교수는 무심코 장인목 병원장을 보았다.

"……."

"……."

"그, 그래서…… 하루도 마음 편히…….”

"……."

장인목 병원장과 눈이 마주친 황운보 교수는 감히 눈을 돌릴 수도 없었으며, 더 말을 하려 해 봐도 이내 말문이 막혀 버리고 말았다. 자신을 보는 장인목 병원장의 눈빛이, 표정이 심상치 않게 보였기 때문이었다. 그간 보았던 냉정한 모습과는 달리 자신을 찢어 죽일 것처럼 섬뜩한 눈으로 노려보았으므로, 그저 한참 재잘거릴 계획이었던 황운보 교수는 지그시 말문을 닫을 수밖에 없었다.

"……."

"병원장님……?"

"……."

"저는 다만…… 걱정이 돼서 드리는 말씀입니다.”

뭔가 상황이 안 좋다는 것을 안 황운보 교수는 어느덧 절절매는 모습이 되었다. 잠시 후, 장인목 병원장은 힘껏 부라렸던 눈을 풀고는 천천히 움직였다.

"흐음."

움찔한 황운보 교수는 곧장 장인목 병원장에게 허리를 숙이고 외쳤다.

"……! 제가 무슨 실수를 했는지 모르지만, 다 병원장님과 규양병원의 미래가 걱정되는 마음에서……!"

"쯧…….”

"저는 그냥……!"

"이봐!"

차마 고개 들 엄두를 못 낸 황운보 교수는 어떻게든 분위기를 풀어보려 닥치는 대로 말했다. 그새 냉정을 되찾은 장인목 병원장이 쩌렁쩌렁 소리치자, 깜짝 놀란 황운보 교수는 입을 다물어 버렸다.

"아무래도 자네가 오해한 모양이군."

'……?!'

"참, 당황스러운 걸. 갑자기 찾아와서는 알아듣지 못할 얘기만 해대니……."

"……병원장님?"

금세 평소 장인목 병원장의 말투가 들린 것이 의아스러워, 황운보 교수는 조심히 그를 힐금거렸다. 아까와는 다르게 천연덕스러운 모습으로 앉아 있는 장인목 병원장이 보였기에, 서둘러 눈을 내린 황운보 교수는 불안한 마음에 어찌할 바를 몰랐다.

'못 알아듣겠다고? 저 눈치 빠른 노인네가 내 말을 못 알아들을 리가 없잖아. 또 무슨 술수를 부리려는 거야…….'

황운보 교수는 아무리 머리를 굴려 봐도 답을 찾기가 힘에 겨웠다. 거기에다 이번에도 얻는 것 하나 없이 돌아간다고 생각하니 갑자기 피로가 몰려오는 것 같았다.

"그런데 무슨 일 때문이라고? 중요한 일이라고 했잖은가?"

"아까 '수의 사건'……."

"아아…… 그래, 그런 일이 있었지. 그런데 어째서 그게 중요하다는 건가?"

황운보 교수는 기가 죽은 상태라 고개도 들지 못해 발등만 보고 있었다. 그 때문에 지금 장인목 병원장이 얼마나 태연자약한 모습인지 알 수 없어, 다만 들리는 말투만으로 짐작할 뿐이었다.

"저…… 저는 그냥. 옛날 일이 걱정돼서요. 병원장님이나 저나, 그렇잖습니까? 일이 왜 그렇게 된 건지 모르겠지만 이왕 이렇게 된 거 조심해서 나쁠 거 없죠."

"나, 참……."

'무슨 꿍꿍이지?'

황운보 교수가 굽실거리며 더듬듯 말하니, 이에 장인목 병원장은 도통 이해할 수 없다는 투로 갸웃거리기만 했다.

"이거 민망해지는군. 나는 자네가 무슨 말을 하는 건지 전혀 알 길이 없어."

'어……?'

당황한 황운보 교수는 조심스럽게 고개를 들어 장인목 병원장을 보았다. 그의 얼굴은 영문을 알 수 없다는 빛이 역력해, 오히려 황운보 교수를 의문스럽게 응시했다.

"병원장님……."

"그래, 듣고 있네."

"혹시 잊어버리셨어요? 시간이 많이 지난 일이기는 해도, 그래도 그런 일을 어떻게…… 정말 기억을 못 하시는 거예요?"

별안간 너털웃음을 친 장인목 병원장은 자리에서 일어나 황운보 교수에게 걸어갔다. 어떻게 돌아가는지 알 길이 없는 황운보 교수는 그저 겁이 나 고개를 숙였다.

"하하하! 뭘 그리 당황하고 그러나. 옛날 얘기니 뭐니, 도무지 알 수 없는 소리나 하고 말이야. 가만 있자…… 그래, 이십 년 전쯤…… 그 때쯤이었지! 자네가 이 규양병원에 와서 같이 일하기 시작한 게. 이제 기억이 나는군."

어느새 황운보 교수와 나란히 선 장인목 병원장은 그의 어깨에 살며시 팔을 둘렀다.

"그때 자네는 모든 이들의 기대를 한 몸에 받았었지! 장래가 유망한 사람이었는데 말이야. 그게 어느 틈에 옛날 일이 되었어……."

"……"

예상치 못한 상황이었으므로 경황이 없을 황운보 교수였으나, 그는 떨떠름한 얼굴로 옛날을 회상했다. 규양병원에 입성해 막 일을 시작할 무렵, 그곳의 많은 이들에게서 느껴진 시선은 얼멍얼멍하니 참 곱지 않았다. 우려와 질시로 얼룩진 감정들이 황운보 교수를 소리 없이 짓누르던 그런 시절이었다. 다만, 어차피 쉽지 않을 걸 알았었기에 무던히 참고 견딘 세월이었다.

"……"

장인목 병원장을 힐금거리니 그는 감회에 젖은 듯 가라앉은 모습이었다. 하지만 황운보 교수가 아무리 어리석더라도 그것이 '빈말'이라는 것 정도는 알고 있었다. 그래도 완전히 꿰뚫지는 못했기 때문에, 가만히 지켜보는 수밖에 없었다.

"흠…… 그때 참 좋았는데 말이야. 내가 반신반의하며 자네를 지켜봤었는데, 그때만 해도 나 같은 사람이 많았을 거라고~ 그런데 번듯하게 제 할 일을 다 해내고, 그 어려운 수술을 척척 해내니 내 속이 다 시원하더라고!"

"……."

밝은 목소리의 장인목 병원장과는 반대로 황운보 교수의 마음은 착잡해지고 있었다. 전성기라고 불릴 만한 일이 정말 '옛날'인 것처럼 느껴져, 머릿속에는 자연스레 '좁쌀영감들'이 떠올랐다.

"그때는…… 그랬었죠."

"지금도 눈앞에 선해."

"……요즘에도요?"

황운보 교수는 누가 들어도 울적한 목소리로 장인목 병원장에게 질문했다. 정색하는 그를 보고 멈칫한 장인목 병원장은 조용조용 팔을 내렸다. 간신히 화제를 바꿨다 싶었더니 또 문제가 만들어진 모양이었다.

"그랬었죠! 무슨 일이든 호기롭게 달려들었고 그에 맞는 결과를 얻어내고는 했었죠! 그런데 요즘에는? 일 년 전에는 또 어땠습니까?!"

"……."

어느덧 원래의 목적을 까맣게 잊어버린 황운보 교수는 설움에 북받쳐 소리 질렀다.

"이 년 전에도 마찬가지였어요. 지금은, 지금의 저는 그때와 달라도 너무 달라요!"

"……."

장인목 병원장은 어쩐 일인지 황운보 교수가 소리치는 것을 그저 바라보고 있었다.

"저는 능력 있는 의사였고, 수술 실력도 최고였다고요! 근데 지금 은…… 아니라는 말입니다. 아무 일도 없거든요! 이 병원에서는 누구 든지 다들 바쁜데, 오직 저 하나만 하릴없이 떠돌고 있어요…… 수술 은 고사하고 환자를 진료한 기억이 가물가물하다고요."

"그…… 환자가 없는 건 아니잖아."

"이따금씩 찾아오는 잔챙이 말고요!"

"……."

"아시잖아요……? 굵직한 알짜배기."

눈을 반득인 황운보 교수가 하는 말을 다 알아들은 장인목 병원장 은 속으로 진저리가 났다. 좀 달라졌나 했더니 또 이렇게 돼 버리는 것에 기가 찼다.

"말씀드렸듯이…… 제가 하릴없이 떠돌아다니니까 후배 의사들도 저를 피하고 비웃더라고요. 이제는 간호사들까지 저를 등한시하고! 그러니까……."

"왜 그런지 정말 몰라서 물어?"

황운보 교수가 모처럼 눈치를 살피지 않고 말하려는 중에, 장인목 병원장의 목소리가 날카롭게 울렸다. 그에 당장 겁이 난 황운보 교수 는 어쩌지도 못하다가 조심스레 눈을 굴렸다. 제 딴에는 신중을 기했 건만, 장인목 병원장의 눈빛은 다시 냉랭해져 있었다.

“…….”

“왜 꿀 먹은 벙어리가 됐나? 그러지 말고 계속 말해 봐! 의사들, 간호사들이 비웃어? 환자라고는 잔챙이만 찾아와? 왜 그렇게 된 건지, 정말 모르나?!”

희번덕희번덕하는 장인목 병원장의 눈은 멋모르고 큰소리친 황운보 교수를 얼어 버리게 만들었고, 그는 두려움 때문에 차츰 납작하게 굽실거리는 모양이 되었다.

“모른다면 가르쳐 주지! 이 규양병원의 모두가 자네를 그리도 업신여기는 이유는 바로, 자네 때문이야!”

“…….”

“수술 실력이 최고였다고? 그래, 그랬었지. 자네가 막 이곳에 올 무렵…… 몇 년 동안은 신기할 정도로 잘나갔었지. 내 그것만큼은 인정 안 할 수가 없어! 하지만, 그 후에 어땠지?!”

“…….”

“멋대로 딴 데 정신이 팔려서는 사치하고, 사치하고, 사치하고…… 내 그렇게, 엇나가지 말라고 타일러도 들은 척도 안 했지! 그렇게 내 충고를 무시하더니 결국, 그 최고라던 수술 실력은 온데간데없잖아?!”

옆에서 들려오는 장인목 병원장의 고함은 황운보 교수의 머릿속을 통째로 흔들어 놓는 것 같았다. 계속되는 질책에 몸을 파들파들 떨던 황운보 교수는 샛눈으로 장인목 병원장을 조금씩 흘기고 있었다.

“의사로서의 실력은 녹슬었으면서, 오로지 욕심부리는 것에만 급급했지! 성질이나 좋았으면……! 덕분에 지금 자네 곁에 아무도 없잖아! 그런데 이제 와서 내 탓을 해?!"

"……."

"나도 힘들어~ 실력도 뭣도 없는 자네를 내치기는커녕, 이날 이때까지 이 규양병원에서 일하게 해 주지 않았나? 그게 어디 쉬운 줄 알아? 내가 말을 안 해서 그렇지, 다들 말들이 많다고! 이런 사정도 모르고 허구한 날 불평불만을 늘어놓기만 하지……!"

핀잔을 쏘아붙이던 장인목 병원장은 말을 마친 후 황운보 교수와 눈이 마주쳤는데, 그의 눈에는 분한 마음이 들어 있어 상당히 뜨거워 보였다. 그러나 그뿐, 그것은 얼마 못 가고 말았다. 곧 황운보 교수의 눈에서 힘이 풀어졌기 때문이었다.

"……쳐요."

"뭐라고?"

"이제는 떠돌아다니기 지친다고요! 옛날처럼…… 떳떳해지고 싶습니다!"

"지금까지 내가 한 말을 다 어디로 들은 거야?!"

가까스로 평정심을 지키고 있었던 장인목 병원장은 언제나처럼 억지나 늘어놓는 황운보 교수로 인해 온몸의 힘이 빠져나가는 것을 느껴야 했다. 그는 매사 변함없이 같은 꼴을 반복하는 황운보 교수가 끔찍했다.

"이……!"

"제 실력이 예전 같지 않은 건 알지만, 지금은 또 달라요! 그동안 제가 여기서 얼마나 모범을 보였는데요. 그러니까 단 한 번이라도……
기회를 주세요!"

"……."

황운보 교수는 두려움과 모욕감이 얽죽얽죽한 채로 장인목 병원장
에게 억지웃음을 지었다. 웃고 싶은 마음도, 장인목 병원장을 쳐다보
고 싶은 마음도 없었으나 달리 방법이 없었다. 그에게는 장인목 병원
장만이 보신책이었기에, 이렇게라도 매달리는 수밖에 없는 것이었
다.

'기회를 달라고!'

"……."

그런 황운보 교수의 눈에 비친 것은, 서슴없이 경멸의 눈빛을 던지
는 장인목 병원장이었다. 그를 처음 보는 게 아님에도 황운보 교수는
심장이 오그라드는 것 같았다.

"정말 당당하군. 그런 형편없는 실력을 가졌는데도 여기서 내쫓지
않고 있게 해 줬으면……! 일부러라도 쥐 죽은 듯 지낼 일이지! 걸핏
하면, 나한테 와서 허튼소리나 해?!"

장인목 병원장은 그동안 쌓인 게 폭발했는지 노발대발 얼굴을 붉혔
다. 화가 잔뜩 난 그가 고래고래 소리 지르며 역정을 내자, 그에 하얗
게 질려 버린 황운보 교수는 금방이라도 다리가 풀려 쓰러질 것 같았
다.

'하아…… 내가 여기에 왜 온 걸까? 뾰족한 수가 생기는 것도 아닌
데.'

"스스로 잘하면 될 것을, 왜 나한테 일일이 칭얼대는 거냐고?!"

'아, 그 사건 때문에 내가 얼마나 맘고생하고 있는데…… 이게 전부다, 그 계집애 때문이야! 늘 하던 대로 제 시간에 깨우는 걸 못하는 바람에 일이 이상하게 돌아가고 있잖아! 집에 가면, 그 계집애부터 잡아야지……!'

장인목 병원장의 고성을 꿋꿋이 참는 듯 보이던 황운보 교수는 제가 받는 스트레스를 몽땅, 전혀 상관도 없는 딸에게 돌려 화풀이 할 계획부터 세우고 있었다. 애초에 자신의 스트레스도, 불행도, 뭣도 딸과 관계없다는 것을 그도 상기하고 있었다. 하지만 그런 긴요한 사실은 자신에게 불편할 뿐이었기 때문에 고의로 덮어 버린 지 오래였다.

'평소대로 일찍 깨웠다면, 그 좁쌀영감들이랑 부딪힐 일도 없었잖아! 그럼 병원장실에 찾아오지 않았을 거고! 이렇게 엉망진창이 되어 버리다니…….'

"도대체 달라질 생각이 있는 거냐고!"

그렇게 오로지 제 방식대로 꾹 참고 있던 찰나, 황운보 교수의 머리에 슬그니 통증이 일었다. 그는 불시에 닥친 고통 때문에 눈을 질끈 감아 버리고 말았다.

'기가 막히네…… 멀쩡할 때도 견디기 힘든 이 상황에, 머리까지 깨질 것 같다니.'

조금만 아파도 힘들 텐데, 두통은 황운보 교수의 머리를 사정없이 헤집기 시작했다.

'이 두통도 '그 사건' 때문에 생긴 후유증이라고! 어떤 녀석이 수의

로 장난을 치는 바람에, 밤잠을 설쳐 가며 고민하다가 이렇게 되어 버린 거라고! 그것도 모르면서!'

황운보 교수는 극심한 두통으로 인해 흐릿해진 두 눈을 게슴츠레 뜨며, 매섭게 악을 쓰는 장인목 병원장을 보았다. 황운보 교수로서는 뛰쳐나가고 싶은 마음이 간절했으나, 눈앞이 아찔하여 움직이기 힘들었던 탓에 그저 꾹 참고 서 있을 수밖에 없었다.

'내가…… 이런 취급을 받아야 해? 두통만 아니면 살 것 같은데, 왜 이렇게 아픈 거야…… 그만 좀 해라, 그만!'

이제는 장인목 병원장이 문제가 아니라, 사정없이 지끈거리는 두통 때문에 정신이 혼미할 지경이었다. 설상가상, 그는 점점 더 심해지는 두통에 못 이겨 기절해 버릴 것만 같았다.

"그만!"

"……?!"

두통 때문에 정신을 차리기 힘들던 차, 황운보 교수가 거친 숨을 몰아쉬며 소리쳤다. 그가 홀연 소리치자 장인목 병원장은 무의식적으로 멈칫했다.

"……."

'……?'

병원장실 안은 황운보 교수가 내뱉는 숨소리 말고는 아무것도 들리지 않았다. 고개 숙인 채 침묵하는 황운보 교수를 보고 있자니, 장인목 병원장은 기가 막힐 노릇이었다. 적잖이 퍼부은 후라 어찌어찌 화가 가라앉았지만, 그의 심사는 자꾸만 뒤틀렸다.

"……이봐!"

"병원장님이야말로 달라지실 생각 없으세요?"

고개를 든 황운보 교수가 장인목 병원장의 눈을 똑바로 쳐다보았는데, 갑작스런 그의 행동 변화에 당황한 장인목 병원장은 한걸음 물러났다.

"제가 형편없다고요?! 처음부터 그렇지 않았다는 건 병원장님이 더 잘 아실 텐데요? 그래서 저를 이 규양병원으로 오게 하신 거잖아요? 그런 분이 어떻게 그런 말씀을 하세요?"

"물론 처음부터 그렇지는 않았어! 하지만…… 자네가 어떻게 해왔는지 잊었나?"

"그건~ 그 정도는 누구나…… 어느 누구라도 그 정도는 누릴 수 있죠! 하지만 병원장님은 그런 저를 망설임 없이 버려두셨다고요! 마치, 기다렸다는 듯이……."

지금 황운보 교수는 반쯤 제정신이 아닐뿐더러 극심한 두통에 시달리느라 그것을 떨치려 자기도 모르게 악을 쓰는 중이었다. 그런 것을 모르는 장인목 병원장에게는 그저 황운보라는 골칫덩이가 폭주하는 것으로만 보였다.

"억지 부리지 마! 기다렸다는 듯이 버려? 누가 들으면 하루아침에 변한 줄 알겠군! 내가 그렇게 버린 게 맞다면, 왜 자네를 내치지 않았겠나?! 말을 해 봐!"

보통은 한 사람이 일방적으로 큰 소리 몇 번 치는 게 고작인데, 격한 감정에 휩싸인 그들 간에 고성이 오갔다. 이번에는 상황이 자못 심각해 보여, 어느 누구도 물러날 생각이 없어 보였다.

'아아…… 지긋지긋한 이 두통. 안 그래도 참기 힘든데, 저 노인네가 소리를 질러 대니 머리가 깨질 것 같아!'

"자네가 이러는 걸 보니 나도 슬슬 후회가 돼! 철저하게 실력 위주로 제대로 된 의사를 뽑아서, 규양병원을 이만큼 통솔하기가 쉬운 줄 알아? 그럼에도 불구하고 나는 자네를 내치지 않고……!"

"흐흐흐……."

장인목 병원장이 하는 얘기를 듣던 황운보 교수는 돌연 실소를 터트렸다.

'저……?!'

"철저히 실력으로만 뽑아……? 하하하!"

처음에는 작은 소리로 웃음을 흘리던 황운보 교수는 점차 큰 소리로 비웃었다. 흠칫한 장인목 병원장은 그 웃음소리가 몹시 거슬렸지만, 상황이 너무 이상해지는 것 같아 더 말하지 않았다.

"규양병원, 좋지! 의료진이든, 일용직이든 아무나 들어올 수가 없지! 그 때문에 대한민국에서 내로라하는 병원이라고 떠받들잖아? 그런데 솔직히 말해서…… 철저히 실력만 보고 뽑는 건 아니잖습니까?"

"……."

"학연, 지연, 혈연…… 뇌물이고 뭐고 그런 게 다잖아요? 이제 와서 고상한 척하지 마시죠. 이 병원에는 저 말고도 제 이익에만 눈이 먼 인간들이 부지기수라고요, 아시겠어요?! 근데 왜 항상 저한테만 그러시냐고요!"

장인목 병원장은 그 얘기를 듣는 중에도 몸만 부들부들 떨 뿐 말이 없었다.

'후…… 좀 괜찮아지는 것 같으면서도 계속 아프네. 왜 이렇게 가라 앉지를 않지?'

"……."

"아셨으면 이제……."

"흥, 뭘 알아."

"……!"

"듣자니 말을 아주 막하네……? 철저히는 아니더라도, 실력을 보는 건 확실해! 그러니 지금이 있는 거라고!"

"……."

"별 볼 일도 없는 걸 그 자리에 앉혀 준 은혜도 모르고…… 지금껏 배불려 줬더니 한다는 소리가!"

그들은 분한 마음으로 인하여 서로를 외면한 채 씩씩거렸다. 그렇게 한동안 계속되던 침묵을 황운보 교수가 결연하게 끊어 버렸다.

"왜…… 그러셨는데요?"

"뭐?!"

장인목 병원장이 움찔하며 황운보 교수를 쳐다보니, 그는 정색하고서 장인목 병원장을 빤히 보았다.

"왜 그러셨냐고요. 왜 별 볼 일도 없는 저를 이 자리에 앉히시고, 왜 지금껏 배불려 주신 거죠? 그렇게 형편없는 저를 왜 내칠 생각은 안 하시고. 툭하면 찾아와서 징징대는데…… 왜 곁에 두시는 건데요?"

"……."

"그러실 수밖에 없으시겠죠. 병원장님이 아무리 머리끝까지 화가 나셔도, 저를 내치실 수는 없으실 거예요. 기억하시겠죠? 이십 년 전 무슨 일이 있었는지……"

'……!'

황운보 교수의 말투는 무덤덤했지만, 그걸 듣는 장인목 병원장은 심장이 내려앉는 것 같았다.

"저는 형편없는 실력을 가진 의사고 보잘것없는 사람이지만! 사실은, 아주 중요한 사실을 아는 사람이랍니다. 그렇지 않습니까, 장인목 병원장님?"

"너…… 너!"

장인목 병원장은 경미하게 떨리는 눈가를 다잡으며 황운보 교수의 팔을 붙잡았다. 그러자 그는 장인목 병원장의 얼굴에 대고 이죽이듯 속삭였다.

"솔직히…… 저는 잘못이 없다고 봐야 옳아요. 애초에 제가 처음 병원장님께 말씀드렸을 때 두말 않고 수락하셨다면! 그렇게까지 할 필요가 없었다고요."

점점 우쭐대는 황운보 교수와는 다르게, 장인목 병원장의 안색은 조금씩 핏기를 상실하고 있었다.

"……."

"괜히 이래저래 시간 끌다가 그 사달이 난 거 아니에요?!"

파르라니 실색하여 끝내 창백하게 질려 버린 장인목 병원장의 낯빛이, 그가 엄청난 충격을 받았다는 것을 말해 주고 있었다. 그러거나 말거나 태연히 장인목 병원장의 손을 떼어 낸 황운보 교수는 쓰러질 듯 간신히 선 그를 뒤로한 채 걷기 시작했다.

"저를 이 자리에 앉히셨으면 끝까지 책임을 지세요. 어려울 거 없잖아요? 제가 병원장님을 위해 한 것에 비한다면……!"

"……."

"그럼 전 병원장님만 믿겠습니다!"

일부러 힘주어 말한 황운보 교수는 유유히 그곳을 나갔다.

'……무슨 일이 있었던 거지? 방금 그게 생시 맞나? 내가 그런 소리를 하다니…… 그리고 보니 두통이 사라졌다?!'

병원장실을 나온 황운보 교수는 긴장이 풀린 나머지 금방이라도 다리가 풀릴 것 같았다. 얼떨해진 그는 어서 병원장실과 멀어지려 걸음을 서둘렀는데, 그의 걸음걸이는 참으로 오래간만에 가벼워져 있었다.

어김없이 토요일이 찾아와, 날씨마저 화창하여 누구라도 미소 짓게 만들 그런 날이었다. 그리 좋은 날씨임에도 황운보 교수는 거실에서 텔레비전을 보고 있었다.

"채널도 많고 연예인도 많은데 어째, 재미는 하나도 없네……."

토요일이라 일찍 퇴근한 것도 있지만, 사실은 장인목 병원장을 피하기 위해서 부리나케 규양병원을 빠져나온 황운보 교수였다. 그날 병원장실에서 한바탕하고 난 뒤, 그는 초조한 마음에 며칠 동안 집에서나 밖에서나 편치 않았다. 장인목 병원장이 딱히 어떤 움직임도 보이지 않아, 그것이 그를 더욱 불안하게 만들었다.

'차라리 뭐라도 하면 마음이 편할 텐데…… 이건 너무 조용하잖아.'

텔레비전에서 무엇을 방송하건, 황운보 교수의 정신은 다른 데 쏠려 있었다. 무엇인가를 생각하느라 인상을 쓰던 황운보 교수는 무심코 한숨을 쉬었다. 여러 가지 생각들이 한 데 엉켜 버려 머리가 어수선해진 그는 창밖으로 시선을 옮겼다.

'갈피를 못 잡겠네! 내 마음은 엉망인데, 날씨는 기가 막히게 좋아…… 이런 날에 그 차를 몰고 다니면 기분이 아주!'

황운보 교수는 아끼고 아껴 둔 노란색 스포츠카를 떠올리다, 흠칫 놀라 고개를 흔들었다.

'아이고! 그새 엉뚱한 생각을…… 이런 상황에서 정말 그 차를 끌고 다녔다가 무슨 일이 벌어질지! 다른 건 제쳐 두고서라도 장인목, 그 노인네는…….'

다시 장인목 병원장을 떠올리려니, 어떻게 앉아 있어도 도무지 편치 않았다. '한바탕' 한 직후에는 홀가분했으나 그것도 그때뿐, 얼마 안 가 후회가 물밀듯이 밀려왔다. 인정하기 싫어도, 지금의 자신은 장인목 병원장의 말대로 '형편없는' 의사라는 걸 뼈저리게 느껴야만 했다. 그와 동시에 두려움에도 젖게 되어, 무엇이든 섣불리 나설 수 없는 것이었다.

"내가…… 미쳤지. 그까짓 두통쯤은 참고, 그 노인네가 하는 잔소리 좀 듣고 마는 건데……."

아무리 머리를 싸매고 고민을 해 봐도 황운보 교수에게 이렇다 할

수는 생기지 않았다. 오히려 생각하면 생각할수록 더 깊은 구덩이에 빠지는 것 같아, 속절없이 한숨짓던 그는 탁자에 손을 뻗어 잔을 들었다. 그런데 시원한 음료가 담겨 있어야 할 잔에서는 냉기도 무게감도 느껴지지 않았다. 그것이 이상해 잔을 보니 이미 텅 비어 있었다.

"아⋯⋯!"

당장에 짜증이 난 그는 잔을 탁자에 힘껏 내려놓더니, 대뜸 주방을 보며 소리쳤다.

"야! 음료수 좀 더 가져와~ 야, 안 들려⋯⋯?!"

인상을 구기며 일어서던 황운보 교수는 순간 멈칫했다. 딸이 아직 회사에서 퇴근하지 않았다는 사실을 방장 기억했기 때문이었다.

"⋯⋯."

떨떠름해진 황운보 교수는 잔을 들고 주방으로 걸어갔다.

'일찍 와서 좋기는 한데, 그 계집애가 없으니까 뭐든지 내가 직접 해야 되잖아. 개똥도 약에 쓰려면 없다더니⋯⋯ 따지고 보면 다 그 계집애 때문에 일이 이렇게 된 건데. 요 며칠 딴생각하느라 그거한테 갚아 주지도 못했잖아?!'

황운보 교수는 느닷없이 벌게진 얼굴을 하더니 씩씩거리며 전화기를 보았다.

'아니지⋯⋯ 그 계집애를 혼내 주려도 지금은 너무 복잡해서. 그보다 병원장을 어쩌나⋯⋯ 한동안 죽은 듯이 지내면 봐주려나? 내 인생은 왜 이 모양이야.'

그 시각, 번화가에는 화창한 날씨 덕에 어디에나 인파가 즐비했다.

이른 시간임에도 즐거운 표정을 한 사람들이 넘쳐난 터라, 그것만 본다면 세상의 모든 근심과 걱정은 다른 세상의 얘기 같았다.

"후우⋯⋯."

그중에 한 사람이 눈에 띄었는데, 웃고 떠드는 사람들 사이에서도 유독 굳은 표정이라 더 튀었다. 그녀는 거리를 울리는 음악 소리에 아랑곳하지 않고 혼자 느릿느릿 떠돌아 다녔다. 손에는 거리에서 사들인 다양한 군것질거리가 가득했었지만, 그마저도 거의 다 먹어 버려 일회용 컵만 든 채였다. 지루한 듯 멈춰 선 그녀가 다른 사람들을 훑어보니, 그들 모두는 일행과 같이 단란한 때를 보내는 모습이었다.

"⋯⋯."

이내 눈을 돌린 황남영은 어디에나 가득한 사람들을 피해, 어느 건물 구석에 있는 간이 의자에 풀썩 주저앉아 버렸다. 일부러 출근만 하고 바로 회사를 나와 이곳에서 쾌적한 시간을 보내려 한 그녀였다. 그러나 거리에는 생각보다 사람들이 많았으며, 취객까지도 심심찮게 보였기에 꽤나 불만스러운 상황이었다.

"으~ 이게 뭐야."

주말이니 더 어쩔 수가 없을뿐더러 계속 툴툴거릴 수도 없는 노릇이라, 황남영은 조금 쉬었다가 다시금 거리로 나가게 되었다. 어느덧 손에 또 다른 군것질거리들을 든 그녀가 한결 씩씩해진 모습으로 돌아다녔다. 그러다 그 군것질거리들도 다 사라지고 그녀 자신도 지치게 되어 어디서 쉴 것인지 혼자 모색하는 중이었다.

"⋯⋯."

"……어떡하지."

그런 그녀의 옆에서는 무슨 행사 중인지, 구름 떼처럼 모인 사람들이 길게 줄을 서 있었다. 가뜩이나 힘들건만, 정신없이 울려 퍼지는 음악 소리에 살짝 찡그린 그녀는 발만 동동 굴렀다.

'다른 데로 갈까? 벌써 힘든데 무슨 기운으로……?'

"어…… 남영이 아니야?"

갑작스레 이름이 불려 반사적으로 고개를 돌리니, 제 또래의 여자가 갸우뚱거리는 모습이 보였다.

"……?"

"어, 아닌가? 맞는 것 같은데."

"……순지?"

황남영은 자신도 모르는 사이 흐릿한 기억 속의 이름을 끄집어냈다. 불시에 그녀의 이름을 불렀던 여자는 이에 반응하여 눈을 동그랗게 떴다. 그러고는 두 손으로 입을 가리며 호들갑을 떨었다.

"어?! 웬일이야~ 정말로 남영이었구나!"

"…….."

황남영도 처음에는 들떴지만, 그녀의 기억 속에 '노순지'는 그다지 좋은 감정으로 떠오르는 인물이 아닌 탓에 서서히 가라앉게 되었다. 둘이 처음 만났을 때만 하더라도 사이좋은 친구였으나, 그것은 오래가지 못했었다.

"이게 얼마만이야? 중학교 이후로 처음 보는 거니까…… 십 년도 넘었네?! 어떡하니, 너무 오랜만이다~"

노순지라는 이름의 그녀가 혼자 벅차오르는 기분을 만끽하고 있을 즈음, 계속 서 있으려니 발이 아팠던 황남영은 어떡해야 할지 고민 중이었다.

'어떡하지.'

그때 노순지가 황남영의 손을 덥석 잡았다.

"?!"

"잘…… 지냈어? 난 이렇게 너 보니까 반가운데, 넌…… 아니지? 그때 우리, 사이 많이 안 좋았잖아. 내가 널 오죽 괴롭혔어야 말이지…….."

"……."

그들이 중학생이던 시절, 학생들은 다 같이 친하게 지냈었다. 딱히 불량한 학생도 없었고, 그때의 황남영은 지금보다 밝고 친절해 누군가와 싸울 일이 없었다. 노순지 역시 밝은 데다 넉살이 좋고 싹싹해, 반에서는 골목대장 같은 존재로서 다른 학생들의 우상과도 같았다.

"……."

"그때…… 내가 철이 없었다고 하면, 너무 무책임한 거지?"

노순지는 황남영을 보며 쑥스러운 듯 자꾸만 입술을 깨물었다.

"핑곗거리도 생각나지 않네. 남영아…… 그때는 내가 정말 미안했어. 내 사과 받아 줄래?"

노순지는 어색하게 웃고서 조금이나마 자신의 진심을 내보였다. 한동안 말이 없던 황남영은 조용히 고개를 끄덕였다.

'그때는…… 내가.'

마음이 욱신거렸지만 자세히 기억나지는 않았기에, 황남영은 잠자코 있었다.

"어어……?! 정말로? 다행이다, 내내 마음에 걸렸었거든!"

노순지는 반색하며 황남영의 손을 꼭 쥔 채 방방 뛰었다. 옛날에 알고 지냈던 친구를 만난 탓에 황남영의 마음에도 여유가 생기게 되었다. 겉으로는 여전히 무표정했으나 어디선가 아련한 온기가 느껴져, 어쩐지 미소가 샐 것 같았다.

"오늘 아침만 해도, 이렇게 널 다시 만나고 화해하게 될 줄은 꿈에도 몰랐어! 매일같이 똑같은 일만 반복되다 보니 이건 뭐, 결혼 전이나 후나 똑같더라. 연애할 때는 빨리 결혼하고 싶어서 견딜 수가 없었는데."

"어? 너 결혼했어?"

"아…… 너 모르지?"

노순지는 중학생 때처럼 혼자 수다를 떨었고, 황남영도 그때처럼 노순지의 옆에서 그 얘기에 귀 기울였다. 그런데 듣다 보니 예상치 못한 얘기가 들렸다.

'순지가 결혼을 했다고……?'

중학교 때만 해도 독신주의자로서 평생 화려하게 살 것이라 말했던 터라, 그걸 기억하는 황남영은 자신이 잘 들은 게 맞는지 의심스러워졌다. 뜻밖이라는 황남영의 반응에 멈칫한 노순지는 씩 웃더니 지갑을 꺼냈다. 그녀가 지갑을 펼치자 사진 몇 장이 눈에 들어왔다.

"짠!"

"……!"

"여기, 여기! 얘가 우리 딸, 리아! 그리고 여기 예쁜 내 옆에 있는 남자가 내 남편!"

"아아……."

볼이 통통한 아기 사진과 그보다 오래된 듯한 사진이 보였다. 신나는 목소리의 노순지가 척 가리킨 사진 속 남자는 웃고는 있었으나 좀 어색해 보였는데, 그래도 볼수록 정이 가는 사진이었다.

"아기…… 귀엽네."

"그치? 우리 리아, 너무 귀엽게 잘 나왔다니까?! 실물이 훨씬 낫지만 별수 없지…… 이 남자는 표정이 왜 이래? 내 남편이지만 정말 어색의 극치다. 난 어쩌자고 이런 남자한테 반했는지 몰라."

"……늦었지만, 결혼 축하해. 아기도 예쁘다."

잠깐이었지만 옛날로 돌아간 것 같은 기분이 황남영을 스친 그때, 노순지가 서 있던 줄이 조금 움직였다.

"어어~"

"그런데 여기서 뭐하는 거야? 줄 선 것 같은데."

"어…… 그게 좀 복잡한 얘긴데. 유림이 알지? 왜, 예쁘지도 않으면서 예쁜 척했던 애!"

"응, 최유림."

"지금도 예쁜 척하는데…… 아무튼 오늘 걔랑 여기 놀러 온 거거든. 근데 얘가 이걸 봐 버렸네."

지갑을 가방에 넣은 노순지는 거기서 전단지를 꺼내 황남영에게 건네주었다. 그 전단지에는 값비싼 귀금속 브랜드가 담겨 있었는데, 한 팔찌가 보기 좋게 확대되어 있었다.

'이건…… 우리나라에 아직 입점 안 된 걸로 아는데. 그게 여기에 생겼나?'

그것을 응망하던 황남영은 길게 늘어선 줄 끝으로 눈길을 돌려, 그 귀금속 가게를 멍하니 바라보았다. 그를 본 노순지는 쓴웃음을 지으며 조금치 찡그렸다.

"거기에 나온 팔찌를 하나 가격에 두 개 준다고…… 유림이 개가 다 좋은데, 1+1에 환장을 해 갖고. 그래서 아까부터 여기 서 있는 중이야. 그거 한정판이라는데 사람이 이렇게 많으니 못 받을 지도 몰라."

"응……."

"근데 너도 여기 놀러 왔어?"

노순지가 눈을 반짝이며 황남영에게 묻고 있는데, 멀리서 누군가가 헐레벌떡 뛰어왔다.

"순지야~"

"!"

"참 일찍도 온다. 너 때문에 이게 뭐야! 몇 시간을 기다렸는데, 아직도 줄이 줄지 않잖아."

"미안하다고…… 근데?"

화장을 두껍게 한 최유림이라는 여자가 황남영을 힐끗거렸다. 낯선 사람을 경계하는, 적잖이 움츠러든 모습이었다. 또한 그녀의 피부는 좋아 보였으나, 얼굴에 점이 많아 화장을 두껍게 한 모양이었다.

"남영아! 얘, 유림이!"

"……남영이?!"

황남영을 뚫어져라 보던 최유림이 놀란 눈으로 뒷걸음질을 쳐 버린 순간, 그들 사이에 어색함이 흩뿌려지고 말았다.

"안녕……."

"……."

밝게 웃는 노순지에 비해 최유림의 반응은 영 딴판이었는데, 그들의 사이를 생각한다면 은근하게 퉁명부리는 최유림이 현실적이라고 봐야 옳았다.

"오랜만이네……."

"응……."

"이렇게 셋이 있으니까 옛날 생각난다! 우리 셋이 잘 다녔었는데!"

황남영과 최유림의 반응이 어떻든 간에, 노순지는 혼자 상기되어 활짝 웃었다.

"유림, 쾌변은 했냐?"

"야!"

노순지가 장난스럽게 묻자, 당황한 최유림이 버럭 소리를 질렀다.

"아, 우리 리아도 변비 있는데…… 어떻게 해야 할지 모르겠네."

스스럼없이 딸 얘기를 하는 노순지를 최유림이 옆에서 콕콕 찔렀다. 마치 그걸 황남영에게 얘기해도 되냐는 식이었다.

"괜찮다니까! 남영이한테 이미 남편 사진이랑 리아 사진도 보여 줬어, 그렇지?"

말을 마친 노순지가 쳐다보니, 아직 어색한 분위기의 황남영이 희미하게 웃으며 최유림에게 말했다.

"응, 봤어. 남편이랑 아기랑 똑같이 생겼더라."

"그렇지? 내가 봐도 둘이 국화빵이라니까."

황남영과 노순지가 편하게 대화를 나누는 모습이 최유림에게는 무척 못마땅했다.

"순지랑 난 놀러 온 건데, 여기 웬일이야?"

별 뜻 없는 말 같았지만 최유림의 말에는 가시가 돋아 있었다.

"나······."

"많이 달라 보인다! 보아하니 회사원 같은데, 어디서 일해?"

몰래 황남영을 훑어본 최유림은 일부러 서슴없이 물어보았다.

"······뭐 그런 걸 물어봐."

"가마우지제약에서 일해."

망설이던 황남영이 대답하자, 그걸 들은 노순지와 최유림은 동시에 황남영을 보았다. 가마우지제약은 웬만해서는 들어갈 수도 없는 데다, 승진 또한 하늘의 별따기로 유명한 곳이었다. 그런 우수한 회사에서 황남영이 일한다는 사실에, 노순지와 최유림은 말문이 막혀 버렸다.

"가마우지제약?"

"네가 가마우지제약에서 일한다고? 그 가마우지제약에서?"

"와······ 내 남편 거기 지원했었다가 떨어졌는데."

"······!"

노순지의 거리낌 없는 말에 최유림은 다급히 그녀를 꼬집었다.

'그걸 왜 말해~ 입 좀 다물어라, 제발!'

"아, 아파! 왜 꼬집고 그래? 그래서, 거기 오래 다닌 거야?"

"응. 대학교 졸업하고 바로 다녀서."

어쩐지 말을 꺼낸 최유림의 안색이 좋지 않아 보였다.

"그런 데서 일하다니…… 잘 살고 있구나."

노순지가 부럽다는 눈으로 바라보자, 황남영은 입안에 납을 머금는 것 같았다.

'그건 아니 것 같아…….'

문득 뭔가를 곰곰이 생각하던 노순지는 이내 황남영에게 말했다.

"정말 부럽다! 애들이 너 보면 유림이보다 더 놀라 자빠질 걸~ 아, 너 시간 있어?"

"나? 왜 그러는데?"

"으응. 사실은 이따 저녁에, 옛날에 친하게 지냈던 애들끼리 모여서 같이 식사하기로 했거든. 그러니까 너도 시간 되면 같이 가자고. 다 같이 만나서 놀자, 어때?"

"……."

그러자 최유림이 정색을 하고 노순지를 쳐다보았는데, 그녀의 눈에 서는 황당하다는 뜻이 선명하게 보였다. 그러다 황남영에게 눈을 돌리고는 부디 거절해 달라는 눈빛을 강하게 보냈다.

"……."

"다들 모이면 처음에만 어색하고 금방 화기애애해질 거야."

황남영은 갑작스레 중학교 때 알던 사람을 만난 것도 모자라 초대
까지 받아 얼떨떨했지만 곧 체념하게 되었다. 자신에게 그런 '여유'가
허락될 리 없다는 것을 알기 때문이었다. 더구나 학창시절에 알았던
사람들 중에 자신과 '끝'까지 좋은 기억으로 남은 이는 없었으며, 그
것이 아이든 어른이든 마찬가지였다.

"……."

골똘하던 황남영은 어느 순간, 자신에게 선뜻 다가와 웃는 노순지
가 의심스러워졌다. 그녀는 분명 황남영과 사이가 나빠, 중학교를 졸
업하고 각자의 길을 갈 때까지 앙숙이었다. 그런데 낯선 곳에서 먼저
다가와, 불쑥 사과하고는 산뜻이 배려해 주고 있었다. 황남영에게는,
그녀의 상식으로는 좀체 이해되지 않았다. 차라리 최유림처럼 배슥
배슥하게 굴었다면 속이 편했을 것이었다.

'이따 모이는 사람들은 보나 마나 나랑 사이가 안 좋은 무리일 텐
데. 지금이야, 친절을 베푸는 것처럼 보여도…… 막상 모이면 다들 한
통속이 되어서 날 괴롭히겠지. 그전에, '아버지'라는 사람 때문에 갈
수도 없어. 항상 퇴근 시간에 맞춰서 닦달하고, 집에 온 내게 온갖 심
부름을 시키겠지…… 정말 한결같아.'

순식간에 황남영의 얼굴에 그늘이 드리워졌다. 쓸쓸한 눈으로 손목
시계를 확인한 그녀는 어느덧 퇴근 시간에 가까워졌음을 알 수 있었
다.

"……?"

"미안, 좀 힘들 것 같아."

"정말······? 아쉽게 되어 버렸네. 오랜만에 같이 놀 수 있는 기회였는데······."

"어쩔 수 없지. 가마우지제약이면 많이 바쁠 거야!"

셋 중에 최유림만이 활짝 웃었고, 노순지는 안타까움에 한숨만 푹푹 쉬었다.

"네가 계속 그러면 남······ 영이가 편하겠어? 무슨 사정이 있을지도 모르는데 더 방해하지 말자! 남영아, 바쁠 텐데 어서 가 봐!"

황남영의 거절에 안심한 최유림은 어서 그녀와 헤어지고 싶어 했다. 그것은 황남영 또한 마찬가지였으므로, 속히 두 사람과 헤어지고 중학교 시절의 좋지 않은 기억을 묻어 두려 했다.

"이제 회사에 돌아가 봐야 하는데."

"아······."

"응, 응! 잘 가, 반가웠어!"

속이 빤히 보이는 최유림을 뒤로하며, 황남영은 못내 아쉬운 마음에 걸음을 떼기가 힘들었다. 그녀가 슬쩍 뒤를 힐금대니 노순지와 최유림의 상반된 모습이 보였는데, 벌써 꽤 떨어졌음에도 노순지는 미소를 지은 채로 황남영에게 손을 흔들고 있었다. 이어서 그런 그녀를 이해 못하겠다는 눈으로 쳐다보는 최유림이 보였다.

"······."

황남영은 모퉁이를 돌고 나서도 노순지의 행동이 이해되지 않았다. 시간이 지남에 따라, 잊고 있었던 발의 통증을 다시 느끼게 된 그녀는 쉴 곳을 찾아 두리번거렸다. 거리를 메운 사람들은 시간이 흐를수록 더 많아져, 금방 숨이 막힐 것처럼 그녀를 답답하게 했다.

'할 수 없지…… 사람들이 꾸역꾸역 모여드니, 더는 못 있겠다.'

한숨을 내쉰 황남영은 걸음을 멈추고 생각에 잠겼다.

'순지, 걔랑은 참 안 좋았지…… 처음부터 그렇지 않았었는데, 어쩌다가 그렇게 되었더라? 걔랑 틀어지고, 다른 애들하고도 사이가 나빠졌던 것 같은데…….'

갑자기 잊고 지냈던 옛날 일을 기억하자니 아무래도 어려운 게 사실이었다. 그냥 털어 버려도 될 것 같았으나, 어차피 사방에 사람들이 들어차 있어 쉽사리 움직일 수도 없었기에 황남영은 계속 기억해 내려 했다.

노순지는 황남영이 떠난 자리를 바라보며 아직도 아쉬워하는 모습이었다.

"야, 그만 좀 해라! 무슨 큰일이라도 난 것처럼…… 걔는 가마우지 제약에 다닌다면서 이 시간에 여긴 왜 와?"

"……너나 그만 좀 해라! 남영이가 좋은 데서 일한다니까, 배 아프니?"

서로를 흘기던 노순지와 최유림은 줄이 움직이자 재빨리 움직였다. 그러고는 금세 피식거리는 것이었다.

"근데 정말 오랜만이네…… 걔도 몰라보게 변했더라. 옛날 생각난다."

"그렇지? 저녁에 애들이랑 같이 모였으면 더 좋았을 텐데."

"뭐…… 그건 아니지! 다들 걔랑 사이가 어땠는지 몰라? 그런데도 무턱대고 초대를 해?! 솔직히 너랑 걔는 우리들 중에서 제일 사이가 나빴잖아! 아까도 그래. 내가 잠깐 화장실 간 사이에 걔랑 친한 척을 해?"

최유림은 조금씩 움직이는 줄에 맞춰 걷는 와중, 노순지에게 눈총을 주느라 바빴다.

"여기서 남영이랑 만나게 될 줄이야…… 그래도 다행이지, 너 없을 때 우리 화해도 했거든."

"……."

"십 년도 더 된 일인데…… 쌓아 둔다고 해결될 것도 아니잖아."

미심쩍은 눈을 한 최유림은 뾰로통한 얼굴로 노순지를 빤히 바라보았고, 덤덤하게 얘기하던 노순지는 그런 최유림을 살피다가 외쳤다.

"……또 왜?!"

"걔 말이야, 황남영. 지금도 잘 사나 보더라…… 너 걔 구두 봤어? 가방이랑, 귀고리! 그 귀고리, 잡지에 나왔던 거잖아! 예쁜데 엄청 비싼 그거. 아버지가 규양병원 의사라더니, 지금도 걔는 으스대고 사는구나."

"……."

어느새 웃음기가 사라진 노순지는 묵묵히 그 말을 들어줬는데, 친구의 안색을 못 본 최유림은 제 할 말하기에 열심이었다.

"밉상이었어, 걔. 아버지가 잘나가는 의사라고 다른 애들 무시하고…… 방금도 그렇잖아, 우리를 무시하는 투로 쳐다봤잖아?"

"……솔직히 남영이가 으스대진 않았지. 남영이네 아버지가 의사인

건 담임을 통해서 안 거였고, 방금 봤을 때는…….”

“야! 넌 누구 편이야?! 네가 걔 대변인이야? 잠깐 화해했다고 그동안 묵은 감정이 다 사라지는 거냐고?!"

“…….”

그들은 다른 사람들의 시선에도 아랑곳없이 옥신각신했다.

“아무리 시간이 지났다고 해도, 걔가 사과한다고 그걸 넙죽 받아? 걔도 웃겨! 이제 와서 화해 신청을 해?!"

“아닌데. 우리가 화해한 거, 내가 남영이한테 사과한 건데?”

분한 마음에 씩씩거리던 최유림은 노순지의 말에 충격을 받았다.

“……어어.”

“중학교 졸업할 때까지 정말 징글징글했었지…… 그랬지만, 시간이 많이 지났으니까 더 이상 얼굴 붉힐 필요 없잖아? 그때 나도 잘한 거 없었으니까, 지금이라도 화해하는 게 낫지.”

“……그러니까 남영이 그게 너한테 사과한 게 아니라, 네가 걔한테 사과를 했다고?”

“응, 그랬다니까? 그렇게 됐으니까 너도 이제…… 악!”

노순지가 털털하게 말하며 내미는 손을 최유림이 힘껏 내리쳤다.

“이 맹추야! 네가 사과를 왜 해?! 네가 사과를 해 버리면, 나랑 다른 애들까지 걔를 일방적으로 괴롭힌 꼴이 되어 버리잖아! 네가 왜 해, 네가!”

“그만 좀 하라고. 이미 엎질러진 물인데…… 안 그래도 아까 남영이가 수락했으면, 이따 애들이랑 만나서 다 같이 풀고 화해하려고 했었어!"

"그런데…… 안 됐잖아?!"

"그러게, 정말 아쉽다."

"걔는 다 잊고 있었을 텐데, 뭐 하러 사과를 하냐고~"

최유림은 인상을 쓴 채 허공을 보며 소리쳤다. 노순지가 황남영에게 사과했다는 것에 기가 차, 좀처럼 진정이 되지 않는 모양이었다. 그런 최유림의 모습을 본 노순지는 잠시 고개를 돌렸다, 자신들을 힐긋거리는 사람들을 보고 최유림에게 다가갔다.

"야, 야. 내가 미안해! 내가 잘못했으니까, 그만 좀 해. 이미 다 끝난 일이야!"

순식간에 울상이 된 최유림은 노순지를 보며 소리쳤다.

"아…… 그러니까! 네가 왜 미안하냐고, 뭘 잘못했는데?! 너는 황남영이 어떻게 했었는지 잊었어? 네가 왜 걔한테 사과를 해! 걔는 좋은 옷에, 비싼 구두에, 잡지에 나온 귀고리도 하고 다니는데! 그렇게 차려입고, 가마우지제약에 출근해서 대우받는 그런 앤데……."

가만히 듣던 노순지는 미심스럽다는 투로 말했다.

"네가 남영이를 밉상으로 보는 이유가…… 귀고리 때문이야, 아님 가마우지제약 때문에?"

"……!"

최유림은 눈을 부릅뜨더니, 자신을 관찰하는 노순지를 노려보았다.

"그런 것도 있는데! 아버지가 규양병원 의사라면서 으스대는 것도 그렇고, 제일 큰 이유는 황남영이 건방지다는 거야! 그건, 네가 제일 잘 알잖아?"

"나도 그런 줄 알았었는데……."

"알았었는데?"

"……너무 그러지 마! 남영이는 남영이 대로 힘들게 사는 것 같더라."

"걔가?!"

최유림은 황당하다는 듯 코웃음 쳤다. 노순지는 그런 친구에게 눈길도 주지 않고, 조금 어두운 눈빛이 되어 고개를 숙였다.

"걔…… 정말 어이가 없네. 너 걔 몰라서 하는 소리야? 앞에서는 착한 척이나 하면서 뒤로는 우리 뒤통수친 애야! 내 기억에는…… 네가 제일 먼저 당한 것 같은데? 아버지가 규양병원 의사라는 게 알려지고, 태도가 싹 바뀌었잖아. 우리랑은 말도 안 하고, 멀쩡하면서 툭하면 조퇴하거나 지각을 일삼았다고! 그런데 학교에서는 어땠냐? 다들 황남영을 무슨 공주 모시듯 했잖아. 걔네 아버지는 또 학교에 자주 오셔서 우리를 으르기나 하고……."

"……."

"그새 다 잊어버렸어?"

"그때 말이야."

"……?"

멍하니 바닥만 보던 노순지가 입을 열었다.

"중학교 때…… 우리가 남영이 가방 불태우려다가, 담임한테 들키는 바람에 한바탕 깨진 날 말이야."

"기억나. 걔가 알록달록 화려한 가방을 매고서 학교에 온 그날! 교 칙상 당연히 안 되는 거였는데, 담임이 걔네 아버지한테 잘 보이려고 묵인했었잖아. 웃기는 건, 그날 같은 반 애가 그거랑 똑같은 가방을 가져왔는데 그 애만 가방을 압수당하고…… 그 애가 선물 받은 거라 고 울면서 돌려달라는 걸 끝까지 무시했었잖아."

"……."

"나중에 그 애가 황남영은 왜 놔두냐니까, 그 자리에서 담임한테 뺨 맞은 거 아냐! 결국 그 가방은 폐기당하고…… 그거 복수하려다가 담 임한테 딱 걸려 버렸었지. 그때가 담임이 걔네 아버지랑 잘돼 보려고 혈안일 무렵이라, 우리 엄청 깨졌었잖아."

"아무튼 그러고 나서, 분한 마음이 안 풀려서 나 혼자 학교 뒤편에 있는 이 층짜리 체육관…… 알지? 거기 이 층 복도에서 열을 식히고 있었는데……."

"학생들이 잘 안 다녔던 거기? 거긴 사실상 출입 금지 구역이었는 데…… 가끔 선생님들이 모여서 담배 피웠다는 거기 말하는 거지?"

"응…… 그러고 보니, 거기에 담배꽁초가 많았었지."

"그래서?"

"아, 혼자 거기서 쉬려는데 누가 밑에서 통화를 하는 거야. 조심해 서 봤더니 남영이가 거기 있더라? 그때 휴대전화 밖으로 목소리가 크 게 울려서, 단박에 걔네 아버지라는 걸 알겠더라고."

노순지는 조금 착잡해져 천천히 한숨을 쉬었다.

"가끔 우리한테 야단치던 그 말투였는데, 듣고 있는 내가 짜증이 날

지경이었어. 그런데, 남영이가 새파랗게 질려서 온몸을 파르르 떠는 거야! 왜, 우리가 볼 때는 외동딸인 걸 강조하면서 남영이를 되게 애지중지 했었잖아. 그런 딸한테…… 그렇게 억박지르는 게 도저히 믿기지 않더라고!"

"걔가 무슨 잘못을 한 거겠지."

"나도 처음에는 그런 줄 알고 속으로 남영이를 비웃었지. 그런데 통화하는 소리를 들을수록 이상하다는 생각이 드는 거야. 정확히는 모르겠는데, 별것도 아닌 거 가지고 남영이한테 화풀이 하는 것 같았어. 남영이는 거기에 지레 겁먹어서 울지도 못하고, 안절부절……."

"그래서?"

더 말하려던 노순지는 어물어물 입을 다물고 말았다. 자신을 보는 최유림의 눈초리가 좋지 않기 때문이었다. 최유림은 팔짱을 낀 채로 콧방귀를 뀌었다.

"기가 막히네. 전후사정도 잘 모르고 확실하지도 않은 거잖아? 그리고 그런 거랑, 우리랑은 상관없는 거 아냐?"

"……."

"그게…… 네 말이 맞는다고 쳐! 근데 그때 이후로도 너는 걔랑 쭉 앙숙이었거든? 그건 어떻게 설명할 건데?"

"그때는…… 상황이! 그래, 나도 그때 일 금방 잊고…… 남영이를 많이 미워했었지."

다시금 울적해진 노순지는 하늘을 올려다보았다.

"그렇게 중학교를 졸업한 이후로, 오늘 남영이를 보기 전까지는 분명히 그랬었다고."

"……."

"그런데 혼자 거리에 선 남영이를 보니까…… 네 말대로 좋은 걸 걸치고 있었지만, 표정은 중학교 때랑 달라진 게 없는 것 같았어. 오히려 더 어두워진 것 같은……."

'또 무슨 말을 하려고!'

"중학교 때 말이야. 원래 남영이는 혼자 조용히 책을 읽고는 했었잖아. 그 '가방' 일은 학교에서 묵인한 것도 있고, 담임도 문제 있었던 거고. 우리한테 으스댄 것도 사실은 다 걔네 아버지였지, 남영이는 한마디도 안 했었잖아…… 언제나 그랬었지. 아무튼 아까 남영이를 보니까 그 '통화'가 갑자기 떠오르더니, 옛날에 우리가 친했던 게 생각나더라. 그래서 혹시 내가 오해한 게 아니었을까…… 그랬어."

"내 생각을 묻는다면, 아니라고 봐! 너 진짜 어떻게 된 거 아니야?!"

"근데 아무리 생각해도……."

"생각하지 마! 됐다고! 오늘 일은 어쩔 수 없고…… 아무튼 나는 더 이상 황남영이랑 얽히고 싶지 않아! 그러니까 너도 이 시간 이후로 걔 얘기는 다시 꺼내지 마, 알았지?!"

"……."

끝내 대답하지 못하고 입을 다문 노순지가 답답해, 최유림은 그녀를 외면해 버렸다.

'아……! 그랬었지.'

한참을 기억해 내려 애쓰던 황남영은 마침내 옛 기억을 조금씩 돌

106

이킬 수 있었다. 곧이어, 그녀는 순식간에 둔기에 얻어맞은 것처럼 다리가 휘청거리고 말았다.

중학교에 입학한 황남영은 수줍음이 많은 성격 때문에 다른 학생들과 쉽게 어울리지 못했었다. 그래서 입학한 지 한 달이 다 되어 가도록 외톨이로 지내고 있을 적, 붙임성 좋은 노순지가 먼저 그녀에게 손을 내밀었다. 곧 절친한 사이가 된 둘은 많은 얘기를 했고, 노순지가 한부모 가정인 것을 알았지만 그것은 황남영에게 대단한 일이 아니었다. 자신은 어머니의 얼굴도 모른 채 아버지 밑에서 자랐으니 그다지 놀라울 게 없었다.

그러던 어느 날, 노순지와 놀던 중에 발목을 삐게 된 황남영은 아버지인 황운보 교수에게 혼날까 봐 이 사실을 숨기려 했다. 하지만 머지않아 다친 발목이 몇 배로 부어 버린 탓에 더는 숨길 수 없었던 데다, 걸을 때마다 너무 아파 비명이 나오려 했다. 결국 아버지에게 들켜 버린 그녀는 곧바로 혹렬한 호통을 들어야 했는데, 하도 무섭게 다그치는 통에 노순지에 대한 것마저 모두 말해 버리고 말았다.

이튿날 황남영은 아버지와 학교에 가게 되었다. 당장 교무실로 쳐들어간 그는 고래고래 소리를 지르며 난리를 치고는 딸의 교실에도 찾아가 노순지에게 윽박질렀다. 그런 아버지로 인해 잔뜩 겁에 질린 황남영은 금방이라도 까무러칠 것 같아, 고개를 숙인 채 어쩌지도 못했다. 이미 치료된 그녀의 발목은 상처가 심하지 않았으나, 딸의 상태를 부풀린 황남영의 아버지는 딸이 나설 틈도 없이 노순지를 비난하기에 바빴다. 그 과정에서 노순지가 한부모 가정이라는 것과 노순지의 어머니가 일용직 근로자라는 것까지 모두 드러나 버리고 말았다. 노순지도 거기까지는 참을 수 있었지만, 안타깝게도 거기서 끝나지 않았다. 딸이 다니는 학교에 엄포를 놓은 그녀의 아버지는 교무실에서 노순지 모녀를 만났는데, 이렇게 된 게 너무 무서웠던 황남영은 속으로 하염없이 울음을 삼켜야 했다. 또한 아버지가 노순지의 어머니를 모욕하는 일이 눈앞에서 벌어지는 바람에, 차마 볼 수 없어 끝내 그것을 외면한 그녀는 차라리 어딘가에 숨어 버리고 싶었다. 그런데도 황남영의 아버지는 무엇이 모자랐는지 노순지의 어머니를 무릎 꿇고 빌게 만들었다. 그 옆에서 아무 말도 못 하던 노순지는 끓어오르는 수치심에 치를 떨어야 했다.

그 사건은 그걸로 마무리되었지만 황남영에게는 끝이 아니었다. 그날 이후로 황남영을 보는 다른 학생들의 시선이 확연하게 달라져 있었으며, 노순지와는 돌이킬 수도 없었기에 그녀는 다시 외톨이로 돌아가야 했다. 하지만 그전보다 훨씬 지독해, 중학교를 졸업할 때까지 끊임없는 따돌림과 시달림을 당해야만 했다.

'그랬었지…… 그게 발단이었어. 순지, 많은 일이 있었지만 따지고 보면 내가 먼저 잘못한 거였는데. 난 겁쟁이처럼 떨면서 그렇게 외면만 했었는데, 그런 내게 사과를 하다니…….'

복잡한 심정으로 걸음을 재촉하던 황남영은 어느 순간 갸우뚱거리게 되었다. 그러다 문득 자신에게 보여 준 노순지의 미소가 이제껏 봐 온 가증스런 미소와는 다른, 그들이 아직 친구였을 때 보여 준 그것임을 깨닫게 되었다. 처음에는 먼저 다가와 미소 지은 노순지가 사과까지 하는 게 의심스러웠으나, 그것을 깨닫고 나니 눈물이 왈칵 쏟아질 것 같았다.

'너는······!'

뭉클하던 마음이 금세 울적하게 변한 황남영은 바닥을 바라보다가 눈을 감아 버렸다. 그렇게 잠시 졸다가 이내 눈을 떴는데, 뒤늦게 휴대전화가 울린다는 것을 알고 부랴부랴 그것을 받고는 곧 후회했다. 휴대전화에서는 그토록 지긋지긋한, 신경질적인 황운보 교수의 목소리가 그녀의 귓속을 찔렀다.

"······여보세요"

"야! 어디서 전화를 받기에 그렇게 소란스러워?!"

'아차!'

자신이 번화가의 한복판에 있다는 것을 한 박자 늦게 인지한 황남영은 그 자리에서 얼어붙고 말았다. 하지만 침착해야 했는데, 이대로 회사에서 몰래 나온 것을 들킨다면 황운보 교수가 지금보다 더 괴롭힐 것이기 때문이었다.

"외근이에요."

황남영이 약간 떨리는 목소리로 겨우 말하자, 딸의 수상한 대답을 들은 황운보 교수는 곧바로 성을 냈다.

"무슨······ 너 차장이잖아! 그런데 그런 게 어디 있어?! 너 바른대로 말해. 놀러 나간 거지?"

"무슨 말씀이세요? 지금까지 거래처 사람이랑 만나고 이제 쉬는 건데요. 무슨 일이신데요? 저 빨리 회사에 돌아가야 해요."

"이 계집애가 기어오르네? 돈 좀 번다고 아버지한테 유세냐? 네가 뭐 하는 게 있다고 바쁜 척이야!"

익숙한 말들, 익숙한 목소리, 익숙한 자극이 황남영 차장을 지독하게도 불쾌히 파고들었다. 듣기 싫었지만 그래도 거짓말이 통한 모양이니 다행이라는 생각이 들었다.

"이렇게 날씨도 좋은데, 혼자 나가 있으니까 좋아? 넌 어떻게 된 게 내가 전화할 때마다 반갑게 받은 적이 없어?! 어떻게든 전화를 빨리 끊을 생각만 하지…… 어쩌면 그렇게 음침해? 다른 집 딸들은 명랑하고, 애교도 많던데. 너는 아버지 잘 만나서 호의호식하는 주제에 뭐가 모자라서 그렇게 애교가 없어?!"

'적당히 좀 하라고!'

저마다 해맑게 웃으며 지나가는 행인들을 보고 있으려니, 황남영 차장은 자신의 신세가 새삼 초라하게 느껴졌다.

"야! 듣고 있어?"

"말씀하세요."

"너는 나이도 먹어가면서 아무 걱정도 안 돼?! 잘나가는 아버지에, 번듯한 직장에…… 있을 거 다 있으면서 어떻게 남자 하나를 못 낚느냐고! 얼굴이라도 좀 반반했으면, 벌써 부잣집에 시집가서 애를 줄줄이 낳았을 거 아니야~ 내가 너 때문에 걱정을 안 하는 날이 없어!"

두서조차 없이, 자지러지게 앓는 황운보 교수의 말을 심드렁히 듣던 황남영 차장은 작게 콧방귀를 뀌었다. 도무지 들어줄 가치가 없는 아버지의 말은 여느 때와 같이 그녀를 지루하게 휘감아, 대관절 용건이 뭔지도 궁금하지 않았다.

"너는 나한테 죄송스럽지도 않니?"

"정말 죄송해요. 지금 제가……."

"듣기 싫어! 지금 건성으로 말하는 거, 누가 모를 줄 알아?!"

"정말 죄송해요. 그런데 제가 급해서요."

"……."

황남영 차장은 은근하게 치미는 부아를 겨우 참고서 침착히 말을 건넸다. 그러자 황운보 교수는 뜸을 들이며 시간을 끌었는데, 그것 역시 딸인 그녀에게는 익숙한 것이었다.

'보나 마나, 지금 용건을 만들어 내느라 시간 끄는 거겠지. 어쩌면 사람이 이렇게 달라지는 게 없는지…….'

"……뭐, 꼭 일이 있어야 전화할 수 있어? 네가 뭐나 된다고 아버지께 큰소리야?!"

"……."

"내가 요새 통 잠을 못 자고, 먹는 것도 허술했잖아. 그러다 보니 병원에 와서도 기운을 차릴 수가 있어야지. 너도 알다시피 내가 여기서 좀 바빠? 뭐, 입맛은 없지만 어쩌겠어? 그래서 전화한 거야."

실없는 소리를 참으로 당당하게 하는 와중에도 황운보 교수는 지근 지근 거들먹거리고 있었다. 아마도, 그런 어깃장이 통할 정도로 딸을 미련하게 보는 모양이었다.

"……."

"이 계집애야! 너는 나잇살 먹었다는 게, 아버지께서 전화할 때까지 뭐한 거야?!"

"죄송해요."

황남영 차장은 늘 그랬듯이 건성으로 말했다.

"이럴 때일수록, 무엇이든 먹고 기운을 차려야지. 그래야 규양병원
에도 도움이 되고, 가정도 지킬 수 있잖아! 넌 어떻게 생각해?!"

"네, 전……."

"그래, 바로 그거야! 그러니까 지금 바로 장 봐 가지고, 집에 와서
요리해! 내가 지금 아주 허기가 져서, 전화도 겨우 하는 거야. 급하니
까 빨리 와야 해!"

"그럼 뭘……."

"육개장, 육개장! 제발 빨리 좀 와라! 나 허기져서 쓰러질 것 같아
~"

심히 들어주기 힘들었던 황운보 교수의 목소리가 끊기고 나니, 황
남영 차장은 마침내 참았던 욱기가 올라와 지그시 어금니를 깨물었
다.

"……."

그러던 중, 아까 만난 노순지와 최유림이 불현듯 생각나는 것이었다.
그에 멈칫한 그녀의 마음속에 어느덧 뿌연 자괴감이 일어서려 했다.

'그 애들은 달라졌는데 나만…… 여전히.'

쓴웃음을 지은 황남영 차장은 애써 그것을 모른 척, 아픈 발을 억지
로 참고 달리기 시작했다. 그동안 황운보 교수를 겪어 온 터라 그렇게
해야만 했는데, 조금이라도 늦으면 어떻게 되는지 잘 알기 때문이었

다.

'쳇, 아끼는 구두였는데……! 중간에 옷이랑 다 바꾸고 가야겠어.'

피곤한 몸을 격렬하게 움직인 황남영 차장은 마치 자아를 뺏기기라도 한 듯, 오로지 기계적으로 행동했다. 한편 황운보 교수는 입맛조차 까다로운 탓에 늘 유기농이나 일 등급만 고집했으며, 날것은 진저리 치고는 했다. 오죽하면 김치도 익지 않은 것은 눈길도 주지 않았다.

'쇠고기, 고사리, 대파…… 잊은 게 있나.'

그렇기 때문에 황남영 차장은 군것질에 더욱 열을 올렸다. 과자, 사탕, 길거리 음식들은 모두 황운보 교수가 싫어하는 것이었다. 그래서 그녀에게도 당연히 먹지 말라고 명령했으나, 틈만 나면 몰래 그것을 먹어 왔다. 물론 즉석식품과 회, 젓갈 등도 끊임없이 섭취했다. 극히 소극적인 방법이었지만, 그녀에게는 그것이 처음으로 누린 반항이자 쾌락이었다.

"하아, 하아."

이윽고 집 앞에 도착했을 때, 황남영 차장은 황운보 교수가 지정해 준 고리탑탑한 옷차림을 하고 있었다. 숨을 고르던 그녀는 마찬가지로 아버지가 지정해 준 촌스러운 손목시계를 서둘러 확인했다. 생각보다 시간이 많이 지나지 않아, 안심이 된 그녀는 혼자서 들기에 버거운 장바구니들을 기어이 들고서 속으로 다짐했다.

'이제 만들기만 하면 돼. 무슨 소리를 하더라도 참자…….'

마음을 진정시킨 황남영 차장은 조심스럽게 현관문을 열고 들어갔다. 그런데 뭔가 이상한 느낌이 들어 고개를 갸웃거리게 되었다.

"······다녀왔습니다."

거실에서 시끌벅적한 텔레비전 소리와 황운보 교수의 경박스러운 웃음소리가 뒤섞여 들려와, 그녀의 귀를 어지럽혔다. 곧이어 거실 탁자에 어질러진, 거의 다 먹어 얼마 남지 않은 보쌈이 그녀의 눈에 들어왔다.

"······."

황남영 차장의 인기척을 알아채지 못했는지, 황운보 교수는 방정맞게 웃느라 정신이 없었다.

"다녀왔습니다!"

"······!"

황남영 차장은 자기도 모르게 목소리에 힘주었고, 황운보 교수는 그 소리에 깜짝 놀라 돌아보았다.

"······."

잠시 당황하던 황운보 교수는 바로 얼굴을 바꾸더니, 도리어 지친 모습의 딸에게 화를 냈다.

"야······! 내가 전화한 게 언제인데 이제 와?! 내가 그랬지, 쓰러질 것 같으니까 빨리 오라고! 내가 널 얼마나 기다렸는데! 이 계집애야, 아버지께서 말씀하시면 재깍 와야지. 하여튼 느려 터져 가지고."

정신없이 뛰어온 황남영 차장은 예상치 못한 상황으로 인해 몸이 굳어지고 있었다.

"네가 하도 안 오니까, 무슨 방법이 있어야 말이지. 정말 어쩔 수가 없었다고! 배는 고파서 하늘이 노래지고······ 별수 있나, 뭐라도 시켜 먹는 수밖에. 내가 배달 음식 싫어하는 거 알지? 배가 고파서 먹기는 했는데, 싸구려라서 그런지 내 입맛에는 안 맞더라."

그 말을 곧이곧대로 믿기에는, 그가 먹고 난 흔적이 다르게 설명하고 있었다. 황운보 교수는 미안한 마음이 전혀 실리지 않은 투로, 여직 땀을 뻘뻘 흘리고 있는 딸에게 말했다.

"대충 배가 찼으니까, 육개장까지 먹을 필요도 없겠어. 그래도 고생해서 사 온 게 아까우니까 너나 먹어. 너도 배고플 거 아냐. 그러니까 육개장 만들어서 너 혼자 다 먹어!"

"······."

뻔뻔하게도 아무런 거리낌이라고는 없이, 자신의 얼굴에 대고 큰소리치는 아버지라는 존재가 뼛속 깊이 끔찍하게 느껴졌다. 하지만 그렇다고 화를 낼 수도 없는 노릇이었기에, 몸을 부들부들 떠는 것 외에 그녀가 할 수 있는 것은 없었다.

"······."

제 할 말만 하고서 바로 텔레비전에 시선을 고정한 황운보 교수는 딸에게 보란 듯, 부러 지지러지도록 웃어 댔다. 울걱대는 마음을 간신히 꽁꽁 싸맨 황남영 차장은 바리바리 싸 온 장바구니들을 식탁 위에 두고 자신의 방으로 걸어갔다.

"이히히히히히히~"

방에 들어온 황남영 차장은 그대로 침대에 누워 이불로 온몸을 덮어 버렸다. 충격적이기는 했지만, 충분히 일어날 수 있는 일이었으므로 참고 넘길 수 있었다. 그동안 황운보 교수가 자신을 골탕 먹이고

악의적으로 괴롭힌 걸 생각한다면 특별할 것도 없었다. 그러나 어쩐 일인지 그녀는 금방 눈물이 쏟아질 것 같은, 심히 우울한 감정에 사로잡혔다.

'왜…… 오랜만에 동창을 만나서? 날씨가 좋아서인가 아니면…….'

"이히히히히히히히히~"

그나마 진정되고 있던 황남영 차장의 마음을, 황운보 교수의 희괴한 웃음소리가 흩트려 놓았다. 그와 동시에 노순지와 최유림의 모습이 그녀의 뇌리를 스쳤다. 사사건건 아버지에게 시달리는 자신과 달리, 한결 여유로웠던 그들의 모습이 아직도 눈에 선했다.

'모두 다 나같이 살고 있지는 않구나. 그게 당연한 건데, 나한테는 당연하지 않아…….'

황남영 차장은 노순지와 재회했을 당시, 그녀의 지갑 안에서 봤던 사진들이 아렴풋하게 떠올랐다.

"이히히히히히히~"

"……!"

별안간 황운보 교수의 웃음소리가 들려와 다시금 황남영 차장의 생각을 어지럽히려 했다. 이미 수많은 세월을 참아 왔으나, 이번만은 견딜 수 없을 만큼의 화가 치밀어 올랐다.

"이히히히히히히히~"

황운보 교수의 웃음소리가 갈수록 커짐에 따라, 황남영 차장의 말초신경계도 끊임없이 세차게 자극되었다. 어떻게 사람에게서 저런 소리가 날 수 있는지 의문이었으며, 그럴 때마다 그녀는 그것을 무시해 보려 갖은 방법을 써봤지만 모두 허사였다. 그의 웃음소리는 사람이 아니라, 마귀가 내는 소리 같았다.

"이히히히히히히히~"

황남영 차장이 귀를 꽉 막아 보아도, 황운보 교수의 웃음소리를 막기에는 역부족이었다. 그런 와중에 눈을 감고 억지로 잠을 청하던 그녀는 마침내 이글거리는 눈을 반짝 떴다.

'안 되겠어. 더 시간을 두려고 했었지만…… 서둘러야겠어!'

18

늦은 오후, 장용빈 의원과 공수겸 보좌관은 어느 방송국 별관의 직원 휴게실에 앉아 있었다. 자신들 외에 사람이 없는 그곳에서 잠자코 기다린 지 한참 지났건만, 오겠다던 사람은 감감무소식이라 점점 초조해지고 있었다.

"······오기는 하겠지?"

내내 말이 없던 장용빈 의원이 표정에 지루함을 드러내며 말했다.

"그렇겠죠. 기다리라고 했으니까."

공수겸 보좌관은 졸린 듯 나지막이 얘기했지만, 스스로도 확신이 없는 눈치였다. 다시 말이 끊기니, 그들은 서로를 외면한 채 마냥 기다리게 되었다.

"······날을 잘못 잡은 걸까? 그 사람은 쉬는 날도 없대? 별로 바쁜 것 같지도 않던데 얼마를 기다리게 하는 거야. 얘기된 거 아녔어?"

"약속을 잡을 때는 괜찮았던 것 같은데. 저도 이렇게 기다리게 될 거라고는 생각도 못 했습니다."

별안간 장용빈 의원의 목소리가 들려 공수겸 보좌관이 다급히 대답했다.

그들은 '구승희 사건'에 대해 조사하기 위하여, 도움이 될 만한 것을 찾아 사방을 돌아다녔다. 그런 그들이 이번에 찾아온 사람은 '구승희 사건'의 다큐멘터리를 최초로 만든 프로듀서였다. 그와 만나기 위해 공수겸 보좌관이 전화로 약속을 잡을 때만 해도, 아주 수월하게 진행할 수 있었다. 공수겸 보좌관이 들은 그의 목소리는 시간이 많이 지났음에도 불구하고 당시 다큐멘터리에서 들은 것과 별 차이 없었으며 오히려 친절하고 지적인 느낌이 강했다.

그러나 약속한 당일이 되자, 분위기가 이상하게 돌아가기 시작했다. 방송국으로 출발하기 전에 공수겸 보좌관이 확인 전화를 걸어 보니, 상대방의 태도는 그때와는 아주 판이했다. 그에 공수겸 보좌관은 이상한 낌새를 느꼈으나, 그렇다고 계획을 전면 수정할 수 없다는 생각에 방송국으로 발을 들인 것이었다.

'아까 전화했을 때…… 그냥 취소했어야 했나? 의원님한테는 말 안 하고 오기는 했는데.'

공수겸 보좌관이 불안한 마음으로 살펴본 장용빈 의원은 다른 상황은 모른 채, 작은 소리로 툴툴대고 있었다.

'시간이 많이 지났는데…… 아직도 핑계는커녕 여기에 내버려 두고 있잖아.'

"이래 봬도 국회의원인데 너무하는 거 아니야?"

장용빈 의원이 다 들리게 중얼거린 터라, 공수겸 보좌관은 어쩔 도리 없이 일어섰다.

'불안하더니…….'

"응?! 왜 일어나?"

사실 공수겸 보좌관이 아까부터 몰래 연락했음에도, 상대방은 도통 전화를 받지 않았다.

"실은……."

공수겸 보좌관이 힘겹게 사실을 전하려는 순간, 갑자기 그곳의 문이 활짝 열렸다. 당연히 장용빈 의원과 공수겸 보좌관의 시선이 그곳에 집중된 와중, 덥수룩하고 매우 지저분한 몰골을 한 사내가 들어왔다. 행색만 보고서는 도저히 누군지 분간을 할 수 없었지만, 어렴칙이 그 프로듀서라는 것을 짐작할 수 있었다.

"……!"

"이, 이게……."

장용빈 의원과 공수겸 보좌관의 맞은편에 앉은 그는 상당히 피곤해 보였다. 이윽고 입이 찢어지게 하품한 그는 행색 외의 것으로도 그들에게 충격을 주었다.

"안녕하세요."

"……."

"……."

두 사람에게 두 번째로 충격을 준 것은 바로 냄새였는데, 우선 담배에 심히 전 냄새가 둘의 따귀를 때리듯이 다가왔다. 그리고 생활할 때 날 수 있는 모든 냄새들이 한꺼번에 두 사람의 코를 사납게 찔렀다. 직장인에게서 나는 그것이라는 게 믿기지 않을 정도였다.

"많이 바쁘신 모양입니다…… 피곤하신 것 같은데 괜찮으시겠습니까?"

"별말씀을요. 신경 써 주셔서 감사합니다."

"······."

평소 웬만한 건 잘 참는 공수겸 보좌관이었으나, 지금 같은 상황은 받아들이기 힘들었다. 그래서 그는 말 한마디 못한 채 인사만 꾸벅하고는 장용빈 의원을 곁눈질했다. 변함없는 얼굴색의 장용빈 의원은 더없이 편안한 모습으로 덥수룩한 그에게 인사를 건네고 있었다. 그것을 본 공수겸 보좌관은 방금 전까지 투덜대던 사람과 동일 인물이 맞는지 의심스러웠다.

"그러니까······ '탈옥수 구승희 사건' 때문에 오신 게 맞죠? 안 그래도 요즘 방송계에서 그에 대한 관심이 뜨거워서. 그래도 설마, 국회의원까지 나서리라고는 예상 못했죠."

그 프로듀서는 지금껏 기다리게 한 점에 대해서는 말없이 넘어가려는 모양이었다. 너무 천연덕스러워 그것이 의도적인지 명확하게 알 수는 없었지만, 공수겸 보좌관은 그를 좋게 받아들일 수 없었다.

'이 사람······.'

다만 보잘것없이 추루한 겉모습에 반해, 말투나 목소리는 다큐멘터리에서 들었던 대로 몹시 차분하여 신사적이라는 생각이 들 정도였다.

"제가 호기심이 나서 말입니다. 괜찮으시다면 기억나시는 대로 말씀해 주셨으면 합니다. 지금 저희는 한마디가 아쉬운 상황이라서······."

"알고 있습니다. 사전에 대충 들었으니까요."

"그러면, 그 사건을 처음 접하셨을 때를 말씀해 주시죠."

마주하게 된 프로듀서의 태도는 우려와 달리 차분해 물 흐르듯이 흘러갔으나, 어딘가가 엇나간 느낌을 주었다.

"오래 전 일이라. 제가 그 사건을 처음 접했을 때, 특별한 건 없었습니다. 그때도 다른 사건이 많았으니까요. 처음에는 그다지 흥미롭지 않았습니다."

"그렇다면 관심을 가지시게 된 계기가 따로 있었다는 겁니까?"

장용빈 의원이 어떤 내색도 않고 온공히 말을 건네니, 프로듀서가 지적인 말투로 대답했다.

"계기랄 것까지는 없고, 그냥 자연스럽게 그 일을 맡게 된 겁니다. 아, 다큐멘터리 말입니다. 그걸 만들게 되면서…… 차차 관심이 생겼죠. '탈옥수 구승희'에 관해서 모든 걸 알아보기는 했는데, 그리 뚜렷하지는 않았습니다. 하지만 알게 된 몇 가지 중, 저와 공통점이 있는 것 같아서 기분이 묘했었죠."

그가 만든 다큐멘터리에서는 '구승희'를 부정적으로 바라보았으므로, 그것을 몇 번이나 본 장용빈 의원과 공수겸 보좌관의 입장으로는 쉽게 이해하기 힘든 말이었다. 때문에 그들은 프로듀서에게 시선을 고정할 수밖에 없었다.

"공통점이요?"

"이상하게 들리셨던 모양이군요. 제 말은 그러니까, '그'나 저나 집안 형편이 좋지 않았다는 겁니다. 지방에서 혈혈단신 상경한 것도 마찬가지였죠. 그렇기 때문에 안타까웠다는 뜻입니다."

"고생을 많이 하셨나 보군요."

장용빈 의원은 시선을 조금 내린 후에 고개를 끄덕이며 말했다.

"어린 나이에, 어떻게든 가난에서 벗어나 보겠다고 안 해 본 게 없었죠. 어려운 점이 많았지만 그럼에도 불구하고 이 자리까지 올라올 수 있었습니다. 그 사건을 처음 들은 건…… 제가 방송국에서 일한 지 얼마 안 되었을 때였죠."

"네. 아까 기분이 묘하다고 하셨는데, 구체적으로 말씀해 주시겠습니까?"

"……."

장용빈 의원에게 질문을 받은 그는 대답할 말을 찾느라 고개를 돌렸다. 잠시 후, 짧게 한숨을 쉰 그가 턱을 괴고서 말했다.

"말씀드렸다시피 저는 가난하게 살다가 겨우 꿈을 이루게 되었습니다. 온갖 구박이나 멸시를 다 참으면서 말입니다. 아버지를 일찍 여의고, 남은 가족을 생각하며 아등바등 살고 있는데……! 그때 '탈옥수 구승희 사건'이 터져 버리고 만 거죠. 사실 다큐멘터리를 제작하기 위해 하나하나 조사하면서, 점점 이해가 가질 않았습니다."

"……?"

"죄를 짓게 된 사연이 무엇이든, '그'가 죄를 지은 건 사실이잖습니까? 그래서 그에 합당한 죗값을 치르기 위해 교도소에 들어간 거고요. 그런데 복역한 지 얼마 되지도 않아서 탈옥을 했다니…… 솔직히 말하면, 좀 비겁하다는 생각이 들더군요."

덥수룩한 프로듀서는 슬쩍 못마땅하다는 투로 중얼거렸다.

"……."

그 틈에 장용빈 의원과 공수겸 보좌관은 서로 시선을 주고받았다. 그 프로듀서는 대다수의 사람들처럼, '구승희'를 부정적으로 인식하고 있었다.

"두 분은 제 얘기가 석연치 않으신 건가요?"

"……!"

프로듀서는 감정이 상한 듯, 앞에 앉은 장용빈 의원과 공수겸 보좌관을 밉상스레 쳐다보았다.

"그런 게 아닙니다."

"후우~ 의원님은 이십 년이나 지난 지금에야, 부랴부랴 정보를 모으시는 중이겠지만. 저는, 그때 바로 조사한 사람입니다! 밥이고 잠이고 모조리 제쳐 두고, 오직 '탈옥수 구승희 사건'에만 매달렸다는 말입니다! 신출내기에 가난뱅이라고 모두에게 손가락질 받으면서도! 포기하지 않고 믿을 수 있는 정보를 모은 게, 바로 접니다!"

그는 차분했던 처음과는 다르게 조금씩 흥분하더니 이내 날뛰듯 소리쳤다. 아마도 장용빈 의원과 공수겸 보좌관이 제 얘기를 시큰둥하게 받아들이는 느낌이 들어, 기분이 퍽 상한 모양이었다.

"……."

"이십 년 전에 정보를 모으셨다면, '구승희'가 탈옥했다는 확신이 들 만한 정보도 있었다는 건가요?"

"그럼요. 그 다큐멘터리를 제작할 당시, 신중을 기하겠다는 생각에 편견을 갖지 않으려고 애썼죠. 기본적인 거지만 그러기 어려운 게 사실이니까요. 가뭄에 콩 나듯 하는 정보를 하나하나 모으며, 되도록 정확한 시선을 가지려고 노력했습니다."

스스로도 흥분한 것을 알았는지, 그는 잠시 심호흡하고 자세를 고쳤다. 그러고는 언론인 특유의 분위기를 풍기며 부드러운 어조로 말하기 시작했다.

"실은 어제, 이십 년 전에 제가 만든 다큐멘터리를 다시 보게 되었죠. 그 내용은 많은 사람들이 생각하는 쪽으로 만들어진 겁니다. 또한 제가 얻은 귀중한 정보를 토대로 만들어져서, 지금 봐도 시청자가 이해하기에 어려움이 없었습니다. 그런데 좀…… 당황스럽군요. '탈옥수 구승희'가 탈옥한 게 맞느냐는 질문도 그렇고, 그에 따른 정보를 물으시다니……."

"……."

입술을 살짝 삐죽거린 프로듀서는 장용빈 의원과 공수겸 보좌관을 번갈아 보았다. 그러자 장용빈 의원이 그에게 침착하게 말을 건넸다.

"당황스러우실 만도 하죠. 저희도 저희 나름대로 정보를 수집하고 있거든요. 그 당황스러운 질문을 드린 것은 '구승희 사건'에 대한 의문점을 느껴서입니다."

"뭐 때문에 그러시는 건지 모르지만, 신중하신 것 같으니……."

"그렇다면 말입니다. 이제는 들어볼 수 있겠습니까? 그 '정보'요."

장용빈 의원과 프로듀서는 서로 무표정하게 바라보았는데, 언젠가부터 둘 사이에 흐르는 이질의 기류가 날카로이 맞서는 것 같았다.

"그것에 큰 의미를 두시는 것 같은데, 제가 말하는 '정보'는 한마디 말이 아닙니다. 제가 그걸 제작하면서 참 많은 사람들을 만났고, 여러 가지 일들을 겪었습니다. 예를 들면, 분명히 뭔가가 있는데 그것을 숨기는 분위기……."

"……."

"사람들의 줄을 잇는 증언에서 느껴지는 감정도 그랬죠. 특히, '탈옥수 구승희'가 살았었다는 고아원에서는 더 그랬죠! 가뜩이나 서울에서의 '그'에 대한 인식이 그러니, 저로서는 그곳에 대한 기대가 컸었습니다. 근데……."

프로듀서는 다시금 목소리를 가다듬고 자못 심각한 분위기로 말했다. 비록 그의 겉모습은 장용빈 의원과 공수겸 보좌관에게 신뢰감을 주기 힘들다 해도, 그의 화법만큼은 무시할 수 없었다. 경력이 오래된 프로듀서인 데다 몇 번이고 돌려 본 다큐멘터리 속의 익숙한 목소리였기에, 내용은 둘째 치더라도 제법 그럴 듯하게 들렸다.

"원래 살았다는 곳이니까 뭔가 다를 거라고 생각했습니다. 그런데 막상 가 보니, 가관이더군요. 두 분도 제 다큐멘터리를 보셨다면, 그곳의 분위기를 대충 눈치채셨을 텐데…… 제가 '악마의 편집'을 한 게 아니라 그곳의 분위기가 그랬습니다! 저를 포함한 제작진이 '탈옥수 구승희'를 조사하려는 게 허무해질 만큼, 그들의 얘기는 모두 한 가지였습니다. 다큐멘터리에서 보신 바로 그것, 그대로였죠!"

프로듀서는 말을 하면서 되도록 감정을 싣지 않으려 했으나, 뒤로 갈수록 목소리에 힘을 주고 있었다. 그 때문인지 몰라도 그의 눈은 시간이 흐름에 따라 조금씩 충혈이 심해졌다.

"모든 사람들이, 그 방송에서처럼 '그'를 안 좋게 얘기했다는 말씀이십니까?"

조용히 듣고 있던 장용빈 의원이 슬며시 물었다.

"모두, 모든 사람들이! 저도 처음에는 이상하다고 생각해서! 그런데 그 사람들의 얘기를 들어 보니 조금씩 이해가 되더군요. '그'가 있었던 고아원 관계자들의 말이 그러니…… '그'가 고아가 되기 전에 살았다는 집에도 찾아갔었거든요? 깊은 산속에 있었던 그곳, 아주 엉망진창이었습니다! 제가 그곳을 찾기 전에 이미, 상당 부분 훼손된 상태였죠. 다 쓰러져 가는 낡은 집에, 낙서가 천지고, 온갖 쓰레기가 쌓여 있어서…… 거기는 뭐, 더 알아볼 것도 없이 마을로 돌아갔죠."

"그게 심했었나요?"

"아…… 말도 못 했습니다! 아무튼 다시 고아원에 찾아가 보니, 거기는 더 심했었던 걸로 기억합니다. 저와 제작진이 그곳을 찍기 전에, 누군가가 침입해서 난리를 쳤었나 보더라고요. 거기 원장님이 심각하게 병약해 보이셨는데, 맘고생도 심하신 것 같았습니다. 침입자에 대해서는 자세히 털어놓지 않으셨지만, '탈옥수 구승희 사건' 이후로 그런 일이 비일비재한 것 같았죠."

그의 말을 듣고 뭔가를 생각한 장용빈 의원은 담담하게 질문을 던졌다.

"그래요. 그렇다면 '그'가 다녔던 학교라던가, 그 고아원 관계자 외의 사람들도 만나 보셨나요?"

장용빈 의원을 똑바로 보던 프로듀서는 잠시 눈을 동그랗게 뜨더니 곧 예상했다는 듯 조금 웃었다. 공수겸 보좌관이 느끼기에 그것은 비웃음 같았으나 정확히는 알 수 없었다.

"아무래도 제가 하는 말에 신뢰가 가지 않는 모양이군요."

"아, 아니⋯⋯."

"그러실 만도 합니다. 아무튼! 저는 '탈옥수 구승희'와 관련된 곳은 모조리 돌아다녔죠. '그'가 다녔다는 학교도 가 보았고, 친했다는 학생들도 모두 만나 보았습니다. 그래서 그런 결론을 내린 거고요!"

"⋯⋯."

프로듀서는 아주 점잖은 체하며 장용빈 의원을 다시 똑바로 보았는데, 거기에는 그를 향한 불만을 강하게 표시하고 있었다. 장용빈 의원은 줄곧 침착한 태도를 유지하면서도, 자신을 은근히 흘기는 그의 눈빛을 피하지 않았다. 옆에서 그것을 지켜보는 공수겸 보좌관으로서는 그저 좌불안석의 마음뿐이었다.

'⋯⋯설마 또 이렇게? 설마.'

하지만 다행히 그 상황은 오래가지 않았다. 장용빈 의원이 먼저 눈길을 돌렸기 때문이었다.

"그래서⋯⋯ 고아원도, 집도, 학교도 전부 둘러보셨다는 거군요. 그러고는 바로 서울로 오신 건가요?"

"뭐⋯⋯ 더 조사해 봤자, 똑같은 말만 나왔을 테니까. 서울에 와서도, 그 사건의 관계자들을 취재하느라 얼마나 애를 먹었는지. '탈옥수 구승희'가 일했었다는 공장이나 근처 공장들, '그'가 재감되었던 교도소에도 가 봤고, 그곳 교도관! 그래요, 거기는 확실히 뭔가 있었어요! 그곳 교도관들이 뭘 알고 있었는지 계속 쉬쉬했었거든요?! 정말이지…… 수상하더라고요. 제 생각이 맞다면, 분명히 그곳에 뭔가 있을 겁니다."

"음, 빈소에도 가셨던데요."

좀 지친 듯한 장용빈 의원이 고개를 약간 숙이며 말했다.

"어디요? 아, '그'가 일했었다는 공장 사장님! 그분의 갑작스런 부고 소식을 접하고, 많이 놀랐었습니다. 그때 여론의 분위기도 그렇고 상황이 어수선했었는데……."

갸우뚱거리던 프로듀서는 금방 생각이 났는지 고개를 끄덕였다.

"다른 곳도 찾아다녀야 했지만, 전 그곳을 먼저 찾아갔습니다. 다큐멘터리를 생각하기에 앞서, 그분의 가족이 너무 딱해서…… 벌써 많은 사람들이 그 빈소가 있는 병원 주위에 진을 치고 있었는데, 아무도 들어가지는 못했습니다. 병원 측에서 출입을 제한하고 있었으니까."

"하지만…… 용케 들어가셨던데요?"

"간신히 저와 제작진은 그곳 안으로 들어갈 수 있었죠. 그 빈소는 참 고요했고, 다니는 사람 없이 외로워 보이는…… 그런 분위기였어요. 사람이라고는 슬퍼 보이는 소년 한 명뿐이었는데 그분, 공장 사장님한테는 가족이 달랑 그 아들 하나뿐이었던 겁니다."

프로듀서는 안타까워하는 마음을 얼굴에 그대로 내비쳤다. 장용빈 의원은 가만히 듣는 척했지만, 그것이 미덥지 않다는 생각을 하고 있었다.

"저희도 빈소 장면을 봐서 알고 있습니다. 많이 힘들어 보이더군요.”

“아직 어린데 그런 일을 겪었으니 오죽했겠습니까. 내키지는 않았
습니다만…… 어쩔 도리 없었죠. 우선은 향을 올리고 상주에게 다가
갔는데, 도무지 말을 하지 않더라고요.”

“충격이 컸을 테니 순순히 말하는 게 더 이상하겠죠.”

프로듀서는 장용빈 의원의 그 말이 자신을 지적하는 것으로 들려,
껄끄럽다는 반응을 감추지 않았다. 더불어 그는 장용빈 의원을 날 선
눈길로 빤히 들여다보았다.

“……어느 정도는 예상하고 있었습니다. 물론 저도 마음이 좋지 않
았고요. 하지만 언젠가는 일어나게 될 거였다는 말입니다. 그 소년에
게 말을 건네는 동안…… 정말 남 같지가 않아서 제 경험을 말해 줬
죠. 나도 어렸을 적에 부친상을 당해 봤으니 너무 힘들어하지 말라고
요!”

“그 부분도 봤습니다만 너무 몰아붙이시는 것 같던데요.”

“그야…… 촉박했으니까요! 한마디라도 듣기 위해서는 마냥 어르고
달랠 수 없다는 말입니다! 그래 봤자 다 절차라고요! 제 직업의 특성
상 쉽게 입을 떼지 않는 사람이 많기 때문에, 더구나 그런 상황에서는
다른 방법을 생각할 수도 없었죠! 그럴 때일수록 적당히 자극해 줘야
원하는 게 나오는 법입니다. 그 소년도, 제가 계속 달랬다고 말을 해
줬을까요?”

어느덧 격해진 마음이 든 탓에 프로듀서의 자세가 흐트러졌다.

“……그렇게 하셨음에도 불구하고 얻은 건 별로 없었던 것 같은데

요."

"뭐, 중간에 웬 할아버지가 오셔서는…… 그래도 얻은 게 아주 없었던 건 아니었습니다. 비록 유족에게는 뚜렷한 정보를 얻은 게 아니었지만…… 보셨죠?! 끝에 소년이 했던 말!"

차라리 형이 진짜로 죽었으면 좋겠어요!

"……."

프로듀서는 아주 중요한 대목을 짚어낸 것처럼, 주먹을 불끈 쥐고서 눈을 반짝였다.

"몰아붙이는 걸로 보였을지는 몰라도, 제가 그렇게 했기 때문에 그런 결정적 장면이 나온 겁니다! 생각해 보세요…… 제가 마냥 어르고 달랬다면, 그런 장면이 나왔겠습니까?"

'결정적 장면이라…….'

"그때, 그 소년이 했던 말은 과연 무슨 뜻이었을까요? 단순히 충격이 커서 한 말일까요? 하지만 말입니다! 제가 '탈옥수 구승희'가 있었던 고아원과 그 마을에서 얻은 정보를 종합해 보자면, 결코 무시할 수 없다는 거죠!"

한껏 진지하게 말한 프로듀서는 곧장 장용빈 의원을 뚫어져라 응시했는데, 그는 그저 무색한 빛을 띠고 있었다.

"그래서…… 결론은?"

"그래서 제가 얻은 결론은. '탈옥수 구승희'는 상경한 후에, 좋은 사람을 만나서 성실히 사는 듯했지만…… 고향에서 '그'를 말한 것처럼 그렇고 그런, 그냥 '탈옥수 구승희'라는 거죠."

프로듀서의 담담한 말투와 지적인 목소리 탓에 솔깃하기도 했으나, 어쩐지 다큐멘터리에서 보여 줬던 것과는 확연히 달랐다. 그것이 편집을 거친 방송 때문인지, 세월이 흘러 변하게 된 것인지 정확하게 알수 없었지만 다르다는 것은 확실했다.

"그렇게 확신하신다면, '구승희'가 탈옥했다는 증거라던가 그런 게 있으신가요?"

여전히 감정이 결여된 모습으로 장용빈 의원이 질문을 던졌는데, 그 질문을 들은 프로듀서는 우습다는 듯 헛웃음을 지었다.

"그때 속초에서 발견된 '그'의 수의와 그곳에서 '그'를 목격했다는 제보들 외에 말입니까? 당연히 그런 걸 알고 있을 리가 없죠. 알았다면 벌써 방송에 나오고 난리가 났을 겁니다. 그리고 이미 나온 증거들이 그렇게 확실한데, 굳이 다른 걸 찾았어야 했을까요? 그나마 제가, 중간에 포기하지 않았기 때문에 이만큼 알아낸 겁니다."

"그럼 지레짐작하셨다는 건가요?"

장용빈 의원이 중얼거리듯 건넨 말에, 어렴풋이 움찔댄 프로듀서는 인상을 찌푸렸다. 그러고는 느릿하게 고개를 절레절레 흔들었다.

"지레짐작이라니. 말을 꼭 그렇게 해야 속이 시원하신가. 여기서 저한테 그 모든 걸 들으시려니 못 미더우신 것 같은데…… 저는 이십 년 전에! 지금보다 훨씬 열악한 환경에서 꿋꿋이 그 사건을 조사한 끝에, 그 결과물을 얻어낸 사람입니다!"

"……."

"두 분의 그…… 못 미덥다는 반응! 참고 넘어가려고 했는데 도저히 참기 힘들군요! 높은 분인 줄은 압니다만, 솔직히 좀 거북합니다!"

프로듀서는 아까보다 더욱 불만이 섞인 눈으로 장용빈 의원을 쏘아보았다. 대놓고 시비 거는 그 눈빛을 태연하게 무시한 장용빈 의원은 이윽고 그에게 질문했다.

"그 다큐멘터리 재밌게 봤습니다. '구승희'의 고향에서의 증언들, 서울에서의 그것 또한……."

'……재밌었다고?'

"궁금한 게 있는데, 제작 기간은 어떻게 됩니까?"

장용빈 의원이 말하는 내내 불편한 심기를 거침없이 드러내던 프로듀서는 순간 움찔했다.

"무슨 말씀이신지."

프로듀서가 어물거리자 장용빈 의원은 침착하게 말했다.

"저는 방송에 대해 아는 바가 없지만, 그런 다큐멘터리는 제작 기간이 긴 것으로 알아서요. 그런데 그 다큐멘터리는 사건이 발생한지 얼마 되지 않아서 나오지 않았습니까? 내용을 보면 그다지 여러 사람들이 등장한 게 아니라…… 많은 것처럼 나오기는 했지만, 사실은 얼마 되지 않았습니다. 더 정확히는 '구승희'로 인해 피해를 본 사람들, 예를 들면 고아원 관계자나 '그'가 일했던 공장에 의해 피해를 본 사람들. 그중에서도 후자에 속하는 사람들은 그 공장의 다른 직원에게 사기를 당한 경우였고."

"……."

당황했는지 헛기침한 프로듀서는 무심결에 고개를 돌려 버렸다.

"고생하신 건 알겠습니다만, 그 다큐멘터리가 보여 준 게 전부는 아닌 것 같다는 생각이 들더군요."

지레 흠칫한 프로듀서는 자리에서 비뚜름히 일어나 걸쌈스레 열변을 토했다.

"기간이 길었다고는 못해도, 그때만 하더라도 사람들은 모두 한 목소리였습니다! 또한 그때 저는 신입이었음에도 불구하고, 누구보다 열의를 다해 정성을 들였다고요. 제가 그때 보고 들은 것은 모두 사실이었고, 지금도 거짓 따위는 추호도 없습니다. 언론인으로서의 양심을 걸 수 있습니다!"

"……그렇군요."

그에게서는 더 이상 언론인 특유의 차분함은 찾아볼 수 없었으며, 오로지 첫인상에서 느껴진 것들로 서서히 바닥을 드러내고 있었다.

"아, 그러고 보니."

프로듀서가 자리에 앉아 진정하고 있는 사이, 갑자기 뭔가가 생각난 장용빈 의원이 말했다.

"……?"

"아까 '구승희'가 다녔던 학교에도 가 보셨다고 하셨죠?"

"그랬죠."

"그것도 중요한 부분인데 왜 다큐멘터리에는 빠져 있는 거죠? 그 부분이 있었다면 완성도가 높았을 텐데요."

프로듀서는 대수로운 일이 아닌 척 했으나, 몰래 침을 꼴깍 삼키는 것이 눈에 띄었다. 왜 그런 반응인지 뻔했기에 장용빈 의원은 질문을 바꿨다.

"……."

"그 소년, 유족 말입니다. 지금은 어떻게 지내고 있죠?"

예상 못한 질문을 연이어 받은 터라 프로듀서는 당황망조하여 눈만 끔벅거렸다.

"……그 소년. 처지가 참 딱했었죠. 그런데 그건 왜 물으시죠?"

"다름이 아니라, 저희가 '구승희 사건'을 알아보는 것 때문에 도움을 구하고 싶어서요."

"그때도 말 안 했는데 지금이라고…….."

"네?"

"아, 아닙니다. 그…… 소년 말입니다. 다큐멘터리에서는 편집되었지만, 사실 그때 제가 많은 얘기를 해 줬죠. 저와 비슷한 점이 있어서 마음이 안 갈 수가 없었습니다."

이대로라면 원하는 대답이 언제 나올지 알 수 없었는데, 하물며 프로듀서의 반응으로 봐서는 답이 나올 가능성은 그야말로 만무했다. 그런 탓에 장용빈 의원과 공수겸 보좌관은 콧방귀가 나오려는 걸 가까스로 참고 있었다.

"하지만…… 그 소년은 끝내 제게 마음을 열지 않았습니다. 열었더라면 많은 것을 공유하고 좋은 친구가 되었을 텐데."

프로듀서의 말에서 좀체 무게가 느껴지지 않아 점점 심기가 거슬린 장용빈 의원은 심드렁히 말을 건넸다.

"모르신다는 거군요. 안타깝네요."

"……."

공수겸 보좌관은 장용빈 의원이 그 말을 꺼낸 의도를 대충 파악했기에 잠자코 있었다.

"……저, 더 할 얘기가 없으시다면."

프로듀서는 그들과의 자리가 불편한 모양인지 그만 그곳에서 떠나고 싶어 했다. 그러자 장용빈 의원이 살짝 미소 짓고서 고개를 저었다.

"이를 어쩌나…… 아직 끝난 게 아니라서 말입니다."

"제가 바빠서요. 지금도 겨우 빠져나온 거라서……."

사실 그는 자신의 허를 찌르는 장용빈 의원이 성가셨기 때문에, 만만하게 생각했던 이 자리가 보통 불편한 게 아니었다.

"자리에 앉아 주시기를 부탁드립니다."

"……."

프로듀서는 싫다는 내색을 숨기지 않은 채 다시 자리에 앉았다.

"그 소년 말인데요."

'또?'

"그…… 죄송합니다. 그 소년의 이름이 뭐였죠?"

"……."

느닷없이 튀어나온 장용빈 의원의 질문에 프로듀서는 당황스러워했다.

"뭐라고 하신 거죠?"

"자꾸 소년, 소년하시니까 말하기 불편해서…… 의미 전달하는 것도 힘들고요."

"……."

순간, 프로듀서는 꿀 먹은 벙어리처럼 입을 다물어 버렸다.

"그렇게 '구승희 사건'에 대해 열의를 다하셨다면, 남 같지 않은 그 소년에게 많은 조언을 하셨다면. 이름 정도는 알고 계실 것 아닙니까?"

프로듀서는 장용빈 의원을 가만히 바라보더니, 미간의 주름을 잡았다가 펴기를 반복했다. 꼬투리를 잡으려 해도 장용빈 의원의 태도는 흠잡을 데 없이 겸허했기에, 그는 묵비권을 행사하듯 거만한 태도를 취했다.

"……."

"음…… 모르신다는 뜻으로 알겠습니다. 그러면 그때 빈소에서 제작진을 몰아냈던 그 노인은 누군지 아십니까?"

"……."

"아, 그것도 모르신다는 거군요. 급하게 조사하시느라 빼놓은 게 많으신 듯합니다."

무표정하게 앉은 프로듀서는 그 말에 살짝 발끈했지만, 장용빈 의원이 뭐라고 하던 그는 묵묵부답이었다.

"알겠습니다. 그러니까 '구승희'는 고향에서건, 서울에서건 평판이 안 좋았다는 거네요. 그래도 그건 좀 걸리는데요. 귀하는 그 공장 사장님을 '좋은 사람'이라 칭하셨고, 그…… 소년에 대해서는 딱하다고 하셨는데. 어째서, 빈소에 있는 그 소년을 그렇게까지 몰아붙이셨는지."

"……."

장용빈 의원은 프로듀서의 신경을 건들기 위해 일부러 가만가만,
공격적이고도 차분하게 말했다. 그럼에도, 프로듀서는 줄곧 장용빈
의원의 눈빛을 외면하고는 침묵하기에 여념이 없었다.

"아~"

뭔가 생각난 장용빈 의원이 프로듀서에게 말을 꺼내려는데, 장용빈
의원의 목소리가 커짐에 따라 프로듀서는 무의식적으로 그와 눈이
마주치고 말았다.

"……."

"……'알 권리'를 위해서요?"

장용빈 의원은 나직이 말을 이었으나, 그의 눈동자에는 전혀 다른
것이 담겨 있었다. 오직 눈앞에 있는 이를 향한 분노와 조소가 그득
해, 그것을 정통으로 본 프로듀서는 서서히 약이 올랐다.

"당시의 여론이…… 제가 직접 본 건 아닙니다만, 상당히 뜨거웠던
걸로 압니다. 여러 가지 사정이 있었다고 한들, 맞는 건 맞고 틀린 건
틀린 거죠."

"……."

금세 자신의 감정을 숨긴 장용빈 의원은 다시금 공손한 말씨로 말
을 이었다.

"저희도 조사한 게 있다 보니, 지금 말씀하시는 것과 차이가 있어서
좀…… 의아스럽습니다. 잠자코 듣기는 했지만 이해가 잘 되지 않아

서 말이죠. 그래서 말인데 조사하셨다는⋯⋯."

"듣자 듣자 하니까!"

장용빈 의원의 눈을 응시하고 있던 프로듀서는 돌연히, 소리를 버럭 질렀다. 태연자약한 장용빈 의원에게서 자신에 대한 강한 부정을 느낀 탓이었다. 그로 인해 휴게실 안은 뾰족뾰족 성난 프로듀서의 목소리가 울리게 되었다.

"다 지난 일 가지고 들쑤시고 다니면서⋯⋯ 그래 봤자 여러 매체나 다른 사람들처럼 호기심이나 채우려는 거, 누가 모를 줄 알아?!"

벌게진 얼굴로 노발대성 하는 프로듀서에게, 더 이상의 '지성'을 찾아볼 수 없었다.

"나보고 너무한 거 아니냐고? 그때 어땠는지 알면 까무러치겠군! 나 같은 사람? 나보다 더한 사람들이 눈에 불을 켜고 그 주위를 에워쌌어! 뭣도 모르면서, 나만 나쁘다는 것처럼 그런 눈을 하다니⋯⋯!"

거기서 당황한 사람은 공수겸 보좌관 한 명뿐이었다.

'⋯⋯결국 이렇게 되는 것인가. 난 입도 못 떼어 보고 내쫓기게 생겼네.'

한편 장용빈 의원은 오히려 기다린 것처럼, 앞에서 언성을 높이고 있는 프로듀서를 관찰하듯 지켜보고 있었다.

"기가 막히는 일은 비일비재했다고! 내가 조사하는 동안⋯⋯ 무슨 일들을 겪은 줄이나 알아?!"

"모릅니다."

"⋯⋯!"

길길이 날뛰는 와중, 장용빈 의원이 침착하게 대꾸하니 프로듀서는 약간 당황한 눈치였다.

"그런데…… 딱히 궁금하지 않습니다. 그것과 저희가 궁금해하는 게 별개이기도 하지만, 그게 아니더라도 궁금하지 않습니다. 귀하가 겪었다는 일 모두, 귀하가 그대로 다 하고 다녔을 테니까요."

"……."

"아닙니까?"

"……다 안다는 듯이 말하지 마! 빈소에 있던 그 소년은 어쩔 수 없는 거였다고! 아무리 힘든 때라고 해도, 언제까지나 거기에만 머물 수는 없어! 눈앞에 무슨 일이 닥쳐올 줄도 모르고 사는 게 인생이야! 그 소년도 그랬다고…… 당사자가 어떤 상태든 그 주변은, 세상은 기다려 주지 않아! 그때 그 소년에게 달라붙으려고 다들 얼마나 혈안이었는데……! 나니까, 그래도 그만큼만 한 거라고. 나도 아버지를 잃은 고통을 아니까, 찢어지게 가난하게 살아봤으니까! 그러니까 나한테만 나무라지 말라고. 그런…… 아픔은 모두 지나가기 마련이니까."

정신없이 떠든 프로듀서는 피곤했는지 의자에 기대었다.

"한바탕 힘들었어도 그게 살아간다는 거니까! 내가 좀 독하게 굴기는 했지만, 그래도 정도는 지켰었다고…… 걔는 그래도 운이 좋은 편이었어. '탈옥수 구승희'에 대한 관심이 뜨거웠던 만큼, 그 소년에 대한 동정표도 많았으니까."

널린 빨래처럼 앉아 있는 프로듀서를 보는 동안, 장용빈 의원의 얼굴은 굳어 있었다.

"……."

침묵이 생각보다 길어지자, 공수겸 보좌관은 어떻게 해야 좋을지 고민 중이었다. 지금 장용빈 의원이 한 얘기는 사실, 이 상황에서는 적절하다고 볼 수 없었다. 장용빈 의원과 공수겸 보좌관이 그 프로듀서와 만난 이유는, 어디까지나 '구승희'에 대해 도움이 될 만한 얘기를 듣기 위해서이기 때문이었다.

'어쩌지…….'

공수겸 보좌관이 보기에 프로듀서는 당연히 매우 흥분한 상태였고, 장용빈 의원 역시 적잖게 감정이 상한 것으로 보였다. 프로듀서의 태도나 변명 등이 아무리 얄밉더라도 개인적인 감정만 앞세울 수 없는 게 기본인데, 엉뚱하게도 장용빈 의원이 제멋대로 감정을 드러낸 것이었다.

"……."

"하긴, 당신 같은 사람이야 모르겠지……."

"……?"

천천히 고개를 흔들고 난 프로듀서는 곧 장용빈 의원을 위아래로 훑어보았다. 심사가 몹시 꼬여 있음을 말해 주는 그 행동에, 공수겸 보좌관은 안절부절못하는 마음이 들어 미동도 할 수 없었다.

"나 같은…… 사람?"

한 박자 늦게 반응한 장용빈 의원은 프로듀서를 의아쩍게 바라보았다. 그 눈빛에 지지 않겠다는 듯, 프로듀서는 의자 등받이에 기댔던 몸을 앞으로 기울여 노골적으로 빈정거렸다.

"국회의원······ 솔직히 국회의원 중에서는 젊은 편이잖아. 지금 몸에 걸친 것만 봐도, 웬만한 연예인은 저리 가라······ 다 아비 잘 만난 덕에!"

"······!"

"······."

그제야 비로소 의미를 파악한 장용빈 의원은 프로듀서를 물끄러미 보았다. 그는 장용빈 의원을 대놓고 흘기더니, 비아냥스레 조소를 흘리며 숨도 쉬지 않고 내뱉었다.

"장용빈, 규양병원의 장인목 병원장 아들 맞잖아! 그 병원장의 귀한 외동아들이신 덕에 국회의원도 하고! 이제는 다~ 지난 일, 뻔한 일 가지고 괜히 이곳저곳 찔러보는 거잖아. 당신 같은 사람은 내가 사람으로 보이지 않겠지. 특종을 위해서라면, 물불 안 가리고 몰아붙이기나 하는 냉혈한으로만 보일 거 아니야! 하지만! 그런 가벼운 동정이야말로 백해무익한 거라고!"

"······."

묵묵히 프로듀서를 쳐다보던 장용빈 의원은 불현듯 자리에서 일어났다. 당황한 공수겸 보좌관이 따라 일어나려 하니, 조용히 그를 제지하고는 프로듀서에게 다가갔다.

"나도 그런 과정을 겪어본 사람이야. 오히려 더 심한 경우라고 봐야 돼! 모두가 나를······ 손가락질하고 외면했다고. 그래, '탈옥수 구승희'도 마찬가지였을 거야. 내가 그랬는데, '그'라고 별수 없었겠지. 그게······ 그렇잖아? 고아원에 있을 적에도 며칠을 못 견디고 도망쳤는데, 교도소에 갔다고 뭐가 달랐겠냐고! 솔직히 교도소에 갔다는 것 자체가 문제지…… 그런 뻔한 걸 뭐 하러……?!"

프로듀서가 혼잣말처럼 중얼중얼하는 새, 장용빈 의원은 그와 바짝 근접해 있었다. 그러고는 무심스럽게도, 덥수룩한 그에게 얼굴을 성큼 들이대는 것이었다. 상당한 악취가 풍겼을 텐데, 장용빈 의원은 코를 실룩이는 것을 멈추지 않았다. 그에 흠칫 놀란 프로듀서와 공수겸 보좌관은 말문이 막혀 버렸다.

"……."

이윽고 장용빈 의원이 구부렸던 허리를 펴며 말했다.

"아…… 술."

"!"

"!"

그 말을 들은 프로듀서는 홀연 얼어붙었다. 이내 장용빈 의원이 보낸 눈짓을 본 공수겸 보좌관은 재빨리 일어나 문을 향해 걸으려 했다.

"……잠깐만. 뭔가 오해를 하신 것 같습니다."

공수겸 보좌관이 곁눈질하니, 프로듀서가 장용빈 의원의 뒷모습에 대고 허둥지둥 말하는 게 보였다. 되는대로 말을 내뱉던 모습은 어디로 갔는지, 다시 차분하고 지적인 말투가 되어 있었다.

"제가 수…… 술을 마신 건. 어제 조금 마신 게, 아니 그저께요! 며칠째 잠도 못 자고, 철야 작업을 하다 보니."

프로듀서의 목소리에는 지적임에 공손함까지 더해졌지만, 여전히 무게가 없었다.

"중간에 실수가 있었던 건 인정합니다. 하지만 그건, 술과는 전혀 상관이 없다는 말씀을 드리고 싶습니다! 먼저, 먼저 집요하게 하셔서. 그건…… 실례거든요, 사실"

그 말속에는 겸연쩍다 못해 매우 혼란한 감정이 내포되어 있었다. 그와 동시에, 끝내 장용빈 의원에게 지지 않으려는 오기도 엿보였다.

"……."

장용빈 의원은 문득 걸음을 멈춰 슬그머니 뒤를 돌아보았는데, 그 시선의 끝에는 상기된 채 인상을 쓰고 있는 프로듀서가 있었다.

"……술을 탓하는 게 아닙니다. 그러므로 오해를 한 것도 없습니다. 저는 단지, 여기에 온 목적대로 궁금한 것에 대해 질문한 것뿐입니다. 그리고…… 제가 집요하다고 하셨는데."

"……?"

장용빈 의원은 차분하던 얼굴에서 금세 웃음기를 쏙 빼 언론인 특유의 말투를 흉내 냈다.

"제가 마냥 어르고 달랬다면, 그런 얘기를 해 주셨겠습니까?"

"……."

"시간 내주셔서 감사했습니다."

19

"오늘은 안 됩니다."

"……?!"

이동 중인 차 안에서 정색한 공수겸 보좌관이 장용빈 의원에게 말했다. 난데없는 그 말은 여러 가지 일정에 치여 지친 기색이 완연한 장용빈 의원이 도저히 알아들을 수 없는 것이었다. 그는 영문을 몰라 눈을 동그랗게 뜬 채 공수겸 보좌관을 보았는데, 공수겸 보좌관은 여전히 정색을 하고서 그를 뚫어져라 보았다.

"그……."

"…….."

은근히 공수겸 보좌관의 눈치를 살피던 장용빈 의원은 아무래도 알 수 없어 물어보았다.

"그게 무슨 소리야? 뭐가 안 돼?"

그에 가만히 있던 공수겸 보좌관은 눈을 돌려 헛웃음을 토해 냈다. 그러고는 다시 장용빈 의원을 보며 또박또박 얘기했다.

"그렇게 말씀하시니, 드릴 말씀이 없습니다."

"…….."

"정영진 씨 말입니다! 오늘은 절대 시비를 걸거나 공격적으로 말씀하지 마시라는 겁니다!"

"……?!"

공수겸 보좌관은 장용빈 의원의 그런 행동이 기가 막혀 주저하면서도, 결국 해야 할 말을 하고 말았다. 공수겸 보좌관의 태도가 찜찜했던 장용빈 의원은 그 말을 들은 후에야 놀라 멈칫했다. 곧장 반박하고 싶은 마음이 굴뚝같았지만, 급한 마음에 할 말이 생각나지 않았다.

"……무슨!"

"저번에 방송국에서는 그 프로듀서도 잘한 게 없었습니다만, 이번에는 다릅니다! 오늘이 얼마나 중요한지…… 아시잖습니까?"

공수겸 보좌관은 미심스러운 눈으로 장용빈 의원에게 자신의 뜻을 관철했다.

"열심인 건 좋지만 말이 좀 심하네. 내가 언제 시비를 걸었다고……."

처음에는 발끈한 장용빈 의원이었으나, 공수겸 보좌관의 말을 들을수록 화가 가라앉았다. 그러면서도 이내 투덜거리고 마는 것이었다.

"……."

장용빈 의원이 투덜거리는 걸 듣고 공수겸 보좌관은 심히 부정적인 시선을 그에게 보냈다.

"의원님, 뭔가 잊어버리신 것 같은데…… 이번에 '구승희 사건'을 파헤쳐 보기로 하신 건, 바로 의원님이십니다. 따라서 누구보다 열심이셔야 할 분은 의원님이시라는 말씀입니다! 그런데 이제 와서 '시비 건 적'이 없으시다는 겁니까?!"

"······알았으니까 그만 좀."

"뭘 아신다는 겁니까? 지금까지 찾아간 사람들에게 의원님이 어떻게 하셨는지 잊으셨습니까?!"

떨떠름한 얼굴을 한 공수겸 보좌관의 목소리가 점차 커졌으므로, 지금 그를 진정시키지 않으면 앞으로도 골치 아프겠다는 생각에 장용빈 의원은 얼른 목소리를 높였다.

"그럼! 네 말이 맞아!"

"······?!"

"내가 그러면 안 되지! 내가 시작한 일인데 말이야! 보좌관인 자네가 그렇게 허심탄회하게 말해 주니, 내가 얼마나 고마운지 몰라!"

"······."

장용빈 의원이 갑작스레 윽박지르듯 소리치자, 흠칫 놀란 공수겸 보좌관은 살짝 난감해하며 입을 다물었다. 하지만 곧 장용빈 의원의 의중을 눈치채, 그에게 따가운 시선을 보냈다.

"아직 도착하려면 멀었어? 혹시라도 약속 시간에 늦으면 큰일 난단 말이야. 오늘 만나게 될 사람은 그 사건에서 아주 중요한 인물이라고!"

장용빈 의원이 괜스레 서류를 뒤적이며 법석을 부리자, 금석은 그 속내를 아는 것인지 장용빈 의원을 힐금거렸다.

공수겸 보좌관과 눈을 마주치지 않기 위해 어느 때보다 열정적으로 서류를 뒤적이던 장용빈 의원은 다행히, 생각보다 빠르게 목적지에 도달할 수 있었다.

"……도착했습니다."

이내 기운 빠지는 금석의 목소리가 들리더니 차가 멈췄다.

"……."

"교회라고 해서 클 거라고 생각했는데, 그건 아닌 모양입니다."

하늘타리교회는 건물이 네 개였으나 그리 웅장하지 않았다. 더욱이, 그들이 입구에서 보기에 차 한 대가 겨우 들어갈 만한 공간이 보여 더 작게 느껴졌다. 안으로 들어서 보니, 그곳은 그다지 작다고 볼수 없었지만 그렇다고 크다고도 할 수 없었다. 또 네 개의 건물 중 하나만이 새로 지어진 것처럼 보였는데, 주차장도 따로 없어 운동장 구석에 차 몇 대가 세워져 있었다.

"여기가 맞는 거겠지?"

장용빈 의원이 차에서 고개만 내밀고 얘기하던 중, 금석이 바로 대답했다.

"맞습니다."

"어서 내리시죠, 의원님."

"……."

어쩐지 망설여졌으나, 차에서 내린 장용빈 의원과 공수겸 보좌관은 중앙에 있는 건물을 향해 걸었다. 밖에 돌아다니는 사람이 없어 더 을씨년스러운 분위기가 풍기는 곳이었다.

"지금 사람이 있는 게 맞겠지?"

"아…… 저도 확신이 가지 않습니다."

그곳은 밤이 아닌데도 쥐 죽은 듯 조용했기에, 좀 무서운 기분에 사로잡힌 두 사람의 발걸음은 서서히 느려졌다.

'날을 잘못 잡았나…….'

"어떻게 오셨어요?"

"!"

"!"

조용하던 가운데, 뒤에서 여자 목소리가 들려 장용빈 의원과 공수 겸 보좌관은 하마터면 비명을 지를 뻔했다. 하지만 두 사람 모두 온몸 이 얼어붙는 통에 그것만은 피할 수 있었다.

"……?"

놀란 마음을 겨우 추스른 공수겸 보좌관이 어색하게 웃으며 돌아보 자, 앞치마를 한 수녀 한 명이 서 있는 게 보였다.

"아, 수녀님이시군요. 저희는…….."

그녀는 뭘 하다가 온 것인지, 옷에 닭털이 묻어 있었다.

"……어머나?!"

장용빈 의원과 공수겸 보좌관을 유심히 관찰하던 수녀는 갑자기 기 겁을 했다. 그녀의 동작과 목소리가 컸던 탓에, 장용빈 의원과 공수겸 보좌관 역시 덩달아 깜짝 놀라고 말았다.

"제가 그만…… 깜박해 버렸네요. 맞으시죠?!"

'뭐가 말입니까.'

수녀가 호들갑을 떨며 너털웃음을 지어, 장용빈 의원과 공수겸 보 좌관은 어떻게 대답해야 할지 몰라 어색한 미소만 짓게 되었다.

"정 목사님이 저한테 계속 얘기 하셨던 건데! 제가 다른 사람 얘기에 귀를 잘 기울이는 편인데, 그 얘기는 정말 많이 들어서 귀에 딱지가 앉을 정도였거든요. 그분이 평소에는 과묵하신데! 아무튼 이번에 귀한 손님이 오신다고 신이 나셔서 저도 기뻤죠. 그렇게 얘기하신 건데, 제가 소임을 다 하느라고 깜박 잊고 말았어요. 아, 그런 걸 까먹다니…….”

밝은 목소리의 수녀가 쉼 없이 재재하는 바람에, 당황한 장용빈 의원과 공수겸 보좌관은 자신들의 볼일마저 잊을 것 같았다. 참새가 지저귀는 것 같은 그것이 부담스럽지는 않았으나, 더 이상 지체할 수 없었다.

“저…….”

“네?!”

“그 정 목사님이, 혹시 정영진 씨 맞습니까?”

“네! 그 정 목사님이, 그 정 목사님 맞아요~”

공수겸 보좌관의 작은 목소리에 제법 예민하게 반응한 수녀는 다음 질문에도 시원스럽게 답하고는 뛸 듯이 기뻐했다. 그녀의 대답으로 마음이 편해진 그들은 서로 눈짓을 보냈다.

“그럼 말입니다. 정 목사님은 지금 어디에 계십니까?”

“아, 아! 맞아요! 두 분은 정 목사님을 만나러 오신 손님이시니까, 그분을 찾는 게 당연하죠! 제가 지금 너무 기뻐서 그걸 또 깜박해 버렸지 뭐예요~”

“…….”

수녀는 대화 자체가 기쁜 듯 떠들다가 말을 마칠 즈음에 시무룩해지고 말았다. 공수겸 보좌관은 거기에 뭐라고 할지 생각조차 못하고 그녀를 쳐다보았다. 잠시 후 고개를 든 그녀가 다시금 밝은 얼굴로 그들에게 말했다.

"이쪽으로 오세요!"

계속 서 있었던 상태라 장용빈 의원과 공수겸 보좌관은 그 말이 무척 반가웠다. 돌아보지도 않고 앞장선 수녀가 적극적으로 걸어갔으므로, 그들은 그녀를 따라 걷기 시작했다.

"오신 건 영광스러운데 하필이면…… 가는 날이 장날이네요."

곧이어 들린 수녀의 낭랑한 목소리에, 장용빈 의원은 소리 없이 실소하고 말았다. 그것이 들릴세라 공수겸 보좌관은 최대한 공손한 태도로 얘기했다.

"그렇게 말씀하시는 이유를 물어도 될까요?"

"여기 오셔서 아시겠지만…… 이곳의 건물들이 좀 낡았잖아요? 겉만 그런 게 아니라 여기저기 손볼 데가 많거든요. 그래서 공사를 하고 있는데, 지금 한 건물만 새 것처럼 되었잖아요? 그게 사실은 올해 초에 네 개 건물이 다 그렇게 되었어야 했는데, 사정상 늦어져서 지금까지 다들 고생 중이시죠."

수녀는 힘차게 걸으면서도 정성껏 대답해 주었다.

"여기서 생활하시는 모든 분들이 한마음으로 보탬이 되려고 하시는데도…… 그걸 생각하면 좀 속상해요. 어머! 귀한 손님들이신데 너무 우울한 얘기를 해 버렸네요!"

"아닙니다. 제가 괜한 걸 물었군요."

멋쩍게 웃으며 대답한 공수겸 보좌관에게 응답하듯, 수녀의 뒷모습에서 경쾌한 웃음소리가 들린 터라 그녀가 지금 어떤 표정일지 눈에 선했다.

"다 왔습니다, 짜잔~"

다른 건물로 들어가 그곳의 복도를 걷던 수녀는 어느 방 문 앞에서 불현듯 멈추더니, 이내 손님들을 보며 밝게 외쳤다. 낡고 어두운 곳에서 본 그녀의 밝은 미소는 다소 과잉된 것처럼 대비되었다. 머춤한 공수겸 보좌관이 문을 열어 보니 그 안에는 아무도 없었다.

"……?"

"화려하지는 않지만 운치가 있죠?"

'그게 문제가 아니라…….'

공수겸 보좌관이 당황하는 것을 보던 수녀는 잠시 어리둥절하다, 곧 긍정적인 얼굴로 고개를 끄덕였다.

"맞다, 맞다! 제가 다른 얘기를 하느라 정작 중요한 말을 빠트렸네요. 정 목사님이 지금 이곳으로 오시는 중이라서, 두 분은 여기서 기다리셔야겠어요."

"여기에 계신 게 아니었습니까?"

"어떡하나…… 지금 오시는 중이라서. 며칠 전부터 오늘이 기대된다고 입버릇처럼 말씀하셨는데, 이렇게 되어 버렸네요."

수녀는 천진난만한 얼굴로 장용빈 의원과 공수겸 보좌관의 눈치를 살폈다.

"정 목사님이요. 꼭 뭐에 홀린 사람처럼 행동하시더니…… 무슨 일이 생기셨나 봐요. 그분이 손님과의 약속을 어기실 분이 아니거든요."

"아하하. 신경 쓰지 않으셔도 됩니다, 수녀님."

수녀의 얼굴이 어두워지려 하자, 보다 못한 장용빈 의원이 미소 지으며 말했다.

"바쁘실 텐데 여기까지 안내해 주셔서 감사합니다. 저희는 여기서 기다릴 테니 수녀님은 그만 가 보셔도 됩니다."

"그래도 될까요……?"

"네, 그러셔도 됩니다."

수녀에게 가벼운 눈인사를 건넨 장용빈 의원은 그 방 안을 둘러보았다. 그러자 미소를 되찾은 그녀가 낭랑하게 말했다.

"당연히 응접실로 모셔야 하는데 지금 수리가 한창이라서 말이죠! 그래도 여기가 볕도 잘 들고 좋아요!"

"정 목사님이 큰맘 먹고 저희를 만나주시는 건데, 그깟 장소가 무슨 상관이겠습니까?"

하며 호탕하게 웃는 장용빈 의원의 모습에 기분이 좋아진 수녀는 얼굴에 홍조를 띄웠다. 활짝 웃은 그녀는 그들을 방 안으로 안내하고 나서도 입구에서 내내 미소 지었다.

"걱정했었는데 잘된 것 같아요! 너그럽게 이해해 주셔서 감사해요, 의원님."

이윽고 문이 닫힌 후, 발랄한 걸음 소리가 멀어지는 것이 들렸다.

"……."

장용빈 의원과 공수겸 보좌관은 사전에 약속이라도 한 것인 양 얼굴에서 웃음기를 거둔 채 방 안을 두리번거렸다. 예배실인 듯한 그곳은 밝은 햇살이 들어오는 창문이 컸으며 한쪽에 단상이 있었다. 나무로 된 바닥 위에 오래되어 보이는 기다란 의자들이 죽 늘어서 있어, 마치 옛날 교실 같은 분위기였다.

"들어와 보니까 꽤 넓은데요."

공수겸 보좌관이 뭐라고 하던 장용빈 의원은 기다란 의자들 중의 하나에 앉고서 팔을 걸쳤다.

"……."

"왜 또 그러십니까, 의원님?"

공수겸 보좌관은 뚱한 표정의 장용빈 의원이 신경 쓰여 오도카니 선 채로 물었다.

"……좀 그래. 누구를 만나려고 가 보면, 상대방은 항상 늦고 말이야. 이 사람, 우리를 꺼리는 것 아니야?"

"그럴 리가 없습니다. 어제 통화할 때만 해도 그런 게 없었으니 말입니다. 그분은 아주 예의 바르셨고, 기쁘게 받아들이고 계셨습니다. 오히려 그쪽에서 적극적이라는 느낌이 강했습니다."

"그거야 두고 보면 알겠지……."

그곳에서 정 목사를 기다린 지 한 시간이 되어갈 즈음, 장용빈 의원은 더 이상의 지루감을 못 견디겠다는 모양을 하고 있었다. 안 그래도 적막하건만, 침묵 속에서 눈만 끔벅거리려니 좀이 쑤시는 모양이었다.

"설마 했었는데 결국 이렇게 되는구나."

"그러게 말입니다."

벽에 기대고 선 공수겸 보좌관이 손목시계를 보며 갸웃거렸다.

"오늘은 좀 다른가 했더니, 별수 없네."

"이상하군요. 무슨 일이 생긴 건가……."

늘어지게 하품한 장용빈 의원은 그대로 의자에 드러누워 버렸다. 자못 초조해진 공수겸 보좌관이 휴대전화를 찾으려는 찰나, 뜬금없이 밖에서 소리가 들렸다. 그 소리는 차가 급하게 달려올 때 나는 것이었다. 그 때문에 장용빈 의원과 공수겸 보좌관은 자연스레 창가로 다가갔지만, 운동장만 보일 뿐이었다.

"……."

"……."

출처를 알 수 없는 그 소리는 점점 가까워졌고, 장용빈 의원과 공수겸 보좌관은 두연 심각한 표정으로 물끄럼말끄럼 했다. 마침내, 승용차 한 대가 다급함이 느껴지는 속도로 운동장에 들어서는 것이 보였다.

20

빠른 속도로 운동장에 들어선 승용차는 다른 차들이 주차된 곳에 아무렇게나 세워졌다. 이윽고 그 차에서 무척 다급스러워 보이는 남자가 커다란 종이 상자를 든 채 내렸는데, 그는 끌어안은 상자 때문에 고개를 돌려야 간신히 앞을 볼 수 있었다.

'늦었어, 서둘러야 해!'

그는 더 이상 늦으면 안 된다는 생각에 허둥지둥 걸음을 재촉했다.

무언가에 홀린 것처럼 장용빈 의원과 공수겸 보좌관은 창가에서 떨어질 줄 모르고 있었다. 서로 한마디도 하지 않은 채 창가를 내다보고 있었는데, 어느덧 그곳의 문을 두드리는 소리가 들렸다.

"……!"

"!"

별안간 들리는 소리에 그들은 소스라치게 놀라고 말았다. 너무 놀라 소리도 내지 못하고 문만 뚫어져라 보던 중, 뒤늦게 정신이 든 공수겸 보좌관이 문에 다가갔다.

"네, 들어오십시오."

가까스로 말한 공수겸 보좌관은 다음 순간, 장용빈 의원을 챙기지 못한 게 생각났다. 그래서 빠르게 고개를 돌려 장용빈 의원의 모습을 살피려 했다.

"……."

어느 틈엔가 매무새를 단정히 고친 장용빈 의원이 꽤나 인자한 모습으로 앉아 있는 게 보여, 왠지 꺼림한 마음이 든 공수겸 보좌관은 다시 고개를 돌려 문을 활짝 열었다.

"제가 많이 늦어 버렸네요! 어제 만감이 교차해서 잠을 잘 못 잤거든요. 오늘 어떻게 될지 걱정이 돼서! 제가 원래 이렇지는 않은데, 너무 긴장을 한 나머지 실수를 해 버렸네요. 죄송합니다! 사과부터 하는 게 예의인데. 오늘이 오기를 손꼽아 기다렸었는데 막상 이렇게 돼 버리고 보니, 실감이 나지 않네요."

문이 열리는 동시에 속사포와 같은 말들이 쏟아져, 인사를 건네려던 공수겸 보좌관은 입도 벙긋할 수 없었다. 또한 얼굴이 보여야 할 자리에 종이 상자가 자리 잡고 있어 누군지 얼굴을 확인할 수 없었다.

"설마 이런 날이 올 거라고는 생각도 못 했었는데, 이 벅찬 심정은 그 누구도 알 수 없을 겁니다! 제가 잘 할 수 있을지는 모르겠지만 이왕 이렇게 된 거, 최선을 다하겠습니다!"

'……말해야 되는데.'

"실례지만 누구시죠?"

공수겸 보좌관이 그 끝을 알 수 없었던 속사포로 인하여 당황한 사이, 장용빈 의원이 종이 상자를 든 그에게 넌지시 물었다. 종이 상자를 든 그는 장용빈 의원의 목소리가 들린 순간, 굳어 버린 듯 입을 다물어 버렸다. 우물쭈물하던 공수겸 보좌관은 열린 문으로 들이닥친 그에게 다가가, 종이 상자를 넘겨받고는 의자 위에 놓았다.

"……."

"저희는 정영진 목사님을 뵈러 왔습니다. 혹시……?"

애써 침착하게 미소 지은 공수겸 보좌관은 그를 보면서도 목사가 맞는지 강한 의구심이 들었다. 난데없이 들이닥친 그는 세수할 겨를도 없었는지 눈곱만 겨우 뗀 얼굴에, 빗질을 한 것인지 당최 헷갈리는 머릿결, 그리고 무엇보다 옷차림이 의심이 들게끔 만들었다. 편해도 너무 편해 보이는 그의 평상복은 지나가는 행인이라고 해도 믿을 것 같았다.

"아……."

전체적으로 그리 말끔하지 못한 상태였기에, 미심쩍을 수밖에 없었다.

"……?"

바닥을 보고 선 그는 할 말을 생각하는 중인지 이따금씩 미간을 좁혔다.

"네!"

"?!"

그는 무척 피곤해 보이는 얼굴을 들어, 앞에 서 있는 공수겸 보좌관에게 우렁차게 말했다.

"저! 제가 바로 정영진입니다!"

"……정 목사님이 맞으십니까?"

"맞습니까?"

공수겸 보좌관은 그의 대답을 듣고 나서도 표정에서 묘한 심사를 지울 수 없었다. 그것을 안 것인지, 주머니를 뒤진 그는 자신의 지갑을 펼쳐 공수겸 보좌관에게 건넸다.

"……"

거기에 정영진이라는 이름이 명시된 그의 주민등록증이 보였다.

"아……! 실례했습니다!"

"하하. 괜찮습니다."

"이 친구가 워낙 의심이 많아서요."

겸연쩍어하는 공수겸 보좌관의 뒤로 장용빈 의원이 다가와 그를 핀잔하듯 말했는데, 다행히 정영진 목사는 대수롭지 않게 여기는 듯했다.

"저는 장용빈이라고 합니다."

"알고 있습니다. 저는…… 아시죠?"

"물론입니다."

뜬금없이 다가온 장용빈 의원 때문에 놀란 공수겸 보좌관은 조금 물러났다. 정영진 목사와 장용빈 의원은 서로 웃으며 악수하고는 있었으나, 공수겸 보좌관이 느끼기에 그다지 매끄러운 분위기라고 볼 수 없었다. 긴장을 많이 한 듯한 정영진 목사가 못내 웃으면서도 눈 둘 곳을 몰라 절절매는데 반해, 장용빈 의원은 수더분하게 인사를 건네는 모습이었지만 어째 정영진 목사의 눈길을 피하는 눈치였다.

'……?'

정영진 목사의 행색이 아무리 좋다고 할 수 없더라도, 그렇게 반응할 필요가 있나 싶었다. 도대체 왜 그러는지 공수겸 보좌관으로서는 알 수 없었으나, 중요한 때인 지금은 깊이 생각할 겨를이 없었다.

"늦게 와서 정말 죄송합니다."

'……괜찮은데.'

정영진 목사는 인사를 하고 난 뒤에도, 장용빈 의원과 공수겸 보좌관에게 깊이 사과의 뜻을 전했다. 경황이 없어서일 테지만 초면에 일일이 머리 숙이는 정영진 목사를 보고 있으려니, 공수겸 보좌관은 어쩐지 겸연한 마음이 들었다.

"저희는 괜찮으니 그만하시고 자리에 앉으시죠."

"……."

"네, 그래야죠!"

사과를 받느라 당황한 공수겸 보좌관의 뒤로 장용빈 의원의 목소리가 울렸다. 그에 흠칫한 정영진 목사는 옆에 있는 의자에 냉큼 앉았는데, 뒤를 슬쩍 본 공수겸 보좌관은 그만 멈칫하고 말았다. 장용빈 의원이 앉은 자리가 생각보다 멀찍이 떨어진 곳에 있었기 때문이었다.

"……."

"아아, 거기 앉으셨네요. 그렇다면 제가 그리로……."

"아닙니다!"

장용빈 의원의 자리를 확인한 정영진 목사가 어색하게 웃으며 일어나려 하자, 곧바로 장용빈 의원의 쩌렁쩌렁한 목소리가 울렸다.

"그냥 거기에 계십시오! 좀 먼 것 같아도 이 정도의 거리가 딱 좋습니다. 저희는 이게 더 편합니다."

"아…… 그렇다면 편하신 대로 하셔야죠!"

머춤한 정영진 목사는 얼떨떨한 표정이었음에도 이내 활짝 웃으며 긍정적인 모습으로 자리에 앉았다.

'뭐하는 거지?'

그들의 중간에 선 공수겸 보좌관은 눈앞에서 벌어진 터무니없는 상황을 이해할 수 없었다. 장용빈 의원이 눈짓을 보내 마지못해 움직였으나, 공수겸 보좌관은 얼굴이 조금 화끈거렸다. 그래서 몰래 정영진 목사를 곁눈질해 보니, 역시 그는 황당해하는 기색이었다. 정영진 목사는 애써 웃었지만, 마음 한 구석으로는 못마땅해할 게 분명했다.

'도대체 무슨 생각인지…….'

장용빈 의원의 태도에 속으로 기가 찬 공수겸 보좌관은 은근히 떨떠름한 얼굴로 뒤를 돌아 걸어갔다. 그는 정영진 목사와 떨어지되 장용빈 의원과도 거리를 둔 자리에 앉고서 작게 한숨지었다. 도무지 이해하기 어려운 장용빈 의원을 생각하니, 이번에는 어떻게 될지 매우 걱정이 앞섰다.

"……."

겉으로는 정색한 공수겸 보좌관이었으나 속으로는 불안한 마음뿐이었다. 좀처럼 불안감을 가라앉히지 못한 공수겸 보좌관은 찬찬히 정영진 목사와 장용빈 의원을 번갈아 살폈다. 그새 마음을 비운 정영진 목사는 미소 지은 채 허공을 보고 있었는데, 그래도 긴장한 티가 역력했다. 무뚝뚝한 얼굴로 팔짱을 낀 장용빈 의원은 괜스레 두리번거리는 모습이었다.

"저…… 이제 시작하는 건가요?"

"……네?!"

장용빈 의원을 흘기던 공수겸 보좌관이 불시에 들린 정영진 목사의 목소리에 화들짝 놀라는 바람에, 정영진 목사는 조금 머쓱하게 웃었다. 그런 정영진 목사의 모습을 보고 있자니 더 민망해진 공수겸 보좌관은 고개를 들기 힘들었다.

"하하하. 제가 이런 걸 잘 몰라서요."

"너무 긴장하지 마시고 편하게 말씀하시면 됩니다."

"아, 네."

공수겸 보좌관이 뒤를 흘긋 보자, 장용빈 의원이 고개를 끄덕여 보였다. 잠시 뜸을 들이던 공수겸 보좌관은 정영진 목사를 보며 운을 떼기 시작했다.

"지금 긴장을 많이 하신 것 같은데, 우선 기억나시는 대로 말씀해 주시겠습니까?"

입을 떼기는 했지만 공수겸 보좌관의 초조한 기분은 그대로였다. 그는 정영진 목사가 안쓰러운 탓에, 말을 하면서도 일부러 더 미소를 짓게 되었다.

"그게…… 그때 제가 중학교 삼 학년이었는데. 그때 승희 형을 처음 만났어요. 아, 구승희 씨요. 아무튼 아버지, 저, 승희 형이 그날 공장에서 처음 만난 거죠. 제가 그곳에서 아버지를 기다리고 있었는데 아버지가 글쎄, 웬 낯선 사람을 데려오신 거예요."

정영진 목사는 몇 번 끔적이다, 이내 중얼거리듯 말하기 시작했다.

"기가 막혔었어요. 실은 그때가 진짜 힘든 때였거든요…… 아버지는 원래 동업자랑 큰 공장을 하셨던 분이라서, 개인 주택에서 남부러울 것 없이 잘 살았었죠. 그런데 그 동업자라는 사람이 아버지를 배신하는 바람에 몽땅 다…… 결국 빈털터리가 된 아버지와 저는 작은 공장을 겨우 얻어서 살게 되었는데, 하필이면 그럴 때 만나게 된 거죠."

정영진 목사는 오래된 기억들이 한꺼번에 떠오르는 듯, 쉬이 말을 잇지 못했다.

"저희는 괜찮으니까 편하게 말씀하십시오."

"아아, 네……."

공수겸 보좌관이 부드러운 말씨를 취하자, 언뜻 먹먹해 보인 정영진 목사가 고개를 크게 끄덕였다. 그러고는 숨을 깊이 들이마신 후 천천히 말하기 시작했다.

"그때 승희 형의 모습이란…… 진짜 몰골스러웠어요. 비쩍 말라서는 전체적으로 후줄근했죠. 몸집도 저보다 작아 보여서, 진짜 형이 맞나 싶었거든요. 제가 그때 많이 마르고 키도 작은 편이었는데…… 아무튼, 그날부터 셋이 함께 공장에서 살았어요. 뭐라고 할까. 제가 좀 까다롭게 굴기는 했는데, 승희 형도 낯을 가려서 처음부터 정답게 지내지는 못했었죠. 저나 형이나 참 조심스러웠던 것 같아요. 두 달이 넘도록 서먹서먹하게…… 서로 그러니까 앞으로 어떻게 될지 신경이 쓰였어요. 그런 우려와는 달리 승희 형은 진짜 성실한 사람이었고, 거기에다 사람이 착해서 불만 같은 건 말한 적이 없었어요. 그래서 더 미안한 마음이 들어요."

정영진 목사는 무표정하게 앉아 있었지만, 그의 눈이 말해 주는 것은 또 달랐다. 겉으로 드러내지 않으려 했으나, 쓸쓸한 기운을 모두 감추지는 못했다.

"승희 형은 저보다 한 살 위였는데, 맨몸으로 혼자 상경한 거였죠. 열악한 환경 속에서도 굴하지 않고, 공장에서 하루 종일 얼마나 열심이었는지 몰라요. 저와 같은 미성년자였는데도…… 그래도 승희 형은 내색 없이 항상 밝은 얼굴이었고, 저는 그걸 당연한 걸로 알고 아무렇지 않게 학교에 다녔죠. 제가 교복을 입고 학교 얘기를 하는 걸 보며, 무슨 생각을 했을지……."

말끝을 흐린 정영진 목사는 묵연해져 고개를 아래로 향했다. 그 모습을 지켜본 공수겸 보좌관은 은근살짝 장용빈 의원을 돌아보았다. 정영진 목사가 얘기를 시작한 이래로 줄곧 조용한 터라, 장용빈 의원의 모습이 어떤지 궁금했다.

"……."

머지않아 공수겸 보좌관의 눈에 비친 것은, 장용빈 의원의 얼굴이 아닌 정수리였다. 아까부터 이상한 태도를 보였어도 애써 무시했건만, 이런 중요한 순간에 그가 왜 그러는지 혼란스러웠다. 아무튼 장용빈 의원의 정수리가 미동도 없이 앞을 향했기 때문에, 그것이 원망스러우면서도 공수겸 보좌관은 그 모습을 최대한 가리기에 급급했다.

"……늦은 감이 있었지만, 승희 형이 검정고시를 치르도록 아버지가 많이 도와주셨어요. 아버지도 사실은, 승희 형의 학업에 대해 적잖이 걱정하셨던 거죠. 승희 형이 좋은 사람이기는 해도, 그때까지도 가까운 사람이 별로 없어서 옆에서 말해줄 사람도 없었고…… 그래서 더 걱정이셨죠. 그때만 해도 공장도 잘 돌아가고, 검정고시도 그렇고…… 부유하다고는 못해도 일이 잘 풀리고 있을 때라, 그것만으로 남부러울 게 없었어요. 셋이서 같이 지낸 시간이 많았는데도…… 일이 바쁘다는 핑계로 다 같이 나들이 간 적도 없었죠. 언젠가 공장 직원들이 단체로 병원에 간 적은 있었지만…… 그것도 제가 그때 몸이 안 좋은 바람에 부랴부랴 정해진 거였어요."

정영진 목사가 고개를 들고 장용빈 의원을 보려 하자, 깜짝 놀란 공수겸 보좌관이 다급하게 질문했다.

"그러면. 지금까지 들어 보면 정 목사님은 구승희 씨와 사이가 나쁘지 않았던 것 같은데, 그때는 왜 그러신 겁니까?"

"네?"

"그…… 구승희 씨에 대한 다큐멘터리를 봐서 드리는 질문입니다. 거기에서 하신 말씀이…….."

"방송…… 전 방송에 대고 말한 적이 없는데요?"

단호한 정영진 목사의 모습에 말문이 막힌 공수겸 보좌관은 어벙하게 굳어 버렸다.

"……."

"어디서 뭘 보셨는지 모르지만 저는 그런…… 방송이고 신문이고."

정영진 목사가 다소 날카롭게 반응하는 것을 본 공수겸 보좌관은 당황스러운 마음이 들어 갈피를 잡을 수 없었다. 그러다 가까스로 마음을 가라앉힌 그는 곧 냉정을 되찾았다.

"……진정하시고 제 말씀을 들어 보십시오. 송구하지만, 부친상을 당하셨던 당시에 하셨던 말씀 말입니다."

인상을 구긴 정영진 목사는 뭔가가 생각이 난 듯 멈칫했다.

"……!"

"정 목사님?"

"……맞아요."

정영진 목사는 기운이 빠진 것처럼 의자에 기댔다.

"그랬었죠. 까맣게 잊고 살았었는데…… 이제 기억이 나네요."

그때까지 펴고 있던 허리를 조금 구부린 정영진 목사는 낙담하듯이 고개를 숙였다. 마치 허를 찔렸다는 투였는데, 그 모습을 본 공수겸 보좌관은 더 말하기가 힘들었다.

'아, 내가 말을 잘못했구나.'

말없이 고개 숙인 정영진 목사의 모습은 주위가 어슬어슬해질 만큼 무거운 분위기를 자아냈다. 시간이 흘러도 그것은 변함없었으므로, 반쯤 포기한 공수겸 보좌관은 천천히 입을 떼었다.

"말씀하시기 힘드시면……."

"……!"

조용하던 가운데 공수겸 보좌관이 조심스럽게 말을 꺼냈다. 그에 놀란 정영진 목사는 급히 공수겸 보좌관을 보았다.

"쉬울 거라는 생각은 하지 않았습니다."

"저는……."

정영진 목사는 당황스러워 시선을 한곳에 두지 못했으며 말도 제대

로 하지 못했다. 이내 눈을 감고 심호흡한 그는 가만히 눈을 떠 공수
겸 보좌관을 향해 고개를 돌렸다.

"뭐라고 말씀드려야 할지…… 이런 기회를 얻은 것도 얼떨떨하고,
지금 모든 게 어색하거든요."

"……."

"예상하지 못한 질문을 받아서, 그래서 생각할 시간이 필요했습니
다."

안정을 찾은 듯한 정영진 목사는 다시금 어색하게 웃었다.

"……그 말의 의미를 물으셨죠?"

"그렇습니다. 하지만 곤란하시다면, 그건 넘어가겠습니다."

당황한 것은 공수겸 보좌관도 마찬가지라, 혹여 자신 때문에 잘못
될까 봐 걱정되었다. 하지만 정영진 목사는 다행히 언짢아하지 않고
대답하려는 모습을 보였다.

"……."

잠깐 망설인 정영진 목사는 얼굴을 조금 찡그리다, 담담하게 말하
기 시작했다.

"거기에는 그럴 만한 사정이 있었습니다. 승희 형과 저는 사이가
좋았고, 지금도 나쁘다고 생각하지 않아요. 그런데도 그렇게 얘기한
건…… 그때 상황이 최악이었거든요."

"이를테면?"

공수겸 보좌관은 정영진 목사가 자칫 장용빈 의원을 보게 될까 봐,
조마조마한 마음으로 최선을 다해 그를 가리며 물었다.

"승희 형이 탈옥했다는 얘기로 떠들썩한 와중에 갑자기 상을 당한 건 말할 것도 없고…… 주위에서는 아무나 거리낌 없이 자기들 호기심만 채우려고 연일 괴롭히지, 그런 가운데 저를 못 먹는 감처럼 괜히 찔러보는 또 다른 사람들 때문에 하루하루 고역이었어요. 피를 나눈 가족이라고는 하나도 없이, 돈도 한 푼 없는데 눈앞이 캄캄했죠. 그러던 찰나에 그들이 들이닥친 거예요."

"그들이라면…… 그 다큐멘터리 제작진을 말하는 겁니까?"

"!"

지금껏 존재감 없었던 장용빈 의원이 불쑥 말을 건넸다.

"네. 그때 사람들이랑 마주치기도 싫어서 조심했었는데, 무슨 수를 썼는지 나타나고야 말았죠. 하필이면 그때 김 노인이 바람을 쐬러 나가 계셔서…… 아무튼 저는 안 그래도 힘든 상태라, 가만히 있어도 으스러질 것 같았어요. 그 끈질긴…… 제작진은 입에서 침이 마르도록 제 할 말하는 데만 여념이 없더군요. 저한테는 그 상황이 너무 끔찍했어요! 그래서…… 그래서 그렇게 말한 거예요."

말을 마친 정영진 목사가 몹시 힘들어 보였기 때문에, 공수겸 보좌관은 더욱 조심스러워질 수밖에 없었다. 그러면서도 더 이을 말을 찾지 못해, 괜스레 수첩을 펼치고 시간을 끌었다. 침묵이 오가는 시간이 길어질수록, 헛기침을 하기에도 부담스러울 만큼 어색한 분위기가 흘렀다.

"음…… 그래도 그 사람들은 좀 나은 경우 아니었나요?"

심드렁한 목소리가 홀연히 공수겸 보좌관의 뒤에서 튀어나왔다. 별안간 장용빈 의원의 목소리가 들린 통에 깜짝 놀란 공수겸 보좌관은 미동도 못하고 얼어 버렸다.

"무슨 말씀을 하시는 건지…… 혹시 빈소에 들이닥쳤던 제작진을 말씀하시는 건가요?"

어두워 보이던 정영진 목사는 갑작스러운 질문에 선득, 눈빛이 달라졌다. 그가 원래 예민한 지 어떤 지를 떠나, 조심성이 느껴지지 않는 장용빈 의원의 질문이 한몫 단단히 한 것 같았다.

"맞습니다. 안 그래도 그걸 만든 프로듀서를 만났었거든요."

"……."

장용빈 의원은 정영진 목사와 눈을 마주치는 듯하다, 고개를 조금 숙였다.

"그분이 그러시더군요. 빈소에 찾아갔을 때 예를 다했다고요. 남 같지 않아서 자신의 경험도 말해 줬다고 하셨죠."

"……."

정색한 정영진 목사가 장용빈 의원을 뚫어져라 보았는데, 눈에 힘을 준 것이 아니었음에도 쏘아보는 것처럼 느껴졌다.

"그분 말씀으로는 그랬습니다만, 혹시 다르게 기억하시나요?"

장용빈 의원이 말하는 동안에 정영진 목사에게서 점차 날카로워지는 기색이 보였으므로, 그대로 뛰쳐나가는 게 아닐까 하는 걱정이 일었다. 이윽고 언제 열릴지 몰라 막막했던 정영진 목사의 입이 열렸다.

"제 기억을 물으신다면, 말씀드려야죠."

정영진 목사는 그 얘기를 하면서 아주 살짝, 이죽거리는 느낌을 주었다.

"오래된 일이기는 하지만, 제게 워낙 충격적이라서 아주 잘 기억하고 있어요. 제가 기억하는 한, 그들 중에 빈소에서 예를 갖춘 사람은 없었습니다! 전혀요!"

정영진 목사의 눈동자에는 어렴풋이 드러난 분노와 단호함이 가득했으며, 목소리 또한 그런 분위기가 역력해 다시 물을 수도 없었다.

"……."

"……."

장용빈 의원과 정영진 목사는 더 이상의 말을 하지도, 눈도 마주하지 않았다. 그런 두 사람 사이에 보이지 않는 첨예한 대립이 이어지고 있어, 위기를 감지한 공수겸 보좌관은 뭐라도 해야 할 것 같아 아무 말이나 던져 보았다.

"그…… 렇군요. 괴로웠던 때를 기억하기 어려우실 텐데, 유감입니다. 그러면 말입니다. 정말 혼자가 되신 겁니까?"

"……?"

공수겸 보좌관이 문득 고개를 들어 보니, 정영진 목사가 무표정하게 자신을 바라보고 있는 모습이 보였다.

"아, 저?"

"질문을 이해하기가."

"아! 제 말은, 유일한 가족이었던 아버지께서 그렇게 되셨으니."

공수겸 보좌관이 변명하듯 부랴부랴 설명하자, 정영진 목사는 그제야 이해가 된 모양이었다.

"아…… 그러니까, 혼자가 된 제가 어떻게 살아왔느냐고요?"

"네……."

말하고 보니, 무척 예민한 질문을 했다는 생각이 들었다. 경황없이 되는대로 말해 버리는 바람에 그렇게 되고만 것이었다. 뒤늦게 자신이 한 말의 무게를 깨닫고 나니, 공수겸 보좌관은 차마 정영진 목사를 쳐다볼 수 없었다.

"그건, 저도 신기해하던 참이에요. 따지고 보면 저는 운이 좋은 편인 것 같거든요. 혼자가 되었다고 생각했었지만, 사실은 그렇지 않았어요."

다행히 정영진 목사는 발끈하는 일 없이 단조한 어투로 대답하기 시작했다. 그가 뜸 들이지 않고 술술 털어놓는 것은 좋았으나, 어쩐 일인지 마음이 놓이질 않았다. 그래서 공수겸 보좌관은 정신을 더 바짝 차리고 귀를 기울였다.

"저를 못살게 구는 사람들이 많아서 괴로웠지만, 그래도 모두가 그렇지는 않았던 거죠.

정영진 목사는 생각에 잠긴 모습으로 작게 끄덕였다.

"곁에서 도움을 주신 분이 계셨다는…… 겁니까?"

무슨 실수라도 하게 될까 봐, 공수겸 보좌관은 매우 조심스러운 태도를 취했다.

"천만 다행히도."

공수겸 보좌관은 담담하게 대답하는 정영진 목사를 바라보던 중, 무언가가 머릿속에 스쳤다.

"그렇군요. 혹시…… '김 노인'?"

정영진 목사는 '김 노인'을 입에 올린 공수겸 보좌관을 향해 옅게 웃더니, 이내 눈길을 돌렸다. 그러고는 말없이 생각에 잠기는 모습이었다.

"김 노인…… 그분이 많은 도움을 주신 모양인데."

"진짜 좋은 분이셨어요. 베푸신 것만큼 많이 얻으셨어야 했는데…… 저라도 많이 드렸어야 했는데. 김 노인은 좀처럼 내색하지 않으셨어요."

정영진 목사는 어딘가에 정신이 팔린 사람처럼 자기도 모르게 말을 늘어놓았다.

"그분과는 어떻게 아시는 겁니까?"

"……저희들과 함께 공장에서 일하셨어요. 몸집이 작으셨던 데다가 깡마르셔서는, 거동도 불편하실 것 같았죠. 그런데 일만 시작하면 어찌나 날래시던지……."

힘없이 대답하던 정영진 목사는 말을 마칠 때쯤 피식거렸는데, 그런 그의 모습이 공수겸 보좌관으로 하여금 안됐다는 마음이 들도록 만들었다.

"그럼 그 후, 두 분이 공장을 마저……."

"아뇨…… 그럴 수가 없었어요. 당시 워낙 사정이 안 좋았거든요."

공수겸 보좌관이 눈치를 봐 가며 질문을 던지자, 정영진 목사가 다시 우울해진 모습으로 대답했다.

"그런데 좀 이상하군요. 김 노인 말입니다. 아까부터 김 노인, 김 노인하셨는데…… 그분 성함이 김 노인이셨던 겁니까?"

"아……."

느릿하게 제 무릎을 친 정영진 목사는 곧 대답했다.

"네, 그게 말이죠. 김 노인, 그 할아버지는…… 이름이 없으셨어요. 그 때문에 그전에 다니셨던 공장에서도 마찰이 심하셨대요. 서류상으로 이름이 없었으니까, 여러 가지로 불편하셨겠죠."

그 말을 하는 내내 침통한 표정을 지은 정영진 목사는 죄인처럼 고개를 들지 못했다. 아마도 '김 노인'에 대한 미안한 마음 때문인 모양이었다.

"그러신 거라면, 정말 불편하셨겠습니다."

그러던 중, 퍼뜩한 정영진 목사가 정색한 채로 공수겸 보좌관에게 말했다.

"저, 오늘 귀한 걸음을 해 주신 건 감사하지만…… 어디까지나 승희 형에 대한 걸 아시려고 오신 거잖아요. 그러니까 다른 것은 관두시고, 승희 형에 대한 얘기를 하는 게 좋겠는데요."

"……."

정영진 목사가 무슨 마음으로 하는 말인지 알기에, 공수겸 보좌관은 뭐라 하지도 못하고 난감했다.

"승희 형이 얼마나 억울한지 얘기하다 보면, 하루 가지고는 모자라거든요!"

"무슨 말씀인지는 알겠습니다."

느닷없이, 있는지조차 잊었던 장용빈 의원의 목소리가 울려 퍼졌다. 이에 흠칫한 공수겸 보좌관과 정영진 목사는 동시에 장용빈 의원을 쳐다보게 되었다. 어느새 고개를 든 장용빈 의원이 무표정한 얼굴로 정영진 목사를 보고 있었다.

"갑작스레 생긴 이 자리로 인해 마음이 급해지시는 건 이해합니다만, 모든 일에는 순서가 있기 때문에 저희 마음대로 할 수는 없습니다."

장용빈 의원의 딱딱한 그 말에 정영진 목사가 간절한 목소리로 하소연하듯 말했다.

"그…… 그런 것쯤은 알고 있습니다. 하지만 지금 무엇보다 중요한 건, 승희 형에 대한 것 아닙니까?"

그에 잠깐 입을 다문 장용빈 의원은 조용히 정영진 목사를 응시하는가 싶더니, 다음 순간에 시선을 거두고는 고개를 숙였다. 그렇게 다시금 정수리를 보인 그는 수첩에 뭔가를 적으며 정영진 목사에게 차근차근 말했다.

"물론 '구승희' 씨에 대해서는 차차 질문을 드릴 예정입니다. 아시다시피, 저희에게 중요한 것은 '구승희 사건'이니까요."

"그렇다면……!"

"아뇨, 아뇨. 제가 말씀드리고 싶은 것은 '구승희 사건'이 중요한 만큼, 그에 따른 절차 또한 중요하다는 겁니다. 지금 조급하시더라도, 저희가 드리는 질문에 성실히 답변해 주시면 감사하겠습니다."

"……."

"미덥지 못하더라도 어쩔 수 없습니다. 계속 그러신다면 안타깝게도 '구승희' 씨에 대한 부분은 더 멀어질 수밖에 없습니다. 저희가 내드릴 시간이 한정되어 있어서, 달리 드릴 말씀이 없군요."

장용빈 의원의 말은 고루히 사무적이었으나 말투가 차분하여 그럴 듯하게 들렸다.

"……."

하지만 그걸 들은 정영진 목사는 그대로 받아들이기 힘들었다. 그도 그럴 것이, 장용빈 의원의 목소리는 뚜렷했어도 좀처럼 그의 얼굴을 볼 수 없었기 때문이었다. 정영진 목사가 도착했을 때부터, 이상할 정도로 무성의하게 느껴진 장용빈 의원의 태도는 줄곧 마찬가지였다.

"……."

장용빈 의원의 그런 모양새는 정영진 목사뿐 아니라 공수겸 보좌관에게도 같은 느낌을 주었다. 그래서 황당함을 금치 못하는 두 사람에게, 장용빈 의원은 일관되게도 정수리만을 보이고 있었다.

"지체할 시간이 없습니다! 어서 서둘러야 합니다."

"……."

"음, 다른 건 여러 사람들에게 들어서 압니다만…… 그게 참 궁금하더군요."

"……뭐죠, 그게?"

정수리만 보인 채 무심히 질문하는 장용빈 의원과는 달리, 공수겸 보좌관은 감정이 상한 정영진 목사가 정통으로 보였으므로 이루 말할 수 없이 무안했다. 그래도 자신의 역할이 있으니, 오로지 최선을 다해 장용빈 의원을 가리면서 표정 관리를 하는 수밖에 없었다.

"당시 '구승희' 씨가 수감되고 나서, 그가 실종된 후에 무슨 일이 있었는지 알고 싶습니다."

무심하고도 매끄럽게 질문하는 장용빈 의원 때문에, 정영진 목사와 공수겸 보좌관은 그저 황당할 뿐이었다. 안 그래도 예민해 보이는 사람에게 곤란해할 만한 질문을 하고 있으니, 공수겸 보좌관은 자신이 들은 게 맞는지 장용빈 의원에게 따지고 싶을 지경이었다. 한편 그 질문을 받은 정영진 목사는 미간을 포함한 안면근을 실룩실룩하고 있었는데, 미루어 보아 이 자리를 박차고 싶은 걸 간신히 참는 것 같았다.

"제 얘기를 말씀하시는 거죠?"

"아버님의 얘기도 듣고 싶습니다."

'정말 왜 저러지…….'

제 나름대로 분위기를 바꾸고 싶었던 공수겸 보좌관은 공손히 얘기했다.

"아, 그건 그렇게 서두르지 않으셔도……."

그러나 곧이어 들린 장용빈 의원의 단호한 목소리는 공수겸 보좌관에게 협조할 생각이 없어 보였다.

"무슨 소리! 이건 꼭 필요한 부분이야."

"…….."

속이 타들어 간 공수겸 보좌관은 야속한 마음이 들어 장용빈 의원에게 야단이라도 치고 싶었지만, 앞에 정영진 목사가 있으니 그럴 수도 없는 노릇이었다. 그 때문에 공수겸 보좌관은 이러지도 저러지도 못하는 자신의 신세가 처량하게 느껴졌다.

"……그렇군요."

공수겸 보좌관이 혼자 멍하니 있는 사이 정영진 목사가 입을 열었다. 그 모습은 복잡한 감정에 체한 듯, 더 이상의 웃음기를 찾을 수 없었다.

"모든 걸 숨김없이 말하기로 했으니까요…… 생각해 보니 이것도 상관이 있을지 모르겠군요."

정영진 목사에게서 공허한 감정을 읽어낸 공수겸 보좌관은 자포자기에 빠지는 심정으로 귀를 기울였다.

"그때 승희 형이 실종된 후…… 탈옥했다는 소문이 널리 퍼졌을 때, 아버지나 저나 정신이 없었죠. 어디서 제대로 된 정보를 얻을 수도 없었고…… 오히려 그 반대였어요. 아무튼 저도 처음에는 승희 형이 걱정되는 마음뿐이었지만, 저희 형편도 녹록치 않아서 점점 지쳐갔죠. 게다가 다른 사람들의 냉담한 반응에도 아랑곳없이, 힘든 것도 불사하고 고군분투하시는 아버지를 보니…… 피 한 방울 안 섞인 승희 형한테 왜 그렇게 매달리시는 건지 이해가 되지 않았어요. 그래서 식음을 전폐하신 채 오로지 승희 형의 일에만 몰두하시는 아버지가 서운했었고 싫었어요. 저는 그렇게…… 승희 형 일에 무심해졌고요."

정영진 목사는 생각보다 냉정한 상태로 말하고 있었다.

"그날도 그랬어요. 아버지는 새로 제작한 전단지를 가지고 길을 나서셨죠. 당신의 꼴은 엉망이셨어도…… 그런 건 전혀 개의치 않으셨어요."

계속 말하기 힘들었는지, 잠시 묵묵하던 그는 이내 다시 입을 열었다.

"저는 그때 학교에 있었는데 갑자기 연락을 받았어요. 처음에는 거짓말처럼 느껴져서…… 몇 날 며칠 밤을 새도 끄떡없는 아버지가, 돌아가셨다는 거예요. 가 보니, 정말. 자초지종을 들었는데…… 어이가 없어서 와닿지도 않았죠. 아버지가 시내에 계실 때, 어떤 할머니가 차도에 미끄러지셨다는데. 얄궂게도 그때 버스가 오는 중이었고, 아버지는 서둘러 그 할머니를 구하시다가……."

그것이 무엇을 뜻하는지 알았기 때문에, 다음 말은 굳이 들을 필요 없었다. 정영진 목사는 울컥대는 것을 감추기 위해 얼굴을 문질렀다.

"나중에 현장을 찾아봤더니, 그 할머니는 이미 사라진 후였다고 하더라고요. 상관없었어요. 찾는다고 해도 달라질 게 없었으니까…… 아버지를 치인 버스 기사의 말로는 졸음운전이었다고 하던데, 그래서 더 피할 수가 없었다고. 아무튼 그 기사 얼굴이나 보려고 찾아가 봤더니…… 하하."

쓸쓸하게 고개 숙인 정영진 목사는 조금 쉬다가 말을 이었다.

"그! 버스 기사! 그놈은, 아버지를 배신하고 거금을 횡령했던 바로 그 '친구'였어요! 그건 사고가 아니었어요. 살인이었죠…… 그놈은 살인자예요! 살인자……!"

점점 혼잣말처럼 중얼거리는 정영진 목사가 걱정되어 공수겸 보좌관이 자리에서 일어나려 했다. 그러자 불현듯 고개를 든 정영진 목사가 아무렇지 않은 척하며 말했다.

"뭐…… 아무튼 그렇게 됐다고요. 그리고…… 정신을 차려 보니 저
는 어느덧 상복을 입은 채 빈소에 있었죠. 당연히 조문객은 없었어요.
밖에는 기자들과 그들처럼 철저하게 호기심만 내세운 사람들이 인산
인해를 이뤘는데, 안으로 들어오는 사람은 없었어요. 물론 병원의 협
조도 있었지만, 그보다 김 노인이 눈을 부릅뜨고 지켜 주셨거든요. 중
간에 누군가 쳐들어오는 바람에 끔찍했지만."

힘겹게 말을 잇는 정영진 목사도, 그가 설명하는 것을 머릿속에 그
리는 공수겸 보좌관도, 정수리만 보인 채 고개 숙인 장용빈 의원도 어
느새 그 분위기에 꽤 긴밀해진 듯 빠져들었다.

"그렇게 한바탕 불청객들이 사라지고…… 김 노인은 울화가 치미
셨죠. 그때 그러고 나서 제 모습이…… 아주 흉했으니까요. 그래서 그
이후로, 그분은 제 곁에서 한시도 떨어지지 않으셨어요. 아무리 오갈
데가 없더라도, 저 하나를 그렇게 지켜 주시다니. 어떻게 그러실 수
있을까 싶어요. 제가 잘못해서 생긴 합의금도 그분이 내주셨고, 아마
도 그게 전 재산이셨을 텐데…… 아무튼, 조문객이 없어서 빈소가 썰
렁했는데도 저는 그게 차라리 나았어요. 어느 누구하고도 마주할 자
신이 없었으니까요."

정영진 목사는 장용빈 의원과 공수겸 보좌관을 없는 사람들인 양,
선뜩하니 시선을 거두고 있었다.

"김 노인과 제가 졸음에 빠지려는 찰나, 누군가 나타났어요. 점잖게
차려입은 중년 남자였는데, 홀연히 빈소에 들이닥쳐서는 대뜸 영정

179

사진을 응시하더군요. 김 노인과 저는 너무 놀라서 그 모습을 쳐다보기만 했어요. 그런데 갑자기, 그분이 서럽게 통곡하시는 거예요. 한참 동안 귀를 막아도 곡소리가 쩌렁쩌렁했는데, 그 소리가 어찌나 크던지 밖에서도 울리는 것 같았죠. 그때 처음으로…… 제가 있는 곳이 빈소라는 걸 깨닫게 되었어요. 나중에 알고 보니 그분, 사고 때 아버지가 구하신 할머니의 아들이더라고요."

"……."

공수겸 보좌관은 자세히 말해 주는 정영진 목사가 고맙기도 했으나, 그래서 더 어렵게 느껴졌다.

"뭐가 어떻다기보다…… 놀랍기는 했는데, 그게 다였죠. 전 제 일로도 충분히 벅찼으니까요. 아무튼 그러고 나서, 그분은 제 앞에서 무릎을 꿇으시더니 제 손을 꼭 잡으셨어요. 제 아버지에 대한 감사와 저에 대한 위로…… 그런 얘기를 한참 하셨죠. 그러시다가 제게 제안 같은 얘기를 하셨어요."

"어떤?"

경청하던 공수겸 보좌관은 자기도 모르게 말을 꺼내고 말았다.

"제 입장에서는 마다할 이유가 없었는데. 그분 말씀으로는 '너희 아버님께서 기꺼이 희생해 주셨으니 이제는 내 차례다.' 하시면서, 제게 같이 사는 게 어떻겠냐고 하셨어요. 남은 시간이나마 저를 보살펴 주고 싶다고……."

"……."

"음…… 사실은 김 노인이 제게 말씀하신 게 있었어요. 상을 마치면, 같이 시골로 내려가 사는 게 어떻겠냐고. 서울보다 생활하는 데에 불편하더라도 마음은 편할 거라고…… 저는 생각해 보겠다고 했지만, 이미 그렇게 하리라고 마음먹고 있었거든요."

정영진 목사는 얘기를 할수록 편안해 보였다. 비록 입 밖으로 내고 싶지 않았었지만, 일단 털어놓으니 생각보다 마음이 가라앉는 모양이었다.

"낯선 사람에게 의탁한다는 게, 쉬운 일은 아니죠. 제 경우는 좀 특이했지만, 아무튼 쉬운 일이 아니었어요. 하지만 그대로 김 노인을 따라가기에는. 더 이상 김 노인한테 폐 끼치기에는…… 진짜 죄송해서 차마 그럴 수 없었어요. 그래서 결국, 그분을 따라가게 되었죠. 다행히 김 노인도 같이 살 수 있게 되었는데, 진짜 다행이었어요."

"그런데 그분은 뭐하시는 분이셨죠?"

"아……! 그분, 그분은 목사님이셨죠. 어쩐지 말씀하실 때 신앙적 표현을 많이 쓰시더라고요. 뭐, 제가 걱정할 만한 환경은 아니었어요. 그때 온 이곳은…… 지금처럼 조용해서 안정이 급선무인 제게는 더할 나위가 없었죠. 단지, 종교가 없는 사람에게는 생소하다는 정도였어요. 제가 그랬었는데, 앞으로 살아가면서 하기 좋은 일만 할 수는 없을 테니…… 목사가 되기로 했죠. 그분도 그러기를 바라셨고, 저도 딱히 하고 싶은 일도 없고 해서."

어찌 보면 민감할 수 있는 얘기를, 대수롭지 않다는 듯 털어놓는 정영진 목사가 조금은 당황스러웠다.

"그때…… 김 노인과 제가 처음 이곳에 도착했을 때, 그분이 뛰어나오셔서 반겨 주셨어요. 그리고…… 그분도 뵈었죠."

"……?"

"목사님의 어머니, 사고 때 아버지가 구하신 그 할머니…… 그 할머니는 절 한 번 쳐다보시고는 곧장 돌아서셨어요. 그 후로도 그건 바뀌지 않았는데. 언제나 무표정한 얼굴에, 저와는 말도 섞지 않으셨죠. 언제나…… 돌아가실 때까지, 변함없으셨어요."

그 무렵이 눈에 선했는지, 정영진 목사는 한곳에 시선을 고정한 채 말했다.

"왜 그러셨을 것 같으십니까?"

공수겸 보좌관이 조심스럽게 질문했다.

"……아마도 저에 대한 미안지심이나, 돌아가신 아버지에 대한 죄책감? 저는 그렇게 생각하는데 모르겠어요. 하지만 그 때문이라고 믿고 싶어요."

"네……."

"일단 목사가 되겠다고 결정한 마당에, 그걸 번복할 수는 없었어요. 과정이 복잡해서 놀랐지만 그래도 매달려야 했죠. 어서 정식으로 목사가 되어서, 누구에게도 기대지 않게 되기를 바랐거든요. 음…… 목사님은 변함없이 제게 잘해 주셨는데, 어딘가 모르게 벽이 느껴졌어요. 어쩜, 그 벽은 제가 만든 건지도 모르죠…… 그렇게 몇 년 동안 고생해서 겨우 신학대학을 졸업하게 되었고, 아직 더 거쳐야 할 게 많았지만 왠지 홀가분하더라고요. 졸업하던 날에, 김 노인이 얼마나 기뻐하셨는지 몰라요. 평소에 감정을 잘 내비치질 않으셨던 데다가, 말도 거의 안 하시던 분이었는데. 그날에는 당사자인 저보다 훨씬 밝은 모습이셨죠. 크게 웃으셨다가, 눈물지으셨다가…… 그 모습을 뵈니, 어서 빨리 목사가 되어서 호강시켜 드리고 싶었어요."

정영진 목사는 아련하게 미소 짓다, 코끝을 붉혔다.

"그럼, 이제 목사가 되셨으니……."

공수겸 보좌관이 말을 마치기도 전에, 정영진 목사가 말없이 고개를 가로저었다.

"그럴 수 없었어요. 김 노인은…… 졸업식 다음 날 돌아가셨으니까요."

"……."

"믿을 수가 없었죠. 그렇다고 해도 변하는 건 없었지만요. 이제 좀 숨통이 트이나 했었는데…… 김 노인마저 세상을 떠나시는 바람에, 저는 진짜 혼자가 되었죠."

정영진 목사에게서 우울한 인상을 받은 공수겸 보좌관이 뭐라 위로의 말을 전하려는데, 마땅히 떠오르는 게 없어 난감했다. 침묵이 그의 어깨를 짓누르던 와중, 뒤에서 엉뚱한 소리가 들렸다.

"하아~암."

"……!"

"?!"

뜬금없게도, 정수리만 보인 채 앉아 있던 장용빈 의원이 입이 찢어지도록 하품하고 만 것이었다. 하품을 마친 그의 뺨에는 가느다란 눈물이 흐르고 있었다.

"……."

장용빈 의원의 난해한 행동은 정영진 목사를 아연하게 만들어, 그가 당장 무슨 짓을 한다 하더라도 이상할 게 없을 정도였다. 정영진 목사의 주먹이 부들부들 떨리는 것을 본 공수겸 보좌관은 무엇이든 해야 한다는 생각이 들었다.

"이거 죄송합니다! 제가 하는 일이 많다 보니까, 잠을 거르는 일이 많아서요. 지금도 어렵게 짬을 낸 거라…… 그러니까 제 말은, 고의가 아니었다는 거죠."

"……."

장용빈 의원은 보잘것없는 변명과 너털웃음으로, 자신이 일으킨 참사를 슬쩍 넘어가려 하고 있었다. 물론, 그가 행하는 터무니없는 조치를 올곧이 받아들이는 사람은 아무도 없었다.

"하하하! 공교롭게도 일이 이렇게 되어 버렸군요. 이왕 이렇게 된 거, 화장실에 가서 세수나 해야겠습니다! 아, 화장실 위치는 아까 봐 두었으니까 걱정 마세요. 금방 돌아오겠습니다~"

장용빈 의원의 목소리는 명랑했고, 그의 움직임 또한 명랑했다. 그리고 그것은 그곳을 나갈 때까지 멈출 줄 몰랐다.

'최악…….'

점입가경을 연출한 장용빈 의원이 유유히 방을 나선 직후, 묵묵히 그 모습을 응시했던 공수겸 보좌관은 저절로 숨 쉬는 걸 잊어버리게 되었다. 또한 정영진 목사와 자신만 남은 이 순간이 너무 무섭게 느껴진 나머지, 온몸이 오슬오슬 떨리고 있었다. 하지만 그렇다고 마냥 침묵으로 일관하기에는, 장용빈 의원이 벌인 일이 너무 컸다.

'이건 위기, 그 이상이야. 이 일을 시작한 이래로 가장 위험한 순간이라고…….'

당장 간이 콩알만 해진 공수겸 보좌관이 몰래 핼금거렸는데, 고개 숙인 정영진 목사는 두 손을 감싸 쥐고서 말이 없었다. 그냥 잠연할 뿐인 그 모습은 생각보다 침착하게 보였다. 그러나 겉으로 보이는 게 다가 아니란 것을 아는 터라, 공수겸 보좌관은 긴장을 늦출 수 없었다.

'대체 이 상항을 어쩌면 좋을까…… 이렇게 된 이상! 나라도 정신을 똑바로 차려야 해! 저 사람은 여기에 기대를 많이 한 것 같으니, 쉽게 어쩌지는 못하겠지.'

이내 생각을 마친 공수겸 보좌관은 공연히 서류를 뒤적이며 심호흡했다. 아까와 같은 모습의 정영진 목사는 미동도 없이 앉아 있었다. 짐짓 태연한 척한 공수겸 보좌관은 이 상황이, 장용빈 의원의 행동이 민망스럽기만 했다. 그래서 정영진 목사에게 당장이라도 사과하고 싶은 마음이 굴뚝같았다. 하지만 그럴 수 없었는데, 만약 그렇게 한다면 상황이 걷잡을 수 없이 될지도 모른다고 생각했기 때문이었다.

"……흠!"

공수겸 보좌관은 기적처럼 성사된 이 만남을 망칠 수 없다는 생각에, 어떻게든 수습해 보려 했다. 장용빈 의원이 흩어 놓은 분위기를 다시 돌려놓기 위해, 공수겸 보좌관은 일단 헛기침을 했다. 그러고는 되도록 엄숙한 표정을 짓더니, 곧이어 깊은 생각에 빠진 것처럼 보이려 안간힘을 썼다.

"아까 힘든 말씀을 해 주셨으니, 이제 하시고 싶은 말씀을 해 주시 겠습니까?"

"……."

공수겸 보좌관이 뭐라고 하던, 정영진 목사는 말이 없었다. 충분히 예상한 일이었으므로 공수겸 보좌관은 더 이상 뭐라 할 수 없었다. 자 신이 생각해 봐도, 장용빈 의원의 언행은 이해를 구하기 어려운 것이 었다.

'역시…….'

"……."

무안해진 공수겸 보좌관은 잠시 머뭇거리다가 입을 열었다.

"……어렵게 마음을 열어 주셨는데, 일이 예상치 못하게 되어 버려 안타까울 뿐입니다."

공수겸 보좌관은 무거워진 마음을 더 외면할 자신이 없어, 정영진 목사에게 미안한 마음을 전하기로 했다.

"마음이 상하셨다면 제가 대신 사과드리겠습니다. 어려우시겠지 만, 저를 봐서라도 더 말씀해 주셨으면 합니다."

"……."

기분 탓인지 몰라도, 그는 정영진 목사의 엉킨 마음이 조금 풀리는 것을 느꼈다. 그로 인하여 용기가 나는 것 같아 더 말해 보기로 했다.

"의원님과 저는 '구승희 사건'의 진실을 알고 싶은 마음뿐이고…… 그것은 정 목사님도 마찬가지이실 거라고 생각합니다. 부디 안 좋은 감정은 제쳐 두시고, 그만 말씀해 주셨으면 합니다."

"……."

정영진 목사의 여전한 묵묵부답에, 마음이 급해진 공수겸 보좌관은 조금씩 침착을 잃게 되었다.

"무엇이든 쉬운 일은 없는 겁니다. 지금 이것도 그렇습니다. 이 사건을 조사하게 되었을 때, 불투명한 것이 태반이더군요. 괜찮으시다면 정 목사님도 이걸 크게 봐주셨으면 합니다. 비록 지금은 상처…… 받으셨을 지라도, 후에 얻을 결과를 생각하신다면 아무것도 아니게 될 겁니다. 의원님과 저는 이 사건을 조사해 보면서 느낀 바가 크고, 많은 사람들과 만나다 보니 더불어 와닿은 것 또한 상당했습니다."

"……."

"저희의 일 처리 방식이 못마땅하시더라도……."

공수겸 보좌관이 별 감흥도 없이 횡설수설하는 도중, 줄곧 침묵을 지키던 정영진 목사가 불현듯 말을 꺼냈다.

"……어떤 거?"

찔끔한 공수겸 보좌관이 말을 멈추고 바로 정영진 목사를 보았는데, 그는 정색을 한 채로 공수겸 보좌관을 빤히 보고 있었다.

"국회의원이라는 사람이 먼저 만나자고 해 놓고 내내 성의 없이 군 거? 시간 내주셔서 감사하다고 해 놓고 중간중간 시비건 거? 내리 말도 안 되는 행동이나 하면서 어깃장을 놓은 거? 그게 아니면……."

"……."

그가 중얼대듯 빠르게 말을 쏟아 내자, 공수겸 보좌관은 속수무책

187

으로 가만히 듣기만 했다.

"보좌관이라는 사람이 교양 있는 척, 일언반구의 가치도 없는 말을 늘어놓으면서…… 이 모든 걸 어물쩍 넘기려고 하는 거? 어떤 거? 어떤 걸 말씀하시는 거죠, 대체?!"

"……."

정영진 목사가 말을 마친 후에도 공수겸 보좌관은 입을 열 수 없었다. 그가 느꼈을 암담한 불쾌감을 알 것 같아서이기도 했으나, 그전에 자신의 낯이 따가울 만큼 뜨거워졌기 때문이었다. 그래서 고개를 숙이고 싶었지만, 움직이는 게 허락이 안 될 정도로 온몸이 굳어 버린 터라 그조차도 쉽지 않았다.

"뭐, 예상은 하고 있었어요."

자리에서 일어난 정영진 목사가 얼굴을 쓸어내렸는데, 그 몸짓으로 보아 모든 것을 포기해 버린 모양이었다.

"독고 아저씨가…… 독고 교도소장님이 이번에, 우리가 기다리던 기회가 드디어 찾아온 것 같다고. 어찌나 설레발이시던지……."

"……."

"저는 그 말을 들으면서도, 수락했으면서도…… 반쯤 포기하고 있었어요. 그래 봤자 어떨지 아니까……."

정영진 목사의 목소리가 착 가라앉아 있어, 그걸 듣는 공수겸 보좌관의 고개는 자연히 수그러들었다. 그러나 이대로 끝낼 수 없었기 때문에, 공수겸 보좌관은 필사적으로 매달리려 했다.

"……물론 그러시겠죠. 저도 일이 이렇게 돼서 마음이 좋지 않습니다. 그런데⋯⋯ 핑계 같지만! 의원님 방식이 원래⋯⋯ 지금까지 만난 사람들한테도."

"많은 사람들을 만나신 거요. 독고 교도소장님한테 대충 얘기를 들어서 저도 알아요. 하지만 그걸 감안하더라도⋯⋯ 오늘 일을 전부 설명할 수는 없어요, 그렇죠?"

"⋯⋯."

분명한 어조로 또박또박 말하는 정영진 목사의 모습은 처음 장용빈 의원 일행을 만났을 때와는 판이했다.

"많은 사람들을 만나셨다니⋯⋯ 승희 형 '사건'과 관련된 자료들도 보셨겠네요."

"⋯⋯."

"그렇다면, 그것도 느끼셨겠죠. 그 많은 사람들과 그보다 더 많은 자료들이, 하나같이 승희 형을 '탈옥수 구승희'로 그리고 있다는 걸."

정영진 목사의 말은 사실이었다. 그동안의 자료들과 만나본 대부분의 이들이 하나만을 가리켰으며, 그에 맞게 주장했었다.

"그때 제가 말 한마디 하지 않고 숨은 건, 그런 것에 질렸기 때문이었어요. 제 경험상, 사람들이 바라는 것은 '진실'이 아니에요. 오직 자신이 믿고, 따르고 싶어 하는 '환상'이죠⋯⋯ 얼마 전에 승희 형 '사건'을 떠올리게 하는 일이 생겨서 떠들썩했다던데. 지금 사람들이 반응하는 걸 보면, 이십 년 전과 다를 게 없더군요. 언론도 제 예상과 크게 다르지 않더라고요."

그것이 비꼬는 것인지는 알 수 없었으나, 그 말을 하는 정영진 목사의 눈시울이 일렁이는 것은 볼 수 있었다. 북받치는 감정을 참으려 몸을 부르르 떠는 그 모습이 민민하게 느껴진 탓에, 공수겸 보좌관은 그만 고개를 돌리고 싶어졌다.

"……."

"……."

어느 정도 진정이 된 정영진 목사는 공수겸 보좌관을 철저히 외면한 채 짐을 챙기기 시작했다. 그것을 말려야 한다는 걸 공수겸 보좌관도 알았지만, 스스로도 부끄러운 데다가 이미 화가 난 정영진 목사의 마음을 돌릴 자신도 없었기에 잠자코 있을 수밖에 없었다.

"이렇게 될 걸 예상했으면서도 말하려고 나선 건, 승희 형이 제 인생에 얼마 안 되는 호의적인 사람이기 때문이에요. 그래서 이십 년 만에 큰맘 먹고 용기를 냈는데…… 참고 견뎌 보려고 했는데, 결국에는 온갖 모욕만 받아 버렸네요."

짐을 챙기다가 맥연히 공수겸 보조관을 향해 돌아선 정영진 목사의 얼굴은 그의 감정이 어떤지 짐작할 수 있게끔 만들었다. 분노보다는 끝없는 슬픔에 의한 고단함이 번져 있어, 모른 척하기 힘들었다.

"그때…… 우리 중에 단 한 명이라도 넥타이를 맨 사람이 있었다면……! 이렇게까지 되지는 않았을 거예요!"

짐을 든 정영진 목사는 곧바로 문을 향했다. 뒤늦게 일어선 공수겸 보좌관이 그를 바라보았지만 차마 움직일 수 없었다.

한편, 도망치듯 화장실로 온 장용빈 의원은 세면대의 수도꼭지를 화풀이하듯 틀어 버렸다. 한동안 흐르는 물을 물끄러미 응시하다가

지그시 눈을 감은 그는 이윽고 제 얼굴에 물을 끼얹었다.

"……."

그러고는 거울에 비친 자신을 하염없이 바라보았는데, 하도 넋 놓고 보는 통에 시간이 얼마나 흘렀는지 알 수 없었다. 그렇게 수도꼭지를 잠그는 것도 잊은 채, 무언가에 취한 듯 서 있기만 했다.

"……아!"

불현듯 제 상황이 떠오른 장용빈 의원은 황급히 왔던 길을 되돌아가려 했지만, 그것은 쉽지 않았다. 특히 그가 화장실을 나선 후가 그랬는데, 어쩐지 망설여지는 마음이 들어 걸음을 내딛을 때마다 발끝이 저릿해졌다.

"……."

장용빈 의원은 난데없이 알 수 없는 이유로 몸이 마음대로 되지 않아 몹시 당황스러웠다. 그렇지만 이대로 있을 수 없었으므로 억지로라도 걸음을 옮기려 노력했다. 그렇게 진땀이 나도록 천천히 한걸음, 한걸음을 앞으로 내딛는 그 모습은 모르는 이가 보기에 적잖이 우스꽝스러웠다. 마치 빙판길을 넘어지지 않고 가기 위해 조심스럽게, 극도로 신중하게 움직이는 사람처럼 보였다.

"……!"

그러다 문득, 고개를 든 장용빈 의원은 저 앞에서 빠르게 걸어오는 정영진 목사를 보게 되었다. 그는 가지고 왔던 종이 상자를 다시 안은 채, 바닥을 보며 성큼성큼 걸어오고 있었다. 뒤이어 공수겸 보좌관이 난처해하며 정영진 목사를 따라오는 모습이 보였는데, 그것을 자세히 본 장용빈 의원은 머지않아 정영진 목사의 얼굴에서 화가 난 기색을 발견할 수 있었다.

'참…… 이러니저러니 해도, 나만 없으면 무슨 일이 난다니까. 그렇게 꼼꼼한 공수겸 보좌관도 어쩔 수 없는 사람이었어. 도대체 어떻게 했기에 정 목사를 저렇게 화나게 만든 거지?'

겉으로 봐도 화가 단단히 나 보이는 정영진 목사가 장용빈 의원과 점점 가까워지던 참이었다.

"……정 목사님."

"……!"

의례적인 미소를 짓는 장용빈 의원과 맞닥뜨린 정영진 목사는 흠칫 놀라 한걸음 물러났다.

"무슨 이유인지 모르겠습니다만, 혹시 제가 너무 기다리시게 해서 화가 나신 건가요?"

"…….."

장용빈 의원과 눈이 마주친 정영진 목사는 아무 말도 못 하고 머뭇거렸다. 더할 나위 없이 화가 나고 실망스러웠으나, 한 가닥의 미련이 그를 놔주지 않았기 때문이었다.

"만약 그랬다면 사과드리겠습니다."

"…….."

그는 눈앞에서 가식적이고도 능글맞게 웃는 장용빈 의원을 어떻게 이해해야 할지 갈등하는 눈치였다. 모욕을 느꼈다고는 하나, 그것이 정말 그렇게 느낄 만한 것이었는지 되짚어 보게 되었다. 혹여 자신이 너무 예민하게 굴어 상황이 엇나간 것은 아니었는지, 그와 동시에 이 대로 나가 버린다면 앞으로 이런 기회가 다시없을지도 모른다는 등 의 생각이 정영진 목사를 진득이 자극했다.

'어쩌면 내가 잘못 생각한 건지도 몰라. 이 사람은 다를지도 몰 라…… 비록 이 사람이 하는 언행은 마음에 안 들지만, 이 일의 취지 를 생각한다면? 무엇이 승희 형을 위하는 일일까?'

정영진 목사는 갑자기 초조한 마음이 들어 판단력이 흐려지고 있었 다. 그런 그들의 모습을 지켜보던 공수겸 보좌관의 마음에, 상황이 달 라질지도 모른다는 희망이 얼핏얼핏 고개를 들었다.

"……괜찮으시다면 돌아가셔서 저희와 마저 얘기를 나눠 주시겠습 니까?"

"……"

주춤주춤하던 정영진 목사는 짧은 시간 동안 너무 많은 생각을 한 탓에 의식이 몽롱해지려 했다. 그의 불안해하는 눈동자를 바라보던 장용빈 의원은 무슨 이유에서인지 눈길을 돌려 버렸다.

"아마 바쁜 하루가 될 겁니다."

"……"

장용빈 의원이 눈을 피한 순간, 정영진 목사는 잠시 고개를 숙였다 가 다시금 들었다. 자신을 향한 무례를 곧이 받아들이기로 한 것이었 다.

"어, 어? 정 목사님?!"

이로써 다시 한번 감정이 상한 정영진 목사는 더 이상의 미련이 남지 않게 되었다. 장용빈 의원과 공수겸 보좌관이 정영진 목사를 붙잡으려 해 봤지만, 그는 아주 빠른 걸음으로 옆 건물에 들어가 버렸다.

"……."

정영진 목사가 들어간 건물은 비밀번호를 입력해야 했기 때문에, 당연히 장용빈 의원과 공수겸 보좌관은 들어갈 수 없었다. 설령 그곳으로 들어가는 데에 성공한다 하더라도, 틀어져 버린 정영진 목사의 마음을 되돌릴 방법이 없었다.

'아…….'

공수겸 보좌관이 아쉬운 마음에 정영진 목사가 들어가 버린 건물의 입구를 바라보고 있는데, 뒤에서 푸념 어린 목소리가 들렸다.

"아…… 아깝게 되어 버렸네. 결정적인 얘기를 들었을 수도 있었는데 말이야."

그 말이 너무 기막힌 공수겸 보좌관은 힘없이 돌아보았다. 그런 그의 눈초리에서 뭔가를 느낀 장용빈 의원은 곧 움찔했다.

"……아니었을 수도 있고."

이미 일어난 일을 어찌할 수 없었기에, 공수겸 보좌관은 터덕터덕 걸음을 옮겼다. 앞으로 어떻게 해야 할지를 생각하는 것도 슬슬 지치던 판에, 피로까지 물밀듯이 밀려와 쓰러질 것 같았다. 그때 조용히 그를 따르던 장용빈 의원이 말했다.

"그런데 어떻게 했기에…… 정 목사가 저렇게 화가 난 거야?"

"……."

제 귀를 의심하던 공수겸 보좌관은 한 박자 늦게 뒤를 돌아보았다.

그 눈빛에 담긴 은근한 질욕으로 인해 장용빈 의원은 신속히 입을 다
물었다.

21

제법 민첩해 보이는 황운보 교수의 움직임은 평소와 달리 앞에 무언가가 있다는 듯 걷고 또 걸어가는 모양새였다. 그전 같았으면 서둘러야 할 이유가 없었기 때문에 느릿느릿 걸었을 것이었다. 하지만 지금은 막연하게 초조함이 깃들어 있어 움직임을 늦출 수 없었다.

'벌써 시간이 많이 흘렀는데.'

괜히 병원장실에 들어갔다가 한바탕하고 나온 후, 거의 보름이 흘렀는데도 장인목 병원장은 황운보 교수에게 아무 말이 없었다. 오랫동안 그를 지켜봐 온 황운보 교수로서는 당최 파악이 안 되는 이 순간이 덜컥 겁났다. 그렇다고는 해도 다시 병원장실에 고개를 들이밀 용기는 끝내 나지 않았으며, 장인목 병원장과 규양병원의 분위기가 지나치게 잠잠한 것 또한 이상하게 느껴졌다.

'이럴 리가 없는데…… 그 노인네가?'

갈팡질팡한 마음이 황운보 교수의 머릿속을 더욱 어수선하게 만들었는데, 그렇게 되고 보니 가만히 있기가 힘들었다. 때문에 그는 몸을 계속 바쁘게 만들어야 할 것 같은 생각이 들어, 드넓은 규양병원 안을 쉼 없이 걷고 또 걷는 것이었다.

'하아, 계속 걸었더니 힘들잖아. 얼른 퇴근 시간이나 됐으면 좋겠

다.'

쉴 틈 없이 움직이는 게 당장은 좀 나은 것 같았어도, 그것도 그때뿐이어서 오래가지는 못했다. 그 사실을 황운보 교수도 알았지만, 다른 방법이 없었기에 온몸이 벌겋게 달아올라 후끈거려도 멈출 수 없었다.

황운보 교수의 어지러운 속은 집에 와서도 달라지지 않았다. 모처럼 그를 괴롭히던 두통이 나지 않은 덕에, 그것만으로도 가뿐한 기분이었으나 도통 나아질 기미가 보이지 않았다. 조용해도 너무 조용한 장인목 병원장이 신경 쓰여 미칠 것 같았기 때문이었다.

'설마…… 날 내치는 건 아니겠지? 아냐, 말도 안 돼! 그 노인네가 아무리 화가 치밀어도 어떻게 나를! 감히 나를……?!'

그쯤 되니 집에서도 평소와 같을 수 없어 딸에게 우쭐대거나, 괜한 헛고생을 시키지 못했고, 폭언을 하지도 못했다.

황운보 교수가 불안감에 몸서리치던 어느 날, 규양병원 내에 어떤 소문이 북서풍처럼 퍼지게 되었다.

"정말로?"

"에에……."

"진짜 그렇다고?!"

매우 조심스레 속삭이던 그 말은 소곤소곤 몇 번을 거쳐, 어느새 헬쑥해진 황운보 교수의 귀에도 닿게 되었다. 막상 소문을 접하고 아무런 반응을 보이지 않더니만, 시간이 지나자 구석에 숨어 있던 그의 욕심이 일어서려 했다. 하지만 자신이 처한 상황 탓에, 욕심은 차츰 다시 구석으로 가라앉고 있었다.

'어차피 내게는…… 어림도 없어.'

규양병원 안을 꽉 채운 소문이란, 인내심 있고 남의 말을 잘 들어주는 걸로 유명한 현 국회의장 진대전에 관한 것이었다. 발이 넓어 미국에 아는 사람이 여럿인 그는 미국과의 협상이나 그 외에 중요한 일에도 나서는 일이 많았다. 그러다 보니 자연스레 다른 국회의원들이 그에게 꼼짝 못하게 되었다. 그런 진대전 의원이 곧 규양병원에 입원할 것이라는데, 이유는 낭종을 제거하기 위해서라는 것이었다.

진대전 의원은 뇌후와 덜미 사이에 낭종이 있었고, 발견은 진작 한 상태였다. 하지만 그는 다른 사람이 자신의 낭종을 알아차리지 못하도록 최선을 다해 가리고 다녔는데, 본디 겁이 많아 몸에 칼을 대는 것을 극도로 꺼린 탓이었다. 그의 노력과는 별개로 낭종은 자근덕자근덕 덩치를 키웠고, 마침내 아이의 주먹만 하게 자라게 되었다. 그럼에 따라 더 이상 가리는 것은 물론, 일상생활을 하기도 버거워 이루 다 말할 수 없었다. 그래서 뒤늦게나마 지긋지긋한 낭종을 제거하여 홀가분해질 생각을 하게 된 것이었다. 그러나 결심을 한 건 다행이더라도 문제가 꽤나 까다로웠으니, 바로 진대전 의원 자신이 국회의장이라는 사실이었다. 낭종을 제거하는 것 자체는 별 게 아니었지만, 국회의원이자 국회의장인 자신이 지금껏 끙끙 앓으며 참은 이유가 소문나서 망신이라도 당할까 봐 걱정된 진대전 의원은 심사숙고 끝에 규양병원을 선택하게 되었다. 명성이 자자하다는 이유가 첫 번째였고, 규양병원의 환자 중에 유명 인사가 많았으므로 그에 맞는 대처를 잘할 것이란 게 두 번째였으며, 장인목 병원장에 대한 무한한 신뢰가 세 번째 이유였다. 또한 규양병원에서는 그의 낭종 제거를 자연스럽게 부풀릴 테고, 언론 등에서도 그것을 두고 필력과 약간의 살이라는 '공예'를 거쳐 세상에 내보낼 것이니 나무랄 데 없어 보였다.

그 소문이라는 것을 거들떠보면 이랬는데, 이것이 사실이라면 의사의 입장에서는 말 그대로 거저먹는 것이었다. 낭종 제거라는 수술 자체가 뇌에서 종양을 제거하는 수술보다 훨씬 쉬울뿐더러, 표면상으로나마 경력 이상을 얻게 될 테니 좋을 수밖에 없었다. 의사라면 누구나 구미가 동할 만한 것임에 틀림없었다.

'쩝……'

황운보 교수는 애써 정리한 머리가 땀 때문에 흩어질 만큼 급하게 걷다, 갑작스레 멈추고는 벽에 기대었다. 진대전 의원이라는 예비 환자를 노리는 의사는 많을 것이며, 그중 원하는 조건에 안성맞춤일 의사가 여럿일 터였다. 그런데도 황운보 교수는 자신이 그것에 상당한 의욕을 느끼고 있음에 기가 찼다. 누가 뭐래도 자신은 한물간 데다 별 볼 일 없는 의사였고, 마지막 수술이 언제였는지 가물가물한 것도 모자라, 장인목 병원장과 한바탕해 앞으로가 불투명하게 느껴지고 있었다.

"……하."

그런 황운보 교수의 뇌리에 문득 외동딸이 스쳤다. 그나마 다행히도 그녀는 차장이라는 직급으로 가마우지제약에서 안정적으로 지내는 중이었다.

"그래, 그 계집애가 있었지. 실업자가 넘쳐나는데 잘도 버티고 있었네. 그것도 다 아버지를 잘 둔 덕이지만! 그런데…… 그 계집애는 왜 아직까지 혼자야? 어디서 부잣집 아들 하나 물어 오면 좋겠는데……."

투덜대듯이 중얼거린 황운보 교수는 이내 한숨을 푹 쉬고 얼굴을 일그러트렸다. 그러더니 주변을 살피고는 무릎을 두드리며 다시 걷기 시작했다. 언제나처럼 퇴근 시간까지 걸어 다닐 일만 남은 그에게는 익숙한 흐름의 일과였다.

22

더위가 가시고 어느덧 선선한 바람이 부는 와중에도, 다방 안은 아직 미적지근한 공기가 돌아 답답하게 느껴졌다. 한낮도 아닌 늦은 오후인 데다, 손님이 많은 것도 아니었고, 그렇다고 시끄러울 것도 없었다. 그곳에 온 손님들이라고는 달랑 두 테이블뿐이었는데, 하나는 나이를 먹을 만큼 먹은 한량 몇 명이었다. 근래 들어 몇 번 온 적 있는 그들은 씀씀이가 헤프고, 나이도 비교적 젊었기 때문에 다방의 주인과 직원들은 낯선 사람에 대한 호기심으로 그들에게 정성을 들였다. 하지만 가까이에서 지켜본 결과, 그저 그런 백수라는 사실을 알게 되었다. 마침 그들의 주머니도 가벼워지던 터라, 다방 주인과 직원들의 흥미도 점점 떨어지고 있었다.

'그래도 손님도 얼마 없는데…….'

가무잡잡한 목에 비해 하얗게 뜰 정도로 진하게 화장한 다방 주인은 계산대에서 조용히 혀를 차며 생각했다. 이곳을 처음 열 때만 해도 조용하여 그녀의 마음에 들었으나, 조용해도 너무 조용한 것이 문제였다. 가장 큰 이유는 시내와 거리가 먼 변두리 중의 변두리인 곳에 있다는 점일 것이었다. 이곳 근처에 있는 것이라고는 전파사와 교도소가 전부였다.

"……."

그렇기에 그나마 가끔씩 들러 주는 손님이 고마웠고, 한편으로는 도대체 여기를 어떻게 알고 왔는지 신기할 따름이었다. 희한하게도 적자만은 겨우 면하는 매상을 떠올리던 다방 주인은 한량들이 머물고 있는 자리를 보았다. 그 자리에는 조금 촌스러운 화장을 한 직원들이 출동된 상태였다. 이제는 신날 것도 없다는 듯 모두가 널브러진 채 졸고 있어, 다방 주인의 눈에는 한량이고 직원이고 할 것 없이 모두 안쓰러웠다. 돈이 없어 이곳을 떠나지 못하는 자신보다, 삶에 찌들어 몸도 제대로 못 가누는 그들이 가엽다고 생각했다.

'……으응?'

한량들을 제외한 유일한 손님들은 다방 주인의 호기심을 찬찬히 자극했다. 마음 같아서는 그 손님들 옆으로 돌진하거나 콧노래를 부르며 그 주위를 서성거렸을 터였다. 그녀는 잔뼈가 굵은 사람이었으므로 못할 것도 없었지만, 그럴 수가 없는 상황이었다. 그녀에게는 굵은 잔뼈만큼의 눈치 또한 있었기 때문이었다.

그 손님들은 아주 진지한 분위기를 풍겼고, 그 진지함보다 무거운 공기가 감돌아 근처에도 갈 수 없을 것 같았다.

'한 사람은 알 것 같은데. 옷을 보니까 교도관……?'

다방 주인은 무심하게 손거울을 보는 척했으나, 온 신경은 점잖이 앉아 무거운 분위기를 풍기는 그 손님들에게 향하고 있었다. 그래 봤자 이따금씩 곁눈질하는 게 고작이었는데, 덧붙여 말하자면 그 손님들은 모두 그녀와 초면이었다. 하지만 그녀의 호기심은 단순히 '낯설다'가 아닌, 그들의 분위기와 외관에서 비롯되었다. 교도관처럼 보인 한 명은 제일 어두운 얼굴을 하고 있었으며, 그의 맞은편에 앉은 남자들은 다방 주인의 얕은 호기심을 샘이 깊은 물처럼 솟아나도록 하기에 충분했다. 말끔한 정장 차림의 그들은 맞은편의 교도관보다는 젊어 보였는데, 무슨 사정인지 절절매는 느낌이었다.

"……."

중년의 그 교도관은 흐트러짐 없이 반듯했고, 근심에 젖은 모습이었다. 그는 자리에 앉은 지 십 분이 넘도록 아무 말도 없이, 찻숟갈로 이미 식어 버린 차를 휘휘 젓고 있었다. 세 사람 모두 먼저 말을 꺼내지 못한 채 고개를 들지도 못해, 느른하게 다방을 가로지르는 노래가 그들을 더욱 늘어지게 만들었다.

"저는……."

'……!'

줄곧 묵묵하던 교도관은 찻숟갈을 내려놓더니, 말을 꺼내고서 잇지는 못하고 있었다. 스스로도 차마 말하기 어려운 문제라고 생각했기 때문이었다. 그리고 그렇게 느끼는 것은 맞은편에 앉은 남자들도 그랬다. 그에 대한 반응은 각자 조금씩 달랐지만, 곤란해하는 모습은 모두 같았다. 먼저 한 명은 기본에 충실한 차림새에 담백하니 성실하게 보였으며, 걱정스러운 얼굴로 교도관의 눈치를 살피는 모습이 무척 애달프게 느껴졌다. 그런 그의 옆에 앉아 있는 남자는 사뭇 다른 분위기였는데, 더 화려하고 고급스런 차림새에 표정은 무미건조했다. 눈은 내리깔았으나 뚱한 분위기로 자신이 왜 이곳에 있는지 모르겠다는 눈치였다. 말하자면 꼭 문제아가 학부모와 함께 선생님과 면담하는 것처럼, 제법 흥미로운 그림이었다.

"……."

그 흥미로운 그림은 딱히 진도를 못 나가고 있었다. 그러다 시간이 더 흘러 교도관이 무릎을 치며 고개를 들었기에, 내내 그를 보던 성실한 분위기의 남자와 눈이 마주쳤다. 교도관은 잠시 머뭇거리다, 눈길을 돌리며 말을 꺼냈다.

"일이…… 이렇게 될 줄은 몰랐습니다."

"……."

어렵사리 말을 꺼낸 교도관의 목소리가 아무런 감정도 없이 나직하게 울렸다. 그에 어떻게 대답해야 할지 난감한 터라 그저 침묵할 수밖에 없었다.

"정말이지, 저는 믿었단 말입니다! 이번에는 그때와 다르다고 생각했고, 고심 끝에 영진이를 설득한 거였는데……!"

교도관은 말문이 트였는지 맞은편에 앉은 남자들에게 소리쳤다. 그가 소리치자 움찔한 남자들은 어찌할 바를 몰랐다.

"교도소장님, 그건 정말 안타깝게 생각합니다. 그러니……."

"저희를 믿어주셨는데 그런 식으로 어그러져서 유감입니다."

화려한 탓에 더 부유해 보이는 남자는 옆의 남자가 힘들게 얘기하는 것을 막고는 자신의 말을 앞세웠다.

"하지만 그건 어디까지나 사고였습니다. 그날 저의 언행이 올바르지 못했고, 그로 인해 불쾌감을 드렸을지 모릅니다. 거기에 대해서는 드릴 말씀이 없습니다만, 저의 일 처리 방식은 다른 때와 마찬가지였습니다. 그 사건을 조사하기 시작한 이래로 많은 사람들을 만나게 되어 각자의 얘기를 듣고, 그것을 제 나름대로 공정하게 대하려고 노력하고 있습니다. 그러다 보니 크고 작은 마찰이 생길 수밖에 없었죠. 교도소장님 때도 그렇지 않았습니까?"

"……."

교도소장이라는 남자는 진지한 눈으로 턱을 괴었다.

"저는 교도소장님과 마찬가지로 '구승희 사건'의 진실을 구하고자 하는 사람입니다! 생각보다 어려워지고 있어서 당황스럽지만…… 시작한 이상, 반드시 결과를 얻고 말 겁니다. 당연히 모두가 수긍할 수 있는 만족스러운 결과 말입니다. 그렇게 하기 위해서는 정 목사님의 말씀이 필요합니다."

교도소장은 피곤해졌는지 눈언저리를 문질렀다. 덕분에, 다급히 공격적으로 말하던 남자는 그 몸짓에 따라 말을 멈추게 되었다.

"교도소장님……."

"아뇨. 아닙니다. 의원님의 말씀은 잘 들었습니다."

경직된 표정을 조금 푼 교도소장은 어느새 말투도 편안해진 것 같았다.

"사실, 다 저로 인해 생긴 일이죠…… 사고라고 하셨죠? 아무튼 그거 말입니다. 솔직히 말씀드리면 영진이, 정 목사의 연락을 받고 많이 충격 받았습니다. 전후사정을 들어 보니 화가 나서 견디기 힘들더군요. 제가 이런데, 본인은 어땠을지 상상조차 할 수 없습니다."

교도소장은 노여워하는 기색을 잠시 내비치다, 최대한 이성적으로 말하려 애썼다.

"그러셨다니 뭐라 드릴 말씀이 없습니다만, 그것이 다가 아닙니다. 제가 해 오던 방식이 어떤 사람에게는 맞지 않았을지도 모릅니다. 정 목사님이 그런 사람인 것 같습니다. 이제 저도 그 사실을 알았으니까, 한 번만 더 기회를 주신다면 더 이상 충격받을 일은 없으실 겁니다!"

감정이 격해졌는지 말을 마친 화려한 분위기의 남자가 앞에 놓인 차를 들이켰는데, 그 모습을 조용히 바라본 교도소장은 무슨 생각에 잠겼다가 이내 입을 열었다.

"네…… 무슨 말씀인지 알았습니다. 그런데 잘못 알고 계신 것 같군요."

"무슨 말씀이신지?"

깜짝 놀라 교도소장을 쳐다본 남자는 영문을 모르겠다는 표정이었고, 그 옆에 앉은 남자도 불안한 눈으로 교도소장을 바라보았다.

"제가 여기에 나온 것은 정 목사를 설득해서 다시 자리를 마련하기 위함이 아닙니다."

"저에 대해 실망하신 모양인데, 말씀드렸듯이 제 나름대로 공정하게……."

"전후사정을 전해 들었다고 말씀드렸는데요?"

"……."

교도소장은 더없이 차분해 보였으며, 무엇보다 확신에 찬 모습이라 말문이 막혔다.

"정 목사가 어떤 사람인지는 잘 알고 있습니다. 적어도 의원님보다는 잘 안다는 뜻입니다."

"무슨 뜻인지 알겠습니다만 모두 오해입니다!"

"……모르시는 것 같은데요? 정 목사는 제가 오랜 세월 동안 지켜봐 온 사람입니다. 당연히 이해도 또한 상당하죠. 항상 곁에서 본 건 아니지만, 무엇을 봤다고 했을 때 어떻게 생각했을지 대략 알 수 있는 정도로 말입니다."

"……."

"예상치 못한 풍파로 인해 예민하게 반응하는 편이지만, 충분히 이성적인 사고를 가진 영민한 사람이죠. 그날 일에 대해 토로하면서도, 혹시 자신이 잘못한 게 아닌지 걱정이 많았습니다. 그래서 구구절절하게 전후사정을 제게 전했는데, 예민한 만큼이나 섬세한 사람이라서 기억력이 뛰어나거든요. 그걸 묘사하는 것도 마찬가지죠."

뭔가를 회상하듯이 어렴풋한 빛을 발하던 교도소장의 눈동자가 서서히 또렷해졌다.

"그래서입니다. 그토록 자세한 설명을 듣고 나니…… 제가 한 행동이 어리석었다는 걸 깨달은 것 말입니다!"

"……."

"의원님이 그날 보이신 언행, 도저히…… 이해가 가지 않더군요!"

교도소장은 말을 할수록 단호해지고 있었는데, 의원은 할 말이 많아 보였으나 적절한 표현이 떠오르지 않아 답답한 모양이었다. 그의 옆에 있는 남자도 마땅히 생각나는 게 없었는지 고개를 숙이는 것이

207

전부였다.

"저는 많이 배우지 못했고, 처세에 능하지도 못합니다. 하지만 저와 말씀을 나누실 때 무언가 희망이 보였기 때문에! 그것 때문에! 정 목사에게 연락했던 겁니다. 단지 그것뿐이었는데……."

"……."

"혹시, 정 목사에게서 어떤 선입견을 발견하셨던 겁니까?"

"……."

"아님…… 자기는 무조건 잘못한 게 없다고, 그것을 확인하고 싶어 하던가요?"

"……."

"그런 게 아니라면, 도대체 왜 그런 무례를 범하신 겁니까?!"

"……."

아무런 말도 하지 못한 의원의 고개는 절로 수그러들고 있었다.

"제가 여기에 나온 것은 그때 봤었던 희망이 지금도 보이는지, 그것을 확인하고 싶어서였습니다. 만약 애초에 있지도 않았던 걸 발견한 게 아니라면, 지금 보여 주신 의원님의 거조는 매우 실망스럽습니다."

교도소장은 엄랭한 모습으로 자리에서 일어나 걷다, 의원에게 몸을 돌려 말했다.

"이십 년 전에 일어난 그 사건 때문에, 여러 사람들의 인생에 파란이 일었습니다. 겪지 않아도 됐을 온갖 모진 일을 당해서 몸과 마음에 상처가 말도 못 합니다. 그 상처는 멀리서 보면 별것 아닌 것처럼 보일지도 모르지만, 당사자에게는 크나큰 고통이 따르는 '종양' 같은 존재죠. 의원님이 정말로 저와 같이 '진실'을 구하시는 거라면, 원래의 방식이 어떻든 이제는 바꾸셔야 할 겁니다. 적어도, 스스로도 어쩌지 못하는 '종양'을 가진 사람들을 섣불리 휘젓는 만행은 하지 마십시오."

"……."

여전히 대답 없는 의원을 확인한 교도소장은 민첩한 걸음으로 다방을 나갔다. 의원의 옆에서 숨죽이고 있던 남자는 교도소장이 나간 다방의 입구와 의원을 번갈아 보았다. 일이 뜻대로 되지 않아 그것에 대한 좌절감도 상당했지만, 의원의 침울한 상태를 보니 그를 우선적으로 여겨야 한다는 것을 깨달았다.

"……."

의원은 수그러진 고개를 들지 못한 채 미동도 허락하지 않았다. 아니, 미동을 할 엄두도 못 낸다는 것이 더 정확했다. 의원은 낯이 화끈거려 얼굴을 들지 못했을뿐더러, 교도소장이 자신에게 내뱉은 말을 곱씹느라 다른 데에 신경 쓸 경황도 없었다.

"……."

교도소장이 한 말을 곱씹고 또 곱씹기를 반복할수록 거북한 감정이 일었는데, 처음에는 의원의 화를 돋웠으나 계속 곱씹으니 맞는 말이라는 걸 깨닫게 되었다. '중요한 일'이라 해 놓고 무턱대고 달려들기만 한 자신을 생각하니, 참을 수 없는 부끄러움이 소용돌이 쳤다.

"……."

정신이 아슴푸레 들 무렵, 의원은 옆에서 지그시 근심을 짊어진 얼굴을 한 남자를 볼 수 있었다.

'참, 이 녀석이 있었지…….'

쓸쓸하게 고개를 든 의원은 몹시 지친 모습이었음에도 애써 표정을 펴려 노력했다. 그런 그의 모습은 딱한 마음이 들게 만들었다.

"……정 목사는 더 볼 수 없게 돼 버렸네."

"네……."

"내…… 잘못인 거 아니까, 지적할 필요 없어."

"……."

그늘이 조금 걷힌 의원은 뭔가를 곰곰이 생각하고서 옆에 앉은 남자에게 말했다.

"정신을 차려야 해."

"……?"

기지개를 켜던 의원은 멈칫하더니 작게 중얼거렸다.

"정신 차려……."

23

날씨가 제법 서늘해져 해가 뜨고 지는 때가 빨라지던 어느 날 아침이었다. 햇빛은 밝게 여러 곳을 비추고 스며, 난방이 따뜻하게 잘 돌아가는 어떤 방에도 여지없이 스미려 했다. 그 방은 넓고 화려한 감이 있었으나, 넓다는 표현을 무색하게 만들었다. 방 면적의 ⅓이 조금 모자라게 크고 작은 상자들이 어지럽게 놓인 탓이었다.

'일어나기 싫다……'

그 방의 주인은 눈이 아플 정도로 화려하고 큰 침대에서 꼼지락하고 있었는데, 깨어난 지 한참 지났건만 이대로 일어나 출근하기가 너무 싫었다. 마음 같아서는 부드럽고 따뜻한 이불속에서 언제까지고 게으름을 피우고 싶었지만 그럴 수도, 그래서도 안 된다는 것을 본인도 잘 알고 있었다.

'이게 뭐야. 내내 잘 참고 있다가, 한순간에 터트리는 바람에……'

그가 출근하기 싫어하는 이유는 단순히 밖이 추워서가 아니었는데, 그렇다고 노동 환경이 형편없게 고된 것도 아니었다.

"아이고!"

돌아누우려던 그는 갑자기 움찔하며 얼굴을 찡그렸다. 종아리가 몹시 욱신거리는 데다, 허벅지가 당겨 후끈거렸기 때문이었다. 여러 날을 여느 때보다 빠르고 쉼 없이 걸어 다니다 얻게 된 그것은, 딸 몰래 약을 발랐는데도 도무지 잦아들 줄을 몰랐다.

"아니야, 아니야. 이럴 때가 아니라고…… 어서 일어나, 황운보!"

황운보 교수는 혼잣말처럼 중얼거리다 느리게 움직였다. 비록 얼굴에 하기 싫은 기색이 진하게 드러났으나, 그래도 출근하고자 시도는 하고 있었다.

"……."

침대를 겨우 벗어났더니만, 구석에 놓인 여러 상자들이 황운보 교수의 눈에 들어왔다. 그것들은 모두 황운보 교수가 고르고 고른, 별별 물건들이 든 상자들이었다. 매주 심심찮게 택배로 오는 그것들을, 다른 방에 쌓아 놓다 결국 더 놓지 못해 여기까지 온 것이었다.

"그래…… 이런 게 한두 번인가? 그래도 월급이 있으니까."

작게 한숨을 쉰 황운보 교수는 방을 나섰다.

자신이 무시해 마지않는, 그럼에도 아끼고 사랑한다고 자부하는 외동딸 앞에서 체통을 지키기 위해 황운보 교수는 평소처럼 행동하려 했다. 사실 딸은 벌써부터 눈치채고 있었는데, 그걸 본인만 모르고 있어 가능했다. 하지만 특별히 가족이기 때문에 알 수 있는 건 아니었다. 그저 황운보 교수가 워낙 어떤 기색을 잘 숨기는 이가 아니라서, 그를 가까이서 지켜본 사람이라면 누구든 어려울 게 없었다. 단지, 그 정도로 그에게 관심을 가지는 사람이 드물 뿐이었다.

'……오늘은 또 어떻게 해야 할까?'

아침 식사를 하던 황운보 교수는 숟가락을 움직이다 말고 멍하니 허공으로 시선을 옮겼다. 그러다 다시 정신을 차릴 즈음에, 자신을 응시하고 있는 황남영 차장과 눈이 마주치고 말았다.

"?!"

"……!"

황 씨 부녀는 서로 소스라치게 놀라 금방 고개를 돌려 버렸는데, 그만큼 매우 당황스러운 일이었다. 이윽고 황운보 교수는 뭔지 모를 생각에 빠져 급히 서두르게 되었다.

그리하여 그가 차에 탔을 때는 오히려 평소보다 이른 시간임을 알수 있었다. 하지만 후회하기에는 너무 어중간했기에 할 수 없이 규양병원을 향했다.

"적당히 시간 좀 끌려다가…… 이게 무슨 꼴이야. 하여간 기분 나쁜 계집애야."

짜증난다는 표정의 황운보 교수는 늘 그렇듯, 무조건 딸의 탓으로 돌리며 헐뜯었다. 그것만큼은 평소와 같은 출근이었는데, 어쨌든 기분이 상한 그는 어느 틈엔가 곰곰이 생각에 잠겼다. 제 기분이 어떻더라도 규양병원에서 무슨 일이 일어날지는 별개 문제인 터라, 이러니저러니 걱정을 해도 달라지는 게 없었다. 다만, 규양병원에서 장인목 병원장과 마주치는 일만 없으면 최악의 사태를 면한다는 사실로 자신을 안심시키려 노력하고 있었다.

'그럼 한 바퀴 돌아볼까…….'

황운보 교수는 장인목 병원장과 한바탕 한 뒤부터 반복해 온 대로, 여러 방향을 돌고 돌다 끄트머리에 규양병원으로 가려 했다. 말로는 장인목 병원장을 업신여겼으나, 실제로 맞닥트릴 용기는 없었기 때문이었다.

결론부터 말하자면, 오늘만큼은 황운보 교수가 늑장 부릴 필요 없었다. 왜냐하면 장인목 병원장은 동도 트기 전에 이미 규양병원에 도착해 있어, 제 시간에 출근했다고 하더라도 그와 마주치지 못했을 것이었다. 소리 소문 없이 빨리 규양병원으로 왔다 조용히 집에 돌아가고 싶어 하는 환자가 있어서였다. 그 때문에 장인목 병원장은 며칠 전부터 모든 일에 차질이 없도록 열을 올려야 했다. 장인목 병원장이 그토록 공을 들이는 환자는 규양병원 내에 소문이 자자한 국회의장 진대전 의원이었다. 진대전 의원은 다른 사람과 마주치는 일이 없게끔, 새벽같이 이른 시간에 규양병원에 입원했다. 장인목 병원장은 규양병원을 찾은 이 귀한 환자를 위해 모든 심혈을 기울였고, 입원 중에 행여 불편해하지 않도록 출입을 통제하기 용이한 병실을 준비했다.

"오시느라 수고 많으셨습니다."

'귀한 손님'이 머무는 병실에 환한 얼굴로 들어선 장인목 병원장이 인사를 건넸다. 그곳은 병실이 맞는지 헷갈릴 정도로 저택 같은 분위기를 뽐내고 있었는데, 여러 사람들이 그곳을 정리하느라 부산하게 움직인 보람이 있었다.

"별말씀을요."

푹신해 보이는 침대에 앉은, 나이가 지긋해 보이는 남자가 장인목 병원장을 반겼다.

"어떻게, 불편하지는 않으십니까."

"그럴 리가요. 얼마나 편안한지 모르겠어요. 정말 기대한 것 이상입니다."

두 사람은 서로를 웃는 낯으로 바라보며 상투적인 대화를 진득하게 이어나갔다.

"병원장님이나 규양병원의 명성은 익히 들었습니다. 제가 이곳을 선택한 이유는 바로 거기에 있죠."

진대전 의원은 그 얘기를 하면서 언뜻 불안해하는 기색을 내비쳤다. 워낙에 겁이 많은 것도 사실이지만, 늘그막에 하는 수술이니 걱정이 될 만도 했다. 그것을, 그런 환자를 어떻게 다뤄야 하는지 장인목 병원장은 잘 알고 있었다. 그런 마당에 진대전 의원 같이 '귀한 손님'에게 어떡할지에 대해서는 더 말할 것도 없었다.

"물론 제가 죽을 만큼 큰 병에 걸린 것이 아니란 걸 알지만…… 그래서 창피한 마음이 들지만, 불안해지는 것은 어쩔 수 없군요."

"으음…… 무슨 말씀이신지 알겠습니다만, 그건 절대로 창피해하실 일이 아닙니다. 누구라도 걱정을 할 만한, 아주 자연스러운 겁니다."

장인목 병원장이 썩 다정스레 말하니, 진대전 의원은 약한 모습을 보인 것이 무안했는지 고개를 살짝 돌리며 허허거렸다.

"저 그런데……."

"말씀하십시오."

장인목 병원장을 조심스레 살핀 진대전 의원은 조금 뜸을 들이다가 말했다.

"제 수술을 맡은 의사가 누굽니까? 저야 규양병원이나 병원장님을 믿지만, 누군지 알 수가 없어서 말입니다."

"아! 아직 통지를 못 했군요. 제가 좋은 의사로 결정을 내린 상태니, 의원님께서는 걱정하실 필요가 전혀 없으십니다."

"그렇군요. 병원장님께서 어련히 알아서 하셨겠습니까. 그런데, 원래 그렇게 시간이 걸리나요?"

진대전 의원의 안색은 장인목 병원장이 무슨 말을 할 때마다, 밝아졌다가 어두워지는 것을 반복하고 있었다.

"원래라…… 국회의장이신데 어떻게 가벼이 여길 수 있겠습니까? 신중에 신중을 기해야죠."

"아아."

장인목 병원장이 웃음으로 마무리하자 진대전 의원은 아이처럼 밝게 웃었다. 그제야 안심이 된다는 듯, 눈에 띄게 편안해진 모습이었다.

"규양병원 의료진이라면 최고라고 알고 있습니다만…… 누가 되었을지."

"마음 놓으십시오. 최고의 실력을 갖춘 의사로 정했으니까요."

규양병원에 도착한 황운보 교수가 차에서 내리니 쌀쌀한 바람이 그를 에워쌌다. 옷을 잘 챙겨 입었는데도 그것이 무색할 만큼, 날씨는 차디차게 그를 맞았다. 적당히 한 바퀴 돌려던 그는 괜히 이곳저곳을 기웃대다, 결국 오후가 되어서야 규양병원에 도착하고 말았다.

'어쩌다 보니…… 늦었네.'

축 처진 황운보 교수의 어깨는, 어느덧 울적해지는 마음과 함께 더 가라앉고 있었다. 사람이 없는 주차장에서 이런데, 병원에서는 또 어떨지 생각하기도 싫었다. 이런 생각이 드는 게 오늘이 처음은 아니었으나, 그나마 장인목 병원장의 그늘을 믿고서 버텨 왔었다. 그런데 유일하게 믿는 구석이었던 장인목 병원장마저 자신에게 등을 돌린 상태였다. 그것도 황운보 교수가 직접 장인목 병원장으로 하여금 등을 돌리도록 만든 것이었다.

"하아……."

이미 일어난 일이 황운보 교수의 머릿속을 어지럽히는 와중, 기막힌 현실은 그에게 한숨을 쉬도록 내몰고 있었다.

'지금쯤…… 많이들 모였겠네. 지금 같아서는 도저히 부딪힐 자신이 없는데.'

황운보 교수는 찬바람을 맞으며 고민에 휩싸였는데, 어느 틈엔가 다시 한숨을 푹 쉬고는 머리를 절레절레 흔들었다. 그러기를 한참 반복하더니, 이내 타달타달 조금씩 걸음을 옮겼다. 황운보 교수가 무겁게 걸음을 옮기는 방향의 끝에는 규양병원이 있었다.

'놀라울 것도 없지. 내가 그들 사이에서 웃음거리가 된 게 하루 이틀인가.'

그렇게 생각했지만, 황운보 교수의 고개는 바닥을 향하고 있었거니와 얼마 동안 잠잠하던 두통까지 찾아오고 있었다. 아니, 찾아오는 것처럼 느껴졌다. 지금 그의 속에는 정처 없이 떠도는 울적한 기운 때문에 무엇이든 확신할 수 없었다.

'아…….'

황운보 교수는 그날따라 천근만근같이 느껴진 얼굴을 겨우 들어, 자신이 규양병원 입구 앞에 선 것을 확인할 수 있었다. 곧이어 그곳을 빠르게 드나드는 의사들이 보였기에 벌써부터 도망가고 싶은 마음이 굴뚝같았으나, 더 움직이지도 못하고 얼어 버렸다.

'바쁜 모양이네…… 그래, 당연히 바쁘겠지. 안 바쁜 내가 이상한 거지.'

뛰어다니는 의사들은 미처 황운보 교수를 알아채지 못하고 있어, 그것이 희망이 되어 얼어 버린 그를 녹여 냈다.

'맞아! 다들 바쁠 테니까 나 같은 건 안중에도 없을 거야. 거기에다…… 내가 누군데?! 나 황운보라고! 너희가 아무리 무시해도 결국은 살아남고 마는 황운보라고!'

갑자기 황운보 교수의 눈동자에 불꽃이 일어났다.

'그리고 난, 장인목…… 그 노인네의 비밀을 쥐고 있다고! 너희와는 급이 달라!'

황운보 교수는 굽어 있던 등을 펴고 힘차게 안으로 들어갔다.

"……."

막상 들어오니 생각보다 한산해 당황하던 찰나, 곧 의사와 간호사가 섞인 무리가 중앙을 가로질러 다가오는 게 보였다. 그에 움찔한 황운보 교수는 돌연 가만히 섰는데, 모두들 지친 탓인지 그를 발견하지 못했다. 그래서 다행이었지만 그게 오래가지는 못했다.

"……."

규양병원에 온 지 얼마 안 된, 그래서 모든 것이 궁금하고 신기한 어린 간호사가 주뼛하게 선 황운보 교수를 알아본 것이었다. 그녀가 곧장 옆에 있는 동료들에게 호들갑을 떤 덕에, 그들은 자기들끼리 숙덕거렸다.

"뭐야…… 알고서 일부러 저러나."

"어련하시겠어. 원래 주목받는 걸 좋아하잖아."

퍼뜩 정신이 든 황운보 교수는 재빨리 그들을 지나가려 했다. 혹시라도 눈이 마주칠까 봐, 일부러 고개를 비스듬히 돌려가며 빠르게 걸었다. 아무리 독한 마음을 먹었더라도 그들 중 누구와 눈이 마주쳤다가는 다리가 풀릴 것 같았기 때문이었다.

"병원장님 말씀으로는 비밀로 했다가 발표하는 거라, 본인도 모른다고 하셨는데……."

"그래도 알고 있었겠지! 그런 걸 몰랐을까."

숙덕공론을 벌이던 무리는 별안간 말을 멈추게 되었다.

"……."

황운보 교수와 눈이 마주쳤다는 사실에, 그들은 어쩔 줄을 모르고 당황했다. 그가 눈을 깜박이는 것도 잊은 채 계속 자신들을 보자, 그들은 어색하게 꾸벅 인사하고는 줄행랑쳤다.

"……."

뭔가 이상하다는 생각에 황운보 교수는 주위를 둘러보았다. 아닌 게 아니라, 정체를 알 수 없는 무언가가 공기를 바꿔 놓은 것 같았다.

"도대체 무슨 일이……?"

진대전 의원과의 긴 면담을 마친 장인목 병원장의 발걸음은 꽤나 가벼워져 있었다. 성격이 유한 편인 진대전 의원은 장인목 병원장이 제 뜻대로 하기에 안성맞춤인 인물이었다. 비록 진대전 의원을 담당할 수술의를 발표했을 때, 주변의 반응이 심상치 않아 설득하는 데에 애먹었지만 괜찮았다. 예상한 일이었으므로 그쯤은 가볍게 넘길 수 있는 수준이었다.

'이 정도면 됐어.'

병원장실에 들어와 책상 앞에 앉은 장인목 병원장은 푹신한 의자에 기대어 눈을 감았다.

'이렇게 돌아가는 게 얼마 만인지 모르겠군.'

장인목 병원장은 모처럼 원하는 대로 일이 진행되어 만족스러웠다. 지난봄에 수의가 발견된 후로 신경이 곤두서 몸도 마음도 지친 데다, 그날 이후 하나둘씩 비딱비딱 틀어지기 시작해 여간 곤란한 것이 아니었다.

"쯧……."

게다가 아들까지 쓸데없이 나서서 들쑤시는 통에, 하루하루 얼마나 거치적거렸는지 몰랐다. 더욱이 입을 굳게 다문 줄 알았던 독고설기 교도소장을 만났다는 사실은, 그때까지 잠자코 있었던 장인목 병원장을 오싹하게 만들었다. 그래도 다행인 것이, 며칠 전에 다시 만났다는 그들이 말다툼을 벌였다는 사실을 안 것이었다. 그 일로 아들은 침울해졌고, 여태 별다른 움직임이 없다는 바를 들은 터라 안심하게 되었다.

'완전히 접었는지 몰라도, 그나마 다행이라고 봐야겠지.'

장인목 병원장은 두연 귀에 익은 울림을 느껴 눈을 번쩍 떴으나, 그것 역시 예상하고 있었기에 편안한 마음으로 맞을 준비를 했다. 지난 이십 년 동안이나 지긋지긋해도 참아야 했던 그 소리를, 이제는 오히려 기다리게 된 그였다.

'……과연.'

뚜벅뚜벅 점점 가까워진 그 울림은 이윽고 흥분했음을 알리듯 병원장실 문을 두드렸다. 그리고 그것은 장인목 병원장의 눈동자가 빛나도록 작용했다.

"들어오게."

조금 열린 문틈으로, 어지간히 위축된 황운보 교수가 얼굴을 배죽 내밀었다.

"저…… 접니다, 병원장님. 근데 좀 이상한 게."

"자네가 왔군~"

장인목 병원장은 자신과 눈도 마주하지 못하는 황운보 교수를 보자마자, 자리에서 벌떡 일어나 환히 웃으며 그에게 다가갔다. 이런 상황이 이해될 리 없는 탓에 황운보 교수는 깜짝 놀라 얼어붙어 버렸다. 그는 당연히 장인목 병원장이 자신을 쫓아낼 것이라 생각해, 자칫하면 도망갈 요량으로 병원장실에 고개만 내밀었는데 이상한 일이었다.

"이 친구야, 그러지 말고 들어와! 들어오라고!"

"……."

수상한 느낌이 들었지만, 황운보 교수는 천천히 병원장실 안으로 들어갔다. 그가 문을 닫고 경계심을 가지려는데 장인목 병원장이 성큼 다가와서는 어깨를 쳤다.

"오면 말해 주려 했는데 벌써 안 모양이군?"

'어라?'

"자네 왜 그런 표정인가?"

입이 귀에 걸리도록 웃으며 자신을 보는 장인목 병원장과 더불어 모든 게 낯설게 느껴진 황운보 교수는 그런 감정을 감추지 못했다. 그것을 발견한 장인목 병원장은 걱정된다는 투로 황운보 교수에게 말했다.

"안색이 왜 그런가. 뭐, 안 좋은 일이라도 있나?"

"……."

"그런 큰일을 맡기려는데 자네한테 이상이 있으면 어떡하나."

"……?!"

문득 일어난 경계심으로 인해 벙어리처럼 눈치만 살피던 황운보 교수는 어느 순간, 눈을 번쩍 빛내며 소리쳤다.

"아!"

"아이고, 깜짝이야."

흠칫하며 귀를 막는 장인목 병원장의 반응에, 서둘러 손으로 입을 가린 황운보 교수는 조금 망설이다가 말했다.

"……그거 뭡니까, 병원장님?"

"무슨 소리야?"

"다른 사람들이…… 하는 말을 들었는데 이상해서 말이죠."

정색하는 황운보 교수의 얼굴을 자세히 보던 장인목 병원장은 이내 작게 웃었다.

"그러니까 자네한테 무슨 일이 생겼는지, 자세히는 모른다는 거 군."

영문을 알지 못해 황운보 교수는 슬슬 약이 올랐다.

"흠흠…… 자네한테 큰일이 생겼어!"

"……."

"자네가 드디어 수술을 맡게 되었다고!"

"……?!"

장인목 병원장은 정다운 미소를 짓더니 곧 놀랄 만한 얘기를 했다. 수술할 기회가 생겼다는 말을 듣고 황운보 교수는 눈이 튀어나올 것 처럼 놀랐는데, 장인목 병원장은 그것을 재밌어했다.

"그게! 그게 무슨!"

"이 친구야, 귀청 떨어지겠어! 살살 말하게."

황운보 교수의 목소리는 놀라움으로 인하여 커졌으며, 당황스러운 마음을 감출 길이 없었다.

"제가 수술이라니……."

"그래! 자네가 노래를 부르던!"

불현듯 이상한 생각이 든 황운보 교수는 가만히 얼굴을 일그러트렸 다.

"……무슨 수술이요? 제가 수술해 본 게 언젠데, 갑자기 무슨 수술 을 해요?!"

"어허, 이 친구. 아직 말을 다 하지도 못했으니, 질문은 내 말이 다 끝나고 해."

계속 허허대는 장인목 병원장을 보고 있자니 황운보 교수에게 설핏 두려움이 엄습했다. 그동안 끊임없이 건수를 달라며 수술이 하고 싶다고 해 왔으나, 막상 일이 이렇게 되고 보니 혼란스러워 미칠 것 같았다. 이윽고 삽시간에 어지러워진 마음을 애써 진정시킨 그는 골똘히 생각해 보았다. 지금의 자신은 마지막 수술이 생각나지 않을 만큼 별 볼 일 없는 의사고, 얼마 전에는 장인목 병원장에게 협박까지 한 상태인지라 무작정 그것을 받아들일 수도 없었다. 어쩌면 말도 안 되게 어려워 누구라도 쉽사리 해낼 수 없는 난해한 수술에 끌어들여 큰 망신을 시키려는 것일지도 알 수 없었다.

'그것도 아니라면 정말 별것도 아닌 형편없는 걸 수도 있지. 수술이 성공을 한다고 해도, 누구 하나 관심을 갖지 않을……'

어차피 망신을 당할 거라면, 그들 사이에서 더욱 웃음거리가 될 거라면 겸허히 받아들이겠다고 황운보 교수는 생각했다. 그는 장인목 병원장의 목적이 무엇이든 냉소적으로 대처하리라 마음먹고 있었다. 그래 봤자, 자신에게는 장인목 병원장이 어쩌지 못할 게 있었으므로 가질 수 있는 생각이었다.

'어차피……'

"사실, 수술 자체는 큰일이 아니야."

'역시.'

"가벼운 낭종 제거 수술이지. 자네한테 그쯤은 일도 아니잖은가."

장인목 병원장의 얼굴에서는 미소 외에 다른 것을 찾아낼 수 없었다. 그것이 황운보 교수의 경계심을 더 굳건하게 만들었다.

　"낭종 제거…… 저한테 어렵지 않은 수술이 어디 있겠어요."

　"이 사람, 자꾸 왜 이러나……."

　풍해 보이는 황운보 교수의 모습이 안타까운지, 장인목 병원장은 애절한 눈으로 그를 보았다.

　"정말 어렵지 않아! 그보다, 그 환자가 누군지 궁금하지 않은가?"

　황운보 교수는 자기도 모르게 장인목 병원장을 할금거렸다.

　"자네 말이야, 정치에 관심이 있나? 그렇다면 잘 알 수 있을 텐데."

　'무슨 말을 하려는 거지?'

　"국회의장 진대전이 바로……"

　"!"

　장인목 병원장이 말을 마치기도 전에, 황운보 교수는 다리가 풀려 주저앉을 수밖에 없었다. 정치에는 관심이 없지만 '국회의장'이 무엇인지 알고 있었기에, 소리 지르는 것도 잊어버린 그는 정신이 아득해지고 말았다.

　"이봐! 자네 괜찮나?"

　장인목 병원장은 밑으로 가라앉으려 하는 황운보 교수를 재빨리 붙잡았다. 간신히 몸을 지탱한 황운보 교수의 얼굴은 넋이 나간 사람처럼 휑하여 보기 안 좋았다. 이내 조금 정신이 든 황운보 교수는 여전히 허우적거리는 느낌이었다.

　"……."

"이보게!"

"제가…… 제가…… 뭘 해요?"

황운보 교수는 단단히 놀랐는지 혼잣말하듯 중얼거리기만 했다. 그 모습을 보고 가장 당황한 사람은 장인목 병원장이었다. 급히 일으켜 세웠더니만 혼자 중얼거리기만 하니 기막힐 노릇이었다. 하지만 곧 그것이 이해가 되기는 했다.

'하긴, 수술을 쉰 지 오래 되었어. 그래도 그렇지! 그동안 번질거리 게 드나들면서 갖가지 요구를 할 때는 언제고…… 이럴 때 보면 참 새 가슴이란 말이야. '그때'도 그랬었지.'

황운보 교수의 모습을 관찰하던 장인목 병원장은 언뜻 무언가를 고 민하다 그에게 다가갔다. 그러고는 힘차게 황운보 교수의 어깨를 감 아쥐었다.

"이봐, 황운보 교수!"

"……?!"

"일이 갑작스러워 보이겠지만, 그렇다고 언제까지 허둥댈 수만은 없잖은가."

장인목 병원장이 다가와 목소리를 높이자, 흠칫한 황운보 교수는 그를 쳐다보았다. 장인목 병원장은 점잖게 타이르듯이 말했다.

"사실…… 가벼운 수술이라고 해도 신경이 쓰이지. 그래, 이해하네. 하지만 이왕 이렇게 된 것, 자네가 실력 발휘 좀 해 줘야겠어."

황운보 교수는 정신이 완전히 들었으나, 몸이 덜덜 떨리는 통에 좀 처럼 입을 뗄 수 없었다. 입을 뗀다고 하더라도 그의 머릿속은 이미 흐리멍덩한 터라, 당장 어찌할 바를 모른 채 헤매고 있었다.

"그렇게 불안해할 거 없다고."

"왜……."

"?"

"왜 그런…… 큰일을 저한테. 대체 무슨 생각을 하시고, 저한테 그런 일을 맡기시는 거죠?"

회동그랗게 뜬 눈으로 겨우 말을 꺼낸 황운보 교수는 조심스럽게 장인목 병원장을 쳐다보았다. 막연한 두려움이 깃든 그 눈동자를 물끄러미 보던 장인목 병원장은 천천히 돌아선 채 말이 없었다. 그 모습은 황운보 교수에게 고약스레 다가와, 서 있기가 힘들 정도였다.

"그건…… 어떻게 말해야 될까."

장인목 병원장은 선뜻 말하지 못했다. 많은 시간 그를 봐 온 황운보 교수는 그것이 흔치 않은 일이며, 하물며 자신에게 처음 보이는 모습이라는 걸 알고 있었다. 그렇기에, 그가 무슨 말을 할지 촉각을 곤두세우게 되었다.

"그때 말이야. 자네가 나한테 언성을 높였던 날……."

"그…… 그건 제가 무조건!"

황운보 교수는 다급히 장인목 병원장에게 용서를 빌려 했다. 그러나 장인목 병원장이 한 손으로 그를 저지해, 순간 움찔한 황운보 교수는 제 입을 막았다.

"미안하지만 말 좀 하겠네."

"아, 제가 죄송합니다!"

"그날…… 자네랑 다투고 나서 옛날 생각을 하게 되었다네. 그때만 해도 자네는, 아주 유망했지."

"……."

"많은 생각이 들더라고…… 그러고 나니까 생각을 좀 바꾸기로 했어. 그래서 지금에 이르게 된 거야."

점차 더해진 의문 탓에 황운보 교수는 혼란스러웠지만, 그것이 장인목 병원장에게 직접 닿는 일은 없었다. 그래서 황운보 교수는 당황스러운 만큼 더 조심스러울 수밖에 없었다.

"자네가 그런 반응을 보이는 것도, 사실은 당연한 거야. 십 년이 넘게 꿔다 놓은 보릿자루 취급할 때는 언제고, 이제 와서 갑자기 이런 일을 맡기다니…… 기막힐 만도 하지."

장인목 병원장은 인상을 쓰다가 은근슬쩍 겸연쩍은 표정으로 바꿔 황운보 교수를 보았다. 황운보 교수는 그 순간이, 장인목 병원장이 처음 보여 주는 표정과 마주하는 그 상황이 퍽 어색하게 느껴졌다.

"하지만 말이야. 그동안 내가 자네를 모질게 대해 왔지만, 그건 모두 자네를 위해서였어. 자네가 내리막길을 걸을 때, 끝까지 곁에 두고 내치지 않은 걸 보면 모르겠나…… 이 친구야, 이게 내 진심이야."

"……."

"이번에 많은 사람들의 반대를 무릅쓰면서까지, 내가 자네로 결정한 것도 다 내 진심이라고……."

장인목 병원장의 목소리가 잔잔하게 울리는 동안, 황운보 교수의 눈은 줄곧 바닥을 향하고 있었다. 그것이 그에게는 더 편한 자세이기도 했고, 이토록 혼란스러운 와중에 장인목 병원장이 들려주는 얘기까지 들으려니 버거운 탓도 있었다. 자신에게 맞는 자세를 해서 그런지, 황운보 교수의 마음은 조금씩 진정되었다.

'내가 국회의장의 수술을 맡는다?'

"혹시라도 부담감을 느끼는 거라면."

"그래도 제가 해야겠죠. 병원장님이 그렇게 결정하신 거니까요."

"놀랄 줄은 알았네만, 좀 당혹스럽군."

"제 실력이 형편없어진 것, 알고 계시죠?"

고개 숙인 황운보 교수는 기운 없는 목소리로 조용조용히 말을 건넸다. 그 모습은 장인목 병원장이 예상한 것과는 조금 빗나가 있어 그를 숨죽이게 만들었다.

"그건 걱정하지 말게. 수술 날짜까지 아직 많이 남았으니, 그동안 자네가 착실하게 준비하면 괜찮아."

"저는 한물간 지 오래라서…… 아무리 잘 준비한대도 병원장님이 원하시는 결과를 얻으실지 모르겠어요."

"필요하다면, 나도 도울 수 있는 건 돕겠네. 지금 자네가 걱정하는 게 뭔지 알겠네만, 자네라면 금방 제자리를 찾을 수 있을 거야! 난 자네를 믿으니, 자네도 나를 믿고 힘내라고!"

"……."

"부디 내 마음을 저버리지 말아 주게."

장인목 병원장은 확신에 찬 눈동자로 황운보 교수의 얼굴을 응시했다. 황운보 교수는 자신을 뚫어져라 보는 그 눈동자를 무기력하게 바라보았다. 며칠을 자세히 들여다본들 그 안에 깃든 것을 꿰뚫어 볼 리 만무했으나, 황운보 교수는 그것이 반드시 거쳐야 할 관문인 것처럼 정성을 들였다.

'꿈이라도 꾸는 건가? 아니, 차라리 꿈이었으면……'

정신이 반쯤 나간 상태로 병원장실을 나온 황운보 교수는 어느 후미진 복도를 걷고 있었다. 평소 자주 다니는 그곳은 타인과 부딪힐 필요 없어 안심이었다. 또한 황운보 교수의 걸음걸이는 그가 느끼는 바를 알기 쉽게 보여 주고 있었다. 얼떨떨한 건 병원장실을 나올 때와 같았지만, 그 모습은 조금씩 달라지고 있었다. 주춤주춤하던 그것은 차차 속도를 더하게 되었고, 시간이 지남에 따라 마음이 많이 진정된 그는 불현듯 멈춰 섰다.

'장인목이 '옛날 생각'? '진심'……?'

황운보 교수는 오랜 시간을 거쳐 많이도 무뎌진 신경을 곤두세워 보았다. 적잖이 둔해진 그였지만, 갑작스럽게 닥친 이번 일로 발한 의심의 불씨는 좀체 꺼질 기미를 보이지 않았다. 아무리 자신이 바보라도 무작정 기뻐할 노릇은 아닌 것 같았고, 더구나 장인목 병원장이라는 사람을 익히 알고 있었으므로 마음에 그늘이 지는 것 같아 더 혼란스러웠다.

'분명히 뭔가…… 있는데. 무슨 생각을 하고 있는지 도무지 알 수가 없어, 그 노인네! 하지만…… 나한테, 나한테?! 그럴 수 없는데, 그래도 '그때' 내가 준 도움을 생각한다면. 그래, 화가 나도 정도를 지킬 줄은 알겠지! 이 황운보가 눈칫밥 먹어 가며 조용히 있어 준 세월이

얼마인데. 어쩌면 모든 게 사실이고, 드디어 내게 '고물'을 주는 걸지도 모르지.'

내내 무표정하던 황운보 교수는 금방 얼굴을 펴고 끄덕였다. 하지만 얼마 못 가 다시 시무룩한 모습이 되고 말았다. 이러니저러니 큰소리를 쳐 왔으나, 당장 내일을 알 수 없어 허덕이는 자신이 씁쓸하게 느껴졌기 때문이었다. 고민에 고민을 거듭하다가 걷기 시작한 그는 기운 없이 걷는 자신을 의식이라도 한 듯, 일부러 당당하게 걸었다. 비록 보는 사람 하나 없이 텅 빈 복도였지만 그런 것하고는 상관없이 앞으로 나아갔다.

떨치려고 노력해 봐도 지독하게 물고 늘어지는 '국회의장 수술' 때문에, 황운보 교수의 머릿속은 쉴 틈을 찾기 힘들었다. 그렇게 한 가지 생각을 계속 하니 어느덧 퇴근 시간이 되어 있었다. 그토록 주목받기를 바란 그였지만, 어쩐지 꺼림해 혼자 있고 싶었다. 그래서 퇴근하려 해도, 그사이 지나치게 될 동료들이 불편하게 느껴졌다. 아무리 그래도 안 나가고 버틸 수 없어, 마음을 단단히 먹고 일 층에 들어섰다.

'무시하자. 무시하자.'

황운보 교수에게는 장인목 병원장만큼이나 당장 그들이 보일 반응이 무서웠다. 그래서 되도록 눈이 마주치지 않기를 바라는 마음으로, 허공에 시선을 둔 채 힘차게 걸어갔다.

"······."

황운보 교수가 나타나자, 순간 정적이 돌던 주변은 곧 웅성웅성하기 시작했다. 다들 그를 힐금거리고는 일행끼리 숙덕거리기에 바빴다.

'최대한 아무렇지 않은 척…….'

일부러 무표정한 얼굴로 성큼 걸어갔으나 들려오는 소리까지 막을 수 없는 터라, 한꺼번에 숙덕이는 소리들을 무시할 수 없었다.

"황 교수잖아? 드디어 모습을 드러내셨네."

"신기하지 않아? 내막은 알 수 없지만, 도대체 줄을 얼마나 잘 섰기에."

"여기로 황 교수를 데려온 게 병원장님이라지?"

걸음을 서두르는데도 황운보 교수의 귀는 본능적으로 사방에서 수군거리는 소리를 향해 쫑긋거렸다. 말투에 여러 가기 감정들이 포함되어 있었지만 결론은 모두 하나였다.

'그래, 마음껏 떠들어라. 남의 속도 모르고 다들 신났네.'

그들이 보이는 반응과는 상반된 마음으로, 황운보 교수는 자꾸만 울적해져 한숨이 나오려 했다. 그런 황운보 교수의 의지와는 다르게 점차 느려지는 그의 다리는 다른 사람들이 수군거리는 걸 조금이라도 더 듣겠다고 애쓰는 중이었다. 그는 말할 수 없이 복잡한 심경이었으나, 그와는 반대로 마음 한구석이 살그미 달싹였다. 그 때문에 황당해진 그는 헛웃음이 나오려는 것만 같았다.

'이거야…… 결코 좋기만 한 일이 아니라는 걸 알면서, 왜 자꾸 어깨에 힘이 들어가는 거야?!'

답답한 속을 끌어안은 채, 황운보 교수는 원하던 대로 규양병원 밖으로 나왔다. 그것만으로 숨이 좀 트이는 것 같아, 표정에서도 한시름

덜었다는 걸 알 수 있었다. 그렇게 안심하고 주차장으로 가려는데, 뒤에서 누군가의 목소리가 들렸다.

"……황 교수 아닌가?!"

그걸 듣자마자 황운보 교수는 눈을 질끈 감았으며, 당장 그 자리를 도망치고 싶은 마음이 간절해졌다.

'이제 겨우 나오나 했는데…….'

황운보 교수는 족쇄처럼 들린 그 목소리 덕분에 눈물이 핑 돌 것 같았지만, 여기서 무너질 수 없었다. 그가 떨어지지 않는 걸음으로 하릴없이 뒤를 돌아보니, 착 보아도 기세등등한 교수 몇 명이 모여 자신을 구경하듯 쳐다보고 있는 것이 눈에 띄었다. 이윽고 그들 중의 한 명이 황운보 교수에게 다가와 인사를 건넸다.

"야, 드디어 보는구먼! 얘기는 들었는데, 자네를 만날 수가 있어야지."

"……."

황운보 교수를 불러 세운 그들은 상당히 콧대 높은 사람들로, 평소에 그와 마주쳤다면 본 척도 않을 그런 사람들이었다. 물론 황운보 교수가 규양병원을 구석구석 돌아다니느라 마주치는 일은 없었으나, 아무튼 그에게는 난감한 상황일 수밖에 없었다.

"아까 얘기를 듣고 깜짝 놀랐지 뭐야. 사실 자네가 될 거라고는 생각도 못 하고 있었거든."

그 교수는 못내 쓰라린 듯 잠시 입을 다물었는데, 그게 무슨 의도인지는 알 수 없었다. 여하튼 그 모습이 차라리 편한 황운보 교수로서는

233

얼핏 마음이 놓였다. 내친김에 그의 뒤를 보았더니, 다들 어색하게 웃는 것이 보였다. 하지만 그중의 몇몇은 불만스러운 표정을 지으며 고개를 돌리고 있었다.

'……그렇구나.'

황운보 교수는 그 불만스러운 표정이 그들 모두의 진심일 것이라고, 겉으로 무슨 말을 한들 사실은 이번에 결정된 수술의가 못마땅한 것이라고 생각했다. 그렇게 생각하고 나니 더더욱 마음이 놓여, 그는 움츠렸던 어깨를 서서히 폈다.

'고고하신 분들이, 일부러 나와서 내게 말하는 것이 보통 힘든 게 아니겠지.'

"아……! 자네도 바쁠 텐데, 내가 괜히 발목 잡는 꼴이구먼. 그러니까 내가 하고 싶은 말은…… 축하한다고! 이미 많이 들었겠지만 말이야."

"아니, 처음 듣는데…… 그렇게 말씀해 주시면 고맙죠."

황운보 교수에게는 마지못해 튀어나온 그 축하 인사가 가소로이 들렸다. 진심이든 아니든, 그 말을 하는 교수의 모습은 어지간히 우스꽝스러워 혼자 보기 아깝다는 생각마저 들었다. 담담하게 건네는 것이 아닌, 쥐어짜는 듯한 모습과 표정이 황운보 교수로 하여금 헛웃음도 나오지 않게 만들었다.

"기대도 안 했었는데 그런 인사를 받으니까, 기분 좋군요. 이제 해가 져서 쌀쌀한데, 그만 들어가시죠? 저는 선약이 있어서~"

"……."

일부러 생글거린 황운보 교수는 그 교수의 어깨를 툭 두드렸다. 그러자 그 교수는 자기도 모르게 움찔거렸는데, 그 반응이 재밌게 느껴진 황운보 교수는 곧바로 뒤를 돌아 유유히 걸어갔다. 별것 아닌 것 같아도 그전에는 꿈도 못 꿨던 일이기에, 그것만으로도 쾌감을 느낄 수 있었다. 자릿자릿 온몸에 퍼지는 그 느낌은 결코 싫은 것이 아니었다.

"······하."

제 차 앞에 도착한 황운보 교수는 기분이 미묘하게 변해가는 것을 알아차렸다. 상황도 받아들이기 나름인지라, 그의 마음가짐도 조금씩 달라지고 있었다.

'사람이 참······ 아까는 죽을 것 같더니만 그 교수들을 보는 순간, 나도 모르게 그런 말을 하다니. 앞으로 어떻게 될지도 모르는데, 왜 그랬는지 알 수가 없어.'

그새 착잡해진 황운보 교수는 일부러 꺼 둔 휴대전화를 꺼내 켰다. 매가리 없이 휴대전화를 확인하던 그는 놀라움에 움직이지 못했다. 부재중 전화가 백 통 가까이 온 것과 더불어 애교 섞인 축하 인사들이 가득했기 때문이었다. 그가 예전에 알던 사람들 외에도 모르는 사람들에게까지, 알려준 적 없는 전화번호를 어떻게 알았는지 연락해 온 것이었다. 하지만 조금만 생각해 본다면 그것들이 모두 속 보이는 짓임을 알 수 있었다.

'흐음······,'

뭔지 모를 감정에 사로잡힌 황운보 교수는 심장이 쿵쿵 뛰어, 차 안에 들어가 운전대를 잡고 나서도 도통 진정할 수 없었다. 당장 내일을 알 수 없었으나 싫지 않은, 실로 오랜만에 느끼는 이 기분에 취하고만 싶었다.

"사실이 어떻든 남들은 난리가 났을 거야. 피할 수 없으면 즐기랬다고, 초조해지더라도 즐길 건 즐기자. 장인목이 내게 앙심을 품고 함정을 파 놨더라도, 별건 아닐 거야. 내가 누군데…… 내가 아는 게 있는 이상, 너도 별수 없어."

운전대에 올린 손이 좀 떨렸지만, 황운보 교수는 그런 것에 연연해하지 않고 딸에게 전화했다. 조금 길어진 통화음 끝에 딸이 전화를 받자, 그는 불안해하던 모습이 아닌 한껏 거만해진 얼굴로 소리를 질렀다.

"야! 넌 뭐 하느라 아버지 전화를 이렇게 늦게 받아?! 아무리 바쁘더라도 내 전화인 줄 알면 곧바로 받아야 될 거 아냐! 계집애가 그렇게 굼떠서 어쩌려고 그래? 변명은 필요 없어! 됐다, 내가 너한테 뭘 바라겠냐고~ 헛소리 그만하고. 나 지금 퇴근하는 길이니까, 한상 푸짐하게 차려 놔! 고기 좀 뜯자!"

이내 전화를 끊고서, 침묵을 벗 삼아 생각에 빠지던 황운보 교수는 갑자기 허공을 노려보았다.

'아무리 생각해 봐도 그 노인네 속을 모르겠어…… 하지만 나한테는 강력한 무기가 있단 말이야! 그 사실은 장인목, 네가 제일 잘 알고 있지.'

다시 한번 '비장'을 곱씹어 본 황운보 교수의 얼굴에 머지않아 엷은 미소가 스쳤다. 그 생각을 하고 보니 자신의 자리는 결코 변할 수 없다는 사실에 안도감이 들었으며, 장인목 병원장의 속내가 뭐든 굳이 신경 쓸 필요가 없어 보였다. 지금부터 걱정한다 해도 나아질 것 같지도 않았고, 잘 알지도 못하는 마당에 자신이 뭘 할 수 있나 싶었다. 오히려 지금의 희열에 빠져들고만 싶어, 걱정하는 일이 벌어지기 전까지의 상황을 만끽하고 싶었다. 또 일이 벌어진다 한들 여기서 더 나빠질 수 있을까 하는 생각도 들었는데, 어차피 벌어진다 해도 자신이 감당할 수 있을 만한 것일 테니 그냥 눈 한번 감고 받아들이는 수밖에 없다고 여겼다.

24

날이 갈수록 바람은 매섭게 불었고, 무심히도 흐르는 시간은 무슨 의도가 있는 것처럼 느껴졌다. 하지만 언제나 그렇듯 헤아릴 길 없어, 그저 바라볼 뿐이었다.

공수겸 보좌관은 시간이 지날수록 걱정스러운 마음이 더해지고 있었다. 다방에서 독고설기 교도소장과 다툼이 있고 나서부터 장용빈 의원이 줄곧 어두워 보였기 때문이었다. 그로 인해 어쩜 이대로 진전도 없이 흐지부지 될지도 모른다는 생각에, 공수겸 보좌관은 모시는 사람을 찾아가 담판 지으려 마음먹었다.

'찾아오게 되었는데…… 집 안으로 들어오기는 했는데. 뭐가 어떻게 돌아가는 건지.'

예상 외로 쉽게 장용빈 의원의 집 안으로 들어온 공수겸 보좌관은 거실에 펼쳐진 상황을 보고 멈칫하게 되었다. 눈에 익은 자료들이 멋대로 흐트러진 그곳에서, 장용빈 의원이 서류 몇 장을 든 채 공수겸 보좌관을 본체만체했다. 이내, 공들여 보던 서류를 조금 내린 장용빈 의원이 입을 떼었다.

"뭐해, 와서 앉아."

그의 목소리가 들려 움찔한 공수겸 보좌관은 뭐 씹은 얼굴로 느릿하게 움직였다.

"기가…… 막힙니다."

공수겸 보좌관은 자신을 포함한 그 누구에게도 말하지 않고서 혼자 '구승희 사건'에 매달린 장용빈 의원에게 살짝 배신감이 들어 속이 부글부글 끓었다.

"아, 기가 막히지. 자료들을 처음부터 다시 들여다보느라 눈이 침침해, 안경이 필요해."

장용빈 의원은 피로가 쌓였는지 들여다보던 서류를 내팽개쳤다. 그러고 나서 일어나려던 찰나, 아직 선 공수겸 보좌관과 눈이 마주쳐 버렸다. 공수겸 보좌관은 아무런 표정도 짓지 않았으나, 그를 보며 많은 것을 느낀 장용빈 의원은 옴짝달싹하기 힘들었다. 가까스로 눈을 돌린 장용빈 의원은 당혹하여 할 말을 잊고 있다, 한숨 돌리며 어렵게 말을 꺼냈다.

"……내가 꽤 오랜 시간을 이렇게 혼자 골몰한 건, 정신을 차리기 위해서야."

장용빈 의원이 식탁 의자에 앉자, 공수겸 보좌관도 그를 따라 맞은 편에 앉았다.

"그날 다방에서…… 모두 맞는 말이었지만. 아무튼 아무렇지 않게 있을 수는 없고, 동시에 시간은 필요하고. 그래서 좀 촉박하더라도 혼자 다시 시작했지. 내가 간과한 건 없을까, 잘못한 건 없을까……."

"그래서 찾으신 건 있습니까?"

한결 누그러진 분위기의 공수겸 보좌관이 자료들로 어질러진 거실과 그만큼 흐트러진 장용빈 의원을 번갈아 보며 말했다.

"……"

당황한 장용빈 의원은 공연스레 허공을 보면서 겸연해하는 모습을 보였다.

"보면서…… 마음가짐이 다른 상태니까. 그러니까 눈에 띄는 진전이 그……!"

"네에……"

문득 공수겸 보좌관의 단조로운 음성이 울려 퍼지더니 곧 어색한 침묵이 오갔다. 도울한 그것이 겨워, 그는 고심 끝에 말을 건넸다.

"제삼자의 입장에서 봤을 때, 다방에서의 일은 통과 의례였다고 생각합니다."

"……"

당사자 앞에서 말하기에 민감할 수 있었지만, 앞으로 나아가야 했으므로 공수겸 보좌관은 말을 이었다.

"솔직히 말씀드리면 그때 의원님은…… 위태로이 보였습니다."

주제가 주제이니만큼, 공수겸 보좌관은 장용빈 의원을 똑바로 쳐다볼 수 없었다. 그럼에도 그의 말투에는 강경한 무엇이 있어, 그것을 느낀 장용빈 의원은 다만 무겁게 호흡할 뿐이었다.

"보좌관으로서 의원님의 곁을 지켜 온 세월이 있으니, 저는 의원님의 방식을 잘 압니다. 하지만 '구승희 사건'을 파헤치기 시작한 후로…… 이해가 좀 안 될 때가 있었습니다."

"이를테면?"

"딱 잡아내기가…… 전이랑 비교해 보자면, 감정 이입이 좀 지나치다고 할까."

골똘히 생각한 공수겸 보좌관은 장용빈 의원을 슬쩍 보았다.

"그러니까 제가 드리고 싶은 말씀은. 그런 적나라한 말을 들으시고도 마음을 다잡고 계신 게, 차라리 잘 된 일인 것 같아서……."

공수겸 보좌관은 장용빈 의원의 시선을 느낀 탓에 홀로 곤혹스러워하고 있었다.

"……."

다행히도 장용빈 의원이 눈길을 돌린 덕에, 공수겸 보좌관은 차츰 숨통이 트이는 것 같았다.

"많이 심했어?"

의자에서 일어난 장용빈 의원은 거실 쪽으로 선 채 넌지시 물었다.

"네?"

"그 감정 이입이란 거, 심각했어?"

"그게…… 좀 이상하다고 생각했을 뿐, 그걸 구체적으로 생각해서 말한 건 처음입니다. 그런 정도니 심한 게 아니었다고 생각합니다."

그 대답을 듣고 바로 걸음을 옮겼기 때문에, 장용빈 의원의 감정을 읽을 수 없었다. 그래서 공수겸 보좌관은 자신이 말을 잘못한 것인지 그 여부조차 알 수 없어, 그저 장용빈 의원의 뒷모습만 말없이 바라보았다.

'그 말을 하지 말았어야 했나.'

공수겸 보좌관은 어쩌지도 못하고 묵묵히 앉아 있었다.

"……."

"……!"

무의식적으로 눈을 든 공수겸 보좌관은 자신을 응시하고 있는 장용빈 의원을 보게 되었다. 그로 인하여 잔뜩 어는 바람에, 조금도 움직일 수 없었다.

"공수겸 보좌관?"

"……."

"괜찮다면, 와서 좀 도와주겠나?"

그새 평소의 모습으로 돌아온 장용빈 의원을 보고 긴장이 풀린 공수겸 보좌관은 대답하는 것도 잊은 채 급히 거실로 달려갔다.

"다시 봤는데도 역시 너무 치우친 것 같아. 뭐, '구승희'는 범죄자고…… 그 점에 있어서는 달리 생각할 수 없어. 그런데 이상하지 않아?"

가벼운 분위기가 한결 지워진 모습의 장용빈 의원이 말해, 공수겸 보좌관은 그를 들으면서도 괜스레 주위를 흘금거렸다.

"사정이 어떻건, 유난히 '구승희'를 최악의 범죄자로 몰고 있다는 게 걸려. 그렇잖아? 그보다 훨씬 엽기적인 사건도 많고, 악랄한 범죄자도 많은데! 그런데 굳이 한 명을 몰았다는 게……."

다시금 열의를 띤 태도로 사건을 대하는 장용빈 의원의 모습에, 공수겸 보좌관은 안심이 되었다.

"탈옥수잖습니까? 아직도 행방이 묘연한."

무심한 그 말에 장용빈 의원은 공수겸 보좌관을 뚫어져라 보았는데, 화가 난 게 아니라도 부담스러운 것은 마찬가지였다.

"그렇게 생각해?"

"사실 아닙니까? 여론이든 언론이든…… 당시 상황을 자세히 몰라서일 수도 있으니, 속단하기에는 힘들다고 봅니다. 그리고 계속 치우친 것 같다고 하셨는데, 만약 그럴 만한 이유가 있는 거라면? 그때도 그렇게 생각하셨겠습니까?"

잠시 입을 다물어 버린 장용빈 의원의 마음은 오직, 구겨진 그의 미간만이 짐작게 했다.

"제 말이 마음에 안 드셔도 어쩔 수 없습니다. 그리고 자료에 나온 언론의 반응에 대해 의원님이 그렇게 말씀하신 건, 이번이 처음도 아니고 말입니다."

"탈옥수라고 생각해……?"

"그건 의원님도…… 혹시 다르게 생각하십니까?"

장용빈 의원은 아까와는 다른 표정을 짓고서 생각에 잠겼다.

"탈옥이다, 아니다 그런 건 모르겠어. 단지 100% 확신할 수 없다는 거지."

"교도소장님 말씀 때문입니까?"

"……."

공수겸 보좌관이 눈치를 살피는 한편, 장용빈 의원은 멍하니 고개를 흔들었다.

"그런 게 아니야. 누구의 말을 듣고 이러는 게 아니라, 종합해서 생각해 보니까 그쪽도 신빙성이 있다는 생각이 들어서 그래."

장용빈 의원은 공수겸 보좌관의 눈빛을 무척 따갑게 느끼고 있었다. 정작 공수겸 보좌관은 아무 의도도 없어 보였으나, 장용빈 의원은 그렇게 느꼈다.

　"뜬금없어 보이지만 나름대로 합리적이지 않아? 그곳 교도관이 몇 십 년 동안 혈안이 되어 매달렸는데도 찾을 수 없었던 탈옥 경로…… 애초에 그쪽 추론도 있었고, '구승희'가 감옥에 가게 된 사연도 악당과는 거리가 멀잖아."

　"……."

　"적어도, 지금껏 누구도 풀지 못한 문제를 두고 무조건 탈옥했다고 떠드는 것보다는 나은 것 같은데. 혼자 상경해서 성실하게 일하던 사람? 그런 사람을 탈옥수라고 단정 짓다니, 그게 더 말이 안 돼."

　끔벅이던 공수겸 보좌관은 그에 조용히 말했다.

　"그렇게 볼 수도 있겠군요. 하지만 일단은, 범죄자잖습니까? '구승희'가 평범한 근로자였다면 몰라도 이미 범죄자인 이상, 시선을 달리하기 어렵다는 겁니다."

　"……하."

　"뭐, 교도소장님이나 정 목사님의 말씀을 들어 보면 머릿속이 복잡해지기는 합니다만."

　'이렇다는 거야, 저렇다는 거야?!'

　공수겸 보좌관을 슬쩍 흘기다가 주방으로 간 장용빈 의원은 답답한 마음에 물 한잔을 들이켰다. 그러고는 다시 거실로 돌아와, 팔짱을 끼고 생각에 잠겼다.

244

"그런데 탈옥이 아니라고 생각하시는 데에, 무슨 근거가 있으신 겁니까?"

"특별히 근거가 있다기보다…… 느낌이 그래."

공수겸 보좌관이 얄미워, 일부러 그를 외면한 장용빈 의원은 또다시 따가운 시선을 느껴야 했다.

'그래…… 황당하겠지.'

뜸을 들이던 장용빈 의원은 마저 말을 이었다.

"교도소장이 말한 것도 그렇지만, 정영진 목사 말이야. 그 사람이 걸려."

"……."

"교도소장이 말한 '구승희'…… 솔직히 난, 그 얘기는 무시할 셈이었어. 그 교도소장도 말했잖아? 별별 재소자가 많다고. 더구나 '구승희'라는 사람을 잘 모르는 상태에서, 무턱대고 신뢰할 수도 없었어."

"그런데 정 목사를 만나 보니 달라지셨다는 겁니까?"

공수겸 보좌관은 장용빈 의원을 약간 어리둥절히 쳐다보았다.

"그렇게 몰아붙이셔 놓고…… 말입니까?"

"……."

"죄송합니다. 안 좋은 기억이 떠올라서 말입니다. 덕분에 더 이상의 대화도 뭣도 없이 끝나 버려서."

"부인하지 않겠지만, 이게 그만큼 중요했으니까. 아무튼 너도 정 목사를 만났었잖아. 어땠어?"

"……목사님이시라고 해서 말쑥하실 줄 알았습니다만, 만약 그냥 지나가셨다면 모를 만큼 편한 차림이셨습니다. 좀 피곤해 보이시기도 했고. 그런 걸 떠나서 몇 년을 같이 살았어도 피 한 방울 안 섞인 남을 위해 그렇게까지 한다는 게, 솔직히 의외였습니다."

"뭐, 많이 편한 차림이었지. 그것도 그렇지만, 정 목사한테서 예민하다는 느낌을 받았거든."

"그때, 의원님이 내내 불성실한 태도를 보이시다가 화장실로 도망가신 후 말입니다. 저 혼자 얼마나 쩔쩔맸었는지…… 게다가 그분이 틀린 말씀을 하나도 안 하셔서, 제 얼굴이 무진장 화끈거렸던 걸로 기억합니다."

산뜻하게 얘기한 공수겸 보좌관은 곧 언짢은 빛을 띠었다. 어렵지 않게 그의 뜻을 파악한 장용빈 의원은 두연 씁쓸함이 감돌았으나, 힘겹게 말을 건넸다.

"그런 사람이니까 더 그렇다는 거야. 사람들에게 질려서 오랫동안 숨었었는데! 단순히 몇 년 동안 같이 살았다는 이유라면, 이게 뭐라고 갑자기 나타나서 옹호하겠냐고…… 지금에 와서 '구승희'가 탈옥수가 아니란 게 밝혀져도, 그게 정 목사한테 무슨 이익이 되겠어?!"

"왜 그렇게 열을 내십니까?"

아닌 게 아니라 장용빈 의원은 어느새 목청껏 소리를 지르고 있었으며 얼굴도 상기되어 있었다.

"내 말은…… 정 목사가 까칠했었다며?"

'이유가 있었으니까요.'

"아무튼, 그런 사람이 오랜 세월을 거쳐 믿는 사람이라면 뭔가 있지 않겠느냐고. 네 생각은 또 어떨지 모르겠지만 내 생각은 그래."

'호의적인 사람이라고 했었지…….'

장용빈 의원은 어쩐지 피곤해 눈이 감기려 했지만, 반사적으로 눈을 치켜뜨더니 공수겸 보좌관을 뚫어져라 보았다.

"당시 자료들에 비해, 교도소장님과 정 목사님의 말씀이 너무 상이한 게 사실입니다."

잠시 뭔가를 생각한 공수겸 보좌관이 말을 이었는데, 흐트러짐이라고는 전혀 없이 매우 차분한 모습이었다.

"그때 교도소장님께서 하신 말씀…… 줄곧 교도소 설계도를 자세히 관찰했음에도 탈옥 경로를 못 찾으셨다는 그 점이 걸리시는 거라면 말입니다. 물론 제가 그것에 관해 설명해 드릴 수는 없습니다만, 그렇다고 그게 탈옥이 아니라는 근거가 될 수는 없습니다. 의심스럽다고 해서, 설명할 수 없다고 해서 심증만으로 해결되지는 않잖습니까."

25

 날이 갈수록 황운보 교수의 기분은 좋아졌으나, 처음에는 사실상 끝난 줄 알았던 의사로서의 기회가 불현듯 다시 찾아온 것에 대해 강한 의구심이 들어 마음이 응등그러졌었다. 하지만 그동안 잊고 있었던, 그토록 원하던 '사람들로부터의 주목'을 받게 되면서 그 의구심은 점차 흐려지게 되었다. 막상 그렇게 잊어버리고 나니 정신없이 빠져들어, 다른 것은 생각할 겨를도 없었다.

 '세상이 다르게 보인다.'

 이른 오후, 황운보 교수는 집에서 감상에 젖어 있었다. 평일이라 규양병원에 있어야 당연했음에도, 컨디션 조절이라는 핑계로 일찍 퇴근한 상태였다.

 '이쯤이면 안심해도 있겠지. 그 노인네가 결정한 거라지만, 막판에 말을 바꾸는 줄 알고 얼마나 가슴을 졸였는지…… 내일이 수술인데도 지금껏 연락이 없는 걸 보면.'

 황운보 교수는 느닷없이 찾아온 기회를 꽤 의연하게 대처하고 있었다. 의학 서적을 열심히 읽으며, 예전처럼 사탕발림 때문에 마음 가는 대로 하지 않기 위해 노력했다. 또, 득달같이 달려드는 인파가 있을라치면 으레 점잔을 부리며 내치고는 했다. 그 인파 중의 상당수가 과거에 알았던 사이라 일부러 그러는 것도 있었지만, 이번에는 기필코 달라지겠다는 마음으로 신중을 기하는 중이었다.

'긴장을 해서 그런지 따뜻한 게 마시고 싶네. 딸이라고 하나 있는 게, 알아서 아버지를 챙길 줄 알아야지. 개똥도 약에 쓰려면 없다더니!'

평일 낮이라 황남영 차장은 당연히 회사에 있었으므로, 혼자 집에 있는 황운보 교수에게는 좀 귀찮은 부분이 있었다. 평소대로라면 지체 없이 딸에게 전화를 걸어 악담을 퍼부었겠으나, 그는 인상만 쓸 뿐 조용했다. 그에게 기회가 찾아오고 변한 것 중의 하나였는데, 기분이 알딸딸하게 좋아서인지 딸을 괴롭히는 모습이 확연하게 준 것이었다.

"그런데 이상하게 불안하단 말이야……."

너무 오랜만에 이상하리만치 일이 술술 풀리자, 황운보 교수는 문득문득 그런 생각이 들었다. 이 모든 게 홀연 흔적도 없이 사라질지도 모른다는 생각, 그 생각이 머리를 콕콕 찌르는 것 같았다. 그럴 때마다 두려워져 그는 얼른 다른 생각을 하려 애썼다.

아침은 거짓말처럼 찾아와, 황운보 교수의 방에도 밝은 햇살이 비추어졌다. 그는 긴장한 탓에 평소보다 훨씬 일찍 일어나게 되었다. 간밤에 머리가 지끈거렸음에도 불구하고, 깨어나 보니 머릿속이 너무나 맑아 새로 태어난 기분마저 들었다. 그런 중에도 그는 경건한 마음이 들어 조심조심 움직였다.

"……."

혹시 몰라 일어난 후로 말 한마디 하지 않고 조용히 출근 준비를 한 황운보 교수 덕에, 황남영 차장은 한결 편해질 수 있었다. 하지만 그 것도 언제 어떻게 변할지 몰랐기에 그녀는 항상 경계해야 하는 입장 이었다.

"……저."

무사히 묵언을 마치고 몰래 심호흡하려던 황운보 교수의 뒤로, 딸 의 작은 목소리가 들렸다. 깜짝 놀란 그가 뒤돌아보니, 언제나 우울한 모습만 보여 주는 황남영 차장이 서 있었다.

'언제쯤이면 저 꼴을 안 볼 수 있을까.'

살짝 불쾌해져 인상을 쓰려는데, 황남영 차장이 음료가 담긴 잔을 내밀었다.

"한약이에요…… 드시라고요."

의아스러워하던 황운보 교수는 곧 피식거리더니, 딸이 건넨 잔을 받아 마셨다. 그렇지만 이 상황이 낯설기도 하고 영 어색해 서둘러 밖 으로 나와 버렸다.

'이상한 건 아니겠지?'

그는 뒤늦게 그런 생각이 들었으나, 몸에서 어떤 낌새도 느끼지 못 하여 규양병원으로 향했다. 다들 짜기라도 했는지 도로는 막힘이 없 었으며, 날씨도 좋아 불편이라는 걸 느낄 수 없었다. 하지만 도무지 익숙해지지 않는 게 그를 기다리고 있었다.

"하하하. 이제 오는군! 기다리고 있었네."

규양병원에 도착하자마자 장인목 병원장이 반겨 주는 게 그것이었

250

다. 수술의를 결정한 후로 그는 죽 황운보 교수를 어르듯이 챙겨 주었다. 그것은 늘 꿈꾸던 것 중의 하나였음에도 불쑥불쑥 위화감이 느껴진 터라 여간 고역이 아니었다. 물론 장인목 병원장의 태도만 변한 것이 아니라, 규양병원의 모든 의사들과 간호사들 등이 너 나 할 것 없이 황운보 교수를 향한 얼굴에 웃음을 띠었다.

"황운보 교수님."

때가 되어 만반의 준비를 한 황운보 교수가 수술실로 향하는데, 어디선가 상냥한 말씨가 들렸다. 반사적으로 고개를 돌린 그의 눈에, 아직 앳된 얼굴의 예쁘장한 간호사가 부끄러운 듯 시선을 내리고서 두 손으로 커피를 내미는 모습이 보였다.

"……."

그 모습에 당황하여 멍하니 선 황운보 교수는 기분 좋게 퍼지는 커피 향과 함께 피어난, 정체불명의 향취에 퍼뜩 정신이 들었다. 아마도 어린 그녀에게서 나는 듯한 그것은 커피에서 나는 향보다 더 아찔했다. 그렇지만 언제까지고 계속 침묵할 수 없어, 재빨리 커피를 낚아채었다.

"……고마워요."

적잖이 퉁명스러운 황운보 교수의 말에, 그 간호사는 살짝 웃고는 도망치듯 사라져 버렸다.

수술실에 막 도착해 발을 디디는 순간, 황운보 교수는 온몸에 자릿자릿한 기운이 퍼지는 것을 느꼈다. 그곳은 옛날보다 더 웅장하게 보여 새삼 눈이 돌아갔다. 그가 고개를 들면, 통유리 너머 수술실을 훤히 내려다볼 수 있는 넓은 공간이 있어 여럿이 참관할 수 있었다. 수술 자체는 별것 아닌 것 같아도, 환자가 유명하다 보니 장인목 병원장을 비롯한 여러 인사들이 정색한 채로 수술실을 지켜보고 있었다.

"……."

그것만으로 압박감이 대단해, 황운보 교수는 조금의 지체도 없이 자신을 보조할 인원에게 눈을 돌렸다. 이윽고 그는 자꾸만 아득해지려는 정신을 다잡으며 침착하게 메스를 집었다.

'침착하자…… 아주 중요한 순간이다.'

황운보 교수는 어느새 먹먹해진 자신을 발견하게 된 데 이어, 그동안 규양병원의 천덕꾸러기처럼 미련스레 버텨 온 시간이 빠르게 스치기 시작했다. 아침에는 딸이 건네는 한약을 먹어 어색했지만, 오랜만에 대접받는 기분이었다. 지금을 잘 넘긴다면 앞으로 이곳, 규양병원에서의 입지가 나날이 탄탄해질 것이라 믿어 의심치 않았다.

'침착하자.'

혼란스러워지는 머릿속을 간신히 잠재운 황운보 교수가 눈에 힘을 주려던 찰나, 뭔가 이상한 느낌이 들었다.

'……어라?'

그 자신도 이해되지 않는 상황으로 인해 참관한 사람들은 즉시 웅성거렸고, 수술 보조들도 난감하다는 반응이었다. 황운보 교수의 움직임이 돌연, 멈췄기 때문이었다.

"……."

그 상황이 가장 난감한 건 황운보 교수, 자신이었다. 멀쩡하던몸이 별안간 말을 듣지 않고 있어 등골이 오싹할 지경이었다. 그렇다고 가만히 있다 한들 해결될 게 없었기에, 그는 몸을 움직이려 안간힘을 썼다.

'……안 돼! 움직여, 움직여라!'

사람들이 갈수록 더 웅성거리는 가운데, 갑자기 쿵하는 소리가 들렸다. 이 와중에 황운보 교수가 정신을 잃고 쓰러진 것이었다. 모두의 시선이 쓰러진 그에게 향하느라 여념이 없을 무렵, 멀거니 선 장인목 병원장의 입술이 떨리듯 엷게 실룩였다.

26

'어쩌다 이렇게 되었을까…….'

그 답 없는 물음을 몇 번째 되뇌는 것인지, 정확히 언제부터 시작했는지 알 수 없었다. 굳이 알아야 할 필요는 없어 보였으나, 끊임없이 자문하는 황운보 교수에게는 그것이 중요한 게 아니었다.

'어쩌다 이렇게 되었을까…….'

어쩌다 찾아온, 정신을 바짝 차려 잡아도 모자랄 기회였다. 스스로도 그걸 잘 알았기 때문에 절대 놓치지 않으리라 장담했었다. 하지만 모처럼 노력한 보람도 없이, 너무나 어처구니없이 놓쳐 버렸다. 그것도 전혀 예상치 못한 상황으로 맞닥트린 것이었다.

"……."

수술실에서 쓰러졌던 황운보 교수는 다른 곳에 옮겨진 뒤 의식을 찾았지만, 곧 하얗게 질리고 말았다. 자신에게 벌어진 상황을 두고 어떻게 해야 할지 몰라, 그저 모든 게 꿈이었기를 바랄 뿐이었다.

한편 수술실은 황운보 교수의 머릿속만큼이나 혼란스러웠는데, 두려움이 엄습한 그는 끝내 떨리는 다리로 규양병원을 빠져나와 버렸다. 그러고는 죄인의 심정으로 집에 틀어박혀, 제 방 밖으로 한 발짝도 나가지 않고 있었다.

'……어쩌다가.'

침대 위에서 이불을 꽁꽁 싸맨 황운보 교수는 얼굴만 빼꼼 내밀고 앉아, 자몽하니 한곳을 바라보았다. 그 시선의 끝에는 창 너머로 보이는 달빛이 전부였는데, 기분 탓인지 몰라도 달이 처량 맞아 보여 누구라도 울릴 수 있을 것 같았다.

"하……."

황운보 교수는 눈물이 고여 금방 울음을 터트릴 것 같았지만, 그랬다가는 밖에 있는 딸이 들을 것 같아 억지로 울음을 삼켰다. 울음소리를 들은 황남영 차장이 자신을 걱정할까 봐서가 아니라, 여태껏 아버지로서의 위엄을 그리 지켜왔는데 행여 울음소리를 들킨다면 자신의 체면이 떨어질 것 같아서였다.

'……아무래도 이상해.'

창문에서 시선을 뗀 황운보 교수는 아무리 긴장했다고 하더라도, 아무리 오랜만의 수술이라고 하더라도 어떻게 갑자기 졸도를 할 수 있는지 이해되지 않았다. 그다지 어렵다고 할 만한 수술도 아니었거니와, 환자가 국회의원이더라도 그게 졸도할 만큼 대단한 일은 아니라 생각되었다. 솔직히 지금은 좀 그래서 그렇지, 옛날에는 촉망깨나 받았던 황운보 교수였기에 의심은 커져만 갔다. 그것은 꼬리에 꼬리를 물고, 급기야 누군가의 음모라는 생각이 들기 시작했다.

'그래…… 그런 거야! 그게 아니고서야 내가 그럴 리가 없잖아…… 갓 졸업한 풋내기도 아닌데, 말도 안 되지. 그전부터 픽픽 쓰러지던 약골이라면 또 모를까!'

그렇게 생각하니 내내 짓누르던 울적한 기분이 삭 사라지는 대신, 걷잡을 수 없을 만큼 심장이 빠르게 요동쳤다. 마냥 막연하기는 해도 그렇게 생각하는 것이 그에게는 나았다.

'그러고 보면 처음부터 이상했지. 병원장이라는 작자가 갑작스럽게 건수를 몰아준 것도 그렇고, 답답한 꼴만 보이는 계집애가……!'

불현듯 눈을 크게 뜨고 일어선 그는 잠시 머뭇거리는가 싶더니, 이내 무서운 기세로 방문을 열고는 뭔가를 찾았다. 때마침 황남영 차장이 욕실에서 씻고 나오는 중이었는데 무척 피곤해 보였다.

"!"

황남영 차장의 모습이 눈에 띄자, 황운보 교수는 거칠게 다가가 거리낌 없이 완력을 사용했다.

"꺄악!"

난데없이 성난 아버지에게 손찌검을 당한 황남영 차장은 그대로 바닥에 나뒹굴었다. 당장 실핏줄이 터진 그녀의 왼쪽 얼굴은 빨갛게 부어올랐으며, 입가에서는 피가 흘렀다. 무방비 상태에서 뜬금없이 벌어진 일이라 무슨 생각이 들 겨를도 없어, 간신히 몸을 일으켜 앉은 그녀는 그저 바들바들 떨었다. 또한 얼굴보다도 몸에서 욱신거리는 통증이 커, 아마 자신에게 멍이 심하게 들었을 거라 짐작했다. 그 때문에 더 움직이는 것도 힘든 와중, 극심한 두려움이 그녀의 몸을 꽉 붙잡고서 놔줄 생각을 하지 않고 있었다.

"이 계집애……!"

"……."

256

분노를 억누르는 듯한 아버지의 목소리에, 이미 겁으로 푹 젖어 버린 황남영 차장은 고개를 들지도 못했다.

"어쩐지 이상하다 했는데. 너 이 계집애…… 바른대로 말해! 너, 아침에 나한테 준 거. 그거 뭐야?!"

"……."

딸이 아무 말도 하지 못 한 채 떨고만 있어, 황운보 교수는 부아가 치밀었다.

"야, 이 답답한 계집애야! 무슨 말이라도 해야 될 거 아니야?! 오늘 아침에 네가 나한테 준 게 뭐냐고~"

성이 날 대로 난 그는 토하듯이 소리쳤다.

"뭐…… 무슨 말씀이신지."

황남영 차장은 겨우겨우, 기어드는 목소리로 말할 수 있었다. 또 악을 쓸 것 같던 황운보 교수는 이내 숨을 깊이 들이마시더니 언성을 낮춰 딸에게 말했다.

"그러니까. 오늘 아침에 네가 준, 마실 거 말이야."

"오늘 아침에……."

"그래! 오늘 아침에 네가 준 거!"

여전히 겁에 질린 황남영 차장은 힘겹게 고개를 들었다.

"……한약이요?"

"그래, 그거!"

"그게 왜……."

맹한 반응을 보이는 딸이 마뜩잖은 터라, 황운보 교수는 그녀를 더 노려보았다. 아버지의 눈빛에 움찔한 그녀는 혼란스러운 마음을 진정시키며 천천히 말했다.

"제가 오늘 아침에 드린 한약은…… 아버지 방을 청소하다가 한약 봉지가 하나 있기에, 그걸 잔에 담아 드린 건데요."

황운보 교수는 딸의 어눌한 대답을 들은 후 곧장 코웃음 쳤다.

"내 방에 한약이 있었다고? 그런 게 있을 리 없잖아!"

"전 사실대로…… 말씀드린 거예요."

기가 막힌 황운보 교수는 다시금 씩씩대기 시작했다.

"정말, 봉지에 사슴이 그려진…… 봉지는 이미 버려서 찾을 수 없지만."

'……!'

황운보 교수는 뭔가가 생각나 멈칫했는데, 그의 얼굴을 쳐다보지 못한 황남영 차장은 대답 끝에 울먹이고 말았다.

'한약…… 잊고 있었는데.'

딸을 등지고 선 황운보 교수는 갑작스레 기운이 빠져 다리가 풀릴 것 같았다. 차라리 자신이 의심한 게 맞기를, 모두 딸이 꾸민 것이기를 간절히 바랐음에도, 끝끝내 아닌 것을 확인하고 나니 비로소 싸한 충격에 사로잡혔다.

'내가, 내 일을 망친 거였다니…….'

무지막지한 허탈감에 의해 늘어져 버린 황운보 교수의 어깨너머, 조용히 눈물짓는 황남영 차장이 보였다.

27

어제의 소란으로 딸을 보기 무안해진 황운보 교수는 그녀가 출근할 때까지 일부러 방 안에서 꼼짝도 하지 않았다. 하지만 언제까지고 숨을 수 없었기 때문에, 그는 밤새 까칠하게 변한 얼굴로 외출할 준비를 마쳤다.

"……."

황운보 교수는 만감이 교차해, 저 앞에 규양병원을 두고서도 더는 걸을 엄두조차 낼 수 없었다. 미친 척하고 부딪힐 각오로 출발했건마는, 자꾸만 도망치고 싶은 마음이 드는 것이었다.

'도저히…… 도저히 용기가 안 난다고. 어제 그런 대형 사고를 쳐 놓고, 동료들을 마주할 자신이 없어.'

더구나 알게 모르게 거드름 피운 것이 마음에 걸린 터라, 제 눈에 비친 규양병원이 신기루처럼 느껴졌다.

'!'

황운보 교수가 하염없이 규양병원을 보다 한숨짓는 순간, 그곳에서 나오는 간호사들이 보였다. 다급히 근처 가로수에 몸을 숨긴 그는 곤혹한 수치를 느껴, 할 수 없이 규양병원을 뒤로한 채 무거운 걸음을 옮겼다.

"……."

조금 망설이던 그는 슬그머니 걸음을 멈춘 채, 전날 규양병원을 뛰쳐나갈 때부터 줄곧 꺼 둔 휴대전화의 전원을 켰다. 켜고 나서도 착잡한 마음이 들어 계속 한숨이 나왔는데, 어떻게 할지 고민하던 찰나에 갑자기 그것이 울렸다.

'어…… 병원장.'

휴대전화에서 병원장이라는 글씨를 보자마자, 황운보 교수는 사시나무 떨 듯이 반응하게 되었다. 덕분에 그때까지 들었던 생각이 모두 까맣게 덮여, 그는 어찌할 바를 모르고 휴대전화만 바라보았다.

"어떡하지……."

자기도 모르게 중얼거린 황운보 교수는 어쩌지도 못하고 발만 동동 굴렀다. 받자니 틀림없이 불호령을 칠 게 뻔하고, 그렇다고 안 받는다고 해도 영원히 피할 수 있는 것도 아니니 진퇴양난의 꼴이었다. 문득, 스스로가 우스워진 그는 결국 전화를 받기로 했다.

"……여보세요."

황운보 교수는 제법 담담한 말투였으나 눈은 꼭 감겨, 그대로 기절할 것만 같았다.

"……."

그는 전화기 너머에서 어떤 소리도 나지 않자, 그것이 더 두려워 눈도 못 뜨고 오만상을 썼다.

"자네…… 어딘가."

장인목 병원장의 목소리는 예상 외로 언짢은 감정이 담겨 있지 않았거니와, 그다지 그늘지게 느껴지지도 않았다.

"그냥, 밖에 나와 있죠."

"계속 전화했었는데 아니. 자네, 몸이 안 좋은 거면 진작 말을 하지."

어느새 눈을 뜬 황운보 교수는 신기한 듯 휴대전화를 쳐다보았다. 장인목 병원장이 자신에게 화를 내기는커녕 오히려 걱정스러운 투였기 때문에 그것이 희한하게 느껴졌다.

"저는…… 죄송하다는 말씀밖에는."

"걱정할까 봐 말하는 건데, 수술은 무사히 마쳤네."

어제 황운보 교수가 쓰러지고, 장인목 병원장이 부랴부랴 나서며 수술은 우선 일단락되었다. 나중에 사실을 알게 된 진대전 의원은 속이 상해 노여운 빛을 띠었지만, 장인목 병원장이 직접 집도한 것을 알고는 내심 기뻐하는 기색이었다. 아무튼 그렇게 급한 불은 끈 것 같았으나 완전히는 아니었다.

'병원장은 내가 아픈 걸로 아는 걸까?'

"자네 괜찮은가?"

"그게, 긴장을 너무한 나머지…… 드릴 말씀이 없습니다."

"병원 사람들한테는 자네 몸이 안 좋은 걸로 얘기해 놨는데. 이렇게 된 거, 얼마 동안 푹 쉬어야지. 뭐, 요양이라고 해 두자고."

황운보 교수는 통화를 하다가 이상한 느낌을 받았다.

"……병원장님?"

"차라리 잘된 셈 치자고. 안 그래도 자네, 그동안 동료들과 섞이지도 못하고 이렇다 할 실적도 없이 뜬구름처럼 살아왔잖은가. 그러니 이번 기회에 쉬면서……."

"병원장님! 어떻게 제게 이러실 수 있습니까? 저도 제 잘못은 알지만…… 제가, 제가 병원장님을 위해서 그동안 얼마나……!"

어느 정도는 각오한 황운보 교수였지만, 뜻밖의 후폭풍에 눈물이 핑 돌았다. 지나치게 황당해 마구 뭐라 하고 싶었음에도, 딱히 떠오르는 말은 없었다. 자신이 저지른 잘못은 잘 알았으나, 그래도 이런 식은 심하다는 생각이 들었다.

"나도 맘이 좋지 않지만 어쩌겠나. 내 말대로 얼마 동안 쉬고 있어. 다들 잊고 있을 쯤에 다시 자네를 부를 생각이니, 너무 걱정 말게."

장인목 병원장이 한마디 하면 할수록, 황운보 교수의 얼굴에서는 조금씩 핏기가 가셨다.

"네에……?"

안팎으로 어지러워진 황운보 교수는 누가 자신의 머리에 못을 박는 듯한 통증을 느끼게 되었다. 그것도 상당한 고통이었으나, 그에게는 장인목 병원장이 주는 충격이 먼저였다.

"자네 괜찮은 거야?"

"괜찮을 리가 있겠어요? 사람들한테 제 대신 핑계를 대 주신 건 감사하지만, 저는 푹 쉴 생각이 없어서 말이죠!"

"……자네 무슨 소리야."

분한 마음에 주먹을 꼭 쥐던 황운보 교수에게, 미처 잊고 있었던 '과거'가 떠올랐다.

"저는 지금 너무 분하고…… 그런데 갑자기 '옛날 일'이 생각나는데요."

"……."

황운보 교수는 괴로운 마음에 울부짖듯 말했는데, 그 말을 알아들은 장인목 병원장은 돌연 침묵했다.

"제가 어떻게 해서 병원장님의 그 휘황찬란한 규양병원에 들어갔는지, 설마 잊으신 건 아니겠죠? 세월이 흘렀어도 쉽게 잊힐 일이 아닌데."

황운보 교수는 당장 벼랑 끝으로 내몰리는 것 같아, 반쯤 정신이 나간 것처럼 떠들었다.

"저도 제가 그렇게 대단한 사람이 아니라는 걸 알지만, 그래도 이렇게 쉽게 버려질 사람은 아니라 이겁니다! 알아들으셨으면 저를……."

그러나 휴대전화에서 들려오는 목소리는 황운보 교수가 원하는 말을 해 주지 않았다.

"보자 보자 하니, 정말 어처구니가 없군! 자네가 오죽했으면 그랬겠냐마는, 나한테 이럴 수는 없는 거라고! 자네가 한 잘못을 안다고?! 그럼 자네가 내 입장이라면 어떨 것 같은가? 내 보잘것없는 자네를, 모두의 반대를 무릅쓰고 규양병원으로 인도했었지! 얼마 안 가 실력만으로 사람들한테 인정받아서, 내가 얼마나 뿌듯했었는데……! 그런데 자네는 그 복을 제 발로 걷어차고는! 겉멋에 빠져서 말 그대로 추락해 버렸잖아! 회생할 기미도 없이, 스스로 꿔다 놓은 보릿자루 신세가 된 자네를 보는 내 속이 어땠는지 알아?! 그동안 병원 관계자들이 자네를 내보내라는 성화를 외면까지 하면서, 지금껏 규양병원에 있게 해준 게 어디 쉬웠는 줄 아냐고?!"

"……."

끝내 언성을 높여 거칠게 퍼붓는 장인목 병원장의 기세에 꿀 먹은 벙어리가 된 황운보 교수는 부들부들 떨기만 했다.

"그러게 왜 그런 일을 저질러…… 웬만한 일이었으면 내 선에서 막았을 텐데. 그 많은 사람들 앞에서 그랬으니 내가 뭘 어쩔 수나 있었겠냐고."

"……처음부터 자신 없었는데."

황운보 교수는 숨이 끊어질 것처럼 아뜩했지만, 울연히 중얼거리듯 말했다.

"황당하군. 낭종 제거 수술이 큰일이라는 거야? 자네, 그 정도로 형편없어진 거냐고."

"환자가 진대전이라면 얘기가 달라지죠! 병원장님은 도대체 어쩌자고 그런 일을 제게 맡기셨던 거죠?! 그동안 제가 아무리 애걸복걸해도 냉랭하시더니, 왜 갑자기 그런 일을 제게……."

"가관이군, 자네! 멋대로 사고 쳐 놓고, 이 판국에 내 탓을 해? 자네가 추락해 버려서 내가 어땠는지 알아? 그래도 언젠가는 나아질 거라는 기대감에, 자네를 규양병원에서 내치지도 않고 기다렸건만…… 지금까지 기대에 부응하지 못한 자네가 하도 딱해 보여서 기회 좀 줬더니! 안 그래도 주변에서 불만을 갖고 곱지 않게 보던 차에…… 어제 자네가 그렇게 도망쳐 버리는 바람에, 내 체면이 말이 아니야! 지금

264

규양병원에서도 난리인데, 밖에서는 어떨 것 같아? 이게 어디 내 체면만 깎이면 끝나는 일인가? 나는 곧 규양병원인데, 자네가 무슨 짓을 한 줄 아냐고! 자네를 추천한 내 체면을 깎는 것도 모자라, 규양병원을 말아먹으려고 했다고!"

장인목 병원장의 앙칼진 음성은 여지없이 황운보 교수의 귀를 타고 들어가, 마침내 그의 전의를 전무하게 만들었다. 황운보 교수는 당장 휴대전화를 던질 수 있었지만, 그랬다가는 앞으로 어떻게 될지 장담할 수 없었다. 암만 생각해 봐도 따로 기댈 수 있는 것이 없었기에, 장인목 병원장이 아무리 원망스럽고 무서워 견딜 수 없었어도 휴대전화를 놓을 수 없었다. 그래서 그는 장인목 병원장이라는 동아줄을 놓는 대신, 자신의 손톱으로 그것을 더 파고들기로 마음먹었다.

'여기서 놓치면 그걸로 끝이다!'

말초 신경이 쭈뼛한 황운보 교수가 스스로에게 말하고 있었다.

"자네는 힘들고 창피하면 피할 수 있고 숨을 수나 있지! 난 아니라고…… 자네가 벌인 사고를 수습하느라 침이 바짝 마를 정도로 힘들어. 만인이 던지는 비난에 얼굴이 화끈거려도, 어디에든 도망치고 싶어도 내 뜻대로 할 수 없는 그런 처지야. 그러니까 내가 하는 제안을 무조건 뿌리치지만 말고, 이성적으로 잘 생각해 보라고."

"병원장님 뜻은 잘 알겠습니다. 저로 인해서 그러시다니, 더 이상 제가 뭘 어쩌겠어요."

황운보 교수의 체념한 목소리가 들려 멈칫한 장인목 병원장은 말이 없었다.

"그런데 말이죠…… 이대로 물러나기에는 불안해서요. 막말로 병원장님 제안대로 했다가, 그길로 저를 내치지 않는다는 보장이 어디 있습니까? 그래서 일단은, 사정상 휴식을 취하더라도 안심할 게 필요하다는 거죠."

지금 황운보 교수는 두려운 마음에 심장이 빠르게 뛰어 정신이 없었으나, 여기서 더 물러날 곳이 없음을 직시한 상태라 어떡해서든 물고 늘어지려 했다.

"무슨 얘기를 하는 거야, 자네."

"그렇게 심각하게 여기실 건 아니고…… 저는 그냥, 안심할 만한 무언가가 필요하다는 거예요. 예를 들면 각서 같은 거……."

그러자 장인목 병원장의 호흡은 순간 불편한 기색을 띠었다.

"그렇게 어려운 일도 아닌 것 같은데…… 병원장님이 그 오랜 시간을 포기하지 않으실 정도로 저를 아끼신다면, 그깟 각서 쓰시는 게 무슨 큰일이겠어요. 그렇죠, 병원장님?"

휴대전화에서는 어떠한 대답도 없이 조용했으므로, 황운보 교수의 입안은 제 마음처럼 텁텁하니 메말라 가고 있었다. 그 정도로 굉장히 초조했지만 이대로 포기할 수 없었다.

"그렇잖아요? 아시다시피 병원장님께 저는 여느 의사 나부랭이랑은 다르다는 거…… 어떻게 다른 지는 병원장님이 더 잘 아실 테죠. 그래서 지금까지 저를 규양병원에서 내치지 못하신 거고요."

"……자네 말이야. 난 자네가 걱정이네. 서울에서 내내 외톨이로 지내는 것도 그렇지. 규양병원에 오면서 여기 사람들과 좀 친해지나 싶

266

었었는데, 그것도 얼마 안 가 모두 떠나 버리고. 아, 아니지. 자네 혼자가 아니지 않나?! 자네가 그리 소중히 여기는 외동딸이 있었지. 이제 몇 살이던가…… 내 정신이 이렇다니까. 그래, 지금 제약 회사에 다닌다고 했었지! 거기 회장이 좀 깐깐한데, 자네 딸은 부지런하고 성실하니 참 다행이야."

모처럼 희망이 보이는 것 같아 좋아하던 황운보 교수는 장인목 병원장이 건네는 예상치 못한 말에 가슴이 철렁거렸다. 살기 위해 각서라도 받으려 혈안이었는데, 딸 황남영 차장이 거론되자 눈앞이 흔들렸다.

"자네도 알겠지만 난 이제 늙었어…… 병원장이라는 자리도 좀 그렇다네. 그래도 다행인 게, 난 자네와 달리 친구들이 많거든. 다른 건 내세우기 부끄럽지만, 그거 하나는 자부할 수 있어 얼마나 기쁜 일인지 몰라. 그래서 난 자네를 보면 딱한 마음이 들어. 자네가 혼자도 아니고 과년한 딸까지 있는 마당에, 너무 혼자만 생각하고 사는 게 아닌가 하고."

장인목 병원장이 점점 안정을 찾으며 천연덕스럽게 말하는 한편, 황남영 차장의 얘기가 나왔을 때 이미 귀가 닫힌 황운보 교수는 정신이 혼미한 탓에 빠듯하니 서 있는 게 전부였다.

고급스런 가게들이 들어선 시내, 그곳 어느 바에 황운보 교수의 모습이 보였다. 그는 처량한 것도 모자라 죽상을 띤 얼굴로 내리 양주를 마시고 있었다.

'결국, 내가 원하는 대로 된 건 하나도 없잖아…… 반격도 제대로

못하고 그렇게 당하고 말다니.'

기분이 나쁜 상태에서 마셔서인지, 그가 느끼기에 술은 달지도 않고 쓰지도 않았다. 그저 떫기만 해 약을 먹는 것 같았으나, 그래도 마시는 것을 멈출 수 없었다. 술을 마시는 것조차 못하게 된다면, 숨 막히게 죄는 괴로움에 몸서리치게 되어 무슨 짓을 할지 알 수 없었기 때문이었다.

'이럴 줄 알았으면 '그때'⋯⋯ 증명할 만한 걸 챙겼어야 하는 건데 분하다! 만약 그랬다면, 그 노인네가 꼼짝도 못 하고 나한테 설설 기었을 텐데⋯⋯!'

황운보 교수는 뒤늦게 주문한 안주 하나를 물고 흐느끼듯 몸을 떨었다. 아무래도 분한 마음이 진정되지 않는 모양이었다.

'정말이지, 내 꼴이 이렇게 되다니! 그래도 한때는 승승장구했었는데, 내가 너무 어리석었어! 마냥 들뜨는 바람에 뒷일은 생각도 않고⋯⋯ 그때는 그 노인네가 시키는 대로 충성만 하면 되는 줄 알았었는데, 이렇게 궁지에 몰릴 걸 진작 알았어야 했는데!'

이어 신경질적으로 엎드린 황운보 교수는 곧 한숨을 쉬며 고개를 들었다.

'지금의 내가 뭘 할 수 있을까. 내게는 믿을 만한, 힘 있는 사람도 주변에 없고⋯⋯.'

그때, 무언가가 황운보 교수의 뇌리를 스쳤다. 하지만 다음 순간 쓸쓸히 고개를 가로저었다.

'그건 아니야. 안 돼, 너무 직접적이라고. 그놈은 완벽한 증거지만,

268

그만큼 너무 위험해! 너무 강력해서 잘못 건드렸다가는 나도 감당할
수 없을 거야. 난 그렇다 치더라도, 남영이까지 위험해질 텐데…… 참
못난 계집애야. 내 덕에 대기업에 들어갔으면, 은혜를 갚기 위해서라
도 나한테 힘을 실어줄 생각을 해야지! 어디서 잘나가는 놈 하나 물어
왔으면, 이렇게까지 되지는 않았을 거 아니야? 하여간 그 계집애는
끝까지 도움이 안 돼!'

시간이 얼마나 흘렀는지, 황운보 교수는 몸도 제대로 가누지 못할
만큼 흠뻑 취해 있었다.

"장인목, 네가 나한테 이럴 수는 없어……."

28

아직 하루가 길었음에도 해가 생각보다 빨리 떨어져 어둑어둑해졌
다. 그에 따라 행인들은 걸음을 재촉했고, 공수겸 보좌관도 종종 걸음
으로 걷고 있었다. 그는 며칠 전 맡긴 구두를 찾기 위해 단골 구둣방
으로 가는 중이었다. 그곳은 좀 멀었지만 좋은 솜씨에 비해 가격이 저
렴한 데다, 단골에게는 추가 할인을 해 주는 곳이라 공수겸 보좌관이
자주 찾는 곳이었다. 다만 가는 길에 유흥업소가 많다는 흠이 있어,
중간에 고약한 취객과 부딪히는 일이 이따금 일어났다. 때문에 사람
이 별로 없는 낮에 가는 게 좋았으나, 일을 모두 마친 밤에만 시간이
나는 그에게는 사실상 불가했다.

'오늘은 제발 아무 일 없기를.'

정색한 공수겸 보좌관이 앞만 보며 직진하던 그때, 그의 눈에 익숙
한 뒷모습이 보였다. 멈칫한 그는 조금 망설이다, 그 뒷모습을 따라
어느 술집 안으로 들어갔다.

'저 사람이 왜 여기에 있지?'

그곳 입구를 지나 복도를 걷던 공수겸 보좌관은 문득문득 그 뒷모
습을 바라보았다. 화려하고도 값비싼 치장을 한 사람들 사이로, 단아
하고 평범한 그녀의 뒷모습은 매우 눈에 띄었다. 그 뒷모습이 복도를

걷다가 멈추자, 얼결에 같이 멈추게 된 공수겸 보좌관은 멍하니 그 뒷모습을 주시했다. 복도의 중간에 선 그 뒷모습의 주인은 황남영 차장이었는데, 그녀는 안쪽에서 눈도 뜨지 못한 채로 팔을 허우적대는 아버지를 말끄러미 보고 있었다. 굳은 표정으로 황운보 교수를 본 그녀는 이내 짜증이 난다는 듯 얼굴을 일그러트렸다.

"……."

그나마 그곳에는 사람이 얼마 없었지만, 황남영 차장에게는 그게 문제가 아니었다. 틈만 나면 그녀를 독하게 괴롭히는 황운보 교수라도, 한 가지 안 하는 게 있었다. 바로, 코가 비뚤어지게 취했다고 해서 딸을 자신이 있는 술집으로 출입하게 하는 것이었다. 그가 술 자체를 즐기지 않는 탓도 있었으나, 제 딸이 술집에 드나드는 것을 끔찍하게 여긴 탓이었다.

그런데 오늘 너무 분하고 억장이 무너져, 미처 다른 생각할 겨를도 없이 만취해 버리고 말았다. 그러다 보니, 취한 그를 성가시게 여긴 바의 직원이 유일하게 통화가 된 황남영 차장을 이곳에 부른 것이었다.

'……이.'

입술을 깨문 황남영 차장은 화를 억누르는가 싶더니 곧 돌아서서 걸었다. 그로 인해 뒤에 선 공수겸 보좌관이 움찔했고, 잠깐 둘의 눈이 마주치게 되었다.

'당황스럽다. 나도 모르게 여기까지 따라 들어오기는 했는데……
이렇게 된 이상, 인사를 해야 하나?'

공수겸 보좌관이 어쩔 줄 모르고 멋쩍어 하는 와중, 그를 힐긋거린 황남영 차장은 그대로 휙 지나쳐 버렸다. 놀란 공수겸 보좌관이 돌아서서 황남영 차장을 좇았으나, 그녀는 아무런 망설임 없이 밖으로 나가고 있었다.

"……."

공수겸 보좌관은 다시 바로 돌아와, 그곳에 있는 황운보 교수를 보았다. 어떡해야 좋을지 몰라 갈등하더니 결국, 인사불성이 된 황운보 교수에게 다가갔다. 몇 걸음 앞두고도 술 냄새가 확 풍겨와 자신도 취할 것 같았다. 그래도 이대로 그를 버리고 가기에는 꺼림칙해, 눈 딱 감고 옆에 있기로 했다.

'오죽하면 딸이 여기까지 왔다가 가 버렸을까. 그런데 그렇게 가 버린 게 끝인가? 치를 떨던데…… 대리 기사를 부른 거야, 안 부른 거야?'

그러는 동안에도 황운보 교수가 옆에서 끝도 없이 중얼중얼해, 공수겸 보좌관으로 하여금 혀를 차게 만들었다.

"……그러면 안 되는 거야. 나한테 이럴 수는 없다고!"

비교적 조용하게 엎드리고 있던 황운보 교수는 별안간 소리를 질렀다. 그러고는 코브라처럼 고개를 들어, 깜짝 놀란 공수겸 보좌관에게 중얼거리기 시작했다.

"내가 얼마나 노력했는데! 내가 한 일은 생각 안하고…… 단물만 빼 먹다니. 내 덕에 이익을 본 주제에…… 나같이 대단한 사람을 떠받들어도 모자랄 판에!"

하고는 다시금 맥없이 엎드렸다. 그에 질색한 공수겸 보좌관은 어째 피로가 몰려오는 것 같아 관자놀이를 문질렀다.

　"나는…… 너희와는 차원이 다른 사람이라고! 장인목, 그 노인네도 내 덕을 봤어. 암만 고고한 척 해 봤자, 그 사실은 변하지 않아. 장인목뿐인가……? 장용빈 그 자식, 내가 은혜를 베풀지 않았으면 국회의원? 흥…… 그거."

　장용빈 의원의 이름이 나오니, 공수겸 보좌관은 반사적으로 고개를 돌려 황운보 교수를 보았다. 그러나 여전히 눈을 못 뜬 그 고주망태는 얼큰한 악취를 풍기는 숨을 내쉬는 데 바빠 보였다.

　'장용빈?'

　"따지고 보면 부자가 나란히 내 덕을 본 거 아니야?! 그럼 서로 나서서 나한테 잘 보여도 모자란데, 생각할수록 열 받아…… 나 같은 은인이 어디 있다고."

　갸웃거린 공수겸 보좌관이 뒤늦게 황운보 교수의 말에 귀를 기울였지만, 그게 마지막이었다.

　"그랬다고?"

　장용빈 의원은 눈을 몇 번 끔뻑일 뿐, 다른 반응은 보이지 않았다.

　"……그랬습니다."

　좀 불만스럽다는 투의 공수겸 보좌관이 무표정한 얼굴로 말했다.

　"재밌는 양반이야. 그래서? 구두는 찾았어?"

　낮이었는데도 하늘이 꽤 흐려 뭐라도 쏟아질 것 같은 날씨였다. 주말을 맞은 장용빈 의원과 공수겸 보좌관은 습관처럼 장용빈 의원의 집에 모여 있었다.

"구두, 늦었지만 찾았습니다. 아무튼 생각할수록 불편한 부녀지 뭡니까. 제가 급한 용무를 뒤로 하고 봉사한 걸 떠올린다면 말입니다. 긴 시간을 같이 기다려 줬다가, 또 긴 시간을 들여서 대리 기사를 부르고…… 그랬는데도 지금껏, 인사는 고사하고 연락 한 번이 없다니. 물론 대가를 바란 건 아니었지만."

각종 자료들이 쌓인 거실은 어느덧 성토하는 장이 되어 회의는 뒤로 밀려나 있었다. 시종일관 무미건조한 표정과 말씨의 공수겸 보좌관이었으나, 여간 억울한 게 아니었는지 장용빈 의원에게 낱낱이 보고하고 있었다.

"황 교수님은 좀 의외였습니다. 제가 알기로, 술을 인사불성이 될 정도로 심하게 마시지 않으시는 걸로 아는데. 아니 그건 그렇고, 황남영 씨는 아무리 기분이 안 좋으셔도…… 그렇게 가 버리시다니. 저는 혹시나 다시 모시러 오실 줄 알고 기다리고 있었는데! 결국 제 손으로 대리 기사를 부르고, 그렇게 제가……!"

흥분한 공수겸 보좌관이 씩씩거린 터라, 그걸 계속 들어주기 힘들었던 장용빈 의원은 입을 비죽거렸다.

"그래, 공수겸 보좌관이 고생 많았네……."

은근히 가시 돋친 장용빈 의원의 목소리에, 뜨끔한 공수겸 보좌관은 곧 볼멘소리로 투덜거리는 것을 멈추었다.

"그러고 보니 좀 이상하더군요. 황 교수님한테 안 좋은 일이 생긴 것 같던데, 규양병원에서 무슨 일을 당하신 걸까요?"

"나야 모르지. 여태껏 관심 가진 적도 없는데, 무슨 일이 있었는지 어떻게 알겠어?"

"그래도 아버님께서 그곳 병원장님이신데, 하나도 모르신다는 게 말이 됩니까?"

장용빈 의원이 무심한 반응으로 일관하자 공수겸 보좌관은 그를 물끄러미 보며 말했다.

"황 교수님이랑 의원님, 무슨 관련이 있으신 겁니까?"

"응? 아, 은인이라고 한 거? 그게…… 몰라."

공수겸 보좌관은 또다시 무심하게 대답하는 장용빈 의원이 어쩐지 석연치 않았다. 그래서 장용빈 의원에게 살짝 퉁명스러운 시선을 주었다.

"네 궁금증은 이해하겠는데, 정말 모르는 일이야. 너는 오랜 시간 날 봐 왔으니까, 이게 거짓말인지 아닌지 더 잘 알 거 아니야? 그 양반도 참, 나도 모르는 얘기를 왜 떠벌리고 다니는 건지……."

헛웃음을 터트린 장용빈 의원은 그저 기가 막힌다는 투였는데, 잠시 후에는 눈을 굴리며 생각에 잠기는 모습이었다.

"황 교수님에 대해서 잘 아는 건 아니지만, 그래도 없는 말을 하신 것 같지 않아서 말입니다. 그분이 규양병원에서 일하게 되신 지 한 이십 년쯤 되셨잖습니까…… 원래는 작은 병원에 있으셨던 그분을, 병원장님께서 직접 영입하셨다고 들었습니다만. 당시에는 활약이 대단하셨다던데, 어쩌다 그렇게 되셨는지 알 수가 없네요."

"……."

그러거나 말거나, 장용빈 의원은 태연무심하게 기지개를 켰다.

29

커튼을 친 방 안은 캄캄했으나, 아침이 왔다는 건 누구라도 알 수
있었다. 그것은 황운보 교수도 마찬가지였다.

'아이고…….'

머릿속만큼이나 뱃속도 계속 덜그렁거렸기 때문에, 더 이상 잠을
이룰 수 없었던 황운보 교수는 침대에서 벗어나기 위해 고무락고무
락 움직였다. 지금의 파리한 몰골은 그의 마음이 어떤지 대변해 주는
것 같았는데, 그에 못지않은 복합적인 통증들이 체내에 연속부절 일
어나고 있었다. 그런데다, 술에 취해 허우적거린 지 며칠이 지났음에
도 여전히 머리가 깨질 것 같았다. 더불어 눈앞이 어질했으며, 속 또
한 말할 수 없이 그를 힘들게 만들었다.

'……도저히 안 되겠다.'

몸을 일으키려던 황운보 교수는 외려 속에서 넘어올 것 같은 기분
만 느끼고 말았다. 이내 헐떡이듯 가쁜 숨을 몰아쉬던 그는 그냥 누워
있기로 했다. 어차피 일어난다고 하더라도 더는 출근할 필요도 없거
니와 딱히 할 것도 없었다.

'이왕 이렇게 된 거 잠이나 자야지.'

황운보 교수는 살그니 나른한 기분에 취할 것 같았지만, 마음 한구

석이 착잡해지는 것은 어쩔 수 없었다. 의사가 된 후 처음으로 만취한 그날, 이를 바드득 간 그날로부터 며칠이 지난 지금의 제 모습은 영어이없었다. 자신을 이렇게 만든 장인목 병원장을 향한 증오보다, 온몸을 괴로이 휘감는 숙취가 더욱 억세게 다가온 탓이었다. 아무리 오랜만이더라도, 이제 나이가 들었더라도 이건 너무하다 싶을 정도였다. 며칠이나 지났으면 이제는 좀 괜찮아져야 하건만, 숙취는 그를 모질게 물고 늘어지고 있었다. 그렇게 얼마간의 시간이 흐른 후, 그는 아직껏 안팎으로 괴로우면서도 결국 일어났다. 그러고는 앓는 소리를 내며 비틀걸음으로 방을 나섰다.

주방으로 가는 동안 집 안이 휘휘하게 느껴졌지만, 그저 한숨만으로 쓰린 속을 달래는 수밖에 없었다.

"……."

가까스로 주방에 가니 식사가 차려져 있었는데, 황남영 차장은 벌써 출근을 했는지 보이지 않았다. 딸에게 이런 제 모습을 보여 주기 싫었던 황운보 교수는 그 사실에 안도하게 되었다. 처음으로 딸에게 손찌검한 이후, 여러모로 껄끄러웠기에 가급적 부딪히지 않으려 그런 식으로 지내고 있었다. 단지, 초라하게 변한 자신을 누구에게도 들키고 싶지 않은 동시에 앞으로가 걱정이었다.

"이제 어떡해야 되나……."

물을 실컷 들이켠 황운보 교수는 자기도 모르게 한숨을 쉬게 되었다. 그때, 멍하니 선 그의 머리에 다시금 통증이 찾아왔다. 다행히 못 견딜 정도는 아닌 터라, 땅이 꺼져라 한숨을 쉬던 그는 비틀비틀 서재로 향했다.

'설마…… 이대로 끝은 아니겠지?그 노인네가 아무리 독하게 마음을 먹었대도, 날 함부로 할 수는 없을 텐데.'

어느덧 서재의 책상 앞에 앉아 턱을 괸 황운보 교수는 뭔가를 고민하는가 싶더니 벌떡 일어나 창가에 대고 자꾸자꾸 혀를 찼다. 그렇게 오만상을 짓던 중 재차 두통에 시달려야 했는데, 이번에는 뭔가 이상했다. 쑤시는 듯한 통증과 함께 의식이 아뜩아뜩해져, 급기야 바닥에 엎어지고 말았다.

'이게 무슨 꼴이야.'

이 상황이 우습다 못해 화가 난 그는 오기로라도 일어나려 애썼다. 하지만 이상하게도 또다시 몸이 뜻대로 움직여지지 않는 것이었다. 그에 당혹할 새도 없이, 홀여 의식을 잃게 되었다.

"……?"

다시 눈을 떴을 때, 황운보 교수는 아무렇지 않게 몸을 움직일 수 있었다. 어느새 사라진 두통과 함께 몸에도 이상이 느껴지지 않아, 꿈을 꾼 게 아닌지 헷갈렸다.

'이건 꿈이 아니야. 수술실에서 졸도했던 건 누군가가 날 음해한 거라고 생각했는데, 그럼…….'

어떤 생각이 닿자, 심장이 미친 듯이 뛴 그는 급히 서재를 나섰다. 그러고는 대충 외출할 채비를 마치고 서둘러 차에 탔다.

'만약이야. 지금까지 내가 얼마나 조심하며 살았는데……!'

그는 시동을 걸 생각도 못 한 채, 운전하기를 주저하고 있었다. 운전대를 쥔 손에 얼마나 힘을 줬던지 손이 얼얼할 지경이었는데, 이윽고 초조하게 허공을 보던 그의 눈이 느릿느릿 앞을 향했다.

'진정해! 아직 몰라…… 틀림없이 별거 아닐 거야.'

겨우 자신을 달랜 황운보 교수는 침착하게 시동을 걸었다. 그렇게 출발한 차는 그길로 서울을 벗어나고 있었다.

'혹시 모르니 노인네의 손길이 닿지 않는 곳이어야 해. 당연히 서울은 안 되고, 지방을 뒤지는 게 나아. 너무 큰 곳도 안 되고, 너무 작은 곳도 안 돼…… 적당한 곳을 찾아야 할 텐데…….'

황운보 교수는 여유라고는 찾을 수 없는 얼굴로 몹시 불안하게 두리번거리며 어딘가를 찾고 있었다.

'……서둘러야 해!'

운 좋게 자신이 찾던 '적당한' 곳에 도착하니, 그는 부리나케 그곳으로 달려갔다. 그곳은 제법 오래되어 보이는 병원이었는데, 시간이 흐른 후 밖으로 빠져나온 그는 자못 얼빠진 모습이 되어 있었다.

'아니야, 아니야!'

잠시 후, 그는 나사 빠진 것 같은 모습으로 다급히 차를 몰더니 또 다른 병원을 찾아 돌진했다.

이번에는 생긴 지 얼마 안 된 깔끔한 외관의 병원이었다. 그곳의 의사들은 모두 젊었으며, 다짜고짜 퉁명스럽게 재촉하는 황운보 교수를 친절하게 응대했다.

"……."

용무를 마친 황운보 교수는 그곳의 현관 앞에 있는 계단에 털썩 주저앉았다. 바람이 불지 않아 덜 쌀쌀했어도 으스스 떨리는 날씨라, 스멀스멀 올라오는 냉랭한 기운 때문에 엉덩이가 시려 멍들 것 같았다. 그럼에도 불구하고 그는 뭐에 홀린 사람처럼, 다른 것은 인지하지 못한 채 사뭇 어두운 얼굴을 하고 있었다.

"낄낄낄……."

바닥을 하염없이 바라보던 그는 뜬금없이, 실성이라도 한 양 힘없이 웃었다.

그 웃음은 희한하게도 흐느끼는 듯 들려, 자세히 들어 봐도 그것이 웃음인지 울음인지 알 수 없었다. 추위 때문에 얼굴이 곧잘 당겼으나, 지금은 그게 문제가 아니었다.

'이…… 내가 스파르가눔이라니. 별것 아니기를 그토록 바랐건만…… 지금까지 건강하게 살려고 가려 먹어 왔는데, 무슨 날벼락이람.'

스파르가눔(sparganosis)은 만선열두조충의 유충으로 인한 인체 감염증으로, 대개는 유충에 오염된 물벼룩이 든 물을 마시거나 중간 숙주인 개구리 □ 뱀 등을 생식할 때 감염된다. 혹은 중간 숙주를 섭취한 돼지, 소, 조류 등을 생식했을 경우 감염되기도 하는데, 그 기생충이 어느 부위에 침범했는지에 따라 증상의 경과와 합병증이 매우 다양해질 수 있는 치명적인 질환이었다.

황운보 교수도 의사였기에 그 같은 사실은 알았어도, 막상 자신이 환자 입장이 되니 도통 받아들이기 힘들었다.

'감염되었을 때 증상이…… 미미한 것들이라 무시해 버렸었는데.

기가 막힐 노릇 아닌가. 사실상 규양병원에서 내쳐진 마당에, 몸까지 엉망이 되다니! 내가 그동안 어떻게 살았는데, 하필이면 그놈의 유충이 파고든 게…… 내 뇌라니!'

처음 검사를 받았던 병원에서도 같은 진단을 받았었지만, 그것을 엉터리라 생각한 황운보 교수가 다른 병원을 찾아 다시 검사를 받은 것이었다. 그럼에도 불구하고 연달아 똑같은 진단을 받게 되니, 그야말로 허희탄식을 반복하던 그는 마침내 자신이 처한 상황을 마주하기로 했다. 그러자 차갑게 죄는 추위와는 별개로, 사무치도록 암담한 현실이 그를 휩쌌다.

'어젯밤까지만 해도 장인목, 그 노인네가 흉계를 꾸민 것이라 생각했었는데…… 그때 내게 커피를 준 그 간호사와 짜고 일을 벌인 거라고. 아니, 왜 하필 나한테 이런 일이 생긴 거지?!'

다른 건 제쳐 두고, 한 가지가 납득이 안 되어 난감할 수밖에 없었다. 그것은 바로 자신의 뇌에 벌레가 기생하게 된 원인이었는데, 평소 철저하게 관리해 온 터라 이상하다는 생각이 들었다.

'아무래도 모르겠어. 내가 더러운 물을 마셨을 리는 없고…… 개구리고 뱀이고, 회도 안 먹는 내가 도대체 어떻게!'

지금 황운보 교수의 상태는 하루라도 빨리 수술을 받아야 했으나, 그렇다고 무턱대고 아무에게나 맡길 수도 없는 노릇이었다. 머릿속을 헤집는 게 보통 까다로운 일이 아님은 의사인 자신이 가장 잘 알기 때문이었다.

"……아."

황운보 교수는 두 손으로 턱을 괴고 곰곰이 생각하다, 뭔가 떠오른 듯 서서히 고개를 들었다. 이내 벌떡 일어선 그는 그새 굳어 버린 두 다리를 절뚝거리며 차에 몸을 실었다. 지그시 이를 악물고 다시 서울을 향해 달리는 그의 얼굴은 적잖이 상기되어 있었다.

이윽고 서울에 도착한 황운보 교수는 분노가 들끓는 마음을 애써 진정시키며 금방 튀어나올 듯한 눈으로 어딘가를 향했다. 규양병원 근처라 익숙한 곳인 동시에, 자신이 일부러 발을 끊어 버려 어딘가 낯선 그 길 끝에는 한 약국이 자리하고 있었다. 근처에 규양병원이 있다 보니, 감정이 더 격해진 그의 걸음은 자연 빨라지고 있었다.

'가난했을 때도 날것은 쳐다본 적도 없었으니…… 확실해! 내가 날것을 먹은 건 그놈이 권한 그것뿐이었어, 동천모……!'

잔뜩 성난 황운보 교수는 그 약국 문을 부술 것처럼 쾅쾅 두드리기 시작했다. 불도 꺼져 인기척이라고는 없었음에도, 쉴 새 없이 그곳에 주먹을 내리치며 씩씩거렸다.

'동천모, 이 자식!'

번뜩이는 눈으로 약국 안을 유심히 보던 황운보 교수는 문득 이상하다는 생각이 들었다. 하늘은 이미 어두워진 뒤였지만 그렇다고 문을 닫을 만큼 늦은 시간도 아닌 데다, 주위에 있는 가게들이 모두 불을 환하게 켠 채 영업 중이라 더 의아스러워졌다. 그렇게 주위를 둘러볼 무렵, 많은 사람들이 나와 자신에 대해 수군거리는 모습도 볼 수 있었다. 다들 황운보 교수가 무서운 기세로 약국 문을 거칠게 두드려 언짢았으나, 그들이 보기에도 황운보 교수의 모습이 너무 처절할뿐

더러 무슨 짓이라도 저지를 것 같아 쉽사리 나서지 못하고 있었다.

'동천모! 동천모! 동천모! 어떻게 알고 숨어 버린 거야?!'

물론 황운보 교수도 자신을 보는 많은 사람들의 시선을 알고 있었지만, 아랑곳하지 않고 끈덕지게 그곳 문을 두드렸다. 그러다 한쪽 구석에 '임대 문의'라고 적힌 종이가 붙어 있는 걸 보게 되었다. 그는 곧바로 가슴이 철렁 내려앉았으나, 자신이 잘못 본 것이라 믿고는 계속 문을 두드렸다.

"……그만 좀 하세요, 아저씨."

움찔한 황운보 교수가 소리 난 쪽을 돌아보니, 많은 사람들이 모인 틈에서 어떤 나이 든 여성이 어이없다는 눈으로 자신을 쳐다보고 있었다. 척 봐도 보통내기가 아니라는 분위기를 풍긴 탓에, 황운보 교수는 저절로 가만히 서 있게 되었다.

"무슨 일인지 모르겠는데요. 그 약국 주인 부부, 문 닫고 떠난 지 한참 됐거든요."

그 말을 들은 황운보 교수는 자신의 귀를 의심했다.

"무슨……! 무슨 말도 안 되는 소리예요? 갑자기 왜요?!"

홀언 두려움이 스친 그가 억울한 듯 소리쳤다.

"아이고, 아저씨…… 이유야 나도 모르죠. 떠난 게, 작년 가을이었나? 그 부부가 항상 쾌활했었는데 어느 날인가…… 죽을병에 걸린 사람처럼 시름없이 변해 버리더니, 그다음 주에 말도 없이 사라져 버렸어요."

"……."

신경이 곤두섰던 황운보 교수는 그녀의 말에 즉시 충격을 받아, 눈앞이 허예져 약국 문에 기댔다. 그 모습을 본 그녀는 작게 혀를 차고서 왔던 길로 되돌아갔다. 곧이어 주위에 모였던 사람들도 조금씩 흩어지게 되었다.

'아니야…… 말도 안 돼.'

끊임없이 부정하던 황운보 교수는 더 이상 날뛰지도, 고개를 드는 것도 못했다. 마음 같아서는 당장 차를 몰아 굳게 닫힌 약국으로 돌진하고 싶었지만, 도저히 그럴 기력이 나지 않았다. 장인목 병원장으로부터 받은 충격이 등에 꽂힌 채로 눈덩이처럼 불어나, 치를 떨 기운조차 없었던 것이었다. 모든 것이 힘겹게 느껴진 그에게, 또다시 아찔한 두통이 찾아오고 있었다.

30

황운보 교수는 새벽녘에야 겨우겨우 집에 돌아와 옷도 갈아입지 않고 침대에 몸을 뉘었다. 한층 어두워진 낯빛으로 뒤척이던 그는 어느 틈에 잠이 들었지만, 오래 지나지 않아 깨어나고 말았다. 그런 와중에, 자신의 처지를 벗어날 방법이 도통 생각나지 않아 더 울적해졌다.

'일단 수술은 해야겠지? 내가 가진 돈이…… 그나마 모았던 돈은 품위를 유지한답시고 사치하는 데에 썼잖아. 돈이 어디서 생긴다고 해도, 어디에 수술을 맡기지? 수술이 가능한 병원은 대부분 장인목의 영향이 닿을 테고…… 가뜩이나 날 없애고 싶어서 안달인데, 내 뇌에 문제가 생겼다는 걸 알면……! '증거'만 있다면, 장인목이고 뭐고 걱정이 없을 텐데. '그걸' 아는 사람은 나뿐이건만, 증명할 만한 무엇도 가지고 있지 않으니…….'

무슨 짓을 해서라도 해결책을 찾아내야 할 판에, 그는 몸서리만 칠 뿐 알맞은 답을 찾지 못하고 있었다.

'실력이 월등한 곳일수록 나는 사지로 몰리겠지…… 그렇다고 아무 데서나 수술받을 수 없잖아! 실력은 역시 규양병원이 최고인데…… 내 안전을 보장 받으려면, 그에 상응하는 것을 내보여야 한다는 걸 아는데도.'

황운보 교수는 속이 답답해 몸을 일으켜 앉았다.

'이렇게 답답할 수가! 내게 아무것도 없다니……! 지금 그 노인네는 혹시 몰라서 날 완전히 쳐내지 못하고 있는데, 내 손에 아무것도 없다는 걸 알면 당장 내 목을 칠 거야! 이래도 죽을 테고, 저래도 죽게 생겼구나…….'

머리를 감아쥔 그는 꽤나 한량한 모양이 되어 있었다.

'너무 안일했어. '그때' 뭐라도 챙겼어야 했는데…… 아니지, 이제 와서 후회해 봤자. 거기에다 '그때' 노인네가…… 하. 쥐도 궁지에 몰리면 문다는데, 난 쥐보다 못하구나. 아직 '한 가지'가 남았지만, 위험한 건 마찬가지야. 그것도 나 혼자라면 모를까, 남영이는…… 남영이!'

순간적으로 지나간 세월이 스친 황운보 교수는 그제야 딸을 생각했다. 얼마 전에도 자신에게 억울하게 맞고 겁에 질렸던, 그녀의 잘못이 아니라는 걸 깨닫고도 사과하지 않은 채 외면했던 것을 생각하니 몹시 후회스러웠다.

'죽음을 무릅쓰고 '완벽한 증거'를 건드렸다가는…… 장인목이 화를 주체하지 못하겠지? 그럼, 나나 남영이를 해치려고 들 텐데! 그러고도 남아…… 대체 어떻게 해야 하는 거야?!'

생각할수록 한탄스럽기만 할 뿐, 구하고자 하는 답이 나올 기미는 보이지 않았다. 마냥 흐느끼기도 하고 끙끙 앓기도 하며 아침을 맞이한 그의 얼굴은 이루 말할 수 없이 늙어 보여, 살아 있는 게 맞는지 의심스러울 정도였다.

"이게 전부야?"

장용빈 의원이 탁자에 놓인 상자를 가리키며 물었다. 그 안에는 특정 사람들의 인적 사항이 적힌 서류들이 들어 있었다. 모두 '구승희'와 비슷한 시기에, 같은 교도소에 수감되었던 사람들의 것이었다.

"네, 그게 다입니다."

중얼거리듯 대답한 공수겸 보좌관은 상당히 피로한 기색으로 물을 마셨다.

"뭐랄까…… 생각보다 적은 걸?"

상자 안을 훑어본 장용빈 의원은 멋쩍은 표정을 하고서 뒷목을 주물렀다.

"그것도 최대한 모은 겁니다. 당시 '구승희' 씨와 비슷한 시기에 수감됐던 사람들 가운데, 지금은 사회로 돌아간 경우입니다. 아, 그 중에 몇 개는 소용없을 겁니다."

공수겸 보좌관의 말에 어리둥절해진 장용빈 의원이 물었다.

"그건 또 무슨 말이야?"

"제가 어제 확인해 봤습니다만, 상당수가 흉악범이라 지금 수배 중이거나 다른 교도소에 수감 중입니다."

공수겸 보좌관의 설명을 듣고 다시 상자 안을 들여다본 장용빈 의원은 말없이 그 서류들을 탁자 위에 쏟았다. 서류들이 고루 넓게 퍼지자, 장용빈 의원은 흥미롭다는 눈으로 공수겸 보좌관을 쳐다보았다.

"솔직히 기대는 되지 않습니다."

벌써부터 지친 탓에 드러눕고 싶은 마음이 간절했던 공수겸 보좌관은 그날따라 눈꺼풀이 무겁게 느껴져 일부러 크게 말했다.

"이게 시작은 좋았는데 중간에 좀…… 왜 그러십니까, 의원님?"

어느덧 무언가에 시선을 한 고정한 장용빈 의원이 보여, 공수겸 보좌관은 얼른 일어나 그에게 다가갔다. 뚫어져라 보는 그 시선의 끝에는 한 명의 인적 사항이 적힌 서류가 있었다. 장용빈 의원은 아무런 말없이, 손가락으로 그 서류를 두드렸다.

멍하니 출구 없는 생각에 잠겼던 황운보 교수는 속절없이 허한 마음을 뒤로한 채 방을 나섰다. 시간은 막 오후에 들어서고 있었기에 황남영 차장은 당연히 보이지 않았다.

'모든 게 변함없구나. 식탁에는 식사가 차려져 있겠지, 변함없이…… 변한 건 나뿐.'

예상대로 자신을 위한 식사가 있는 식탁을 보자, 황운보 교수의 눈에 눈물이 차올랐다. 속수무책으로 나락에 떨어지게 생겨 모든 것이 끝나 버릴 수 있는 이 때, 아무것도 모르는 딸은 제 아버지를 위해 밥상을 차렸다는 사실이 못내 속상했던 것이었다. 게다가 황남영 차장은 제 아버지에게 맞아 몸도 성치 않을뿐더러, 감정도 좋을 리 없었다. 그럼에도 늘 그렇듯 정성 들였을 것이라 생각하니, 딸에 대한 죄책감이 울걱울걱 몰려왔다.

"이런 못난 아버지를…… 미안하다, 남영아. 미안…….."

딸을 위해서라도, 어서어서 묘안을 생각해 내야만 했다.

일찍 퇴근한 황남영 차장이 괴괴하리만치 고요한 집에 들어섰는데, 아버지라는 사람은 며칠째 얼굴도 내비치지 않아 이상했다. 아무리

거시기한 일이 있었대도, 틈만 나면 큰소리 떵떵 치던 그를 알았기 때문에 매우 수상했다. 하지만 섣불리 나설 수도 없었거니와 솔직히 그게 편했으므로 그저 잠자코 있기로 했다.

"……."

조금 열린 문틈으로, 딸이 집에 돌아온 것을 몰래 지켜본 황운보 교수는 어느 순간 무거운 한숨을 쉬었다. 진한 화장으로도 가릴 수 없는 그녀의 왼쪽 얼굴을 목도한 탓이었다. 실핏줄이 터진 그 상처는 여전했으며, 그새 선명한 멍 자국이 더해져 있었다. 제 눈으로 직접 딸을 확인한 그는 심장이 지끈거리는 것처럼 아릿아릿 괴로웠다.

31

황운보 교수는 시간이 갈수록 더욱 분해져 주먹이 부들부들 떨렸
다.

'잊으려고 해도 생각나고, 생각할수록 화가 나! 내가 어쩌자고 멀리
까지 가서 사슴피를 먹어 가지고……! 그동안 그렇게 날것을 안 먹었
건만. 정말 얼마나 조심했는데. 하늘도 무심하시지, 딱 한 번 그런 것
가지고 너무하잖아!'

이대로 딸의 얼굴을 마주하기에는 죄책감이 들 것 같았다. 그런 마
당에, 찝찝한 마음까지 더해져 견디기 힘들 지경이었다. 더욱이 추레
하게 변한 자신을 아는 터라 방을 나가지도 못한 채로, 두통이 있건
없건 옥죄는 머리를 쥐고 흔들었다.

'내 딸…… 하고 싶은 것도 많았을 텐데. 그걸 겉으로 드러내지도
못했겠지. 남영이…… 나 때문에 잘 놀지도 못하고, 지금까지 제 마음
대로 여행도 못 다니고, 얼마나 답답했을까. 가만, 그러고 보니 외박
한 적이…… 성년의 날! 그때 빼고는…… 그런데 그때, 왜 그랬더라.
분명히 나랑 싸웠던 것 같은데. 아, 도통 기억이 안 나네! 아무튼 못난
아버지를 만나는 바람에 지금껏 연애 한 번 못하고, 나만 아니었으면
벌써 집 한 채는 장만했을 것을…… 잘해 주지는 못할망정 내 욕심 채

우겠다고 널 그렇게 만들다니.'

생각해 내야 할 수는 생각해 내지 못한 채, 구석에 쪼그려 앉은 그의 모습은 더없이 궁상맞아 보였다. 하릴없이 덧없는 지난 일만 떠올리던 그는 곧 땅이 꺼져라 한숨을 쉬었다. 한꺼번에 찾아든 불행을 생각하니 억장이 무너져 차라리 까무러치고 싶었다. 그렇게 혼자 몸부림치는 동안, 무정히 흐른 시간이 어둠을 불러와 어쩐지 숨쉬기 힘들어지는 것 같았다.

'내가 이대로 없어지게 되면, 남영이는? 나 빼고는 의지할 곳도 없잖아…… 여태 결혼도 못했고. 남영이 혼자 어떻게 살아가지? 난 가진 게 없어서 남길 유산도 없는데…….'

커튼 사이로 어슴푸레한 빛이 보일 즈음, 황운보 교수는 여전히 깨어 있었다. 잠시 후, 찬물로 대충 세수한 그는 비장한 얼굴로 구석에 쌓인 짐들을 뒤지기 시작했다.

'여기…… 다른 데 있나?'

살금살금 방을 벗어난 황운보 교수는 공연히 집 안을 살펴보았다. 아직 모두가 잠들어 무섭도록 조용한 새벽녘, 모자를 눌러쓴 그는 두터운 외투를 입고 살근살짝 밖으로 나갔다. 그 경직된 모습에서 보통 긴장한 게 아니라는 것을 알 수 있었는데, 그렇게 그는 어디론가 걸음을 서두르다가도 이따금 주춤했다.

"무슨 수를 써서라도 반드시…… 찾아내야 해. 무슨 일이 있어도 살아남고 말겠어!"

무슨 생각인지, 황운보 교수는 계속 중얼거렸다. 마침내 어느 아파

트에 당도한 그는 그곳을 올려다보며 눈에 힘을 주었다.

'무슨 일이 있더라도…….'

그곳은 장용빈 의원이 사는 아파트였는데, 원래대로라면 황운보 교수는 그곳에 얼씬도 하지 말아야 했다. 그래서 장용빈 의원을 사윗감으로 호시탐탐 노릴 때도 감히 찾아올 엄두를 못 냈었다. 그만큼 장인 목 병원장을 두려워하는 마음이 엄청났기 때문이었다. 한때 멋모르고 장용빈 의원에게 딸을 내민 그였으나, 그것을 참다못한 장인목 병원장이 엄포를 놓자 당장 겁을 집어먹고 더 들이대기를 포기하고 말았었다.

'독립이니 뭐니 큰소리쳤으면서, 잘나가는 아버지 덕에 이렇게 좋은 데서 살고 있었네.'

그는 씁쓰름한 입맛을 다시며 코웃음 쳤다. 그러다 자연스레 지금 자신이 처한 상황과 비교해 보더니, 이내 위축감이 들어 우울해지고 말았다. 그곳은 무척 고급스러워 보여, 사는 사람들 모두 풍요로울 것 같은 분위기라 없는 열등감도 나오게끔 만들었다.

"……."

황운보 교수는 문득 정신이 들어, 급히 손목시계를 보았다. 시간은 아침 아홉 시를 막 넘기고 있었다.

'정신 바짝 차려야 해! 기회는 한 번뿐이야!'

각오를 단단히 한 그에게 운이 찾아들었는지, 어렵지 않게 장용빈 의원이 사는 단지 안으로 들어올 수 있었다. 하지만 다른 문제가 생기지는 않을지 걱정이 앞서, 장용빈 의원이 사는 층에 다다랐을 때는 머릿속이 하얘질 판이었다.

'괜찮겠지……? 이사를 한 것 같지 않던데. 내가 잘할 수 있을까, 계획대로 되어야 할 텐데.'

장용빈 의원의 집에 다가갈수록 황운보 교수는 점차 정신이 아득해지는 것 같았다. 숨도 가쁘게 느껴졌지만, 더 이상 물러날 수도 없었기에 걸음을 멈추지 않았다. 넓고 깨끗한 복도에는 다행히 지나가는 사람이 없어, 그는 비교적 원활히 장용빈 의원의 집 앞에 도착할 수 있었다. 슬쩍슬쩍 주위를 살펴도 사람이 보이지 않는 것은 여전했다. 좀 머뭇거리던 그는 떨리는 마음으로 품에서 작은 뭔가를 꺼내, 장용빈 의원의 집 건너편에 숨기고는 얼른 주위를 살폈다.

'이것이 제발 소용 있어야 할 텐데…….'

크게 심호흡한 황운보 교수는 그 집의 현관문을 가만히 두드렸다. 처음에는 소심하게 두드렸으나, 머지않아 자신을 비웃는 장인목 병원장이 떠올라 슬슬 본성이 울컥했다.

"야, 문 열어! 거기 있는 거 다 알아! 없는 척하고 있으면 내가 그냥 가 버릴 것 같아?! 웃기지 말라고! 내 덕을 보고 사는 주제에, 네가 누구한테 감히 문전 박대를 해?!"

미친 것처럼 살벌하게 문을 두드리는 황운보 교수 때문에, 주위에 닫혀 있던 문들이 하나둘 열리기 시작했다. 그들은 하나같이 찡그리고 있었으며, 매우 불쾌하다는 눈으로 외부인을 노려보았다. 그날은 주말이었기에 평소보다 더 많은 사람들이 집에 있었는데, 주위의 가시 박힌 시선들도 황운보 교수를 막지 못했다. 도무지 열릴 기미가 보이지 않는 그 문을 패듯이 두드리던 그는 약이 올라 더 악을 썼다.

"이렇게 두드리는데 대답이 없어? 네가 뭐가 그렇게 잘났어?! 돈 있고 힘 있는 네 아버지를 빼면 너는 아무것도 아니야! 내가 아니었으면, 내가 은혜를 베풀지 않았으면……! 넌 지금 여기 있지도 못해…… 알기나 해?!"

새벽에야 겨우 잠들었던 장용빈 의원은 계속되는 소음 때문에 잠에서 깰 수밖에 없었다. 그렇지 않아도 근육이 뭉쳐 힘든, 시들시들 시원찮은 그 몸을 기어코 일으켜 현관을 향해 걷기 시작했다. 그래도 비몽사몽인 탓에, 좀처럼 몸에 힘이 들어가지 않아 간단없이 비척걸음을 내딛었다.

'누구야……?'

누군가가 미친 듯이 악을 쓰며 현관문을 부수려 하는 것 같아, 그저 어안이 벙벙했다.

"도대체."

중얼거린 장용빈 의원은 눈도 뜨지 못한 채 문을 열었다.

"……!"

이윽고 현관문을 통해 나온 장용빈 의원은 한눈에 보기에도 대단히 피곤해 보였다. 그와 눈이 마주쳐 멈칫한 황운보 교수는 곧 원래의 거들먹거리는 모습이 되어 슬며시 병적인 미소를 지었다.

"이게 얼마 만이야~ 그동안 서로 바빠서 얼굴도 못 보고 지냈었는데, 잘 있었나?"

"……안녕하셨어요."

발광하듯이 흥분했던 모습을 거짓말처럼 그친 황운보 교수는 재빨리 넉살스럽도록 친근히 굴었다. 그러고는 집주인의 허락도 없이 멋대로 집 안으로 들어갔다. 장용빈 의원은 그런 침입자가 얼떨떨하면서도, 마지못해 현관문을 닫았다.

"자네가 이런 곳에 사는군! 야~ 집 좋다! 전망도 끝내주고…… 그런데 혼자 살기에는 너무 넓지 않아?"

'예전에도 그랬지만, 참 별난 양반이야…….'

황운보 교수는 호들갑을 떨며 온 집 안을 돌아다녔다. 실제로 어떻건, 장용빈 의원이 머물고 있는 그 집이 자신이 사는 집보다 훨씬 좋아 보였다. 게다가 마음만 먹으면 그곳이 제 게 될 것만 같아, 영역 표시라도 하는 동물인 양 샅샅이 돌아다녔다. 눈길이 닿는 곳마다 연거푸 감탄하는 그의 얼굴에서는 병적인 미소가 떠나지 않았다.

"천하의 장용빈 의원이 사는 집은, 뭐가 달라도 다르구나! 이런 데는 시세가 어떤지 몰라……."

그러더니 이번에는 냉큼 식탁에 앉아, 잠이 덜 깬 장용빈 의원을 응시하는 것이었다.

"뭐 하고 있어? 자네도 앉아, 어서!"

오랜만에 본 황운보 교수는 예전과 다름없이 제멋대로였다. 장용빈 의원은 그에 황당하고 당황스러웠으나, 아무 말도 하지 않고서 건너편에 앉았다. 그가 앉자마자, 황운보 교수의 주절대는 말소리가 정신없이 집 안을 울렸다. 많이 피곤했던 장용빈 의원은 그 와중에도 꾸벅꾸벅 졸다시피 하고 있었다.

"아, 와 보니까 정말 좋은데? 평수가 얼마나 되는 거야…… 이런 데
서 살아 보면 신선놀음하는 것 같을 텐데. 그런데 말이야, 손님이 오
셨는데 뭐라도 내오지 그래?"

말 한마디 할 틈을 주지 않던 황운보 교수는 돌연 집주인에게 다그
치듯 말했다. 넋 놓고 앉아 있던 장용빈 의원은 그에 머리를 긁적였
다.

"죄송합니다…… 근데 집에 아무것도 없어서요."

하며 물이 담긴 잔을 내놓았다.

"흐음……."

황운보 교수는 그걸 보고 대뜸 불만기를 드러내려다, 뾰로통하게
점잔을 뺐다. 그러고는 요사스럽게 웃으며 딴청을 피우는 것이었다.
그러는 동안에도 그는 쉴 새 없이 집 안을 두리번거렸다.

"신경 쓸 거 없네! 자네가 일부러 이럴 리는 없잖아? 천하의 장용빈
의원이신데, 이 정도는 대수롭지 않지. 내가 자네를 알고 지낸 세월이
얼만데, 멀리서 찾아온 반가운 손님한테 고작…… 물이나 준다는 게
뭐가 어때서?"

황운보 교수는 일부러 고래고래 소리 지르더니, 그저 멀뚱거리고
있는 장용빈 의원을 뚫어져라 보았다.

"이해해 주시네요."

장용빈 의원의 대답에 살짝 당황한 황운보 교수는 은근히 빈정거리
는 투로 물을 홀짝였다.

"밖은 추워서 발이 얼얼했는데, 여기 오니까 낙원이 따로 없어! 그

런데 자네는 내가 반갑지 않은가 봐? 비록 자네가 기억하지 못하더라도, 내가 말이야……."

장용빈 의원은 갑자기 들이닥쳐 부담스러울 정도로 친근한 체 수다를 떠는 황운보 교수가 슬슬 귀찮아지고 있었다. 가뜩이나 졸음 때문에 견디기도 힘든데, 싫은 사람까지 마주하려니 정신적으로나 육체적으로나 몹시 지치는 것이었다.

"그럴 리가요."

"그렇지? 그럴 리가 없지! 나는 그냥, 자네가 그동안 날 찾아온 적이 없어서…… 그게 좀 서운해서 그런 거야. 그런데 자네는 오늘 뭐할 건가?"

"네? 오늘…… 자야죠."

"그래……?"

황운보 교수는 뭐가 불만인지 멈칫하더니만, 이내 더 부자연스럽게 웃으며 꼬치꼬치 캐물었다.

"많이 피곤한가 보네? 그래도 휴일인데 밖에 좀 나가지 그래?"

"춥잖아요. 그리고 저, 지금 엄청 피곤하거든요. 요새 잠을 잘 못 잤더니 힘들어서요. 아까도 겨우 일어난 거예요."

장용빈 의원은 나오려던 하품을 참으며 정성껏 대답했다.

"그럼 내일은? 뭘 할 건데?"

"일해야죠."

"아…… 당연한 걸 물어봤네. 나랏일 하는 사람한테."

황운보 교수는 떨떠름한 얼굴로 경련이 일어날 만큼 웃은 다음, 바로 자리에서 일어났다.

"나도 참! 너무 오래 있어 버렸네. 반가운 마음에 그만!"

하며 부산스럽게 현관으로 가니, 장용빈 의원이 졸다 말고 그를 따라 일어났다.

"가시게요?"

"자네 쉬어야 할 거 아니야? 나도 약속이 있어서, 더 이상 있을 수도 없어."

그러고는 재빠르게 현관문을 나섰다.

"나오지 마! 자네 피곤한 거 다 아는데, 나 때문에 그렇게까지 할 필요 없지. 몸 건강히 잘 있고~"

"네, 안녕히 가세요."

장용빈 의원이 인사를 한 직후에 문을 닫자, 황운보 교수는 그제야 비로소 요사스러운 웃음을 거뒀다. 대신 성난 표정으로 변해 붉으락푸르락 씩씩거렸다.

"싹수하고는! 손님이 오시면 버선발로 나와도 시원찮을 마당에…… 잘 사는 거 뻔히 아는데, 손님 대접이 그게 뭐야? 하긴, 옛날에 저놈이랑 처음으로 인사하게 되었을 때도 그랬지. 내가 그렇게 친근하게 악수를 청하는데, 건방지게 그걸 무시했었어! 내 눈길도 죄다 피하고 말이야. 부잣집 아들이 다 그렇겠지만 기가 막혀서…… 내가 누군줄 알고! 아까도 내가 눈치를 그렇게 줬으면, 뭐라도 사와야 할 거 아니야? 뭐나 대단한 일한다고 피곤한 척이나 하고……."

그는 짜증이 나 죽을 것만 같았기에 한참 구시렁댄 후 옥상으로 향했는데, 도착하고서도 그곳에 아무도 없다는 걸 확인하고 나서야 끝에서 전망을 즐겼다.

"이런 데서 살면…… 좋기는 하겠다."

이튿날 아침, 황운보 교수는 불편한 자세로 으스스 떨면서 눈을 떴다. 전날 장용빈 의원이 사는 아파트 옥상에 숨어, 그대로 밤을 보낸 것이었다. 정확히는 옥상에 있는 창고에서 추위와 사투를 벌였다고 봐야 했다. 두툼한 옷을 단단히 껴입었음에도 힘든 것은 마찬가지였는데, 그는 무슨 생각인지 독한 마음을 품고 뭔가를 기다리고 있었다.

'……지금쯤이면.'

오전이 되어, 조심조심 움직이기 시작한 그는 간간이 주위를 살피며 옥상에서 내려왔다. 그러고는 어제 장용빈 의원의 집 건너편에 숨겼던 것을 꺼내 확인했다. 그가 꺼내서 확인하고 있는 그것은 바로 초소형 카메라였다. 그저 막연하게 '언젠가는 쓰게 될 것'이라며 사 놓았던 그것을, 여태 뜯어보지도 않고 있다가 이제야 쓰게 된 것이었다.

'제발…… 제발!'

내내 열릴 생각이 없는 것 같던 현관문은 밤이 되어서야 장용빈 의원에 의해 열렸는데, 잠시 후 어딘가를 다녀온 그가 봉지 하나를 든 채 다시 현관문을 열고 들어가는 모습이 고스란히 찍혀 있었다. 그 과정에서 장용빈 의원이 누르는 비밀번호가 뚜렷하게 보여, 그 영상을 확인하던 황운보 교수는 떨리는 손으로 화면을 정지시켰다.

'드디어, 드디어!'

냅다 소리를 지르고 싶었지만, 그러면 안 된다는 걸 스스로 잘 알고 있었다. 그래서 그는 자신을 타이르는 등 진정하려 노력했고, 그렇게 나머지 영상을 확인해 보니 좀 전에 장용빈 의원이 출근하는 모습을 볼 수 있었다.

'그래…… 지금 집에 없다 그거네.'

오만한 미소를 흘린 황운보 교수는 득의양양하게 비밀번호를 눌러, 장용빈 의원의 집 안으로 들어갔다. 그곳은 그새 깔끔한 상태를 잃은 터라 좀 못마땅했다.

"이 좋은 집에 살면서…… 좀 꾸미면서 살지."

안방에 들어선 그는 고급스런 정장이 진열된 옷장을 열었다. 확실히 자신의 옷들과는 대조적이었기 때문에, 눈이 휘둥그레진 그는 금방 분통이 터져 참기 힘들었다.

"……이럴 때가 아니지."

다시 눈을 부릅뜬 황운보 교수가 뭔가를 찾기 시작했는데, 안방을 뒤지다가도 욕실도 뒤지려 열심이었다. 곧이어 거실 또한 구석구석 뒤졌음에도, 뭔가를 숨길 만한 장소가 없다 보니 점점 초조해졌다. 그의 마음이 어떻건, 이제 남은 곳은 잡동사니가 버티고 있는 작은 방뿐이었다.

'이대로는 안 돼! 무엇이든 찾아야 돼!'

황운보 교수의 계획은 장용빈 의원의 집에 몰래 침입해 치명적인 '비밀'을 캐내는 것이었다. 장인목 병원장의 저택은 감히 엄두가 나지 않았으므로, 그동안 잊고 있었던 이곳을 택한 것이었다. 어쨌든 비밀번호를 알아내 안으로 들어오기는 했으나, 일이 자신의 생각대로 풀리지 않아 애를 먹고 있었다.

"국회의원씩이나 되면서 찾아낼 만한 게……! 그 흔한 금고도 안 보이고, 내가 못 찾고 있나? 그래도 이 수밖에 없어. 오늘 못 찾으면, 내일이라도 반드시 찾아낼 거야! 얼마가 걸리든…… 난 더 이상 잃을 게 없으니까!"

사활을 걸고 나선 황운보 교수는 억센 걸음으로 작은 방을 향했다. 그곳에서 잡동사니를 하나하나 들추어내던 중, 유독 눈에 띄는 상자 하나가 있었다. 특별할 게 없어 보이는 그것을 꺼내 조심조심 뚜껑을 열었더니, 과연 수상한 느낌이 들어 머리카락이 주뼛거렸다.

"……"

서둘러 뚜껑을 닫은 그는 자신이 드디어 뭔가 찾아냈다는 걸 직감할 수 있었다. 그래도 혹시 몰라 더 샅샅이 뒤졌으나, 그가 원하는 것은 나오지 않았다. 한숨을 내쉬고 난 그는 가지고 있던 가방에 그 수상한 상자를 챙겨, 황급히 그곳을 빠져나갔다.

황운보 교수는 몰랐겠지만 그는 운이 아주 좋았는데, 사실은 그날 그를 지켜보는 사람이 많았기 때문이었다. 원래는 장용빈 의원을 주시한 것이었으나, 결과적으로는 그렇다고 봐야 했다. 장용빈 의원의 일거수일투족을 감시하고 있는 그들은 김과수 중장이 동원한 것으로, 두 개의 조로 나뉘어 있었다. 일 조는 장용빈 의원의 집 건너편에 숨어, 그곳에 난 창을 통해 장용빈 의원의 집을 훤히 들여다보며 밤낮으로 감시하고 있었다. 그리고 이 조는 장용빈 의원이 집에 있을 때는 단지의 입구만 감시하다, 그가 외출하게 되면 따라 움직이며 관찰하고 있었다. 하지만 그들은 황운보 교수에 대해 어떤 수상한 냄새도 맡지 못했다. 물론 그들은 난데없이 그곳에 들이닥친 황운보 교수를 보고 순간 경계했었으나, 그가 하는 작태를 보고는 금방 어중이떠중이쯤으로 여기게 되었다. 또한 황운보 교수가 요란을 떨며 나갔을 때, 수면욕이 간절했던 장용빈 의원은 유난스레 쏟아지는 햇빛이 거슬렸다. 그래서 잠을 방해받는 걸 막기 위해 커튼을 쳤으므로, 누구도 재차 침입한 황운보 교수를 발견하지 못했다. 결국 황운보 교수는 어느 누구의 간섭이나 감시도 받지 않고, 손쉽게 계획을 마칠 수 있었다.

32

"길이 좁은데 차가 들어갈 수 있을까?"

"주차된 차들을 보면, 가능할 것 같습니다."

이른 아침, 장용빈 의원과 공수겸 보좌관을 태운 차량이 어느 낯선 동네를 거닐고 있었다. 그런데 다니는 길목마다 차 한 대가 간신히 통과할 만한 크기인 터라, 뜻밖의 곡예 운전을 하게 되어 애를 먹는 차였다.

"이 정도일 줄은 생각도 못 했습니다. 금석이 운전을 잘해서 망정이지, 그게 아니었다면."

그들은 인적 사항이 적힌 서류들 중 하나에 속한 사람을 찾아가고 있었다. 그 동네는 썩 좋은 환경이라 할 수 없었는데, 길이 대충 뚫린 느낌인 데다 전체적으로 잘 발달된 흔적이 보이지 않았다. 간혹 교복을 입은 학생이 보였지만, 낯선 차량을 그다지 반기지 않는 분위기였다.

"……벌써 신학기인가. 미처 그 생각을 못 했네."

그곳 학생을 보던 장용빈 의원은 곧 시선을 돌리며 심드렁히 말했다.

"그러고 보니 아직 서늘한데 벌써…… 저도 생각지 못 했습니다."

그들이 탄 차가 큰길에 들어서고 난 후 시동을 끄니, 장용빈 의원이 조심스레 밖을 내다보았다. 그러자 가게들이 죽 늘어선 것이 보였고, 근처에 학교가 있는 모양인지 많은 학생들이 저마다 기웃기웃하는 게 눈에 띄었다. 낯선 이들이, 그것도 금배지까지 달았으니 보통 신기한 게 아닌 모양이었다. 학생들은 물론 어른들도 조금씩 나와 안 보는 체하며 장용빈 의원이 탄 차를 몰래 핼금대었다.

"보는 눈이 많은 걸……."

주위를 살핀 장용빈 의원이 툴툴거림에 따라 공수겸 보좌관은 속절없이 쓴웃음만 지어야 했다. 한편, 차가 겨우 빠져나왔던 방향의 반대편에 훨씬 넓은 길이 있는 걸 확인한 장용빈 의원은 운전석을 흘겨보았다.

"너…… 일부러 그랬지."

"……."

장용빈 의원의 눈이 운전석을 뚫어져라 할기는 와중, 공수겸 보좌관이 어딘가를 보고 말했다.

"저깁니다."

곧이어 그는 오래 버티고 있다는 느낌이 완연한 가게들 중 하나를 가리켰다. 그곳은 그들이 찾는 사람이 운영한다는 [단발머리]라는 미용실이었다.

"밖이 소란스럽네?"

[단발머리]의 미용사이자 직원이 바닥에 흐트러진 머리카락을 빗자루로 모으며 말했다. 비질을 하는 그녀의 발끝에서, 선명하게 꾸민 상

305

태의 가지런한 발톱이 보였다.

"신학기 첫날이잖아."

[단발머리]의 또 다른 미용사가 지친 듯한 모습으로 의자에 앉으며 말하고는 눈을 감아 버렸다.

"덕분에 손님이 제법 많았어. 동시에 힘들기도 했지만…… 많이 힘들어?"

민첩하게 청소를 끝낸 그녀는 방긋 웃으며 그의 옆자리에 앉았다.

"너도 똑같이 고생했잖아. 어제 늦게까지 안 자더니만, 안 피곤해?"

"나야 뭐. 어제도 다 신어 보고 나서야 잠이 들었지! 그동안 모으느라 들인 공이 얼만데, 예쁘기는 얼마나 예쁘던지…… 매일 보는데도 안 질린다니까?"

그녀는 대책 없이 깔깔거리다, 옆의 그를 보고서 웃음을 뚝 그쳤다. 아무런 표정도 짓지 않았으나, 그가 못마땅해하는 것을 눈치 빠른 그녀가 놓칠 리 없었다.

"그러다가 너 또 사……."

"아니야!"

그가 조용히 타이르듯 잔소리하려는데, 그녀가 펄쩍 뛰며 외쳤다.

"오빠, 너무하는 거 아니야? 내가 구두 안 산 지가 언젠데! 모아 놓은 거 구경도 못 해?"

자리에서 벌떡 일어난 그녀는 그를 등진 채 미간을 구겼다. 그에 어찌할 바를 모르게 된 그는 당장 미안한 기색이 역력해져, 머뭇머뭇 입을 벌리려다 이내 고개를 숙였다.

"……미안해. 내가 피곤해져서, 예민하게 반응해 버렸어."

진심으로 미안하다는 투의 사과가 통했는지, 그녀는 그를 돌아보려 했다. 그런데 마침 처음 보는 차량이 눈에 띄어, 무심코 밖을 보게 되었다.

"응? 저게 뭐야?"

통유리 너머 바깥을 보니, 평소 동네에서는 구경도 할 수 없던 웬 고급 세단이 사람들에게 둘러싸여 있었다. 물론, 그 차에서 내리는 사람들도 처음 보는 얼굴이었다.

"뭐야, 저 사람들?"

자기도 모르게 중얼거린 그녀의 말에, 그는 재빨리 그녀의 옆에 서서 밖을 보았다.

"저렇게 잘 차려입은 사람들이 이런 곳에 왜 나타났대."

"아…… 오늘이었구나."

"아? 오빠가 아는 사람들이야?"

그녀가 어리둥절한 눈을 하고서 묻자, 당황하여 조금 안절부절못하던 그는 이내 그녀의 눈치를 살폈다.

"나한테 뭘…… 좀 물어보고 싶다고 하셔서. 너한테 얘기한다는 걸 깜빡 잊고 있었어."

"진짜?!"

순식간에 벙긋 웃은 그녀는 신이 나서 다시금 바깥을 보았다. 그렇게 낯선 이들을 자세히 보다, 그들 중 누군가에게서 금배지를 발견하게 되었다. 그를 보고 소리 지를 뻔한 그녀는 서둘러 뒤편으로 뛰어갔다.

"잘됐다! 안 그래도 우릴 다 쓰러져 가는 고목만큼도 안 보는 사람이 많았는데, 애들까지 우릴 무시하고 그랬잖아. 보아하니 국회의원인 것 같은데…… 그런 사람이 왔다 가면, 당장 달라질 걸?"

신난 그녀를 말없이 곁눈질하던 그는 끝내 깊은 한숨을 쉬고 말았다. 이윽고 문을 열고 나가니, 마침 미용실로 오는 중이던 그 낯선 사람들과 눈이 마주쳤다.

"……오셨어요."

"별 생각 없이 출발했었는데, 많이 바쁘신 것 같네요."

"괜찮습니다. 마침 틈이 났거든요."

밝게 웃은 장용빈 의원은 수더분히 그에게 악수를 청했다. 곧 시원스레 손을 맞잡은 두 사람은 [단발머리] 안으로 들어갔다. 주변이 무척 소란스러웠기에 공수겸 보좌관도 얼른 따라 들어갔는데, 안으로 들어가니 그것이 덜했다.

"앉으셔야죠."

[단발머리]의 주인인 그는 급히 두 명의 손님들에게 의자를 권했다. 그는 골격이 커 기운을 잘 쓸 것 같았지만, 순한 표정과 너그럽게 들리는 말투 때문에 그것이 부각되지는 않았다.

"꺼리실 줄 알았는데, 이렇게 반겨 주셔서 고맙습니다."

"중요한 일을 하신다는데 모른 척 할 수 있나요."

그곳은 깔끔하게 잘 치운 편이었으나 건물 자체가 오래되어 보였다. 그러다 보니 전체적으로 기우뚱했으며, 군데군데 때 타고 헌 자국이 보였다. 호기심으로 기웃거리는 장용빈 의원과 공수겸 보좌관의 모습에, [단발머리]의 주인이 멋쩍게 웃었다.

"두 분을 모시기에는 너무 누추하죠. 처음, 동생과 제가 이곳을 열 때만 해도 반짝반짝했었는데."

그 말을 듣자마자 움찔한 두 손님은 자세를 바로 하고 어색하게 웃었다.

"아닙니다. 그나저나……."

장용빈 의원이 화제를 돌리려 하는 찰나, 안쪽에서 누군가가 튀어 나왔다.

"저 때문에 놀라셨어요? 용서하세요~"

"……."

미용실의 안쪽에서, 쟁반을 든 그녀가 잽싸게 나오고 있었다. 가진 옷들 중에 가장 고상한 것으로 갈아입고, 발가락이 훤히 드러나는 구두를 골라 신은 그녀는 앉아 있는 세 사람의 시선을 단숨에 싹쓸이해 버렸다.

"자, 목마르실 텐데 이거라도 드세요. 다음에는 제가, 더 좋은 걸로 준비해 놓을 게요!"

그녀는 탁자에 녹차 세 잔을 놓은 후, 그들에게 제발 또 와 줬으면 하는 마음을 숨기지 않았다. 이어 싹싹하게 웃는 얼굴로 손님들을 번 갈아 보던 중, 장용빈 의원의 금배지를 보고는 또다시 설레어 미소 지었다.

"저기…… 쟤나야."

그녀는 퍼뜩 정신이 들어, 여실히 붉어진 얼굴을 얼른 쟁반으로 가리려 했다.

"정말 오랜만에, 머리 때문에 찾아오시는 손님들 말고…… 정신을 못 차리겠네. 여하튼, 두 분이 여기 오신 걸 환영해요!"

그녀의 모습이 무척 순수해 보여 장용빈 의원과 공수겸 보좌관은 어떻게 반응해야 할지 몰랐다.

"……환영하신다니 몸 둘 바를 모르겠군요."

장용빈 의원이 그녀를 향해 미소 짓자, 차분한 목소리가 들렸다.

"제 동생을 좋게 봐 주셔서 감사합니다."

분명히 너그러운 말씨였지만, 어딘가 모르게 딱딱한 데가 있었다. 그 때문에 장용빈 의원과 공수겸 보좌관은 살그머니 미소를 그쳐야 했다.

"그러니까 저희가 온 이유는…… 아시겠죠, 박재익 씨?"

"들어서 알고 있습니다. 의원님."

자신의 짐작이 맞는 것을 확인한 박재나는 속으로 쾌재를 불렀다. 동생이 그러거나 말거나, 박재익은 정색을 한 채 손님을 마주 보았다.

"아시겠지만…… 전 「그 사람」과 가깝게 지낸 게 아니라서, 드릴 말씀이 별로 없네요."

"교도소장님께도 들었지만 혹시나 해서요. 시간이 많이 지나서 기억하기 힘드시다는 건 알지만, 그래도 당시에 대해 조금이라도 말씀해 주셨으면 합니다."

"제가 「그 사람」과 비슷한 시기에 감옥에 있었지만……."

"어?!"

별안간 박재나의 목소리가 날카롭게 울렸다. 그들 간의 대화 내용을 대강 파악하게 된 그녀는 만면에 웃음이 가득했던 종전과 달리, 삽시간에 인상을 썼다.

"그러면 그렇지…… 금배지까지 단 사람이 웬일로 여기를 오셨나 했더니. 남의 잊고 싶어 하는 과거를 들먹여?!"

박재나가 화를 억누르며 하는 말에, 두 손님은 일이 단단히 잘못되어 간다는 것을 알게 되었다.

"진정하십시오. 지금, 불쾌하신 모양인데……."

"알면, 당장 나가시는 게 좋을 텐데."

상황이 심상치 않다고 생각한 공수겸 보좌관이 박재나를 살살 달래 보려 했으나, 그녀의 반응은 냉담할 뿐이었다.

"죄송하지만 그건 힘들 것 같습니다. 워낙 중요한 일이라 반드시……."

그 말에 박재나가 눈을 희번덕거리더니 냉큼 장용빈 의원에게 다가섰다.

"힘들다고요? 세상에…… 힘들어요? 죄송하지만 믿기지가 않아서요. 보아하니, 지금껏 고생이라고는 모르고 사신 것 같은데요?"

담담하게 얘기하는 그녀에게, 장용빈 의원과 공수겸 보좌관은 한마디도 할 수 없었다.

"이런 거지 같은 동네에서, 이 거지 같은 가게에서, 거지 같은 사고 방식을 가지고 사는 사람들한테 괄시받는 건 쉬운 줄 알아요? 이런

데서 일하고 무조건 웃는 낯으로 대하니까 우리가 우습죠? 그런데 그
렇게 살지 않으면 살아지지가 않아요! 힘들다는 건 그런 거지…… 다
시 말해 봐요, 힘들다고요?"

"……그건 유감스럽지만, 오해하신 것 같군요."

장용빈 의원은 박재나의 기세에 얼어붙어, 잘 열리지도 않는 입으
로 간신히 말했다. 그렇지만 이미 분개한 그녀에게 그런 것이 통할 리
만무했다.

"오해를 했다고요? 두 분이 무슨 일로 오셨는지 충분히 짐작되거
든요? 그 탈옥수 얘기를 묻겠다고 여기 오신 거잖아요. 기가 막혀
서…… 자잘한 경범죄 때문에 감옥 갔다 온 게, 그렇게 큰 잘못이에
요?!"

"물론 아니죠. 오늘 저희가 온 이유는 짐작하신 게 맞습니다. 저희
는 그저 옛날이야기를 듣기 위해서일 뿐, 다른 건 일절 바라지 않습니
다."

장용빈 의원은 이대로 쫓겨날 수 없어, 박재나의 마음을 돌려 보려
노력했다.

"그런 거라면 더 이해가 안 가요. 오실 때 보셨겠지만, 밖에 학생들
이 무진장 많아요. 오늘이 등교 첫날이거든요! 어른들 입이 무서운 만
큼, 애들 입도 무시할 수 없다고요! 그런데 국회의원이라는 분이……
자기한테 중요한 일이랍시고 하필, 지금같이 사람 많을 시간에 떡하
니 나타나요? 누구보다 전과자라는 사실을 숨기고 싶어 하는 사람한
테……? 그냥, 밖에서 조용히 만날 수도 있었잖아요?!"

모두 맞는 말이라 반박할 수 없었기에, 장용빈 의원은 옆에 선 공수겸 보좌관에게 넌지시 시선을 보냈다. 공수겸 보좌관도 자신의 잘못을 안다는 듯 가만히 고개 숙였다.

"요즘 애들이 어떤 줄 아세요? 영악하기가 부모 세대보다 더 하고, 그렇고 그런 무리를 만들어서 우리같이 힘없는 어른들만 골라 골탕 먹이는 걸 낙으로 삼고 있어요! 참다못해서 그 애들한테 화를 내면? 거지 같은 사고방식을 가진 어른이 찾아와서는 우리를, 더 못살게 군다고요! 그것 때문에 쫓기듯이 옮겨 다닌 게 몇 번인 줄 아세요?! 그런데 이런 식으로…… 전과자라는 꼬투리를 잡히게 만들어요?"

그 순간 밖에서 급작스런 환호성이 들리는 통에, 성을 내던 박재나가 자연스레 고개를 돌리게 되었다. 그러다 멈칫한 그녀는 헛웃음을 지으며 중얼거렸다.

"……저건 또 뭐야."

그것을 들은 장용빈 의원과 공수겸 보좌관은 동시에, 환호가 들린 쪽으로 눈길을 돌렸다.

'저 녀석……!'

'금석아.'

밖을 보니 그사이 차에서 내린 금석과 그를 둘러싼 인파가 눈에 띄었는데, 차에 살짝 기댄 금석은 자신에게 흠뻑 도취된 것처럼 보였다. 그에 열광적으로 반응한 인파는 너도나도 그 광경을 휴대전화로 찍기 시작했다. 한껏 도취된 금석은 차의 주위를 돌며 도도한 자세를 취하느라 여념이 없는 것 같았다.

남세스럽다는 말밖에 할 수 없는 상황이라, 얼굴이 화끈거린 장용빈 의원과 공수겸 보좌관은 고개를 들기 힘들었다. 어찌어찌 가까스로 고개를 돌린 그들이었으나, 이번에는 아무런 표정 없이 침묵한 박재나가 자신들을 아주 한심하다는 눈으로 응시하고 있었다.

"……무슨 뜻인지 알겠습니다만, 그래도 여기서 물러날 수는 없습니다."

이렇게 쫓겨나게 된다면 그다음은 불 보듯 뻔했으므로, 공수겸 보좌관은 마지못해 말을 건넸다. 어차피 별다른 정보도 없을 것 같았지만, 그렇다고 이대로 끝낼 수 없다고 판단해서였다.

"이만큼 말했으면 알아들으셔야죠. 질깃질깃하시네, 진짜."

박재나가 작게 읊조리니, 장용빈 의원과 공수겸 보좌관은 그에 일제히 움찔했다.

"재나야, 이제 그만해!"

잠자코 이를 지켜보던 박재익이 나서자, 놀란 박재나가 찡그리던 표정을 풀고 그를 보았다.

"오빠."

"내가 이미 이분들한테 얘기하겠다고 약속한 일이야! 너한테 미처 상의하지 못한 건, 정말 미안하게 생각하고 있어…… 나도 이 상황이 너처럼 껄끄럽지만, 일이 이렇게 돼 버린 걸 이분들한테만 탓할 수 없잖아. 이번 한 번만이야! 지금 이후로는, 그때에 관한 말은 하지 않을 거야. 나도 내가 전과자라는 걸 떠올리고 싶지 않으니까……."

"……."

굳은 표정의 박재익이 간곡하게 말했기에 박재나는 마침내 입을 다물어 버렸다. 그렇게, [단발머리]를 찾은 두 손님은 다시 자리에 앉을 수 있었다.

떠들썩했던 바깥은 어느새 학생들이 모두 등교해 버린 후라 좀 조용해진 것 같았다. 그러나 어른들이 금세 그 자리에 버티고 서서 여전한 호기심을 드러내고 있었다.

"힘들게 찾아오셨는데 번거롭게 해드렸네요. 제가 대신 사과드리겠습니다."

"아, 아닙니다. 저희가 너무 눈치 없었죠……."

박재익과 마주앉은 장용빈 의원은 아직 박재나를 의식하는 듯 보였다. 그녀는 세 사람이 모인 곳의 반대편에 앉아 잡지를 보고 있었는데, 그렇다고는 해도 가게 자체가 좁아 그리 멀다고 하기 힘들었다. 그 때문에 그녀의 눈치가 보여, 말하는 데 조심할 수밖에 없는 것이었다.

"이해를 해 주셨으면 좋겠어요. 동생이 좀 힘들게 살았거든요. 어려서부터 부모님의 보호도 잘 받지 못했고, 이래저래 치이며 커서. 그런데다 두 분 모두 일찍 돌아가시는 바람에…… 저는 남들보다 먼저, 돈을 벌기 위해 돌아다녀야 했죠. 그런 저 때문에, 어린 동생은 제 눈치를 보느라 자기가 힘들다는 걸 드러내지 못했어요. 제가 감옥에 갔을 때는…… 어디에 기댈 곳도 없이 혼자서 저를 기다렸죠. 친척들이랑은 이미 연락이 끊긴 상태였는데, 아마 저희가 가난해서 더 싫었나 봐요."

박재익은 다 식어 버린 녹차를 들여다보며 조곤조곤 말했다.

"아, 다른 말을 해야 하는데…… 막상 이렇게 되고 보니, 뭐라고 해야 할지 난감하네요."

어두운 낯빛의 박재익은 짐짓 웃었지만, 긴장한 탓에 어딘가 불편해 보였다.

"그렇게 긴장하실 건 없는데…… 하긴 아까 동생 분이 한 말을 생각해 보면, 그러실 수도 있겠군요. 한참 전부터 무례한 사람들 때문에 이래저래 고생을 많이 하신 것 같던데요. 그 탈옥……."

하며 장용빈 의원이 박재나를 곁눈질했더니, 과연 그녀가 따가운 눈초리로 흘기는 게 보였다. 그나마 아까보다는 참는 눈치였음에도, 박재익은 동생이 마음에 걸려 자꾸만 그녀를 힐금거렸다.

"「그 사람」은…… 저와 마주친 적이 별로 없었어요. 어쩌다가 보게 되어도 데면데면, 다른 재소자들과 다를 게 없었죠. 참 말이 없는 사람이었어요."

말을 할수록 덤덤해진 박재익은 오래전 일을 기억해 내려 눈을 돌렸다. 그의 얼굴을 빤히 본 장용빈 의원은 어느 틈에 불쑥, 날이 선 듯한 말투를 내보였다.

"짧은 시간에 오래된 기억을 돌이키려니 고역이시겠죠. 그런데 제 느낌에…… 그게 다가 아닐 것 같군요."

그 말에 당황한 박재익이 장용빈 의원을 쳐다보려 하니, 마찬가지로 흠칫한 공수겸 보좌관이 날래게 그들의 틈새를 파고들었다.

"의원님의 말씀은 박재익 씨가 '구승희' 씨와 비슷해 보인다는 뜻입니다. 예를 들면 부모님을 일찍 여의고, 서둘러 돈벌이에 나선 것. 그렇지 않습니까, 의원님?"

장용빈 의원은 경직된 얼굴로 박재익을 들여다볼 뿐 아무 말도 하지 않았다. 민망해진 공수겸 보좌관은 이 위기를 극복하려 다급히 목청에 힘주었다.

"의원님!"

공수겸 보좌관이 생각하기에 좀 창피하더라도 일단 소리치는 것이 가장 나을 것 같았다. 그의 예상대로, 깜짝 놀란 장용빈 의원은 곧바로 박재익을 외면했다.

'이번에는 안 됩니다.'

이런 말이 담긴 공수겸 보좌관의 눈을 보자 장용빈 의원은 순순히 수긍하는 태도를 보였다.

"으음……."

빠르게 인상을 푼 장용빈 의원은 주머니에서 수첩과 펜을 꺼내, 뭔가를 쓰는 척하며 고개를 숙였다. 그러면서 박재나의 눈치를 몰래 살폈는데, 과약 그녀의 표정이 사납게 변한 터라 오싹해지고 말았다.

'아…… 큰일 날 뻔했어.'

그녀의 매서운 눈길을 억지로 외면한 장용빈 의원은 속으로 안도했다.

"그러고 보니 그렇군요. 「그 사람」과 비슷한 게……."

볼을 가볍게 긁적인 박재익은 조금 게슴츠레 허공을 보다, 문득 서글퍼져 뜸을 들였다. 공수겸 보좌관은 혹 자신이 실수라도 했을까 봐 말을 더 잇지 못했다.

"「그 사람」은 감옥과는 어울리지 않는 사람이었죠."

[단발머리]의 안은 조용했지만 바깥은 좀 시끌시끌했다. 고새 인파가 줄기는 했어도 수군거리는 분위기만은 그칠 줄을 몰랐다. 그 사이에 선 어느 샐쭉한 눈초리의 남자가 조용히 [단발머리]를 주시하고 있었다. 한쪽 팔에 뱀 문신을 한 그는 태연하게 통유리 너머로 보이는 사람들을 찍어, 그 사진을 누군가에게 전송했다.

이윽고 낯익은 곳에서, 낯선 중년 남성이 [단발머리]의 사진을 전송받았다. 가무숙숙한 피부에, 체격이 다부져 보이는 그는 규양병원의 병원장실에 서 있었다. 그 맞은편에 여느 때와 같이 엄해 보이는 장인목 병원장이 있었는데, 어쩐 일인지 기분이 좋은 것처럼 느껴졌다. 조용히 전송된 사진을 확인한 다부진 중년 남성은 그 사진을 장인목 병원장에게 보여 주었다.

"……."

사진을 보자마자 장인목 병원장의 얼굴은 눈에 띄게 딱딱히 굳어 버렸다.

"좀 조용하다 했더니, 포기하지 않고 있었어."

"어떻게 할까요?"

중년 남성이 넌지시 묻자, 묵묵히 입을 다문 장인목 병원장은 자그마치 고개를 절레절레 흔들었다.

"……자네도 알잖나, 김과수가 감시하고 있다는 걸. 지금 조심하고 있는데도 불안한데, 괜히 나섰다가 그와 마찰이라도 일으키면 곤란하다고. 행여나 잘못해서 냄새라도 맡게 되면 바로 궁남중의 귀에 들어갈 텐데…… 그랬다가는 정말 위험해지게 돼!"

"……."

장인목 병원장은 이내 옅은 한숨을 쉬더니, 눈을 감고 의자에 깊숙이 기대었다.

잠시 생각에 잠겼던 박재익은 언뜻 휴대전화에 뭔가가 온 것을 알게 되었다. 그래서 자연스럽게 그것을 확인하다, 별안간 가슴이 철렁 내려앉고 말았다. 그 휴대전화의 화면에는 자신을 포함한 세 남자가 [단발머리] 안에 모여 있는 사진이 있었다. 즉각 마른침을 삼킨 박재익은 휴대전화를 손에 꼭 쥔 채, 몰래 장용빈 의원과 공수겸 보좌관을 번갈아 보았다. 그런 박재익의 모습은 누가 봐도 부자연스러워, 동생마저 그를 이상하게 바라보도록 만들었다.

"무슨 연락을 받으신 건지 모르겠지만, 괜찮으신 겁니까?"

"네?!"

확실히 이상야릇한 박재익의 모습에, 공수겸 보좌관은 석연치 않은 느낌을 받았으나 일단 모른 척하기로 했다.

"그래서, '구승희' 씨는 감옥과 어울리지 않는 사람…… 그게 전부입니까?"

"……제가 뭐라고 했었나요?"

일부러 잠자코 수첩만 보던 장용빈 의원은 박재익의 어색한 태도에 절로 눈이 갔다.

"죄송해요. 제가 좀…… 다른 생각에 빠져 있느라 자꾸 놀라게 돼서요."

초조하게 아랫입술을 깨물던 박재익은 뭔가를 결심한 듯, 동생을 돌아보았다.

"의원님의 생각대로예요. 사실은 「그 사람」과 얘기한 적이 있거든요."

"네."

아무 기대도 안 했던 터라, 장용빈 의원과 공수겸 보좌관은 그저 흐리멍덩한 반응이었다. 그러다, 한 박자 늦게 놀란 두 사람은 퍼뜩 박재익을 쳐다보았다.

"네?"

"……."

"저희는 말씀해 주시는 분들을 곤란하게 해 드리고 싶지 않습니다. 그러니 편히 말씀해 주세요."

"여태…… 더 어수선해지는 게 싫어서 말 안 했었는데, 이걸 마지막으로 생각하고 모두 말하려고요."

한참을 시무룩이 침묵한 박재익은 집중력이 최고조에 달한 장용빈 의원과 공수겸 보좌관의 눈을 보고는 당황히 입을 열었다.

"그러실 만큼…… 대단한 얘기는 아니고! 그냥 괜한 구설에 휘말리기 싫어서, 그런 거예요."

박재익이 손사래를 치며 허둥거리니, 두 손님은 살짝 겸연하여 눈길을 돌렸다.

"물론 제가 「그 사람」과 친했다는 게 아니라, 그냥 얘기를 나눴을

뿐이에요. 그것도 몇 번에 불과했고…… 주로 제가 말을 들어주는 쪽이었죠. 처음 「그 사람」은 심하게 아픈 사람처럼, 마냥 비쩍 말라서 언제라도 고꾸라질 것 같았죠. 제 눈에는 그게 심각했어요."

"그럼 대화하실 때는, 단둘이 있으실 때였습니까? 어떤 주제를 가지고 대화하셨습니까?"

공수겸 보좌관이 최대한 침착하게 질문하는 가운데, 수첩에만 시선을 둔 장용빈 의원이 그에 맞춰 고개를 끄덕였다.

"단둘이 있을 때만 얘기를 했으니까, 당연히 다른 사람들은 몰랐죠. 저는 주로 제 동생 얘기를 했어요. 의지할 곳 없이, 혼자서 절 기다리는 동생이 걱정됐거든요."

박재익은 맥연히 비상해져, 뒤에 있는 동생을 돌아보았다.

"그럼 '구승희' 씨는 무슨 말을 했습니까?"

"처음에는 제가 하는 말을 듣고만 있었어요. 그러다 「그 사람」이 제게 말하게 되었죠."

"……두 분이 대화하게 된 계기가 있었습니까?"

공수겸 보좌관의 질문에, 잠시 멈칫한 박재익은 곰곰이 생각에 잠겼다.

"그냥…… 모르겠어요. 저는 거기서도 혼자였는데, 그런 제가 딱했는지 「그 사람」이 먼저 다가왔어요. 「그 사람」이 했던 얘기도 그렇게 특별한 건 없었는데……."

"말씀하세요!"

귀를 쫑긋 세우던 장용빈 의원이 소리쳤다.

"영진이라는 사람한테도 미안하다고 했고, 그…… 공장 사장님께도 죄송하다고 한 게 다예요. 그게 전부예요."

이어 크게 실망하는 장용빈 의원과 공수겸 보좌관의 모습에, 안쓰러운 마음이 든 박재익은 미안한 마음을 담아 쓴웃음을 지었다.

"실망스러우시죠. 근데 정말 그게 다라서……."

"사실이 그렇다면 어쩔 도리가 없죠."

"말이 나와서 말인데, 그분은 어떻게 되셨는지 모르겠네요. 영진이라는 분이요……「그 사람」이 무척 걱정했던 분이라, 저도 궁금하네요. 솔직히 말씀드리면 탈옥…… 그 사건이 별로 달갑지는 않아요. 「그 사람」이 그랬다는 것도 의외지만, 조금이라도 상관있다 싶으면 호기심을 감추지 않는 사람들 때문에 골치였거든요."

"그때, 진짜 질리는 줄 알았어요! 어떻게 알았는지 기자고 뭐고! 막 출소한 사람한테 대충이나마 추스를 틈도 안 주고, 왜 그렇게 다들 못 잡아먹어 안달이 났는지…… 하나같이 제 욕구 챙기기에 바빴다니까요. 그런데 달가울 리가 있겠어요? 그것 때문에 오빠는 그 탈옥수에 관한 건 다 안 봤어요! 뉴스든, 신문이든, 사람들이 떠드는 소문도 무조건 무시했다고요. 원래 그런 데에 무관심하기도 했고."

대화 중간, 갑작스럽게 끼어든 박재나가 매우 빠르게 혀를 굴리기 시작했다.

"아무튼 저도 싫어서 같이 무시했었는데, 듣자니까 작년에 그와 비슷한 일이 있었다죠? 그것 때문에 또 사람들한테 시달린 걸 생각하면! 그래도 이제 국회의원까지 나서셨으니…… 앞으로는 좀 달라지려나."

박재나는 무심히 말하는 체하며 두 손님을 비꼬았다. 그에 장용빈 의원과 공수겸 보좌관은 못내 떨떠름하면서도, 찔리는 구석이 있어 대꾸도 하지 못했다.

"……."

박재익은 곧 안절부절못하는 듯하더니 동생에게 눈치를 주었다.

"재나가 좀 감정적이라…… 그때를 워낙 안 좋게 기억하기도 하고 요."

하며 어색하게 웃었다. 가만히 듣고만 있던 공수겸 보좌관은 분위기를 풀어 보려 박재익이 궁금해하는 것을 알려 주기로 했다.

"저희가 만났던 사람들도 크게 다르지 않았습니다. 아까 말씀하신 영진…… 정영진 씨는 지금 목사가 되셨습니다."

"목사…… 다행이네요. 그 사건이 벌어지고 나서 아버지까지 잃었으니, 얼마나 힘들었을까요. 줄곧 걱정은 되었어도, 사는 데 바빠서 생각만 하고 말았었거든요. 아무튼 이제라도 알게 되어서 다행이에 요."

박재익은 그제야 묵은 체증이 가신 듯 훨씬 안심하는 모습을 보였는데, 그것은 그가 휴대전화를 확인한 후에 보인 것 중 가장 밝은 모습이었다.

'정말로 걱정했었나.'

진심으로 안도하는 박재익을 본 장용빈 의원은 곧장 수첩에 시선을 고정했다. 그러고는 이내 수첩을 내려, 박재익에게 말했다.

"그 사건으로 인해 피해를 입으신 분들이 많은 걸로 압니다, 예상한 것 이상으로…… 의도한 바는 아니지만, 잊고 싶은 기억을 돌이키게 해 드린 것에 대해 사과드립니다."

장용빈 의원이 박재익에게 고개를 숙인 덕에, 분위기는 일층 숙연해졌다. 그 때문인지, 한창 긴장감으로 뭉쳐 있던 공기가 서서히 풀리는 양상을 띠게 되었다.

"저, 그런데 작년에 있었던 일을 알고 계십니까?"

공수겸 보좌관은 차분한 말투로 질문했다.

"재나가 말한 거요? 아, 지금 처음 듣는데요. 지금도 그렇지만, 그 때도 남의 일에 신경 쓸 겨를이 없었거든요. 저에게 있어서 그 사건은…… 기억하기 부담스러울 뿐이죠. 잘 알지도 못하는 사람들이, 「그 사람」에 대한 걸 계속 캐물어서…… 그래서 더 그 사건에 대해 무관심하게 된 것 같아요."

"혹시 '구승희' 씨가 본인 얘기를 자세하게 했었습니까?"

"……아뇨. 좀 뜬금없다고 해야 맞을 거예요. 그냥, 미안하고 죄송하다는 것만 얘기했어요."

박재익의 얼굴에 점점 그늘이 생기는 와중, 공수겸 보좌관은 그를 묵묵히 바라보았다.

"마음에 걸리는 거라도 있으십니까? 혹시 저희 때문이라면……."

"아뇨, 아니에요."

공수겸 보좌관이 걱정스레 묻자, 깜짝 놀란 박재익은 고개를 흔들었다. 한편 몰래몰래 박재익을 곁눈질하던 장용빈 의원은 좀 부루퉁

한 얼굴이었는데, 미처 '그늘'은 알아채지 못한 것 같았다.

"근데, 이 일로 만나본 사람이 많으신가 봐요?"

고개를 숙인 채 자신의 깍짓손을 바라보던 박재익이 넌지시 물었다.

"다 말씀드리기 힘들지만. 여러분을 뵈었고, 그래서 여기에도 오게 된 겁니다."

그 물음에 멈칫한 공수겸 보좌관은 어색하게 웃으며 대답했다.

"그럼 「그 사람」에 대해, 「그 사람」의 주변 사람들을 모두 만나 보신 거겠죠? 모두 다 만나 보신 거예요?"

"......?"

공교롭게도 박재익과 공수겸 보좌관의 눈이 마주쳐, 꽤 부자연스러운 상황이 연출되었다. 그 모습이 퍽 이상해, 장용빈 의원은 박재익을 말끄러미 바라보았다. 그 눈빛은 겉으로 드러나는 게 없으면서도, 보는 사람으로 하여금 거북한 감정을 일으키게 만드는 무언가가 숨어 있었다. 문득 그 눈빛을 느낀 박재익은 황급히 시선을 거두었다.

"......'구승희' 씨에 대해 조사하는 중이니, 당연히 이곳에도 찾아와 질문을 드리는 겁니다."

"저는 그냥 걱정이 돼서요."

그 말이 변명처럼 들렸으나, 공수겸 보좌관은 나오려는 물음을 오롯이 삼켰다. 당장 이유를 물어보더라도 썩 만족스러운 대답을 얻을 수 없을 것이라 예감한 탓이었다. 그즈음, 눈길을 다시 수첩으로 옮긴 장용빈 의원은 뭔가가 못마땅하여 눈썹을 굼틀거렸다. 그들은 그 후로도 많은 이야기를 나눴지만, 이렇다 할 소득을 얻지 못했다.

더는 지체할 수 없었으므로 장용빈 의원과 공수겸 보좌관은 [단발머리]를 나오게 되었다. 밖으로 나와 보니, 주위를 바글바글 둘러쌌던 인파는 어느새 흩어져 썰렁하기까지 했다.

"……."

장용빈 의원이 얼핏 퉁명스럽게 보인 터라, 공수겸 보좌관은 작게 한숨을 쉬고 말했다.

"……솔직히 저는 뭐가 있을 줄 알았습니다. 의원님이 확신하는 눈치셨고, 박재익 씨가 사실은 '구승희' 씨와 대화를 나눴다고 하시기에. 그런데 막상 얻은 건 없군요."

"좀……."

장용빈 의원이 뭔가 말하려는데, 불현듯 뒤에서 인기척이 느껴졌다. 화들짝 놀란 그들은 그것이 박재나라는 사실과 더불어, 그녀가 자신들에게 소금을 뿌리고 있다는 것 또한 알게 되었다. 그녀는 바가지에 가득 담긴 소금을 신경질적으로 뿌리며 소리쳤다.

"연초부터 재수가 없으려니까, 별게 다 꼬이네!"

세차게 날아드는 소금을 맞으며, 장용빈 의원은 재빨리 공수겸 보좌관과 도망치듯 차에 올랐다.

참으로 오랜만에 느껴보는 햇살이었다. 근래에 흐린 날씨가 계속된 탓도 있었지만, 어쨌건 지금은 기분이 매우 개운해 온몸이 가벼워지는 것 같았다. 평일 오전, 장인목 병원장은 혼자 규양병원 옥상에 올라와 얼마 만인지 모를 햇살을 만끽하고 있었다. 그는 싸늘한 날씨에

326

아랑곳하지 않은 채, 맑게 갠 하늘을 만족스레 올려다보았다.

'상쾌하군. 이렇게 상쾌한 기분이 든 게 얼마 만인가!'

아련히 규칙적으로 돌아가는 전망을 찬찬히 둘러보는 장인목 병원 장의 얼굴에 평안이 감돌았다. 그러다 자연스레 몇 주 전을 떠올리게 되어 아렴풋한 미소가 일렁였다. 하지만 그것도 잠시, 그는 곧 생각에 빠져들었다.

'일단 내보내는 건 성공했는데, 나머지는······.'

지난주 장인목 병원장은 지긋지긋한 골칫덩이를 내보내는 데에 성 공해, 기분이 매우 좋았다. 다만 그것을 겉으로 드러내지 않으려 노력 했음에도 좀처럼 마음대로 되지 않았다. 동시에 시간이 지남에 따라 점점 불안해지고는 했는데, 황운보 교수를 사실상 내치기는 했으나 앞으로도 그럴지 알 수 없었기 때문이었다. 이십 년이 넘도록 황운보 교수를 지켜봐 왔건만, 장인목 병원장은 그가 어떻게 나올지에 대해 고민할 수밖에 없었다.

'사람들 앞에서 그런 꼴을 보였으니, 내보내기에는 좋았는데. 하지 만 그놈이 뭘 가지고 있는지도 모르는 상황에 무작정 완전히 내칠 수 도 없고······ 지금쯤 슬슬 연락이 올 텐데, 내 예상이 맞다면 지금의 그놈은 아무것도 없는 빈 수레야. 그렇다면 내게 연락을 하게 되더라 도 애걸복걸 매달리려고 하겠지. 하지만······ 내 예상이 빗나갔다면?'

그런 생각이 스치자마자, 장인목 병원장의 얼굴에서 웃음기가 싹 사라졌다. 사실 그는 지금껏 그것을 알아보기 위해 황운보 교수가 어 떻게 나올지 기다리는 중이었다. 그리고 은연중, 제발 자신이 예상한 게 맞기를 간절히 바라고 있었다.

"······!"

때마침 휴대전화가 울려 장인목 병원장이 그것을 확인해 보니, 과연 황운보 교수에게 온 것이었다. 하지만 막연히 일어서는 불안감 때문에 선뜻 받지는 못하고 있었다. 결국 그것을 받아 보기로 했건만, 곧 자신이 기억하는 목소리가 들려와 다시금 답답한 감이 돋아났다.

"접니다, 병원장님."

"······다신 안 볼 것처럼 하지 않았나?"

"죄송합니다. 하지만 꼭 만나야겠는데요."

황운보 교수의 목소리에서 특별히 당당한 기색은 느껴지지 않았으나, 장인목 병원장은 경계를 늦추지 않았다.

"날 말인가? 내가 자네를 만나야 할 이유가 있나? 나는 자네와 달리 바쁜 사람이야. 쓸데없는 말로 시간 끌 생각이라면······!"

"아······ 찾은 것 같아서요, 병원장님의 치부."

장인목 병원장은 차도, 기사도, 누구와도 동행하지 않은 채 인사동 거리를 빠르게 걷고 있었다. 잔뜩 경계하는 눈으로 마냥 주위를 두리번거렸는데, 이내 목적지를 찾은 그는 눈을 빛내며 한 건물 안으로 들어갔다. 그렇게 곧장 꼭대기 층으로 간 그는 그곳에 자리한 기원의 입구에 들어섰다.

"······."

그곳은 낮임에도 불구하고 사람들이 제법 있었는데, 대부분이 외국인이었다. 또한 그들은 각자 즐겁게 바둑을 두며, 도통 알아들을 수 없는 언어를 썼다. 그 시시거리는 것이 적잖았던 탓에, 아무도 혼자 들어온 장인목 병원장에게 관심을 가지지 않았다. 이윽고, 급히 눈을 굴리던 장인목 병원장은 가장자리에서 자신을 바라보고 있는 황운보 교수와 눈이 마주치게 되었다.

"……."

장인목 병원장은 성큼성큼 황운보 교수에게 다가가, 그의 맞은편에 앉았다. 곧이어 그를 봤더니, 예상한 것보다 기운이 별로 없게 보였다. 그새 무슨 일이라도 생긴 것처럼 좀 안쓰러워지는 모양을 하고 있으면서도, 어딘지 모르게 여유로운 느낌이었다. 조금 초췌하다는 것만 뺀다면 딱히 기가 죽어 보이는 것이 아닌, 그저 피곤이 묻어나는 모습이었다.

"잘 찾아오셨습니다. 시간도 정확하군요."

비꼬는 의도는 찾을 수 없었지만, 장인목 병원장은 황운보 교수를 곱게 볼 수 없었다.

"자네가 시간 내로 보자고 했잖아."

"이게 그렇게 민감해할 말인가요? 전 그냥 병원장님이 모르는 장소를 잘 찾아오시기에……."

"그만하고, 본론이나 말하게!"

제 예상이 빗나간 것부터 마음에 안 들었던 장인목 병원장으로서는 생전 와 본 적도 없는 곳에, 자신이 그토록 진절머리 내는 황운보 교수와 함께 있다는 사실로 인하여 속속 주체할 수 없을 정도로 화가 치밀었다.

"그대로시네요…… 하나도 안 변하셨어요. 그래도 옛날에는 그게 멋있어 보여서 더욱 우상으로 삼았었는데. 지금 보니 영 볼썽사나워서, 민망해지려고 하네요."

황운보 교수는 여유로운 분위기를 풍기는 동시에 어딘가 안 좋은 듯한 복잡한 기색을 숨김없이 드러내고 있었다. 그전처럼 장인목 병원장의 눈치를 살피지 않는, 초연하니 덤덤한 그 모습이 사뭇 대조적이었다.

"지금 뭐하자는 거야."

장인목 병원장은 그것이 묘하게 거슬렸으나 급한 일은 따로 있었다. 그가 화를 억누르며 말하자, 황운보 교수는 일부러 약 올리는 투로 멍하니 있다가 입을 떼었다.

"몇 주 전에 그런 황당한 일을 당하니까, 분해도 어디 하소연할 데가 없더라고요. 이 마음을 어디에 풀어야 할지 몰라서 갑갑했었죠. 그래서 거기에 찾아가게 되었는데…… 아드님이 말 안 하던가요?"

시종일관 탐탁지 않은 눈으로 황운보 교수를 보던 장인목 병원장은 그 말에 흠칫 놀랐다.

"제가 거기를 갔다 왔어요. 아드님 집이요."

"네가……!"

흥분을 감추지 못한 장인목 병원장이 부들부들 떨었지만, 그러건 말건 황운보 교수는 말을 이었다.

"국회의원이 된 이후로 아니, 그 저택에서 독립한 이후로 줄곧 만날 수 없었잖아요? 병원장님도 저를 외면하신 마당에, 제가 뭘 할 수 있었겠습니까? 그립기도 하고, 궁금하기도 해서 만나고 왔죠. 그 녀석…… 저를 한눈에 알아보더라고요. 하긴, 저를 어떻게 잊겠어요? 다 내 덕에, 지금 그 모습을 하고 있는 건데 말입니다! 제 아비와 달리 저를 극진히 모시기에 속으로 아주 흐뭇했죠."

황운보 교수는 장인목 병원장과 장용빈 의원의 사이가 소원하다는 걸 잘 알고 있어, 말하는 것에 거리낌이 없었다.

"아주 바람직하더라고요! 사람이 말이야…… 은혜를 입었으면 최선을 다해 갚고, 은인을 기쁘게 하려고 노력을 해야지. 그게 목숨이 걸린 은혜였다면, 당연히 그렇게 해야 맞는 거지! 그렇지 않습니까, 병원장님?"

장인목 병원장은 붉으락푸르락한 안색으로, 혼자 열을 내는 황운보 교수를 노려보았다.

"할 말이 있다더니…… 자네는 예나 지금이나 쓸데없는 말만 늘어놓는군!"

참을 수 없이 화가 난 장인목 병원장이 끝내 자리에서 일어서려는 찰나, 황운보 교수가 바둑판 위에 디브이디 한 장을 살짝 올려놓았다. 순간 멈칫한 장인목 병원장이 황운보 교수를 쳐다보았더니, 그는 다만 피식거렸다.

"아드님 집에 갔다가, 뭘 좀 찾았는데 말이죠. 이게…… 예사롭지 않더라고요."

장인목 병원장은 말없이 자리에 털썩 주저앉아, 하리망당히 갸웃대며 말했다.

"남의 집에 쳐들어간 것도 모자라, 멋대로 물건을 훔쳐……? 너무 막 나가는 거 아니야?"

"에이, 훔치다니. 그대로 그 집에 뒀다가는 위험할 것 같아서, 제가 잠깐 맡아 두고 있는 겁니다. 아시다시피, 용빈이는 제게도 매우 소중한 존재라서 말이죠."

황운보 교수의 입에서 아들의 이름이 나오자, 장인목 병원장의 얼굴은 홀연 파르무레하니 굳어졌다.

"그나저나 아드님이 대단하던데요? 겉으로는 국민을 위해서 일하는 척해 놓고, 몰래 이런 거나 모으고 있으니. 여태 왜 결혼을 안 하나 궁금했었는데…… 그걸 모두 확인하고 나니까 이해가 되지 뭡니까. 그런데 참, 그렇지 않습니까? 여자가 아무리 좋아도 그렇지, 그 정도면 집착 수준인데…… 병원장님은 어떻게 생각하세요?"

황운보 교수는 슬쩍 너스레를 떨더니, 그 디브이디를 한 손가락으로 끌어 장인목 병원장의 앞에 놓았다. 그것에 시선이 박힌 장인목 병원장은 당혹하여 말문이 막히는 눈치였다.

"제가 맡아 둔, 수많은 것들 중에 하나를 복사해서 드리는 겁니다. 병원장님이 직접 확인하시라고요. 그리고 노파심에서 드리는 말씀인데, 너무 충격받지 마세요! 그런 걸 만들어서 모으는 사람들이 의외로 많을 겁니다. 그리고 보니 아드님이 참 광범위하시더군요. 동양인은 물론이고, 서양인까지! 외국 명문대 출신이라서 그런가, 확실히 다르더라고요."

"……거짓말이야."

장인목 병원장은 충격에서 헤어나려 힘없이 중얼거렸다. 그 반응에 재미를 느낀 황운보 교수는 일부러 정색을 한 채 고개를 가로저었다.

"거짓말이 아니에요. 생각을 해 보세요, 병원장님. 아드님도 남자라고요. 사내가 다 거기서 거기라는 건, 병원장님도 잘 아실 거 아닙니까?"

장인목 병원장은 맞은편에서 자신을 걱정하는 투로 타이르는 황운보 교수가 보통 아니꼬운 게 아니었다. 때문에 조용히 황운보 교수를 잡아먹을 듯한 얼굴을 하고 있다가 우발적으로 그에게 손을 뻗으려 했다.

"병원장님, 정신 차리세요. 냉정하게 파악을 하셔야지, 저한테 화풀이하신다고 될 게 아니잖아요? 저도 그랬었어요. 사람들 앞에서 그 망신을 당하고, 믿었던 병원장님에게마저…… 아무튼 병원장님이 그때 제 딸 걱정을 해 주시기에, 그게 고마워서! 저도 병원장님의 아드님을 걱정하는 마음으로 그리 했을 뿐인데…… 되레 저를 원망하시는 거예요?"

"……."

고개를 휙 돌린 장인목 병원장은 입을 꾹 다물어 버렸다.

"네? 알아들으신 게 맞나요? 국회의원씩이나 되는 아드님이 정성 들여 모은, 각양각색을 한 여자들과의 은밀한 동영상. 그게 제 손에 있다고요! 만약, 잘못해서 이걸 다른 사람들이 아는 날에는……!"

"원하는 게 뭐야."

극렬한 노기에 휩싸인 장인목 병원장의 눈은 상당히 충혈되어 있었다. 거기에다 전체적으로 핏기가 가신 모습이었기 때문에,흔쾌히 약을 올리던 황운보 교수는 그걸 보고 움찔하게 되었다.

"······제가 원하는 거야, 짐작하시는 대로 돈이죠. 저도 제가 더는 예전처럼 훌륭한 의사 노릇을 할 수 없다는 것쯤은 알고 있거든요. 그런데다 과년한 딸까지 있으니까, 그냥 먹고사는 데 걱정 없이 여생을 보내고 싶을 뿐입니다. 근데 그전에."

분노한 장인목 병원장에게 겁을 먹기는 했으나, 그것을 겉으로 내색하기 싫었던 황운보 교수는 태연히 눈길을 돌리고서 제 머리를 가리켰다.

"그런 제 바람을 지키기 위해서는 문제가 좀 있어요. 제가 그때 수술실에서 쓰러졌을 적······ 병원장님도 대충 예상하셨을 텐데, 맞아요! 지금 제 머릿속에는 없어야 할 게 하나 들어 있거든요. 우선, 그걸 없애 주세요!"

그새 냉정을 되찾은 장인목 병원장이 황운보 교수를 향해 눈을 치켜떴다.

"머릿속? 뇌 속에 없어야 할 게 생겼다고?"

"······모르는 척하지 마세요, 병원장님. 이 머릿속에 생긴 것 때문에, 지금 하루하루가 고역이거든요. 그러니까 병원장님이 직접 제 머릿속에 생긴 문제를 깨끗이 없애 주세요!"

그럼에도 불구하고 장인목 병원장의 반응이 그저 두루뭉술하니 시큰둥하여, 속으로 욱한 황운보 교수는 척 으름장을 놓았다.

"이렇게 되었는데도 병원장님은······ 잊어버리셨어요? 제게는 '옛날 일'에 대한 증거가 있어요. 하지만 그건 비장의 무기일 뿐이지, 먼저 선보일 건 아드님의 '치부'거든요."

"그래, 자네의 쾌유와 그 녀석의 '치부'를 교환하자는 거잖아."

"히히히, 당연히 깨끗이 고쳐 놓으셔야죠. 만약이라도 수술 후에 제가 깨어나지 못한다거나, 제 딸에게 무슨 일이 생긴다면. 제 친구가 그 '치부'를 만천하에 공개할 겁니다. 그렇게 된다면 아드님의 정치생명은 물론, 병원장님이나 규양병원이 받을 타격도…… 상당하겠죠?"

잠연히 황운보 교수의 말을 듣던 장인목 병원장은 곧 가소로운 양 콧방귀를 뀌었다.

"늘 한심한 것 같더니만, 이번에는 애썼군."

"걱정 마세요, 수술 후에는 규양병원에 나타나지 않을 테니까. 그건 그렇고…… 지금 그런 모습은 좀 거슬리는군요. 항상 저에 대해 다 안다는 듯이 구시는데…… 하긴 그럴 만도 해요. 병원장님의 말씀이라면, 저는 속을 다 내보일 각오로 무엇이든 따르려고 했으니까요! 그렇게 맹목적으로 따랐는데, 그런 저를 이토록 망쳐 놓으시다니……!"

장인목 병원장은 순간 어리둥절한 눈으로 황운보 교수를 쳐다보았다.

"제가 끝까지 모를 줄 아셨습니까? 별 볼 일 없이 살던 차에, 뒤늦게나마 승승장구하고 있었는데…… 병원장님이 놓은 덫인 줄도 모르고! 거듭되는 유혹에 빠져들었다가, 결국 이 꼴이 되고 말았어요! 그렇게 되고 나서, 한참 후에야 알게 되었는데 정말 믿기지가 않았죠. 게다가 워낙 용의주도한 분이시라, 실마리 하나 남겨 놓지 않으셨으니. 이미 망가진 제가 뭘 할 수 있었겠습니까? 병원장님 때문에 의사로서의 명성도, 곁에 있던 사람들도, 그나마 있던 돈도 거의……!"

황운보 교수는 말을 하면서도 분했는지, 점점 노기를 주체하지 못하는 모습이었다.

"그래도 우상이라고 따랐는데. 피치 못할 사정이 있는 거겠지, 조금만 더 견디다 보면 날 다시……!"

장인목 병원장의 눈동자가 어느 틈에 잠깐 흔들리는가 싶더니만, 자못 당당히 언성을 높였다.

"못 들어 주겠군! 그래서 그 모든 게 다 나 때문이라는 거야? 이날 이때껏 한심한 자네를 돌봐 준 사람한테? 내가 놓은 덫이라고 쳐, 그러면 뭐가 달라지나? 그래, 자네는 한때 승승장구했었어! 그런데 어쩌다 이렇게 망가진 거냐고?! 자네가 정말 훌륭한 의사였다면! 그걸 유지하려고 했었어야지! 멋대로 간사한 자들한테 놀아나서는, 내가 무슨 말을 해도 계속 듣지도 않고 있다가…… 이제 와서 내 탓을 해?!"

조롱을 섞어 불만을 토로하던 장인목 병원장은 자신을 가만히 노려보는 황운보 교수를 쳐다보았다. 황운보 교수는 치솟는 흥분을 가까스로 가라앉혀, 장인목 병원장을 관찰하는 모양으로 눈에 힘을 주었다. 사실, 장인목 병원장은 협박을 받는 입장이었으나 상대가 황운보 교수라 지그시 무시하고 있었다. 그런 와중에도, 지난 며칠 동안의 꿈 같은 개운함이 점차 부서지는 것 같았다.

"병원장님은 저라는 사람을 그렇게 알고 계시군요."

"솔직히 지금 기가 차기는 해. 상황이 이렇게 되었어도, 아직 늦지 않았어."

"히히히히……."

국회의원인 아들의 정치생명이 걸렸음에도 불구하고, 장인목 병원 장은 혼연스럽게 황운보 교수를 구슬리려 하고 있었다. 규양병원과 더불어 자신에게도 치명적일 수 있는 '치부'를 협박당하는 판국에, 장 인목 병원장이 보인 대응은 황운보 교수에게 너무나 어처구니없이 다가왔다. 그가 자신을 끝까지 어쭙잖게 여기고 있다는 사실에 기가 막힌 나머지, 황운보 교수의 입가에서 은연히 실소가 터지고 말았다. 설마 싶은 그런 순간이 눈앞에 펼쳐진 것에 대해, 심한 모욕을 느낀 황운보 교수는 머리가 어지러웠다.

"저를 잘 안다고 생각하시는군요."

"오랜 세월 봐 온 자네를 모른다고 할 수 없지. 내가 알기로, 자네 스스로 말했듯이 자네의 곁에는 아무도 없어. 자존심이 하늘을 찌르 는 자네는 자신보다 높거나 지나치게 낮은 사람을 본능적으로 멀리 하니, 분명히 이리 재고 저리 따져 보다가 놓친 사람이 많겠지. 거기 에다 자네의 행실이 좀 그랬나? 그런 자네한테 믿고 매달릴 사람이 나쁜인 걸 어떻게 모르겠어? 자네가 말한 친구…… 정말 있기나 할 까?"

뼛속 깊이 자신을 깔보는 장인목 병원장 때문에 억장이 무너진 황 운보 교수는 치밀어 오르는 화를 삭이며 병적인 미소를 지었다.

"자신할 수 있으세요?"

"……자네가 이러지 않아도, 난 처리할 일이 많아서 고달파. 그 동영상이라는 거, 그 정도 덮는 건 일도 아니라네. 자네한테 그런 친구가 있든 없든 애초에 상관없는 거라고! 그보다 자네, 몸이 안 좋다면서? 괜히 일 만들지 말고 병원이나 찾아보게. 자네 딸을 봐서 내가 이번……."

"처음으로…… 병원장님이 우스워지는군요."

황운보 교수는 차라리 홀가분하다는 모습으로 중얼거렸다. 그에 멈칫한 장인목 병원장은 초라한 몰골로 자신을 빤히 바라보는 그를 보았다.

"저도 병원장님이 우습고, 병원장님도 저를 우습게 보신다니까 공평한 거네요. 대수롭지 않게 여기시는 것 같은데, 그럼 확인해 봐야죠!"

황운보 교수가 바둑판 위에 있는 디브이디를 손가락으로 튕기자, 장인목 병원장은 제 마음까지 덩달아 덜그럭거리는 것 같아 초조해지기 시작했다.

"수술은 빠를수록 좋고! 수술을 마치고 난 후에도 얼마 동안은 힘들 테니까, 곁에 둘 사람이 필요합니다. 제 딸이 저 때문에 고생하는 걸 바라지 않으니까요. 그리고 아까 말씀드렸다시피, 더는 의사로서 사는 일 없을 겁니다. 병원장님만큼이나 저도, 싫은 사람을 굳이 볼 생각이 없어서 말이죠. 또……."

한결 여유로운 태도로 연필과 종이를 꺼낸 황운보 교수는 무척 언짢아 보이는 장인목 병원장을 잠깐 쳐다보았다.

"가장 중요한 것, 돈 말입니다! 히히히."

자꾸만 피식거리던 황운보 교수는 이내 숫자를 쓰기 시작했다. 장인목 병원장은 그 모습이 거북해, 영 마뜩잖은 투로 그 종이에 시선을 고정했다.

"이거면 됩니다."

황운보 교수가 내민 종이에는 누구라도 당혹할 만한 액수가 적혀 있어, 장인목 병원장으로 하여금 잘못 본 게 아닌지 종이를 뚫어지게 보도록 만들었다. 이윽고 황운보 교수에게 눈을 부라린 장인목 병원장은 자기도 모르는 새 주먹을 쥐고 있었다.

"뭐, 대단한 분이잖습니까. 그런 병원장님한테 이 정도는 아무것도 아니죠."

"나를 상대로……."

"제가 맛보기로 드린 것, 잘 확인해 보세요. 그러면…… 판단을 내리기 쉬워지실 테니까요."

33

기원에 다녀온 날 밤, 장인목 병원장은 서재에서 황운보 교수가 준 그 디브이디를 만지작거리고 있었다. 심히 불편해진 심기로 인해, 그를 둘러싼 주위가 일렁여 보일 정도였다.

'일이 어떻게 되어 가는 건지…… 혹 떼려고 시도했더니, 보란 듯이 새 혹이 생겨 버리고 말았어! 그것도 아들이라는 녀석 때문에……!'

더구나 그 혹 떼려는 데에 신나 방심하는 통에, 그만 일이 더 꼬이는 결과를 초래하고 말았으니 더욱 분통이 터지는 것이었다. 그렇게 혼자 끙끙 앓던 장인목 병원장은 비가 추적추적 내리는 창밖을 내다보다, 시름없이 서재를 나와 버렸다. 마침 거실에서 전화를 받던 가정부가 보였는데, 갸웃대던 그녀는 장인목 병원장과 눈이 마주치자 상냥히 말했다.

"나오셨어요, 병원장님. 전화가 왔는데……."

"없다고 하세요."

"그게…… 일단 받아 보시는 게 좋겠는데요."

이 저택에서 언제 어떡할지 모를 리 없는 숙달된 그녀가, 지금은 어찌된 영문인지 난색을 표하고 있었다. 장인목 병원장은 그에 망설이면서도 썩 침착하게 전화를 넘겨받았다. 그러나 상대방을 확인한 순간, 얼어 버리고 말았다.

빗줄기는 점차 굵어져, 을씨년스러운 밤을 더 쓸쓸하고 울하게 물들이고 있었다. 더욱이 그것은 장인목 병원장의 마음과도 맞아떨어졌기에 어찌할 바를 모를 지경이었다. 급작스럽게 온 전화 한 통 때문에 저택에서 조금 떨어진 곳까지 혼자 가게 된 장인목 병원장은 늦은 시간에 자신을 부른 사람을 찾고 있었다.

"······."

이내 위압감이 넘치는 차를 발견한 장인목 병원장이 그 차에 몸을 싣자, 굳은 표정을 한 김과수 중장의 모습이 보였다.

"내가 바쁜 사람을 오라 가라 해서, 귀찮아 죽겠지?"

긍긍하는 장인목 병원장에게 김과수 중장이 비꼬는 투로 물어보았다. 말없이 고개 숙인 장인목 병원장이 어지간히도 마음에 안 드는지, 사나운 눈매를 거리낌 없이 내보인 김과수 중장은 마땅찮은 양 헛웃음을 흘렸다.

"비가 추저분하게도 오는구먼."

김과수 중장이 무슨 말을 하던, 어떻게 약 올리든 장인목 병원장은 무조건 참아야 했다. 그렇게 마냥 속을 삼켜 버린 듯이 앉아 있는 장인목 병원장을 보고 있자니, 어딘가 껄끄러워진 김과수 중장은 휙 고개를 돌렸다. 그러다 뭔가를 꺼내고는 자신의 불편한 속을 표현하듯, 손에 든 그것을 장인목 병원장에게 내던져 버렸다. 순식간에 바닥으로 흩어진 사진들로 인해 움찔한 장인목 병원장은 그것을 하나하나 모으다, 홀여 훅 다가온 충격에 의해 정신이 아찔해지고 말았다.

"그것도 모르고 있었나? 아들한테 신경 좀 쓰지 그래?"

그 사진들은 두 사람이 찍힌 게 전부였는데, 그들은 사이가 퍽 좋아 보였다. 한 명은 장인목 병원장이 아주 잘 아는 장용빈 의원이었으며, 나머지 한 명도 뉴스에서 본 적이 있었으므로 누군지 알 수 있었다.

"이게……."

"실망스러워. 형님은 자네를 믿으셨는데, 이런 식으로 뒤통수를 치다니……."

김과수 중장이 몸에 밴 투박함을 자아내며 부르는 '형님'이 누구인 줄 아는 바, 장인목 병원장은 곧 머릿속이 하얘지는 것 같았다. 곤혹스러워하는 장인목 병원장의 모습에 만족감을 느낀 김과수 중장은 이어 강압적으로 말했다.

"거기, 자네 아들과 친근해 보이는 게 누군지 모르는 건 아니겠지. 형님이 요즘 눈엣가시로 여기시는 허맹문 검사 말이야! 아무리 정치를 모르는 사람이라도 뉴스를 보면 허맹문을 모를 수가 없어. 형님이 하시려는 사업을…… 눈에 불을 켜고 파헤치는 녀석이라고! 그 때문에 형님께서 얼마나 곤란하신지 자네도 알 텐데? 근데 어떻게 이럴 수가 있지?"

사진들 속에서는 그들이 서로 웃으며 말을 건네는 분위기였다. 조용히 마른침을 삼킨 장인목 병원장은 머지않아 두 눈을 감아 버렸다.

"우연히 찍힌 걸 겁니다."

그 말에 코웃음 친 김과수 중장은 고개를 돌렸다가 재빨리 장인목 병원장을 흘겼다.

"그때 말씀드린 대로, 저는 아들을 따끔히 타일렀습니다. 그 녀석도 순순히 따르겠다고 했고, 곧바로 집회에서 손을 뗐으니……."

"자식이라고 감싸기나 하다니…… 자네 말이 사실이라면 왜 이런 사진이 찍혔을까?! 그렇게 물러 터졌으니, 일이 이 지경이 되도록 아무것도 모르고 있지!"

야기죽야기죽 거침없이 빈정거리는 김과수 중장도 견디기 힘들었으나, 장인목 병원장으로서는 그보다 아들이 더 원망스러웠다. 오늘 하루만 해도 아들로 인하여 협박당하는 게 두 번에 달했으니, 어떻게 보면 당연한 듯 보였다.

고약한 시간을 견디고 저택으로 돌아온 장인목 병원장의 모습은 말이 아니었다. 우산을 쓰고 왔음에도 옷이 거의 다 젖어 으르르 떨고 있었거니와, 제 안의 고된 맘고생을 증명이라도 하듯 흙빛이 되어 버린 얼굴로 서재를 향해 걷고 있었다. 그 모습은 딱하다기보다 무서운 분위기가 더 짙어 섬뜩하기도 했는데, 이윽고 서재에서 뒤늦게 씩씩대며 무언가를 찾던 그는 낯익은 디브이디를 집어 들고 한참을 바라보았다.

"……."

돌연 울민해진 장인목 병원장은 그 디브이디를 조금 구기는가 싶더니, 마침내 신경질적으로 부숴 버리고 말았다. 하지만 그런다고 풀릴 것이 아닌 터라, 그는 인상을 쓴 채로 생각에 잠기게 되었다. 언젠가부터 금이 야금야금 가는 것처럼 보인 그의 나날에, 급기야 걱정거리가 쌓이고 있었다.

쥐도 궁지에 몰리면 고양이를 문다고 했다. 더 이상 잃을 게 없다는 생각에, 이성을 버려두고서 며칠을 고생하던 황운보 교수는 결국 바라던 결과를 얻어 냈다. 그동안 끈질기게 그를 괴롭혔던 머릿속의 '문제'가 규양병원에서 깨끗이 제거된 데 이어, 지금은 그곳의 특실에서 교양 있는 간병인의 보살핌을 받고 있었다.

'능구렁이 같은 노인네…… 해줄 듯 안 해줄 것처럼 하더니, 이제야 하나 해결했어. 끝까지 날 무시하기에 어떡하나 했었는데.'

황운보 교수는 속으로 툴툴거렸지만 겉으로는 편안한 생활을 만끽하는 모습이었다. 그 특실은 아늑한 분위기에 침대도 자신이 가진 것보다 더 좋아, 마치 구름 위에 누운 듯한 기분이 들었다. 머릿속도 한결 맑아진 것 같아 그것이 가장 안심되었는데, 비록 바라던 결과를 완전히 얻지는 못했다지만 일단 한시름 놓을 수 있었다. 그리고 어차피 돈 문제는 쉬이 해결될 거라 기대도 하지 않았으므로, 스스로도 뜸을 들이는 중이었다.

'믿기지 않는 걸…… 그동안 폐인처럼 살았었는데. 이제는 이런 곳에서, 간병인이 다 알아서 척척 해 주니까! 이 기분을 어떻게 표현할 수 있을까. 남영이도 지금쯤, 집에서 편하겠지? 이것아, 내 덕에 팔자 늘어지는 줄이나 알아라. 원래부터 아버지 덕 보고 산 너잖아?'

그런 생각을 한 황운보 교수는 은근히 거들먹거리는 표정으로 간병인을 힐금거렸다. 자신과 또래로 보인 그녀는 예쁘장한 얼굴에 항상 미소를 머금고 있어 저절로 눈이 갔다.

'보기 좋구나, 저래야지! 남영이 그것도 저렇게 되었어야 해! 내 그

344

토록 지적이면서 단아해야 한다고, 입이 닳도록 말하고 물심양면으로 도와줬건만…… 내가 평소에 그만큼 모범적인 모습을 보여 줬으면 알아서 따라와야지. 고집스럽게 아버지 말씀 안 듣고 그렇게 구질구질하게 변하더니, 아버지 덕에 잘사는 주제에 그것도 못해?'

딸 생각에 속이 답답해진 황운보 교수는 차차 짜증이 나기 시작했다. 그는 가득 뾰조록뾰조록해진 속을 달랠 길이 없어, 푹신한 이불로 얼굴을 덮고는 잠을 청했다.

'……지금쯤이면 그 노인네는 속이 타겠지? 아들의 '치부'가 대체 어디에 있는지 알 수 없어서 머리 좀 아플 거다! 그런데 넌 절대 찾을 수 없어…… 내 집을 뒤져도 나올 리 없고.'

금세 기분이 나아진 황운보 교수는 이불속에서 낄낄거렸다. 그는 어째서인지 지금이 이십일 년 전보다 더 설렜으며 자신감도 솟아나는 것 같았다. 그때는 막연하게 어안이 벙벙하여 장인목 병원장 하나만 보고 따랐었으나, 지금은 그 위에 올라선 것 같아 유쾌하기까지 했다.

'장인목, 너는 날 떨어낼 수 없어.'

길가에는 일찌감치 활짝 피어난 꽃이 종종 보였는데, 추운 때에 보자니 좀 낯설기도 했다. 장용빈 의원도 그런 기분 때문에 어색했지만, 그것은 꽃 때문만은 아니었다. 따뜻한 공기가 은근살짝 졸리게 만들던 어느 날, 장용빈 의원은 아버지의 저택 앞을 서성거리고 있었다. '구승희 사건'에 오래 매달린 끝에, 이제야 비로소 휴식을 가질 수 있었던 것이었다. 그래 봤자 며칠 뒤에 다시 공수겸 보좌관과 만나기로 한 상태였으나, 한 번쯤은 이곳에 오고 싶은 마음이 들어 결국 오게 된 것이었다. 작년에 아버지가 자신의 집을 다녀간 후, 어렴풋이 가족에 대한 향수를 느낀 까닭이었다.

"……."

하지만 막상 오고 나니 끝내 들어갈 마음이 들지 않은 터라, 장용빈 의원은 괜스레 시간만 보내는 중이었다. 그렇게 장용빈 의원이 갈등하는 사이, 저택 안에서 차가 나오는 게 보였다. 이에 소스라치게 놀란 그는 황급히 근처 나무 뒤로 몸을 숨겼다. 그 차는 장인목 병원장의 리무진이었는데, 오후에 규양병원에 일이 있어 나오는 것이었다.

장인목 병원장을 태운 그 차가 장용빈 의원과 그대로 멀어지는가 싶더니, 별안간 후진하고는 나무 뒤에 숨은 사람을 흠칫하게 만들었다. 리무진이 기어코 숨어 있는 장용빈 의원의 앞에 정확히 서고 난 다음, 뒷좌석의 창이 스르륵 열렸다.

"……웬일이냐?"

조금 탐탁스럽지 못한 목소리가 들렸기에, 그 목소리를 아는 장용빈 의원은 나무 뒤에서 모습을 드러내었다. 곧 뻣뻣한 침묵이 주위를 덮은 양, 스멀스멀 불편해지는 분위기가 이어졌다. 장용빈 의원은 자신을 무표정하니 바라보는 장인목 병원장을 보며 마지못해 인사를 건넸다.

"안녕하셨어요."

장인목 병원장은 마냥 주뼛거리는 아들의 모습이 못마땅해 깊이 한숨을 쉬었다. 평소에도 마음에 쏙 들게 한 적은 없었지만, 지금은 특히 더 해 입안이 불격거리는 것 같았다.

"타라."

머뭇거리던 장용빈 의원은 이내 차에 올랐다. 그렇게 부자가 탄 차는 어느 한가로운 호숫가 앞에 섰다. 그곳은 장인목 병원장의 사유지였는데, 외부인이 출입할 수 없어 무척 조용했다. 부자만이 남은 차 안은 너무 적막해, 오히려 말을 꺼내기 힘들 만한 분위기가 조성되었다.

"여기는 정말 오랜만에 와 보네요. 새들이 많았었는데……."

장용빈 의원은 자기도 모르는 사이에 말하게 되었다. 그도 그럴 것이, 독립한 이후로 까맣게 잊었던 추억이 하나둘 떠오른 탓이었다.

"나한테 할 말이 있어서 온 거 아니었냐."

향수가 밀려 와 자연스레 뭉클한 마음이 들려던 찰나, 유독 어두워 보이는 장인목 병원장의 얼굴이 장용빈 의원의 시선을 가렸다.

"……."

소리 없이 어물어물하는 아들의 모습은 장인목 병원장의 눈에 가시가 돋아나게끔 만들었다. 게다가, 얼마 전 황운보 교수의 수술 때문에 골이 난 상태였으므로 기분도 좋을 리 없었다.

"네가 밖에서 여러 가지 일을 만드는 동안, 나한테 무슨 일이 있었는지 알고 있어?"

"무슨 말씀이세요? 그 집회에 대한 거라면…… 이미 손 뗐는데."

노기 가득한 아버지의 모습에서 뭔가 심상치 않음을 감지한 장용빈 의원은 영문을 몰라 당황하게 되었다. 장인목 병원장은 지근지근한 화를 억눌러, 자신을 곤란하게 만든 사진들을 아들에게 건네주었다.

"이제 너도 간섭당할 나이가 아닌 건 알아. 나도 더는 너한테 잔소리하기도 지겨워서, 일부러 신경 안 쓰려고 했었다. 그런데…… 아들이라고 하나 있는 게, 어떻게 이 정도로 아비 속을 썩일 수 있을까! 그래 놓고 여기에 찾아올 생각을 해? 네 덕분에 곤혹스러워하는 아비가 보고 싶더냐?!"

사진들을 찬찬히 살펴본 장용빈 의원은 무덤덤하게 말했다.

"저 감시하셨어요?"

"그래, 했다! 네가 겁을 모르고 아무 데나 나부대는데, 내가 오죽하면 이렇게 했겠어? 가뜩이나 매일이 살얼음 밟는 것 같아서 조마조마하건만, 네가 기어코……!"

장인목 병원장은 아들의 얼굴을 볼수록 갖은 원망이 울툭불툭 튀어 나올 것 같았다. 더구나 억누르고 있던 화까지 치밀어 조금씩 견디기 힘들어졌다.

"왜 이러시는지 알겠는데요. 짐작하시는 그런 게 아니에요! 허맹문 검사랑은 그냥…… 우연히 만나서 얘기 좀 한 게 전부예요! 정말 아무 것도 아니라고요."

"너 같으면…… 그 말을 믿겠어?"

"정말 감시하셨다면 제 말이 사실인지 아닌지 잘 아실 텐데요? 저 는 분명히 그때, 아버지 뜻대로 집회에서 손을 뗀 지 한참 지났어요."

'그뿐이 아니잖아! 네…… 사생활.'

장인목 병원장은 이 말이 목구멍까지 올라왔지만, 차마 입 밖으로 내지 못했다. 눈에는 그간 참아 왔던 아들에 대한 미움과 원망을 띄운 채, 날카로이 장용빈 의원을 노려보았다.

"너는 정말 쓸데없는 짓을 하고 다니더구나."

생각도 못 한 꾸지람을 듣게 된 장용빈 의원은 언뜻 신경이 곤두섰 다. 그러던 중, 아버지가 방금 건넨 말이 무엇을 뜻하는지 직감하게 되었다.

"그게 도대체…… '구승희 사건' 말씀이세요?"

아들의 물음에, 언짢아하며 고개를 돌린 장인목 병원장은 고요한 호수를 바라보았다.

"그 말씀이시잖아요. 그건 또 뭐가 문제기에, 무슨 말씀이라도 속 시원히 해 보세요!"

"하…… 벌써 수십 년이 지난 일을 뭐 하러 캐고 다녀? 그 '탈옥수'가 너랑 무슨 상관이 있다고 그렇게 공을 들이냐고?! 가만히 있으면 중간은 갈 텐데. 괜히 낄 때 안 낄 때 구분도 못 하고, 분수없이 싸돌아다니면서 일이나 만들지."

장 씨 부자는 이미 서로에게 감정이 상한 상태라, 무심결에 눈이 마주쳤다가도 그리 오래가지 못했다. 또한 아버지가 하는 말이 그저 트집 잡는 걸로 들린 장용빈 의원은 괴로운 마음이 들어 더욱 눈길을 돌려 버렸다. 그 모습을 본 장인목 병원장은 은연히 떠오른 애애한 감정에 사로잡혔다.

'지금까지 잊고 있었는데…… 그러고 보면 넌 항상 그랬었어.'

처음부터 그런 것은 아니었으나, 장용빈 의원은 언젠가부터 장인목 병원장을 똑바로 보는 일이 없어졌다. 어쩌다 장 씨 부자가 눈이라도 마주치면, 얼마 못 가 장용빈 의원이 먼저 고개를 돌리고 말았었다.

'그때부터였을 거야. 우리가 다투기 시작한 게…… 시간이 많이 흘렀는데도 그건 변함없구나.'

어느 틈에 아롱아롱하니 허탈해진 장인목 병원장이 아들을 외면할 적, 감정이 격해진 장용빈 의원은 분한 마음으로 차에서 내렸다.

쾌적하고 안전한 공간에서 아무런 걱정 없이 안락한 생활을 하던 어느 날, 황운보 교수는 이유 모를 불안감에 휩싸이고 있었다. 머릿속의 '문제'도 깨끗이 해결되었고, 집에 무슨 일이 생긴 것도 아닌 지금, 누구보다 편안한 생활을 누리고 있음에도 불구하고 한번 파고든 불안감은 계속해서 그를 닦달했다.

'마음이라는 게 참 알 수가 없어. 이렇게 잘 지내고 있는데도 막연하게 불안하니, 원. 하긴, 내가 잘나갔을 때도 이 정도로 대접받은 적이 없었으니까. 그래서 그런가, 이런 분위기도 어쩐지 불편하단 말이야…….'

간병인이 곁에서 나긋나긋하게 시중을 드는 것마저도 이제는 황운보 교수의 마음에 차지 않는 모양이었다. 더군다나 특실에서 손 하나 까딱거릴 필요도 없이 계속 편히 지내다 보니, 좀이 보통 쑤시는 게 아니었다. 그런 와중에 어느 순간부터 불안해지기까지 한 탓에, 더 이상 누워 있을 수 없었다.

'장인목이 이대로 당하고만 있을 리가 없는데…… 이러다가 덜컥 무슨 짓을 할지 어떻게 알아? 이거, 밖에서 무슨 일이 어떻게 돌아가는지 알 수가 있어야지. 설마 이대로 죽을 때까지 가둬 놓는 건…… 아니겠지?'

생각이 거기까지 미칠 무렵, 황운보 교수는 급격히 요동치는 심장에 의해 호흡이 곤란해지려 했다. 공교롭게도 장인목 병원장에게서 무어라 확실히 해 준 것이 없는 터라, 지나친 걱정이라 할 수도 없었다.

'……아니야. 더 이상 두 눈 뜨고 당할 수는 없지. 내게는 '치부'가 있어! 장인목, 그 노인네도 잘 알고 있단 말이야!'

느긋하게 누워 지내던 황운보 교수는 불현듯 신경이 날카로워졌다. 더는 이 기분에 취해 있을 때가 아니라는 생각과 함께, 어떻게든 이곳을 나가 '치부'를 확인해야겠다는 생각도 들었다. 더구나 자신은 이미 장인목 병원장에게 당한 전력이 있었으므로, 쇄미했던 의구심은 어느새 눈덩이처럼 불어났다. 또한 그것은 기름이 되어, 불씨만 있던 불안감을 덮고는 스스럼없이 몸집을 키웠다. 그는 속에서 활활 타오르듯 고조된 그것을 숨긴 채, 밖으로 빠져나갈 궁리를 하게 되었다.

'무슨 수를 쓰더라도 꼭 나가야 해.'

조는 척 기회를 엿보던 황운보 교수는 마침내 간병인이 특실을 나가는 걸 포착할 수 있었다. 그는 기회를 놓치지 않고 재빨리 옷을 갈아입고서 규양병원을 나왔다. 오랜 시간 그곳을 구석구석 돌아다니며 사람들을 피한 그에게, 아무에게도 들키지 않고 빠져나가는 것쯤은 일도 아니었다.

'급하게 왔더니 한여름 같네……'

황운보 교수의 걸음은 점차 허정허정해지고 있었다. 땀을 많이 흘리는 바람에 딱한 마음마저 들게 했지만, 황운보 교수가 걷고 있는 곳은 인적이 드물어 그에게 뭐라 할 사람이 없었다. 그는 거친 숨을 몰아쉬는 것과는 반대로 기분이 좋아지고 있었는데, 몰래 얻어 놓고서 가끔 들락거린 건물에 드디어 도착했기 때문이었다.

"오랜만이야……"

후들거리는 다리보다 설렌 마음이 먼저였던 황운보 교수는 곧장 그곳에 들어갔다. 먼저 이 층으로 들어가 보니 여전히 컴컴해, 어둠에 익숙해지느라 애를 먹게 되었다. 게다가 그동안 쌓인 먼지 탓에 어지간히도 부담스러워, 특실에 있다가 와서 더 그러는가 싶었다. 그는 이내 뻑뻑한 서랍장에서 상자를 꺼내어 책상에 올려놓았는데, 줄곧 정색하다가 뚜껑을 열고서야 피식했다.

"아, 내 눈으로 확인하니까 좋아! 계속 불안했었는데 이제야 마음이 놓이네."

그 상자에는 '치부'가 고스란히 담겨 있었다. 즉, 장인목 병원장이 처음 말했던 대로 황운보 교수가 말한 '친구'는 처음부터 존재하지 않았다는 뜻이었다. 가까스로 손에 넣은 '치부'를 어디에 숨길까 생각하던 황운보 교수는 고심 끝에 이곳을 떠올렸다. 자신이 아는 곳 중에 이곳을 가장 안전하다고 여겼으므로 선택하게 된 것이었다. 딸에게조차 이곳의 존재를 말한 적이 없어 아무도 모르는 데다, 편법을 좀 쓴 터라 최적이라 할 만한 장소였다.

"······참."

'치부'의 안전을 확인한 황운보 교수가 다시 상자를 숨기던 중에, 뭔가가 생각이 난 모양이었다. 이윽고 그는 한결 가벼워진 발걸음으로 아래층을 향하며 콧노래를 불렀다. 어둡고 답답한 데다, 후더분한 그곳을 더듬더듬하면서도 벌써부터 만족스러운 웃음을 머금고 있었다. 계단을 모두 내려간 그는 괜히 한 바퀴를 돌았다, 이상한 느낌이 들어 급히 불을 켜고 샅샅이 훑어보았다.

"······?!"

곧이어 아연실색한 황운보 교수는 아무 말도 할 수 없었다. 규양병원의 쾌적한 특실에서 딸보다도 그리워한 노란색 슈퍼 카가 없어졌다는 것을 알게 되었기 때문이었다.

장인목 병원장의 사유지에서 열을 식히던 장용빈 의원은 문득 뒤를 돌아보았다. 당연히 그곳에 있을 줄 알았던 장인목 병원장의 차가 어느덧 사라져 버린 탓에, 주위에 아무도 없다는 걸 깨닫게 된 장용빈 의원은 헛웃음이 비죽 나왔다. 그는 눈을 감은 채로 머리를 짚으며 애써 화를 가라앉히려 해 봐도 도무지 뜻대로 되지 않았다.

얼굴이 한껏 경직된 그는 울한 마음으로 걸음을 재촉하여, 아버지가 없는 저택으로 들어갔다.

"도련님? 아버님께서는 지금 출타 중이신데……."

"압니다."

장용빈 의원은 몹시 놀란 모습으로 자신을 맞은 가정부를 가볍게 지나쳤다. 그러고는 흐릿해진 기억을 더듬어 집 안을 구석구석 뒤지고 다녔다. 그러다 쓸 만한 여행 가방을 찾아내어, 그는 그 가방 끝에 달린 바퀴를 굴려 그대로 거실로 나왔다. 바로 다음 순간, 한 치의 망설임도 없이 지하로 내려가 비밀스런 장소로 향했다. 그곳에는 장인목 병원장만이 드나드는 금고가 있었는데, 항시 약간의 보석과 다량의 현금이 산처럼 켜켜이 쌓여 있는 상태였다. 장용빈 의원이 독립하기 전에는 아버지와 더불어 그곳을 찾고는 했었으나, 돈에 통 관심이 없던 그는 차차 출입하지 않게 되었었다. 하지만 지금처럼 격해진 상태의 장용빈 의원은 마음에 쌓인 화를 해소할 곳이 필요했고, 그 수단을 생각해 낸 그는 거리낌 없이 금고의 비밀번호를 눌렀다.

"변함이 없네……."

금고의 문이 열리자, 장용빈 의원이 어린 시절에 봤었던 광경이 펼쳐졌다. 웬만한 은행이 보유한 현금은 저리가라 할 정도의 액수가 산

354

맥처럼 버티고 있어, 그의 시야에 다 들어오지 않을 지경이었다. 그 모습이 퍽 위협적으로 다가와, 그는 금고에 들어가서도 선뜻 움직이지 못했다.

"……."

여행 가방을 깔고 앉은 장용빈 의원은 조용히 한숨짓다, 곧 일어서서 그 여행 가방에 현금을 넣기 시작했다. 금세 커다란 여행 가방을 꽉 채워 겨우겨우 닫고 나니, 터질 것처럼 불룩해진 그 모양새가 우스웠다. 그렇게 불룩이 변한 여행 가방을 가지고 미련 없이 금고를 나와, 무거워진 그것을 낑낑대며 거실로 옮기면서도 마냥 힘들지만은 않았다.

"도련님……."

장용빈 의원은 전전긍긍하는 가정부에게 살포시 웃으며 말했다.

"아버지께는 그냥 사실대로 말씀하세요. 절 아시니까 괜찮으실 거예요. 안녕히 계세요!"

마당으로 나온 장용빈 의원은 금고 안의 광경이 떠올라 끝끝내 쓴웃음이 나왔다. 이 저택은 어릴 적부터 자란 곳이라 별다른 느낌이 없었으나, 금고를 들어갔다 나오니 무척 부담스러워 어서 벗어나고 싶게끔 만들었다. 독립한 지가 오래된 탓인지, 다시 찾은 그곳은 너무나 이질적이었다.

35

이튿날, 공수겸 보좌관은 미국에 계신 부모님과의 통화를 마친 후 여유작작하게 시내를 걷고 있었다. 고단한 몸을 달래느라 며칠을 내리 잠만 잔 끝에, 드디어 가분해진 기분으로 한가로이 걸으니 비로소 몸이 풀리는 것 같았다.

'시간이 된 것 같은데…… 더 있어야 되나?'

공수겸 보좌관은 어느 전자 제품 전문점의 큰 유리창 앞에서 두연 걸음을 멈춰, 손목시계를 확인하고 주위를 둘러보았다. 기다리는 사람이 오지 않은 탓에 툴툴거리던 참이었다.

"……?"

전자 제품 전문점의 큰 유리창 너머, 텔레비전을 통해 나온 뉴스에서는 때마침 새로운 소식을 전하기 위해 화면이 바뀌고 있었다. 다시 바뀐 화면에서는 논두렁에 처박힌 노란색 차가 나왔는데, 자세히 보니 눈이 휘둥그레질 정도로 유명한 슈퍼 카였다.

{어제, 차를 도난당했다는 차주 황 모 씨의 신고를 받은 경찰이 마침내 경기도 인근에서 차를 찾았습니다. 그런데 그 차 안에서 발견된 지문을 감식한 경찰은 그것이 모두 한사람, 이십일 년 전 세상을 떠들썩하게 만들었던 '탈옥수 구승희'의 것임을 밝혀내게 되었습니다. 이

에 경찰은…….}

뜻밖의 소식으로 인하여 너무 놀라 멍해진 공수겸 보좌관의 곁에 사람들이 하나둘 모여들었다. 길을 가던 중이던 그들은 갑작스런 속보에 귀를 기울이느라 자연히 그곳을 에워싸는 형상을 이뤘다. 그들이 저마다 웅성거리는 가운데, 어렴풋하게나마 정신이 든 공수겸 보좌관은 인파와 거리를 두었다. 그는 매우 혼란스러워 충격에서 헤어나지 못하고 있었다.

"왜 그러고 있어?"

공수겸 보좌관이 멀거니 선 곳의 옆으로 먹색의 suv가 떡하니 선 데 이어, 그 차의 운전석에서 장용빈 의원이 차창을 내린 채 말을 건넸다. 장용빈 의원의 얼굴을 물끄러미 본 공수겸 보좌관은 뜸을 들이다가 입을 뗐다.

"소식 들으셨습니까?"

"무슨 소식? 이 차, 좋지 않아?"

"그러고 보니…… 처음 보는 차인데, 어디서 나신 겁니까?"

장용빈 의원이 타고 온 차는 새것 같아 보였는데, 그것을 본 공수겸 보좌관은 작게 갸웃거렸다.

"그럴 거야. 금방 뽑은 새 차거든! 기분이 너절하기도 하고, 우리 차는 금석이가 말도 없이 고향으로 타고 가 버리는 바람에……."

공수겸 보좌관은 금석의 얘기가 나오자 급히 운전석에 탔다. 모처럼 휴식을 가졌을 때, 마침 금석의 모친이 칠순 잔치를 앞둔 터라 그는 신이 나서 고향으로 갔다. 문제는, 금석이 장용빈 의원의 허락이나 공수겸 보좌관에게 말도 않고 냅다 그들의 차를 타고 가 버린 것이었다.

"생각할수록 화가 나잖아! 걔네 어머니 칠순이시라고 해서 내가 넉넉하게 챙겨줬는데……! 금석 이 자식, 이것 좀 봐."

미간을 구긴 장용빈 의원은 자신의 휴대전화를 공수겸 보좌관에게 내밀었다. 휴대전화에는 금석의 계정이 나와 있었는데, 가장 최근에 올린 사진이 가관이라고 할 수 있었다. '불효자는 웁니다.'라는 글과 함께 보인 사진에는 무척 비싸 보이는 손목시계를 찬 손목과 그 뒤편에 많은 현금이 가지런히 놓여 있었다. 그런데 그 사진이 찍힌 장소가 매우 눈에 익은 차 안이었다.

"……이 사진!"

"물어볼 것 없어. 우리가 아는 그 차가 맞아…… 여기 보이는 돈다발은 분명히 내가 챙겨준 것일 테고, 이 손목도 우리가 아는 그 자식의 것이고, 그리고 이 시계는…… 이번에 금석이 내려갈 때 기죽지 말라고 내가 빌려준 거지."

몰래 곁눈질한 장용빈 의원의 얼굴은 상당히 약 오른 모습이라, 괜히 말을 잘못했다간 큰일이 날 것 같았다. 때문에 그에 잘못한 것도 없는 공수겸 보좌관은 꼭 자신이 잘못한 것 같아 눈치가 보였다. 이윽고 서서히 움직이기 시작한 차 안에서 그들은 한동안 말이 없었다.

"그래도 어머니 칠순이시라는데. 이번에 고향에 가는 것도 거의 십년 만이지 않습니까? 늦둥이인 데다, 의원님을 모신다는 점 때문에 고향에서 높이 친다고 하더군요. 의원님 앞에서 티도 못 내고 있었지만, 뒤에서 부담감이 큰 것 같았습니다."

공수겸 보좌관이 장용빈 의원의 눈치를 슬쩍 보며 구구절절 금석의 변호를 자청하고 있는 와중, 장용빈 의원은 시큰둥한 얼굴로 휴대전화를 바라보고 있었다.

'이게 무슨 날벼락인지.'

"너는 그렇게 무던히 애쓰고 있는데…… 그럴 필요가 없는 것 같다."

무기력하게 말한 장용빈 의원이 내내 뚫어져라 보던 휴대전화를 공수겸 보좌관에게 내밀었다. 운전하랴, 장용빈 의원의 눈치 보랴, 정신 없던 판국에 그것을 의아히 여긴 공수겸 보좌관은 곧 말문이 막히고 말았다. 그 계정에 추가로 올라온 따끈따끈한 사진들에는 여유롭다 못해 허세가 하늘을 찌를 듯한 모습의 금석이 고향 친지들과 나란히 찍혀 있었다.

"우리 금석이, 대단한 건 알고 있었지만…… 감탄밖에 나오지 않아."

장용빈 의원은 끊임없이 올라오는 사진들을 일일이 확인하며 밝은 목소리로 말하고 있었으나, 그의 모습 어디에도 웃음기나 장난기는 찾아볼 수 없이 싸늘하기만 했다.

'금석아…….'

조수석에서 느껴지는 한기 때문에 한참 앞만 보고 운전하던 공수겸 보좌관은 습관적으로 백미러를 힐금대다 멈칫했다. 재빨리 뒤를 돌아 뒷좌석에 있는 큰 여행 가방을 확인한 그는 장용빈 의원에게 물었다.

"저 뒤에 검은색 가방은 뭡니까?"

"……그게 뭐냐 하면 말이야. 그 건설 회사 기억나지? 조폭들이 하고 있다는 거."

"물론 기억하고 있습니다만, 흐지부지 끝내신 거 아니었습니까? 그거…… 설마 지금까지 하셨던 겁니까?"

공수겸 보좌관은 생각지 못 한 것을 듣고 흠칫 놀라, 장용빈 의원을 복잡한 눈으로 쳐다보게 되었다. 조수석에서 턱을 괸 그는 놀란 공수겸 보좌관을 보는 둥 마는 둥, 그저 무심하게 덧붙였다.

"그렇게 알고 있었구나. 뭐, 나도 손 뗀 지 오래되었는데. 사실은 우리가 휴식을 취하는 동안, 그쪽에서 먼저 나한테 만나자고 하더라. 그래서 나가봤더니, 나보고 그냥 모른 척해 달라고 하면서 저걸 주고 가더라고."

장용빈 의원이 말을 마치자마자 그들이 탄 차는 극심한 소음을 일으키며 멈추고 말았다. 두 사람 모두 안전띠를 매서 망정이지, 자칫 큰 사고로 이어졌을지 모를 만큼 아찔했다.

"……야!"

깜짝 놀라 숨만 겨우 쉬던 장용빈 의원은 금방 분노에 차서 운전석을 향해 소리쳤다. 그에 공수겸 보좌관은 큰 충격을 받은 나머지 인상을 쓴 채로 장용빈 의원을 노려보며 더 크게 소리쳤다.

"그걸! 준다고 덥석 받아 오시면 어떡합니까?!"

공수겸 보좌관을 응시하던 장용빈 의원은 기가 막힌다는 반응을 하고는 시선을 거두었다.

"아…… 진짜 황당하다. 농담이다, 농담! 농담! 분위기가 무거워졌기에 가볍게 농담 좀 했더니! 지금 도로에 차가 별로 없어서 다행인 줄 알아! 아니었으면 어쩌려고 했어?"

"그런 걸 농담으로 여기는 사람이 어디 있습니까?! 해도 해도 너무하신 거 아닙니까? 안 그래도 아까 충격적인 소식을 들어서 혼란스러운 사람한테, 그런 농담을 한다는 게 말이 됩니까? 그런데…… 정말 농담이 맞는 겁니까?"

얼굴을 붉히며 말하던 공수겸 보좌관은 퍼뜩 정색을 하고서 장용빈 의원에게 물었다. 장용빈 의원을 향한 그의 눈동자에는 석연치 않다는 마음과 함께 난색을 표하는 한숨이 드리워져 있었다.

"농담이 맞습니다! 저 검은색 여행 가방은 제가 본가에서 직접 가져온 게 확실합니다! 이건 뭐…… 무서워서 말을 꺼낼 수가 있어야지. 너 내려! 내가 운전할 거야!"

짜증이 난 건 공수겸 보좌관도 마찬가지였지만 더 말하지 않기로 하고 차에서 내렸다. 내리지 않은 채 입씨름해 봤자 자신이 얻는 게 없다는 걸 잘 알았으므로, 공수겸 보좌관은 차에서 내려 다시 조수석에 탔다.

운전대를 잡은 장용빈 의원이 차를 움직일 무렵, 그 안은 서먹한 분위기가 감돌았다. 입술을 비죽 내밀던 장용빈 의원은 화가 좀 가라앉자, 조수석에 앉은 공수겸 보좌관을 힐금거렸다. 시간이 지남에 따라 미안한 마음이 슬그머니 고개를 드는 모양이었다. 공수겸 보좌관은 평소와 다름없이 무표정했으나 불만스러움이 덕지덕지 묻은 채라 계속 보기에 부담스러웠다.

"내가 그런, 말도 안 되는 농담을 한 게 한두 번인가…… 넌 내 보좌관으로 보낸 시간이 얼마인데, 여태 나를 그렇게 몰라? 내가 아무리 제멋대로라도 이제껏 뇌물이라고는 받은 적이 없어! 다른 때는 똑똑한 녀석이, 농담이랑 진담을 구분 못 해?"

"말도 안 되는 농담을 하신 게 너무 빈번해서 말입니다. 양심에 손을 얹고 생각해 보십시오…… 제가 그토록 경악한 이유가 순전히 저 혼자만의 잘못인지."

낮은 목소리로 침착히 대꾸하는 공수겸 보좌관에게 뭐라 할 말이 없어 입을 다문 장용빈 의원은 운전하는 데에 집중했다. 하지만 침묵을 견디기 힘들었던 장용빈 의원은 얼마 못 가 공수겸 보좌관에게 말을 건넸다.

"……그런데 궁금하네. 아까 충격적인 소식을 들었다고 했잖아."

"말하려고 했었는데, 어쩌다 보니 이렇게 되어 버렸습니다만…… 아까 뉴스에서 도난 차량을 찾았는데, 글쎄 그 차량에서 의원님과 제가 조사하고 있는 '구승희'의 지문이 발견되었다고 하더군요."

별다른 기대 없이 듣던 장용빈 의원이 움찔하지도 못하고 얼어붙은 한편, 말을 한 공수겸 보좌관 또한 도무지 믿기지 않는 것처럼 보였다. 잠시 후 물끄럼말끄럼 마주한 그들은 머지않아 서로를 외면해 버렸다.

36

김과수 중장은 도통 알 수가 없어 안달이 난 상태였다. 일거수일투족을 감시하던 장용빈 의원이 공수겸 보좌관과 함께 감쪽같이 사라졌기 때문이었다. 새 차를 장만한 장용빈 의원이 중간에 공수겸 보좌관을 태울 때까지는 그가 붙인 사람들이 수월하게 미행하고 있었다. 그런데 어떤 차와 충돌할 뻔한 게 발단이 되고 말았다. 이 조는 평소와 같이 장용빈 의원이 탄 차를 감시하기 위하여 적당한 거리를 유지하고 있었는데, 난데없이 나타난 어떤 차와 부딪힐 뻔하는 바람에 장용빈 의원이 탄 차를 놓칠 뻔했다. 그 때문에 이 조는 벌컥 화가 났으나, 임무가 더 중요했기에 그 차에 대충 사과하고 서둘러 그 자리를 떠났다. 보통은 그쯤에서 끝나기 마련인데, 이 조와 사고가 날 뻔한 그 차의 운전자가 문제였다. 그 운전자는 당시 기분이 안 좋은 상태였고, 이 조와 날 뻔한 사고도 사실은 그 운전자가 일부러 일으킨 것이었다. 어이없게도, 그 운전자에게는 기분이 안 좋을 때면 고의로 교통사고를 일으키는 나쁜 버릇이 있었다. 하지만 이 조와의 사고가 뜻대로 이루어지지 않은 데다, 대충 사과하는 그들에게 앙심을 품게 되어 그 운전자는 먼저 떠난 이 조의 뒤를 쫓았다. 기어이 이 조를 찾아낸 그 운전자는 곧장 그들의 차를 앞질러, 부러 가다 서다를 반복하며 그들의 주행을 방해했다. 그것은 결국 이 조가 장용빈 의원이 탄 차를 놓쳐 버리는 결과를 가져왔고, 그렇게 되도록 고의로 방해한 그 운전자는 작은 즐거움을 얻고서 유유히 사라져 버렸다.

그렇게 장용빈 의원이 온데간데없이 사라지고 말았는데도 사람들은 그것에 관심이 없었다. 그보다는 같은 날 벌어진 다른 사건 때문에 온갖 이목이 집중되어 난리가 난 상태였다. 그로 인해 여러 언론사에는 문의가 빗발쳤는데, 그곳보다 훨씬 혼란스러운 곳이 바로 경찰서였다. 직접 도난 차량을 발견하고 거기서 '탈옥수 구승희'의 지문을 감식해 낸 건 경찰이었기에, 당연히 그에 따른 뜨거운 관심이 쏟아지고 있었다. 그렇지만 관할 경찰서의 경찰들은 어쩐 일인지 다들 영 좋지 않은 표정이었거니와, 느닷없이 나타난 '탈옥수 구승희'의 흔적을 딱히 반기는 눈치도 아니었다. 게다가 도난 차량에서 발견된 '지문' 외에는 아무것도 없었으므로, 사실상 아는 것이 전무한 그들은 온통 침침한 분위기였다.

그 와중에도 심심찮게 걸려 오는 전화 때문에, 그것을 일일이 응대하기가 보통 피곤한 게 아니었다. 받아 보면 죄 뻔한 내용일뿐더러, 그저 '탈옥수 구승희'에 관한 정보를 캐내려는 것이 전부였다.

"호떡집에 불난 줄 알겠네……."

오늘도 잠을 설쳤는지 눈곱 낀 눈에 부은 얼굴을 한, 빛바랜 꿈돌이 티셔츠를 입은 형사가 서 안으로 들어오고 있었다. 그는 건더기 없는 문의 전화를 받는 데에 여념 없는 동료들을 보며 연신 구시렁거렸다. 그 형사가 아무 생각 없이 주위를 훑어보니, 각종 언론사에서 나온 기자들이 저마다 눈에 불을 켜고 경찰들을 주시하는 게 보였다.

"으."

뒷걸음질한 그 형사는 기자들과 눈을 마주치지 않으려 그들을 등졌다. 그러고는 살금살금, 겨우 숙직실로 오는 데에 성공했다. 그곳에는 그 형사처럼 숨을 곳을 찾는 경찰들이 우글거렸는데, 그들은 서로가 그다지 반갑지 않은 눈치였다.

"……경감님도 여기 계셨어요?"

꿈돌이 옷을 입은 그 형사는 그곳에서 한 사람을 알아보고 대번 그에게 다가갔다. 축 처진 그들 사이에 유독 어두운 표정을 한 사람이 그 형사를 알아보고는 바로 고개를 돌려 버렸다. 특별할 게 없는 인상에 앞니가 토끼처럼 튀어나온 그 경감은 어딘가 불편해 보였다.

"왔어……? 요즘에는 온몸이 쑤셔서 견딜 수가 있어야지."

등을 돌린 경감에게 다가간 그 형사는 자연스럽게 안마를 하기 시작했다.

"며칠 괜찮으신 것 같더니, 장마도 아닌데 또 쑤셔요?"

"어제 아프고 오늘 괜찮으면 차라리 편하겠다. 여러모로 싱숭생숭한데, 왜 다 잊어버렸던 옛날 일이 튀어나왔나 몰라."

그를 곁눈질한 그 형사가 슬그머니 말을 건넸다.

"저도 그것 때문에 정신이 없어요. 아마 여기 계신 분들 모두 그럴 걸요? 그거…… 단서라고는 '지문'이 전부인데, 주변에서는 무엇이든 내놓으라고 난리니. 어제는 뉴스도 나오기 전에 웬 일간지 기자가 '탈옥수 구승희'에 관해 꼬치꼬치 묻더라고요. 도난 차량 얘기는 어떻게 안 건지…… 저는 그것 때문에 잠을 설쳐서 얼굴이 다 부어 버렸어요."

"기자는 피하면 그만이지! 난 위에서 하도 눈치를 줘 가지고 숨도 제대로 쉴 수가 없어. 그나저나 그거는 확실히 이상해. 위에서 쉬쉬하는 통에 나랑 너만 알고…… 함구하고 있는 그거 말이야."

경감은 안마를 받다 말고 부은 얼굴의 그 형사에게 가까이 다가가 열심히 소곤거렸다. 그들 주위의 경찰들이 답답한 속을 달래느라 속 달속달 떠드는 분위기여서 들릴 리 없었음에도, 경감은 조심하는 게 몸에 달라붙은 것처럼 소곤거렸다.

"수십 년간 잠잠했던 '탈옥수 구승희'가 왜 갑자기 나타난 걸까? 또 차를 훔쳤으면 훔친 거지, 굳이 사람들이 다 보는 장소에 버려둔 것도 그렇고…… 더구나 제 지문을, 그렇게 대놓고 남겨 두다니? 가장 이상한 점이…… 도대체 왜! 도난 차량에서 발견된 지문이 죄다 왼손뿐인 거지?"

"저는 솔직히, 그런 건 잘 모르겠어요. 작년에 속초에서 발견된 '수의'처럼, 그냥 사람들의 눈과 귀를 흩트리려고 하는 수작으로만 보이거든요…… 말이 나왔으니 말인데, 그 '수의' 너무 뻔하지 않았어요? 동료들이 입 밖으로 내지 않았을 뿐이지, 누군가 조작……."

부은 얼굴의 그 형사가 수다를 떨려는데, 잠자코 듣던 경감이 자신의 입에 검지를 올리고는 그의 말을 막았다.

37

'탈옥수 구승희'가 수면 위로 떠오르자, 웬만한 일에는 그저 그런 반응을 하던 사람들이 물꼬가 트인 듯 입방아 찧는 일에 열중하기 시작했다. 그의 지문이 발견되었다는 소식에 다들 모이기만 하면 여지없이 갑론을박을 벌이기에 바빴다. 이제 겨우 하루가 지났을 뿐인데도 반년이 훌쩍 지난 것처럼 들끓는 모양새를 띠었다.

한편 그것과는 별개로 머릿골을 붙잡는 사람들이 있었는데, 그중의 하나가 잠적한 장용빈 의원 때문에 골치를 앓는 김과수 중장이었다. 장용빈 의원이 그동안 연락 두절이 된 게 처음도 아닐뿐더러, 워낙 제멋대로에, 아버지와 사이도 좋지 않았으므로 장인목 병원장에게서조차 속 시원한 답을 얻을 수 없었다.

"하아."

병원장실에 비치된 안락의자에 앉은 장인목 병원장은 어지간히도 지친 기색을 하고 있었다. 그도 그럴 게, 방금 전까지 김과수 중장이 윽박지르는 것을 받아 줬기 때문이었다.

"알아봤는데, 경찰에서도 몇 명만 알고 쉬쉬하는 분위기입니다. 대부분은 기사화 된 것만큼만 아는 눈치였습니다."

장인목 병원장의 앞에는 다부진 중년 남성, 탁성일이 서 있었다. 그

는 중저음의 목소리를 장인목 병원장에게 담담한 투로 들려주는 중
이었다. 마침내 그 설명을 다 듣고 난 장인목 병원장은 의미심장한 눈
길로 탁성일을 쳐다보다가 고개를 돌렸다.

"귀찮게 됐어."

장인목 병원장은 예민한 성격만큼 용의주도한 사람인 터라, 저택
앞에서 아들과 마주쳤을 때 일부러 그를 자극했었다. 꼭 그래야만 했
던 것이, 그렇게 자극되었을 때마다 아들이 잠적했었기 때문이었다.
그래서 아들의 그런 점을 이용하여 제 안에 쌓인 골칫거리를 줄여 보
고자, 원하는 결과를 얻기 위해 의도적으로 조장한 것이었다. 과연 예
상한 대로 아들이 잠적하게끔 하는 데는 성공했지만, 그로 인해 의도
하지 않은 것까지 일어날 줄은 모르고 있었다.

"우습지 뭔가. 부자 사이가 나쁜 걸 알면서 툭하면 날 쥐 잡듯이 잡
는다니까! 그래서 얻는 것도 없으면서 말이야."

장인목 병원장이 탁성일에게 시선을 주니, 그에게서 뭔가 의문을
가진 듯한 인상이 풍겼다. 그것이 기가 찬 장인목 병원장은 헛웃음을
터트렸다.

"하…… 무슨 말이 하고 싶은지 알겠어! 몰라, 나도 모른다고! 내 자
식인데 하나도 모르겠어! 자네도 나를 못 믿나?!"

"……죄송합니다."

"무리도 아니지. 속을 훤히 안다고 생각했건마는. 내가 이런데, 자
네는 오죽하겠나?"

장인목 병원장은 기운이 없어 눈꺼풀만 겨우 들고 있었는데, 심신

이 노곤해 마음 같아서는 그대로 눈감아 버리고 싶었다. 그러나 돌아가는 상황이 하나같이 마음에 안 들었기에 두 손 놓기가 힘들었다.

'답답한 노릇이군. 내 앞에서는 더 잃을 게 없다면서 건방을 떨더니, 몰래 산 차가 없어졌다고 그 난리를 피우고! 그 차에서 나온 지문의 주인공을 알고는 지금, 특실에 틀어박힌 채 나오지 않는 꼴이라니.'

특실에 숨은 겁쟁이를 가만히 비웃던 장인목 병원장은 은근슬쩍 입맛을 다셨다.

'그건 아무래도 싱거울 것 같으니…… 일단 다른 것부터 해야겠어.'

"아드님을 찾을까요?"

힘없이 혀를 차던 장인목 병원장은 탁성일의 말에 묵묵하다, 이내 고개를 저었다.

"그건 소용없을 거야. 한번 숨어 버리면 자네도 못 찾았었잖아? 일이 이상하게 엉키기는 했지만, 이건 어쩌면…… 지금 머리를 쥐어짜도 내일 일을 모르니, 일단 두고 보는 수밖에 없겠어. 요즘 들어 무슨 수를 써도 신통치 않은 마당에 별수가 있어야지."

늦은 오후 즈음, 정신을 잃은 한 남성을 부축한 누군가가 끝도 없이 이어진 수풀 속을 걷고 있었다. 부축을 받는 남성은 잠이 깊이 들었는지 깨어날 기미가 없어 보였고, 그런 그를 부축하며 걷는 이는 적잖이 땀에 젖었음에도 쉬려 하지 않았다. 그렇게 십여 분을 하염없이 걷고 나니 산속에 허름한 단층 건물이 보였다. 그 단층 건물 옆에는 지하실로 통하는 입구가 있었다.

"……."

　남성을 부축한 사람이 익숙한 듯 그 지하실 입구로 들어서자, 넓지
만 가파른 계단이 보였다. 곧 계단을 조심조심 내려가, 정신을 잃은
남성을 그곳에 있는 의자에 앉혔다. 그러고는 미리 준비한 튼튼한 줄
로 남성의 몸과 두 손을 속박하고, 그의 두 팔을 의자의 양쪽 팔걸이
에 묶었다. 이어 몸과 다리 또한 단단히 고정시키고 난 후에야 그 사
람은 겨우 허리를 폈다. 위에 난 작은 창문을 통해 빛이 들어오기는
했으나, 그 창문은 얼룩덜룩 지저분하여 흐릿한 데다 조끔 깨진
탓으로 지하실을 밝히기에 부족한 것이 사실이었다. 그래서 낮임에
도 불구하고 눈앞이 침침해, 그냥 있기에도 불편한 감이 있었다. 그런
찰나 그곳에 있던 휴대용 조명을 밝히니, 그제야 지하실 안의 윤곽이
또렷하게 드러났다.

"……."

　벽에 기대어 쉬던 그 사람은 대뜸, 깊게 한숨을 쉬었다. 그러고는
아직도 잠에 빠진 남성에게 다가가 물끄러미 그 모습을 바라보았다.
이윽고 그는 휴대전화를 꺼내고서 의자에 묶인 남성을 찍었다.

38

 사람들이 저마다 고민을 떠안고 있는 와중, 황남영 차장만이 날아
갈 듯한 나날을 보내고 있었다. 얼마 전 아버지의 갑작스런 입원으로
시작해, 그 곁을 지키는 간병인이 따로 생겼다 하여 혼자만의 시간을
갖게 된 탓이었다. 물론 아버지가 무슨 이유로 입원했는지, 어느 병원
에 입원했는지, 얼마나 더 입원해야 하는지는 그녀도 몰랐다. 그냥,
어느 날 갑자기 아프다는 말만 남긴 아버지가 집을 나간 것이었다.

 '아프다니, 뭐 때문에 나한테까지 비밀이지?'

 더욱이 황운보 교수가 가끔 자신에게 전화를 할 때면, 그전처럼 폭
언을 하지 않아 이상했다. 그 특유의 거들먹거리는 점이나 적선하는
투는 여전했지만, 어딘지 모를 괴리가 느껴져 껄끄러웠다.

 '설마…… 날 시험하나?'

 사무실에서 일에 집중하려 해 봐도 자꾸만 딴 생각이 드는 까닭에,
황남영 차장은 자리에서 일어나 음악을 틀었다. 곧 기분 좋은 교향곡
의 선율이 그녀의 사무실 곳곳을 메웠는데, 몇 번 심호흡하던 황남영
차장은 어느새 여유가 들었는지 만족스러운 미소를 띠었다. 뜬금없
이 변화가 찾아온 황운보 교수만큼이나, 딸인 그녀도 적이 변하게 된
모양이었다.

"아무렴 어때."

황남영 차장의 사무실은 전과 달리 상당히 정돈되어, 아무 데나 뒹굴었던 군것질거리도 모습을 감춘 상태였다. 뿐만 아니라 커피나 탄산음료가 있던 자리에는 모과차, 유자차, 감잎차 등이 가지런하게 놓여 있었다. 금세 여유로운 모습으로 교향곡을 들으며 사무실을 사뿐사뿐 걷던 그녀는 그대로 문을 열고서 복도로 나갔다.

"……"

그곳에는 지나가는 사람이 없었으나, 어디선가 속닥거리는 게 들렸다. 그것이 자신을 험담하는 것임을 본능적으로 느낀 황남영 차장은 조심스레 소리가 들리는 쪽으로 걸음을 옮겼다. 모퉁이를 앞두고 멈춘 그녀는 그 너머에서 사원 두 명이 수다 떠는 것을 엿듣게 되었다.

"……"

예쁜 분홍색 귀고리를 한 사원이 말하는 중이었다.

"맞아, 거기보다는 어제 갔던 곳이 더 나았어! 싱싱해서 입안에 넣는 순간, 사르르 녹더라니까. 비싸지만 않으면 또 갈 수 있을 텐데……."

그러자 손톱에 봉숭아 물을 들인 사원이 고개를 강하게 끄덕이며 말했다.

"확실히 싱싱하더라. 처음 가 보는 데라 반신반의했었는데 깜짝 놀랐어! 어제 회식 진짜 좋았는데…… 누구만 아니었다면."

"매번 회식 때만 되면 빠지더니, 언젠가부터 꼭 참석해서 '이건 이렇고, 저건 저렇고' 하면서 참견을! 그것 때문에 분위기 싸해지고, 입

372

맛 떨어지고 장난 아니었잖아. 어제는 또 횟집에 가기로 했다니까, '저는 회 별로 안 좋아해요'."

분홍색 귀고리를 한 사원이 누군가의 도도한 표정을 과장되게 따라 하며 흥분했다. 그 모습을 본 봉숭아 물을 들인 사원이 소리를 안 내기 위해 입을 막은 채로 배꼽을 잡았다.

"똑같다! 거기서 진짜 욕 나올 뻔 했다니까. 그래도 다행인 게, 그러고 나서 혼자 집에 가 버렸잖아. 그러니까 그나마 편했지. 안 그랬으면 다들 회식하다가 뒷골이 무거워져서 쓰러졌을 걸?! 아, 황남영! 뭘 믿고 그렇게 까다롭게 구는지 몰라. 아버지가 황운보라서? 아무리 규양병원 의사라도, 땅에 처박힌 지가 언젠데!"

"그러고 보니까, 지금은 의사도 아니라던데? 규양병원에서 쫓겨났대!"

"그런데도 그 모양이라는 말이지…… 신기하다, 진짜! 그건 그렇고, 어떻게 부장님도 황남영한테 꼼짝을 못 하시냐고. 부장이 차장보다 높은데!"

"어제 부장님이 그러시더라. 황남영이 아직 신입일 때, 중간에 초밥을 사 먹었는데 말이야. 어제는 그렇게 몸을 사리던 황남영이, 그때는 게눈 감추듯이 먹었었다고! 보는 사람이 측은해질 정도였다고."

"와- 그러면서 어제 그랬다는 거야? 아니, 혼자 왜 그렇게 얌전한 척해? 회사에 과자랑 빵을 바리바리 가져와 먹는 거, 모르는 사람이 어디 있다고? 하도 그러기에 중독된 줄 알았다니까! 근데 갑자기 돌변해서는, 원래 단아한 사람인 척 앙큼하게 구는 거야! 어이없게……."

작은 소리로 열띠게 소곤대던 그 사원들은 콧방귀를 뀌며 열심히 말을 이었다.

"그래도 속은 어쩔 수 없나 봐. 아무래도 신기한 그 황남영이 극복 못 하는 그거 있잖아. 내가 그쩌게 결재받으러 갔더니, 황남영이 당황한 눈치더라고. 그 서류에 영어가 좀 있었거든? 글쎄, 'prehistoric' 을 몰라서 내 눈치를 보는 거야! 차장이라는 사람이 어떻게 우리보다 더 모를 수가 있냐고!"

"우리 회사에 들어오려면 영어는 기본이잖아. 근데 그 정도도 모른 다고? 아무리 황남영이 무식하다고들 하지만, 너무 심각하잖아. 그런 사람이 어떻게 차장까지…… 내가 여기 들어오려고 얼마나 노력했었 는데."

손톱을 물들인 사원은 회사에 대한 배신감과 회의가 몰려와, 어느덧 눈물을 글썽였다.

"우리 회사 회장님, 남존여비 사상이 뼛속 깊다고 하기에! 그래서 이 회사도 여자한테 특히 더 매정한데, 황남영한테 그러는 거 보면 참…… 그래도 어쩌겠어. 하여간 '없는' 게 죄지."

분홍색 귀고리를 한 사원은 같이 울상을 지은 채 동료의 등을 토닥거렸다. 그 모습을 넌지시 지켜보던 황남영 차장은 가볍게 피식대고는 이내 자신의 사무실로 돌아갔다.

사무실에 기대어 멍하니 있던 황남영 차장은 휴대전화를 꺼내 거기에 나온 사진을 응시하며 무기력하게 말했다.

"그래, 실컷 떠들어 봐. 그래 봤자…… 변하는 건 없을 테니까."

이윽고 그녀의 입가에 살포시 미소가 어렸다.

늘 그래왔듯 규양병원은 평화로우면서도 단단한 멋을 떨치고 있건만, 그곳에 자리를 차지한 사람들이 꿈에도 모르는 사실이 있었다. 바로 자신들이 있는 규양병원의 한 특실에 황운보 교수가 입원한 사실이었다. 그것은 황운보 교수가 스스로 바란 것이었는데, 규양병원의 의술은 인정하지만 더는 사람들의 시선을 받기가 힘들어진 탓이었다. 정확히는 수술실에서 졸도한 직후부터 그러해, 비록 병 때문이었더라도 그때 얻은 수치에서 벗어나기 벅차다는 데서 비롯되었다.

'일이 어떻게 되어 가는 거야…… 미치겠네!'

황운보 교수는 특실에 온 뒤로 걱정거리 따위 저 멀리 날린 것처럼 홀가분했었다. 하지만 곧 순식간에 바위를 떠안은 것처럼 온몸이 무거워져, 도무지 편할 수 없었다. 그것은 몰래 밖으로 나갔다 온 후로 줄곧 그랬다. 자신만의 비밀 장소가 털린 사실을 알게 된 그는 경악을 금치 못하다, 서둘러 '치부'를 옮기고 난 후라 아직도 멍한 상태였다.

'급히 옮기기는 했는데, 괜찮은 건지 모르겠네. 확인을 하려고 해도 지금 또 나가면 꼬리를 잡힐 것 같고! 게다가 '구승희'까지 튀어나온 이 마당에? '구승희'가…… 내 차를 훔쳐? 그럴 리가 없는데. 아니야, 아니야! 어떻게 그런 말도 안 되는 일이…….'

황운보 교수는 두려움 때문에 오장육부가 오그라드는 것 같아 이불을 뒤집어쓴 채로 침대에 누워 곰작도 하지 않았다. 작년에 '수의 사건' 때만 해도 웃어넘겼으나, 이제는 손길이 닿는 곳마다 '구승희'

가 있는 것만 같았기에 등골이 오싹했다.

'도대체 왜⋯⋯?! 장인목, 이 독한 인간! 난 이렇게 덜덜 떨리는데, 이런 상황에서도 태연하게 시치미나 떼고 있다니.'

황운보 교수는 마음속에 뭉친 두려움을 잊기 위해 장인목 병원장을 자근자근 욕하기 시작했다. 어쩐지 그러는 게 효과가 있는 것 같아 더 세차게 욕했음에도, 그의 몸뚱이는 여전히 떨리고 있었다.

39

요즘 들어 병원장실을 유난히 드나드는 탁성일이 오늘도 그곳으로 향하는 중이었다. 그는 무뚝뚝한 얼굴과 무게가 느껴지는 어두운 모습을 하고서 걸음을 옮기고 있었는데, 병원장실에 가까워질 무렵 안에서 돌연 뭔가가 부서지는 소리가 들렸다. 그 소리를 들은 그는 걸음을 서둘렀다.

"……."

그렇게 들어간 병원장실은 폐가처럼 엉망진창으로 변해 있었는데, 그 가운데서 욱기가 채 가시지 않은 장인목 병원장의 뒷모습이 보였다. 장인목 병원장은 탁성일이 안으로 들어오는 것을 보고 멈칫했지만, 다시 뭔가를 집어던지려 했다. 그러자 탁성일이 씩씩대는 장인목 병원장 앞을 막아서며 그와 눈을 맞췄다.

"……."

"……."

그것을 계기로 이성을 되찾게 된 장인목 병원장은 두 손으로 머리를 쓸어 넘기며 매무새를 고쳤다. 그러고는 묵묵히 제 휴대전화를 탁성일에게 건넸다.

"오늘 아침 일찍, 왔더군."

탁성일은 경직된 모습으로 휴대전화에 있는 사진을 보다, 자기도 모르게 이맛살을 찌푸렸다.

"……!"

그 사진에는 너절한 밀실 안에 정신을 잃은 한 남자가 의자에 묶여 있는 모습이 담겨 있었다. 또한 그 아래에는 '일주일을 줄 테니 이십일 년 전 진실을 밝혀라'라는 글도 있었다. 사진 속 묶인 남자의 얼굴을 확인한 탁성일은 장인목 병원장을 보았다.

"이건."

"내 아들이지…… 몇 번을 확인했는데도 변함이 없는 사실이야."

잠시 그들 사이에 흐른 침묵 속, 수많은 계산들이 치밀하게 움직이는 듯했다.

"그 사진을 확인하고서 바로 아들에게 전화했지만…… 그 녀석의 전화기는 꺼진 상태였어. 아까도 통화를 시도하려고 했건만 그대로야. 설마 했었는데, 이런 일이 벌어지는군."

"짐작 가는 곳이 있으십니까."

"짐작 가는 곳이라…… 그 녀석을 말하자면, 내 아들이지만 도무지 속을 알 수가 없어서 말이야. 지금 이게, 그 녀석 혼자 꾸몄다고 해도 이상할 게 없을 정도랄까. 아니, 어쩌면 김과수가 말로만 놓쳤다고 하고 그 녀석을 납치했는지도 모르지. 그것도 아니라면, 궁남중……?"

푹석 주저앉아 구시렁구시렁하는, 장인목 병원장의 그런 모습은 쓸쓸하고도 냉랭하게 느껴져 말 그대로 처연하였다. 거기에다 말을 할수록 정신이 나간 것처럼 보였기 때문에, 제 정신이 맞는지 의심스럽기도 했다.

"병원장님의 말씀도 일리가 있습니다만 이상하지 않습니까? 김과수나 궁남중이라면…… '이십일 년 전'의 진실을 요구할 리 없잖습니까?"

탁성일은 생각을 곱씹으며 은근하게도 친근히 말을 건넸다. 그 말을 들은 장인목 병원장은 경황없이 번란한 마음을 차곡차곡 가라앉히기 시작했다.

"이십일 년 전이라면, '그 일'?"

이십일 년 전의 '그 일'을 떠올리자마자 황운보 교수가 가장 먼저 의심스러웠으나, 일찌감치 그의 그릇을 알아본 장인목 병원장으로서는 다시금 막다른 골목에 갇힌 기분이 되고 말았다.

"안 그래도 독고설기와 정영진을 줄곧 감시하고 있습니다만, 아직 별다른 성과가 없어 말씀 못 드리고 있었습니다."

"제대로 해 주는 건 자네뿐이군. 그나저나 이십일 년 전 일을 아는 사람이라니…… 골치 좀 아프겠어."

"성가신 것 같아도, 결국에는 원하는 결과를 얻으실 겁니다. 걱정 마십시오, 병원장님."

"……그래, 그래야지."

"이십일 년 전 일이라면, 저도 관련된 만큼 최선을 다할 겁니다!"

입을 굳게 다문 장인목 병원장과 그 앞에 우뚝 선 탁성일의 모습에서 비장함이 엿보였다.

한편 규양병원의 주위를 서성이기만 하고 선뜻 움직이지 못하는 남자가 한 명 있었다. 그는 낯익은 세단을 부랴부랴 운전해 온 금석이었는데 어쩐 초조한 기색이 역력했다. 그도 그럴 것이 쫓겨날 각오로 장용빈 의원의 세단을 훔치듯 타고 고향으로 가 버렸지만, 언제까지고 지지 않을 것 같던 그 마음의 유통 기한이 너무도 짧았기 때문이었다. 급기 떨리는 마음으로 서울에 왔는데도, 어찌 된 일인지 장용빈 의원과 연락이 닿지 않아 이상했다. 이에 잔뜩 긴장한 금석이 장용빈 의원의 집으로 찾아가 봤으나, 그의 코빼기도 구경할 수 없었다. 일이 돌아가는 낌새가 이상해, 슬슬 불안이 가중된 금석은 울먹이며 공수겸 보좌관에게 수차례 연락을 시도했다. 하지만 그마저도 허사였다.

그렇게 하루하루를 보내다 보니, 연락이 되지 않는 두 사람이 걱정되어 결국 규양병원으로 찾아오게 된 것이었다.

"와……."

규양병원의 위풍당당한 규모를 직접 보고 난 금석은 금세 기가 죽어 버리고 말았다. 규양병원에 장용빈 의원의 아버지가 있음을 알고 찾아온 것이지만, 실제로 온 적은 처음이라 충격이 더 했다. 웅장하고 세련된 외관에 넋을 놓은 그는 처음으로 장용빈 의원이 멀게 느껴졌다.

"괴짜라고만 생각했었는데, 진짜 부잣집 아들이었구나."

후들거리는 다리로 힘없이 돌아서는 금석에게서 저절로 한숨이 샜다.

'의원님 얘기를 하려고 왔는데 벌써부터 무서워지려고 하네. 들어갈 생각도 할 수 없잖아. 어쩌지, 얘기는 해야겠는데…… 날 만나 주

시지도 않을 것 같은 예감이 들어.'

금석은 이미 헝클어진 머리를 더 세차게 헝클어트리다 한숨짓는 것을 반복했다. 그러다 결심했는지 이내 규양병원의 입구로 들어가려 했다.

'그래, 까짓것! 내가 여기 놀러온 것도 아닌데.'

마른침을 삼킨 금석이 어줍살스레 내성적인 움직임을 보이던 중, 주머니에서 휴대전화가 울리는 걸 알게 되었다. 급히 휴대전화를 본 그는 송신자를 확인하고는 멈칫했다.

 햇빛도 바람도 온화한 봄날로 인해 덩달아 설레게 된 황남영 차장
은 일찍 퇴근하여 냉큼 집으로 왔다. 어차피 회사는 자신을 필요로 하
지 않을 테니, 일찍 퇴근하는 게 서로를 위해서라도 좋을 것이라 생각
한 탓이었다.

 '핑계 대는 거야, 어제오늘 일도 아니고…… 내가 밤새워 열심히 일
해 본들, 성에 차지도 않잖아?'

 아랑곳해야 할 만한 곳이 없어 보일 정도로 지금의 황남영 차장은
무척 오만스러운 태도를 보이고 있었다. 그녀에게 족쇄와도 같았던
황운보 교수가 입원한 이래 지금껏 퇴원 소식이 없는 데다, 걸핏하면
전화해 폭언을 하지도 않아 그것만으로도 '봄날'이라 할 수 있었으므
로 그에 따른 당연한 결과였다. 물론 때때로 의뭉스럽기도 했으나, 당
장은 복잡한 생각으로 골머리를 앓고 싶지 않았다.

 "아, 맞아! 그게 있었지."

 황남영 차장은 따뜻한 물로 목욕하기 위해 욕실로 향하다, 퍼뜩 자
신의 방으로 걸어갔다. 그 걸음걸이에서는 걱정거리가 없어서인지
눈에 띄게 살랑거리는 것이 보였는데, 집의 분위기도 전보다 밝고 안
정적으로 느껴졌다.

"모처럼 산 거니까, 잊지 말고 써야지."

방에서 나온 황남영 차장의 손에는 외국에서 직수입한, 매우 고가의 입욕제가 들려 있었다. 들뜬 마음으로 콧노래를 흥얼거린 그녀는 그것을 쓰는 게 그다지 아깝지 않은 투였다. 그러던 중, 갑자기 초인종 소리가 울려 소스라치게 놀라고 말았다.

'누구지? 올 사람이 없는데…….'

놀란 가슴을 진정시키며 돌아선 황남영 차장은 찬찬히 현관 쪽을 쳐다보았다. 어쩐지 경계심이 든 탓에 누구의 방문인지 확인할 생각조차 들지 않았다.

"……."

더욱이 혼자 집에 있었기 때문에 황남영 차장은 한층 더 겁에 질리게 되었다. 그녀는 방문자를 무시하려 했지만, 초인종이 계속 울리는 바람에 더더욱 움츠릴 수밖에 없었다. 이윽고 초인종 소리가 멎나 싶더니, 이번에는 문을 두드리기 시작했다.

'끈질긴 건 아버지 같은데, 두드리는 정도를 보면 아닌 것 같고……설마 아버지는 아니겠지?!'

황운보 교수를 떠올린 황남영 차장의 얼굴은 삽시 일그러져, 급기야 몸이 얼어붙고 말았다. 집 안은 깨끗한 편이었으나 그녀가 마음대로 늘어놓은 것이 더러 있었다. 오디오 옆에 쌓아 둔 클래식 음반들, 아로마 향초들, 식탁에는 다 먹고 치우지 않은 식사가 그대로였다.

'이를 어째…….'

황남영 차장이 극심한 공포로 인하여 벌써부터 질식할 것만 같은 그때, 다시 초인종이 울리더니 마침내 방문자의 목소리가 나직이 들렸다.

"······안 들리나? 남영아, 나다. 안에 있니?"

"?!"

그 목소리를 들은 황남영 차장은 처음에 환청인 줄 알았지만, 이내 황급히 몸을 움직여 현관문을 열었다.

"······."

현관문을 열고 나서야, 황남영 차장은 자신이 환청을 들은 게 아님을 확인할 수 있었다. 비록 격렬히 뛰는 심장 탓에 숨 쉬는 것조차 마음대로 할 수 없었으나, 억지로라도 정신을 차려야 했으므로 애써 미소 지으며 방문자에게 인사했다.

"오셨어요, 병원장님."

지금껏 장인목 병원장이 황운보 교수의 집에 찾아온 적이 없었기에, 황남영 차장은 마음속 깊이 당황할 수밖에 없었다.

"집에 있었구나."

"······."

괜스레 주눅이 든 황남영 차장이 고개를 숙인 채 가만히 있자, 장인목 병원장은 더 말하지 않고 안을 들여다보았다.

"내가 안으로 들어가야겠는데."

"네."

집 안으로 들어온 장인목 병원장은 머지않아 그곳이 지나치게 사치스러워 조악하다는 느낌을 받았다. 또한, 집주인이 열심히 사들이기

384

만 하고 아무렇게나 방치한 물건들을 보고는 눈살을 찌푸리게 되었다. 뭐라 형용할 수 없는 심정으로 집주인의 세간을 보던 장인목 병원장은 아직 개봉도 안 한 택배 상자들이 현관 옆에 쌓인 것을 보고 또한 번 말문이 막혀 버렸다.

'저렇게 쌓아 놓고, 또 샀어?'

"그…… 건 아버지께서 주문하신 건데, 제가 마음대로 옮길 수 없어서……."

겁에 질린 황남영 차장은 지금 자신이 무슨 말을 하는지 인식도 못할 정도였지만, 장인목 병원장은 멋대로 쌓인 사치품들을 보며 혀를 차기에 바쁜 터라 다른 건 상관하지 않았다.

"……내가 방해했나 보구나."

문득, 황남영 차장의 손에 들린 입욕제를 보고 장인목 병원장이 말했다. 그제야 정신이 든 그녀는 입욕제를 뒤로 감추며 입을 떼었다.

"아니에요! 방해라뇨. 아, 마실 걸 드릴게요."

허둥지둥 주방으로 도망친 황남영 차장은 곧 분란한 마음을 진정하려 노력했다.

"……."

주방으로 가는 황남영 차장에게서 시선을 거둔 장인목 병원장은 차분히 화려한 안락의자에 앉았다. 그러면서도 설핏 언짢은 빛을 내비쳤다.

'쯧쯧쯧…… 내가 여기에 오다니.'

장인목 병원장이 몹시 꺼리는 이곳에 온 이유는 아들 장용빈 의원과 관련이 있었다. 아무래도 아들이 납치된 일에 황운보 교수가 연결되어 있을 것 같았기 때문이었다. 더불어 황운보 교수가 말한 '치부'도 찾기 위해서였는데, 친구가 있다고 했지만 도저히 믿기지 않아 직접 찾아오게 된 것이었다. 그러나 이리 늘어놓고 산 건 몰랐기에, 직접 목도하게 된 장인목 병원장은 더 답답해진 마음에 자꾸 인상을 쓰게 되었다.

'황운보, 이놈……!'

노여운 마음을 속으로 삭이던 장인목 병원장은 맞은편에 있는 오디오를 보았다. 이어 옆에 쌓인 클래식 음반들을 훑어본 후, 창 너머로 펼쳐진 봄의 절경에 빠져들었다. 마침 향초에서 풍기는 은은한 향내가 그의 코끝에 닿아 마음을 한결 가라앉힐 수 있게 도움을 주었다.

"……."

그 향내가 시작된 향초를 찾으려 자리에서 일어난 장인목 병원장은 어렵지 않게 그것을 확인할 수 있었다. 내친김에 신발장도 열어 보았더니, 그 안에는 황남영 차장이 신는 단화들이 정리되어 있었다. 그것을 보게 된 그는 어떤 생각에 빠지는 모습이었다.

이윽고 거실로 돌아온 장인목 병원장은 클래식 음반들 중에 하나를 골라 오디오를 작동시켰다. 그러자 조용했던 집 안이 음악 하나로 풍성해지는 것 같았다.

"……."

장인목 병원장이 아무 일 없다는 듯 다시 안락의자에 앉을 즈음, 황남영 차장이 적잖게 부산거리며 차를 내오고 있었다.

"오래 걸려서 죄송합니다, 병원장님."

긴장을 너무 한 탓인지, 황남영 차장은 그때까지도 음악이 흐르는 것을 인지하지 못했다.

"음, 향이 좋은 걸."

찻잔을 들고 향을 즐기는 장인목 병원장의 모습에, 비로소 안심하게 된 황남영 차장은 뒤늦게 음악을 눈치채고 움칠했다.

"좋아하셔서 다행이네요."

오도카니 선 황남영 차장이 오디오를 힐금거리자, 장인목 병원장은 찻잔을 슬며시 탁자에 놓았다. 그러고는 미소 지으며 말했다.

"이상하게 볼 것 없어. 내가 틀었거든. 음악이 듣기 좋아."

"아……."

"여기 오래 있을 게 아니니 걱정할 거 없다. 그전에……."

장인목 병원장은 황남영 차장을 슬쩍 쳐다보고는 말을 이었다.

"내가 얘기 하나를 하고 싶은데, 해도 괜찮겠니?"

황남영 차장은 곧 갈 것이라는 장인목 병원장의 말에, 속으로 기뻐하면서도 그가 갑자기 얘기를 꺼내려 하는 게 이상했다. 그렇지만 싫다고 하더라도 피할 수 없을 것이라 생각해, 잠자코 있기로 했다.

"옛날 얘기인데…… 그 사람 말이야. 용빈이 엄마의 얘기."

"……."

"그 사람 참 요조숙녀였어! 나랑 만나는 중에도 예의를 지킬 만큼, 매우 철저하게 바른 사람이었지. 언제 어디서나 그런 모습은 변함이 없었거든. 그래서 감탄하고 있었는데…… 알고 보니, 로큰롤을 엄청

387

좋아했던 거야! 정말 열성적으로 좋아해서 의아스러웠는데, 그 외에도 미처 몰랐던 모습들을 보고 나니 흥미가 생겨 버렸지!"

옛날이야기를, 그것도 여태 꺼낸 적 없는 '그 사람'에 대한 이야기를 하는 장인목 병원장의 모습은 사뭇 위화감이 들 정도로 묘했다.

"솔직히 그전까지는 그냥, 집안에서 만나 보라고 해서 몇 번 만났던 건데…… 한번 흥미가 생기니 멈출 수가 없더라고! 그러던 어느 날, 이상했지. 그 사람이 처음 만났던 그때로 돌아가 있었거든. 지켰던 걸 안 지키기도 하고, 안 하던 걸 하는 등 미묘하게 달라져 있었어. 원래 멋 부리기를 좋아하고 활달한 사람이었었는데, 어느 순간 실내에서 얌전히 독서나 하고. 뭐든 가리는 것 없이 잘 먹던 사람이, 언젠가부터 깐깐하게 고르지 않나…… 가장 이상했던 건 그거야! 로큰롤에 중독된 것처럼 정신없이 그걸 즐기던 사람이, 어느새 교향곡 같은 것만 주야골몰했지!"

맥없이 바닥만 보고 있던 황남영 차장은 뭔가가 잘못되고 있다는 생각에 손끝이 떨렸다.

"지금 흐르는 이 음악처럼…… 아무래도 의심스러워서 지난 일을 떠올려 보게 되었지. 별생각 없이 지나친 것들을 다시 생각해 보니! 아차, 싶은 거야. 그렇게 좋아하던 커피도 안 마시고, 회 먹자는 것도 거절하고, 높은 굽의 구두도 신지 않고…… 당연히 술도 마시지 않았지. 매번 내게 온갖 핑계를 댔지만, 이유는 명백했어!"

장인목 병원장은 무심히 고개를 올려 황남영 차장을 보았다. 그녀는 무표정하게 서 있어 아무렇지 않게 보였으나, 장인목 병원장의 눈에는 심히 당혹해하는 떨림이 적나라하게 보였다.

"그 이유가 무엇인지…… 너는 알지?"

장인목 병원장이 여유 있게 건네는 그 말에, 흠칫한 황남영 차장은 조심스레 그를 곁눈질했다. 그런 황남영 차장의 눈에 비친 장인목 병원장은 이미 다 안다는 듯 자신을 바라보고 있었다. 그리고 그 모습은 그녀에게 충분히 위협적이었다.

"……네?"

"그 사람이 그런 이유, 알잖아."

황남영 차장은 잘 쉬어지지 않는 숨을 억지로 쉬느라, 장인목 병원장에게 다 들릴 정도로 크게 호흡하고 있었다. 그러면서도 용케 쓰러지지 않고 서 있는 것이었다.

"이제 와서 모른 척해 봤자."

나직이 중얼거린 장인목 병원장은 저분저분 찻잔을 들다, 그 안을 가만히 살펴보았다.

"찻잔이, 여기 분위기하고 다른 걸. 상태로 봐서는 산 지 얼마 안 된 것 같고…… 네 아버지는 화려하고 비싸 보이면 다 사는 경향이 있으니, 아마 네가 산 것이겠지. 너는 네 아버지와 취향이 달라서 다행이야. 차도 네가 직접 고른 것일 텐데, 신경 좀 썼구나."

장인목 병원장은 찻잔을 보고 흐뭇하게 웃더니 차를 한 모금 마셨다.

"역시…… 아주 잘 골랐다!"

그러고는 만족스러운 얼굴로 황남영 차장을 바라보았다.

"마음에 드신다니 다행……."

"그런데 이 차, 마신 적 있어?"

"네?"

"……난 그저, 네가 잘 모르는 것 같아서."

넌지시 말한 장인목 병원장은 이내 관심 없는 척 고개를 돌렸다.

"네가 노골적으로 신경 쓰기에…… 알아서 조심하는 줄 알았는데. 차는 저마다 맛과 향이 제각각이듯, 성분도 마찬가지지. 너로서는 최선을 다해 조건을 충족시킨 것 같다만, 이 차는 네가 바라는 것과 다른 성격이라서 말이야."

그러자 황남영 차장의 심장이 다시금 빠르게 뛰기 시작했으며, 눈으로는 장인목 병원장을 좇았다.

"차라면 다 좋은 줄 알겠지만, 그중에 자신에게 맞는 것과 맞지 않는 것 정도는 알아야 할 텐데? 특히 너는…… 그 사람은 그래도 제대로 알고서 만반의 준비를 했었는데, 어떻게 된 게 너는 조심성이 부족한 것 같아. 홀몸도 아니면서……."

장인목 병원장의 말을 듣던 황남영 차장은 곧바로 기절할 것처럼 눈앞이 아찔했으나, 어떻게든 이 상황을 벗어나야겠다는 마음이 간절했다.

'안 돼! 어서 아니라고 해야 돼! 아무렇지 않게 반응해야…….'

하지만 황남영 차장의 몸은 장인목 병원장의 말을 부정하기는커녕, 몹시 두려워한다는 인상을 주었다.

"하, 그런……."

황남영 차장이 안쓰러울 정도로 부자연스럽게 말을 더듬는 가운데,
장인목 병원장은 그런 그녀를 똑바로 보며 물었다.

"네 뱃속에 있는 그거, 누구 애냐?"

장인목 병원장의 서슴없는 말에 화들짝 놀라 들고 있던 쟁반을 떨
어트린 그녀는 당장 울 것 같은 얼굴이 되고 말았다. 그 와중에도 눈
을 감은 채 애써 고개를 저었으나, 장인목 병원장은 그에 상관하지 않
고 심드렁히 말했다.

"아니라고? 그렇다면, 너 이 차를 마실 수 있겠어? 아니지, 이 참에
산부인과에 가 보는 건 어때?"

움찔하며 눈을 뜬 황남영 차장은 희미한 형체의 장인목 병원장을
원망스레 보았다.

41

장인목 병원장이 두텁게 신임하는 탁성일은 지금, '구승희'의 고향에 와 있었다. 하지만 마땅히 단서를 찾을 데가 없었기에, 뭐라도 찾아내려 마을을 돌아다니는 중이었다. 탁성일의 예상대로 그곳에는 취재차 온 기자들이 많아, 그 열기가 대단하다 할 수 있었다. 그러나 이미 그들에게 질려 버린 마을 사람들은 당연히 폐쇄적일뿐더러, 이십일 년 만에 다시 보게 된 그들을 한층 더 퉁명스레 보는 분위기였다.

"하-"

이대로라면 원하는 정보는커녕 관광도 하기 힘들 것이 분명했음에도, 좀체 길이 보이지 않아 탁성일의 신경은 굉장히 날카로워졌다. 일단 외지에서 왔다는 느낌이 들면 무작정 진저리를 내고 밀어내니, 이러한 상황이 난감해 탁성일로서는 헤쳐 나가기 힘들었다.

'말할 틈도 주지 않다니, 이래서는.'

지친 기색의 탁성일이 그늘에 서서 한숨 돌리려는데, 사진기를 든 기자들이 마을 사람들 보다 많게 보였다. 그들은 하나같이 '기필코 캐낼 것이다'라고 말하는 얼굴을 하고서 주변을 살피고 있었다. 그 눈빛이 무척 살벌하고 부담스러워 마을 사람들이 이해되기도 했으나, 자신이 처한 상황을 생각하면 마냥 그럴 수도 없었다.

"……."

탁성일은 몰래 '구승희'가 살았었다는 집에도 가 보았지만, 그곳에
도 기자들이 들끓고 있었다. 그 때문에 오래 있지 못해, 겨우 빠져나
오고 말았었다. 게다가 그는 비밀리에 움직이는 것이 기본이었는데,
넋 놓고 있다가 사진이 찍히기라도 하면 곤란했으므로 딱히 어쩌지
도 못하는 실정이었다. 그렇게 마을 사람들과 기자들 간의 숨바꼭질
이 계속되는 가운데, 결국 그는 마을에서 밀려나는 꼴이 되어 버렸다.

허탈한 마음으로 읍내로 간 탁성일은 쉬기도 하고, 허기도 달랠 겸
어느 가게 안으로 들어갔다. 그곳의 간판은 중국집인지 분식집인지
헷갈릴 정도였는데, 외관도 그다지 깨끗하거나 좋아 보이지 않았다.
그럼에도 불구하고 그곳에 들어간 이유는, 다른 가게에는 기자들이
바글거려 도저히 들어갈 마음이 들지 않았기 때문이었다.

"어서 오세요."

계산대에서 잡지를 뒤적이던 가게 주인은 탁성일에게 상투적인 인
사를 건넸다. 무기력하게 인사하는 그녀의 시선이 잡지에서 떠날 줄
을 몰랐기에, 탁성일에게는 그것이 오히려 편하게 느껴졌다. 파리도
날리지 않는 그곳의 하나뿐인 손님이 된 그는 아무런 내색도 하지 않
은 채, 가장 안쪽에 앉아 음식을 주문했다. 이윽고 잠이 덜 깬 듯한 주
인이 냉큼 주문한 음식을 그에게 주고서 미소는커녕 쌀쌀맞게 제자
리로 돌아가 버렸다.

"……."

탁성일은 머릿속이 어수선한 까닭에 이미 입맛을 잃은 지 오래라, 앞에 놓인 음식에 눈길도 주기 싫었다. 그런 찰나, 내내 무기력했던 주인이 벌떡 일어나 문밖을 살피는 것이었다. 난데없이 밖이 소란스러운 탓이었는데, 당연히 그녀와 등진 상태인 탁성일의 귀에도 들렸지만 자세히는 몰랐다.

"……!"

소란스러운 무언가가 가까워지자 주인은 점점 그것을 반기는 표정으로 변해 갔다. 서서히 또렷해진 끝에, 그것이 두 명의 사내가 실랑이를 벌이는 소리였음을 알게 되었다.

"얼른 못 들어와?! 네가 짐승 새끼야? 왜 이렇게 사람 말을 못 알아들어!"

먼저 들어온 나이 지긋한 남자가 자신보다 젊은 남자를 반강제로 끌고 오고 있었는데, 그들을 반갑게 맞이한 주인은 젊은 남자를 보며 상냥하게 말했다.

"왜 소리 지르고 그래요? 동생, 들어와~"

"뭐가 예쁘다고 어르고 달래나."

"알았어요! 들어가면 되잖아요……."

가게 주인과 나이 든 남자는 부부 사이 같았다. 주인은 몹시 화난게 분명한 남편과 씩씩대는 젊은 남자의 중간에 서서 그들을 다독이느라 바쁜 눈치였다. 젊은 남자는 원형 탈모가 진행 중이었으며, 자신을 끌고 온 남자를 불만스러운 표정으로 외면했다. 그러고는 턱을 괸 채 무슨 궁리 중인 걸로 보였다. 얼굴과 몸이 전체적으로 불그름한 젊

은 남자에게서 술내가 나는 것으로 보아, 넉넉하니 취해 있는 게 분명
했다.

"너는 제수씨 보기 창피하지도 않아? 젊은 녀석이 열심히 일해서
돈 벌 생각은 안 하고, 허구한 날 술이나 마시면서 툭하면 집을 나가
지 않나…… 향우도 생긴 마당에 정신을 차려야 될 것 아니야! 이제
백일이다, 백일! 고생하는 제수씨를 생각한다면, 네가 그러면 안 되
지!"

나이 든 남자가 두 팔을 크게 휘저으며 소리치니, 젊은 남자는 그것
이 귀찮다는 듯 대꾸했다.

"누가 결혼시켜 달랬어요?! 결혼이고 뭐고 생각도 안 한 사람한테,
마음대로 여자 소개해서 결혼시켜 놓고…… 난 혼자 사는 게 편하다
고요!"

"답답한 소리하네. 그때 네 꼴이 어땠는데? 지금이야 제수씨 덕분
에 네가 사람 모양을 하고 있지만, 그때는 말도 못 했어!"

"그때 날 그냥 내버려 뒀으면 편했을 거 아니에요! 왜 자꾸 나한테
간섭하느냐고!"

그들은 가게 안에서도 언성을 높였는데, 그 사이에 선 주인은 끼어
들지도 못한 채 발을 동동 굴렀다.

"……그래, 그랬으면 나도 좋았을지 모르지. 내가 네 삼촌이랑 한
약속만 아니면, 정말 아무 상관도 안 하고 나 혼자 편했을 텐데."

"……."

삼촌 얘기가 나오자, 입을 지그시 다문 젊은 남자는 끝내 고개를 숙

여 버렸다.

"으이그! 인마, 네 삼촌 생각은 나?"

젊은 남자가 침묵하니 나이 든 남자의 화가 적이 가라앉은 것처럼 보였다. 그들이 다툼을 멈추고 난 가게 안은 더없이 고요해졌는데, 눈치를 보던 주인이 그 틈을 타고 남편에게 물어보았다.

"근데 이유가 뭐래요?"

주인의 물음에, 그들은 동시에 그녀를 쳐다보았다.

"동생이 집을 나가는 거야…… 어제오늘 일도 아니고. 지금도 화를 심하게 낼 일은 아닌 것 같은데, 당신은 왜 그렇게 인상을 써? 다른 일이라도 생겼나?"

주인이 의아스러워하며 묻자, 조금 당황한 남편은 그녀에게서 눈길을 돌렸다. 잠시 망설이던 그는 할 수 없이 자신을 뚫어져라 보는 그녀에게 털어놓기 시작했다.

"여기…… 기자들이 쫙 깔렸잖아. 작년에 서울에서 그런 일이 생기는 통에 여간 골치가 아니었는데…… 알다시피 내가 이 녀석을 잡겠다고, 아침 댓바람부터 나가서 막 뒤지고 다녔잖아? 그런데, 이 녀석이 어쩌고 있었던 줄 알아?!"

나이 든 남자는 별안간 목소리를 내리깔더니, 대뜸 꽥 소리쳤다. 그바람에 젊은 남자와 주인이 움칠하고 말았다.

"뭘…… 하고 있었는데?"

"저~ 앞에! 그 버스 정류장 있는, 거기 구멍가게 앞에서 웬 남자들이랑 술판을 벌이고 있더라고. 한눈에 봐도 수상한 거야…… 대포같이 생긴 사진기를 옆에 두고, 살살 웃으면서 이 녀석한테 술을 권하는데. 이 녀석은 또 그걸 좋다고 받아 마시고, 헤벌쭉 웃으면서 속에 있는 얘기를 다 하고! 더 기가 막힌 건, 그놈들을 집에 초대하려고 했다는 거지!"

부부는 경악스럽다는 눈으로 젊은 남자를 흘겨보았다. 그 시선에 무안해진 젊은 남자는 그들을 외면하고는 구시렁거렸다.

"뭐…… 그게 무슨 대단한 일이라고. 그리고 그 사람들이 분명히 말했어! 자기들은 풍경 사진을 찍으면서 여행하는 중이라고. 말하는 것도 유식하게 들리니까, 그래서 집에 잠깐 초대할까 했었는데……."

"말하는 것 좀 보게. 그런 사람들이 마을에 천지고 그게 다 기자라는 걸 모르는 사람이 없는데, 그걸 말이라고……!"

젊은 남자가 하는 허황된 소리에, 신경질이 난 나이 든 남자는 일어나려다가 맥없이 주저앉아 아래를 보았다.

"세상에…… 어쩌면 그래? 나이 좀 먹었다는 사람이, 어떻게 그 정도로 정신을 못 차릴 수 있어?! 동생은 자기 집 꼴이 어떤지 몰라서 그러는 거야? 동생이 백날 빈둥거리다가 심심하면 가출하는 통에 동생 마누라는…… 그 형편없는 집안 살림에도 먹고살아 보겠다고 남의 청소, 설거지, 봉투 붙이는 것까지 닥치는 대로 다 하고 있다고! 출산 전후에도 싫은 내색 한 번을 안 하고 그 고된 일을 하다가, 지금 집에 앓아누운 거 몰라?! 집이나 좋아? 동생 집, 단칸방이잖아! 넓지도 않은 방에 마누라가 앓아누워 있는데, 거기에 사람들을 초대해서 술판을 벌일 생각이 들어?"

젊은 남자를 노려본 주인은 흥분을 감추지 못해 그의 등을 때렸다. 그녀의 손이 매웠는지 젊은 남자는 두 팔로 방어하다, 나이 든 남자의 뒤로 숨으려 했다.

"그만 좀 해요! 내가 뭘 어쨌다고 그래요? 아, 그 사람들이 기자라고 쳐도…… 초대 안 했잖아! 그럼 된 거 아니에요? 그러니까 그만 좀 때려요, 형수! 나도 이제 가장인데, 맞을 나이는 지났잖아요."

젊은 남자가 볼멘소리를 하니 그녀의 눈에서 불꽃이 튀었다.

"뭐가 어째……? 내가 동생이라고 매번 편들어 주니까, 말이 점점 짧아지네? 그렇게 맞는 게 싫다면서, 맞을 짓 안 할 생각은 왜 못 하는데? 이제 가장이 되었다는 사람이 왜 처자식 생각을 안 하냐고?! 그리고 형수? '님'은 왜 자꾸 빼먹어? 술 마시다가 혀가 줄었니? 왜 '님' 자를 빼먹는 건데, 내가 네 친구냐?!"

화가 머리끝까지 난 주인이 금방이라도 젊은 남자를 잡아먹을 것 같아, 그녀의 남편인 나이 든 남자도 섣불리 나서지 못하고 있었다. 이럴 땐 그저 침묵이 상책이라는 듯, 그들을 못 본 체하며 입을 꾹 다물 뿐이었다. 결국 젊은 남자는 버티다 못해 눈물이 글썽한 눈으로 그녀에게 허겁지겁 용서를 빌었다.

"아이고, 형수님! 제가 잘못했어요! 말 짧게 하지 않을 게요."

잔뜩 겁에 질린 젊은 남자를 보던 주인은 이내 콧방귀를 뀌었다.

"불쌍한 척 연기하지 마! 내가 너를 한두 번 봤어야지. 내일이면 또다 잊어버리고 그 뻔뻔한 얼굴로 신나게 술 마시고 돌아다닐 거잖아. 그러고는 다시 기자들한테 놀아나겠지……."

"죄송합니다, 형수님."

숨이 죽은 배추처럼 기가 죽어 버린 젊은 남자는 사과만 겨우 하고는 반성하는 모습을 보였다. 하지만 그마저도 별로 통하지 않았는지, 주인은 시큰둥하게 그를 외면해 버렸다. 내내 허공을 보던 나이 든 남자는 아내의 눈치를 살피며 조심스럽게 말했다.

"이 녀석도 잘한 게 없지만, 따지고 보면 기자들이 문제야. 이제 이십 년 됐나…… 그때 그 사건이 터지자마자 마을 전체에 난리가 났었잖아! 여기가 자그마해도 큰일은 없었는데……."

"이렇게 된 것도 다 그 일 때문이지. 그때는 정말 난리도 아니었는데. 탈옥이니 실종이니 야금야금 떠들고, 여기에 아무나 와서는 꼬치꼬치 캐묻고…… 그것 때문에 이사 간 사람들이 많았잖아."

아내의 말을 듣고 끄덕인 남편은 가만히 한숨지었다.

"그럼, 말이라고…… 어찌나 심했는지, 남 말하는 걸 그렇게 좋아하시던 양근이 할머니도 아산으로 이사 가 버리셨잖아."

처음 안 사실에 흠칫한 주인이 놀란 시늉을 하며 남편을 보았다.

"이사 가신 건 알았었는데…… 아산으로 가신 건 처음 알았네. 버스만 타도 멀미하시는 분이, 큰 결정하셨던 거네. 그때 내가 아직 친정에 살 적, 친정아버지도 이사하시려다가 결국 못가고 남으셨지."

"그럴 수밖에 없으셨을 걸. 그때 좀 흉흉했어? 기자들 때문에, 외지에서 모여든 사람들 때문에 몸살을 앓았었지! 이제 겨우 잊고 살만하니까, 작년에 그런 일이 생기는 통에…… 지긋지긋하다!"

주인의 남편은 인상을 쓰고 이마를 짚었다.

"작년에 그러고, 그나마 남았던 사람들이 뿔뿔이 흩어지고…… 당신이랑 나도 버텨 보다가 다른 데로 옮겨 살았잖아. 이제 마을에는 다새로 이사 온 집뿐일 거야. 어쩌나, 기자들 헛걸음한 셈이니…….."

"다 그렇지는 않을 걸? 아직 남은 사람들이 있기는 할 거야…… 그런데 그 대부분이, 이번에 사건이 터지자마자 곧장 다른 데로 피신했다고 들었거든! 그 얘기를 접할 때만 해도 '그럴 것까지 있나' 했었는데, 지금은 그 사람들이 부럽네."

나이 든 남자의 말에 깊이 공감한 주인과 젊은 남자는 고개를 끄덕이며 바닥을 보았다. 말이 잠시 끊기는가 싶더니, 주인이 한결 부드러워진 태도로 남편을 바라보았다.

"……그래도 다행이야. 우리는 더 이상 거기에 시달릴 일이 없을 테니까. 마을 밖으로 나온 덕에 기자들이랑 마주칠 이유도 없고, 저 사람들도 이제 슬슬 서울로 돌아갈 테고."

주인은 건너편 식당에서 식사하고 있는 기자들을 눈으로 가리켰다.

"눈에 불을 켜도 찾을 수는 없을 거야. 누가 홀라당 넘어가서 술술불지만 않으면!"

나이 든 남자는 팔짱을 낀 채 조용조용 말하나 싶더니, 갑자기 젊은 남자를 노려보며 목청에 힘을 주었다. 술기운에 졸고 있던 젊은 남자는 그에 움찔했다.

"왜 그래요…… 제가 무슨 말을 했다고요."

아직 정신이 덜 든 듯한 젊은 남자가 두루두루 못마땅한 주인은 괜스레 가게 밖을 살폈다. 그러다, 뭔가를 발견한 그녀는 금방 당황하는 기색이었다. 젊은 남자의 마누라가 불편한 몸을 이끈 채 절뚝거리며 가게 쪽으로 오는 걸 본 탓이었다.

"어…… 어? 맞잖아? 동생 마누라가 여기에 동생이 있다는 건 어떻게 알고."

주인의 옆에서 그를 같이 목격한 나이 든 남자는 살짝 겸연해하며 중얼거렸다.

"빠르네…… 아까 내가 저 녀석 잡고서 바로 연락을 했지. 찾았으니까 안심하라는 뜻이었는데, 일이 이렇게 되네."

"답답한 사람아! 쟤 성격 몰라서 그랬어? 며칠째 앓아누운 사람한테, 여기 있다는 말까지 하면 어떡해?!"

주인이 남편에게 핀잔을 주며 흘기고는 젊은 남자를 보았는데, 그는 또 졸고 있었기에 할 말을 잃게 만들었다. 나이 든 남자는 미안한 기색을 하고 가게 밖으로 나가더니, 불편한 몸을 이끌고 오는 그 여자를 부축하며 들어왔다. 그 과정에서 절뚝거리던 여자가 나이 든 남자를 보고 다급히 인사하던 중에 쓰러질 뻔했으나, 다행히 나이 든 남자가 그녀를 부축해 위기를 넘길 수 있었다.

"향우 아버지!"

"……!"

부어서 더 아파 보이는 여자는 가게 안으로 들어서자마자 젊은 남자부터 찾았고, 갑자기 불린 그는 졸다가 깜짝 놀라 적잖이 난감해하는 꼴이 되었다. 주인은 그저 안타깝다는 눈으로 절뚝거리는 여자를 보았다.

"그냥 누워있지, 여기는 뭐 하러. 향우는 어쩌고 왔대?"

"안녕하세요, 아주머니. 향우…… 옆집에 맡기고 왔어요. 연락을 받고 그냥 있을 수가 있어야죠."

자신의 남편인 젊은 남자에게서 눈을 못 떼던 그녀는 끝내 울먹이고 말았다. 제 마누라가 흐느끼는 것 때문에 마음이 좋지 않게 된 젊은 남자는 애써 그녀를 외면하고는 말했다.

"무슨 큰일이라도 났나. 내가 집 나간 게 한두 번이야? 여편네가 꼴 사납게 사람들 앞에서 뭐 하는 짓인지……."

적반하장으로 나가는 젊은 남자의 태도에, 나이 든 남자와 주인은 그를 매섭게 흘겼다. 하지만 젊은 남자는 그에 아랑곳하지 않은 채로 아주 당당한 모습이라 몹시 얄미웠다. 아마도 제 마누라가 곁에 있어 기가 사는 모양이었다. 이내 젊은 남자는 거리낄 게 없다는 투로 아무렇게나 말했다.

"내가 잠깐 바람 좀 쐬겠다는 게 뭐? 어차피 난 직업도 없는데 무슨 상관이냐고! 또 내가 처음 본 사람을 집에 데려가든 말든, 그건 왜 상관하는데? 솔직히 난 이해가 안 돼. 그 사람들이 사진기를 가졌다고 해서…… 기자라고? 아니면 어쩔 거야?! 기자가 아니라, 그냥 나랑 마음이 맞는 사람들이면 어쩔 거냐고!"

나이 든 남자와 주인은 젊은 남자의 혀 꼬인 소리를 들으면서도 일단 두고 보겠다는 모습이었다. 젊은 남자가 돼먹지 못하게 배를 내밀며 약 올리는 동안, 뒤에서 그의 마누라가 눈물을 훔치며 두 사람에게 죄송하다는 뜻으로 굽실거렸기 때문이었다.

402

"그전부터, 틈만 나면 삼촌이랑 한 약속을 들먹이는 것도 그래! 그래서 그게 어쨌다는 거야? 결국은 혼자 양심에 찔리니까, 날 나무라는 것뿐이잖아…… 그럼 나는 아무하고도 얘기하면 안 되나? 옛날 얘기 좀 하는 게 어때서? 없는 얘기 만들어서 떠벌리는 것보다는 낫지 않나?"

"이 녀석이, 이제 그만 해."

나이 든 남자가 화를 억누르며 젊은 남자에게 말했다. 주인도 공연히 소란 일으켜 봤자 성가시다는 생각에, 젊은 남자를 달래려 했다. 하지만 젊은 남자는 술기운이 얼얼하게 올라와, 이대로 더 퍼부어야겠다는 생각만 들었다. 나중에 술이 깨면 무조건 모르는 일이라고, 술 때문에 그런 거라고 주장하면 될 것 같았다. 그는 오로지 늘 자신에게 잔소리만 하는 나이 든 부부를 골탕 먹여야겠다는 마음뿐이었다.

"향우 아버지……."

옆에서 팔을 붙잡으며 만류하는 마누라를 가볍게 무시한 젊은 남자가 조롱하듯 말하기 시작했다.

"여편네가 감히! 말은 바로 해야 될 것 아니야?! 이번처럼 기자들이 떼를 지어서 마을 안을 서성이게 만든 건 다! 그 탈옥수 탓이잖아? 이럴 거면 그냥 속 시원하게 말해 버리면 될 걸…… 말 잘해 주면 돈도 주는 것 같던데, 우리는 다 알고 있잖아? 그러니까 꼭꼭 숨지만 말고 터놓고 얘기하면 얼마나 좋겠냐고."

"너, 이 녀석! 마누라 앞이라고 마음 놓고 주정하나 본데, 좋게 말할 때 그만 해! 밖에 기자들 있는 거 몰라?"

나이 든 남자가 정색하며 타일렀으나, 이미 취기가 오른 젊은 남자에게 더 이상의 두려움은 남지 않은 것 같았다. 이윽고 잠시 멈칫한 젊은 남자가 놀란 시늉을 하더니 씩 웃었다.

"이런, 죄송합니다! 이럴 줄 알았냐? 내가 틀린 말을 한 것도 아니잖아…… 그 산골 소년 얘기야 다 아는 건데, 내가 방송에 대고 얘기하는 것도 아니고 말이야. 그런 걸 갖고 왜 그렇게 인상을 써? 그 탈옥수가 어떻게 고아가 되었는지…… 둘이 헤어진 것도 다 알잖아!"

"너……!"

나이 든 남자는 더 이상 참을 수 없어 젊은 남자의 멱살을 잡았다. 이에 아연실색한 주인은 너무 놀라 움직이는 것도 할 수 없었다. 멱살을 잡은 자와 잡힌 자는 상대방에게 질 생각이 없다는 듯 서로를 노려보며 으르렁거렸다. 겨우겨우 불편한 몸을 벽에 기댄 젊은 남자의 마누라는 겁을 잔뜩 먹고 다른 데를 보았다.

"……흥미로운데요."

"?!"

정적이 무겁게 내려앉은 가운데, 여태 그곳의 안쪽에서 숨죽이고 있던 탁성일이 자리에서 유유히 일어났다. 그 때문에 서로를 위협하던 남자들이 동시에 떨어진 와중, 탁성일을 본 주인은 아차 싶은 표정으로 작게 중얼거렸다.

"아, 손님이 있는 걸 깜빡했어. 너무 조용해서 잊고 있었는데……."

나이 든 남자가 난감한 표정으로 탁성일을 응시하자, 탁성일은 서서히 그들에게 다가갔다. 앞에 선 네 명을 훑어보고 난 탁성일은 다시 나이 든 남자를 보며 말했다.

"그렇게 경계하지 않으셔도 됩니다."

"그런 말은 됐고, 댁은 누구요?"

탁성일을 곱지 않은 눈길로 살피던 나이 든 남자는 뒤늦게 돋보기 안경을 쓰고서 그를 쏘아보았다. 무뚝뚝한 얼굴의 탁성일은 그의 경계에도 끄떡없이, 어딘가 여유로워 보였다.

"그냥, 이번 일로 난처하게 된 사람이라고 해 두죠. 아무튼 기자는 아니니, 걱정 마시고요."

"참, 할 일 없는 사람이 많구먼."

나이 든 남자는 어느 순간 심신이 쌉싸래해졌으나 그것을 굳이 겉으로 표현하지는 않았다. 그가 돋보기안경을 쓴 상태로 탁성일을 관찰해 보니 딱히 기자 같지는 않았다. 주인과 눈을 맞춰 봐도 별다른 구석은 찾을 수 없었다.

"저 사람, 사진기 같은 거 없고…… 가방도 없이 혼자 들어왔어."

그 말을 들은 나이 든 남자는 아직 완전히 안심할 수 없었지만, 일단 다행이라는 생각이 들었다.

"실없는 사람이 주정 부린 걸 가지고 흥미는 무슨. 뭐, 식사하시는데 소란 피운 것은 사과드리겠소! 요즘 경기가 안 좋아서 주절거린 것뿐이니, 신경 쓰지 마시오."

"그래요? 들어 보니까 그렇지도 않은 것 같던데, 아까 그 탈옥수가 '구승희' 맞죠? 저분도 잘 아시는 눈치였거든요."

"……."

갑자기 지목당한 젊은 남자는 심히 당황하여 알아들을 수도 없는 말을 옹알거렸다. 그러자, 울음을 그친 그의 마누라가 급히 남편의 입을 막았다. 당황하기는 나이 든 남자도 마찬가지였기에, 조금 뜸을 들이고는 얼버무리려 했다.

"서울서 온 양반인가 본데, 그만하고 갈 길 가는 게 좋을 거요…… 여기에 있는 사람들이 댁의 호기심이나 채워 주려고 있는 게 아니니까, 다 드셨으면 얼른 계산하고 가 보시오. 이분 계산해 드려야지?"

"……."

"맞아! 빨리 해 드려야지!"

돋보기안경을 쓴 나이 든 남자의 태도가 지극히 꼬장꼬장해, 순순히 얘기할 것 같지 않았다. 한편 남편이 서둘러 눈치를 주자 가게 주인은 애써 밝은 목소리로 탁성일을 내쫓으려는 데에 협조했다. 나이든 남자를 물끄러미 보던 탁성일은 약간 짱당그리는가 싶더니, 이내 미소를 지었다.

"계산은 할 겁니다. 하지만 그전에, 궁금증부터 풀고 싶어서요."

탁성일이 나이 든 남자를 뚫어져라 응시하는 찰나, 가게 안은 긴장 감으로 자욱해지는 것 같았다. 탁성일을 빤히 보던 나이 든 남자는 성가신 마음이 문득 솟아나, 그를 외면하고서 입을 꾹 다물었다. 그 와중에 나머지 사람들은 어찌할 바를 몰라 그들을 번갈아 보기만 했다.

"……얘기해 주실 것 같지 않네요. 그런데 계속 그러실 수는 없을 겁니다. 밖에 기자들이 많은데, 도움을 청해 볼까요? 여기에 '구승희'를 잘 아는 사람이 있다고요."

"……!"

탁성일의 말에 깜짝 놀란 사람들은 누가 먼저랄 것도 없이 밖을 내다보았다. 마침 건너편 식당에서 나온 기자 몇 명이 호기심어린 눈으로 자신들을 보고 있었다.

"당신…… 누구요? 기자가 아닌 게 맞소?"

어느새 돋보기안경을 벗은 나이 든 남자는 기운이 빠진 것처럼 한숨을 내쉬었다. 그러고는 탁성일에게 물어보았다.

"말씀드렸듯이, 기자는 아닙니다."

"확실히 하고 싶은데, 내가 얘기를 하면 기자들이 들이닥치는 일은 없겠지? 그리고 당신이 여기에 다시 찾아온다거나…….

"그건 걱정 마십시오. 전 그냥 '구승희'에 대한 얘기를 듣고 싶을 뿐, 어디에 소문낼 생각은 없으니까요."

못내 언짢아진 나이 든 남자는 탁성일을 유심히 살피더니, 곧 계산대와 떨어진 자리에 가서 앉아 버렸다. 탁성일은 그를 따라 움직여 맞은편에 앉았는데, 나이 든 남자는 탁성일을 뚫어져라 보기만 하고 한참 뜸을 들였다.

"궁금한 게 뭐요?"

"아시는 모든 것."

나이 든 남자는 제법 서그러운 태도로 말했으나 말속이 뾰족한 것 같았다.

"막상 말하려니…… 그러니까 '그 녀석' 얘기를 하려면 그 부모 얘기부터 해야겠지. 당시, 지금처럼 발달하지도 않았었는데. 요즘 도시 사람들이 생각하는, 딱 그런 분위기였어. 그러던 어느 날엔가 못 보던 사람이 눈에 띄는 거야. 그래서 누군가 했더니, 그 사람들이더라고. 그…… '구승희'네!"

나이 든 남자는 괜히 주위를 둘러보고는 잠시 생각에 잠기는 듯 보였다.

"그 가족…… 확실히 별종이었어. 마을 사람들이랑 마주치지 않도록 이른 새벽이나 밤늦게 다녔었는데, 난 그때 서울이랑 여기를 왔다 갔다 하는 일이 많아서 몇 번 보게 되었었거든. '그 녀석'의 아버지라는 사람은 한눈으로 보기에도 외골수라는 걸 알 수 있었지. 무슨 배짱인지, 아는 사람 하나 없는 이곳에 가족들을 데리고 와서 은둔하기 시작한 거야. 아, '그 녀석' 집은 보셨겠지?"

탁성일은 손가락으로 턱을 문지르고는 조용히 고개를 끄덕였다.

"산속에 그런 집이 있다는 게 신기하더라니까! 전기가 겨우 들어오고, 수도는 신통치 않고. 혼자 산다면 몰라도 가족이 같이 산다는 게…… 아무튼 그 아버지라는 사람이 말도 못 했어. 또 어머니라는 사람은 내성적인 데다가 예민하기까지 해서, 가족이 아닌 사람과는 한마디도 하지 않는 사람이었고. 거기에다…… 말 그대로 찢어지게 가난한 사람들이라, 행색이 참 볼품없었다고. 그래도 자존심은 보통 센 것 같지 않았다니까, 아무리 배가 고파도 마을에 대고 구걸이나 아쉬운 소리 한 번 안 하고 살았었지. 그때는 우리 할아버지께서 이 마을 터줏대감이셨는데, 무슨 이유에서인지 그 가족을 여기 그대로 살게 내버려 두신 거야…… 지금 생각해 봐도 참 신기한 사람들이었어.

그 아버지라는 사람은 간혹 날 보게 되더라도 아는 체는커녕 본 척도 안 하고 지나치기 일쑤였다고. 그래도 아들은 날 보면 인사를 했었는데……."

"그러니까 '구승희' 말씀이시죠?"

"그렇지. 아까 말한 것처럼, 그렇게 가난하면서 벌이마저 시원치 않은 모양이더라고. 그런데도 어찌 된 일인지 살아 있으니까, 그게 좀 희한하기는 했어…… 가끔씩 가장이 어디론가 떠났다가, 몇 주쯤 뒤에 돌아오면 생활이 좀 폈던 것 같았는데. 아무래도 돈을 벌어 왔던 거겠지. 그렇게 그냥저냥 살다가…… 일이 생겨 버린 거지."

말을 하다가 멈춘 나이 든 남자는 자못 어두워진 얼굴로 탁자에 시선을 꽂은 후, 슬그머니 말을 이었다.

"어느 날은 그 집, 가장이 멀리 돌아다녀 봤는데도 일거리를 찾을 수 없었나 봐. 좀 고민하는 것 같더니만, 다음에는 부부가 함께 나가기로 한 거야. 곧 겨울이 찾아올 테니, 마냥 손 놓고 있을 수 없었던 거지. 그래서 돈을 벌려고 함께 길을 떠났는데…… 그게 마지막이 될 줄은. 신문에 나올 정도로 큰 사고가…… 그 부부가 탄 버스가 불량 타이어를 쓰는 바람에. 그것이 터져 가지고, 뒤따르던 차량할 거 없이 다 부딪혀서 보통 난리가 아니었던 모양이야. 어찌나 참혹했는지 그 부부의 시신도 찾을 수 없었지…… 몽땅 다 타 버렸거든. 그래서 하루아침에 고아가 된 그 집 아들은 끝내, 부모의 시신을 추릴 수도 없었고……."

나이 든 남자는 앞으로 숙였던 상체를 바로 한 다음 작게 하품했다.

그러고는 무심한 척, 팔짱을 끼고 있는 탁성일을 힐긋거렸다.

"그 뒤는 뭐…… 잘 아실 거 아닌가. 고아원에 가고 그런 거지."

그러자 탁성일은 나이 든 남자를 태연무심한 눈길로 보더니, 젊은 남자를 핼긋 쳐다보며 말했다.

"벌써 얘기가 끝났다고요? 그럴 리가 없을 텐데요. 저는 분명히 '둘이 헤어졌다'도 들었거든요."

멈칫한 나이 든 남자는 인상을 한 번 구기나 싶더니, 뒤돌아 젊은 남자를 흘겼다. 그에 움찔한 젊은 남자는 고개를 푹 숙이고 말았다. 다시 바로 앉아 한숨을 쉰 나이 든 남자는 고민하는 모습을 보였다.

"……이렇게 된 거, 다 말해야겠지. 그전에 마을이랑 읍내 사이에 시장이 있었는데, 그 입구에 사진관이 하나 있었거든. 거기가 외지에서 온 사람이 운영하는 곳이라…… 텃세가 말도 못 했어!"

"그런데 '구승희' 가족은 받아 줬다고요?"

탁성일이 갸웃대며 말하니, 나이 든 남자는 자신이 하는 얘기에 끼어들지 말라는 듯 그를 한껏 노려보았다.

"그러니까 신기하다는 거지! 아, 나는 무슨 이유인지도 모른다고!"

"……."

"아무튼 마을 사람들이 그렇게 경계하는데도, 남 사장은 늘 웃어넘겼었지…… 남 사장이 그 사진관을 운영했던 사람이야. 참 사람이 좋았어, 그 양반은. 못된 사람이 짓궂게 할 때도 흔들림이 없었거든! 친절한 성격 탓인지 그 가족이랑도 안면이 좀 있었던 모양이야. 말은 그렇게 했지만, 사실은 그 집 아들이랑 친한 거였어. 남 사장 입장에서는 달리 기댈 곳도 없었으니까. 그런데 말이야…… 지금부터 말하는 건 아는 사람이 별로 없어. 그게 그 가족…… 세 명이 아니고 네 명이 었어."

집중하며 그 얘기를 듣던 탁성일의 눈썹이 일순 실그러졌다. 막연하게 찾아 헤매던 실마리를 드디어 찾았다는 생각에, 오금이 저릴 지경이었다.

"……."

42

장인목 병원장은 알 수 없는 얼굴로 황남영 차장의 휴대전화를 들여다보았다. 안락의자에 편히 앉은 장인목 병원장에 비해, 황남영 차장은 그의 앞에서 무릎을 꿇고 있었다. 황남영 차장에게서는 더 이상 두려움으로 인한 떨림도, 애써 태연한 척 가식을 떨던 웃음기도 모두 남김없이 걷힌 상태였다. 기력을 거의 소진한 것처럼 느슨해진 모습의 그녀는 다만, 제법 침착하게 설명할 뿐이었다.

"보시다시피 건강한 상태예요. 제가 사실을 알았을 때…… 놀랍고도 떨려서 머릿속이 하얘지는 것 같았어요. 어떻게 해야 할까 하다가 그 사진을 찍은 거예요."

장인목 병원장이 자세히 보는 그 휴대전화에는 사진이 나와 있었는데, 그것은 검은색과 흰색으로 이루어진 초음파 사진이었다. 이내 휴대전화를 무릎 위로 내린 그는 탐탁지 않은 눈초리로 황남영 차장을 흘긋 보았다. 그의 시선을 느낀 그녀는 호흡을 놓쳐 중심을 잃을 뻔하다, 흩어지려는 정신을 가까스로 꽉 잡고는 입을 열었다.

"그 사진을 찍을 당시, 임신 삼 주였어요. 병원장님이 말씀하신대로 더 이상 홑몸도 아니니까, 뭐든 조심해야만 했죠."

"이…… 날짜를 보니 그저께 같은데."

"……."

"참…… 사람 일은 알 수가 없다더니, 별일이 다 있어. 그래서 앞으로 어쩌려고 했어?"

장인목 병원장은 어처구니가 없어진 양 헛웃음을 터트리더니 제 앞에 무릎을 꿇은 황남영 차장에게 질문을 던졌다. 그녀는 눈을 질끈 감으려다, 그러면 안 될 것 같아 눈시울을 조금 치켜뜨고 대답했다.

"저는, 다른 여자들처럼 했겠죠. 열 달을 채워서 세상에 나오는 날까지…… 제 몸 안에서 목숨처럼 지켰을 거예요. 사랑하는 사람과의 아이니까요……."

황남영 차장이 진지하게 답하자, 장인목 병원장은 경직된 얼굴을 하고 침묵했다. 문득 그에게서 비린한 눈빛이 느껴지나 싶던 순간, 곧 무미건조한 목소리가 들렸다.

"너는 좀 다를 줄 알았는데 애석하게 됐어. 겉으로는 순진한 얼굴을 하고, 뒤로는 우리 집안을 흐리려 하다니 말이야. 네 아버지는 터무니없는 걸 탐내더니, 너도 어쩔 수 없구나. 달라 보이는 것 같더니만…… 본질은 속일 수 없는 거였어."

장인목 병원장은 허공을 보며 뭔가를 생각하다, 다음 순간 숨을 토해 내며 자리에서 일어났다. 장인목 병원장이 망설임이라고는 일절 찾아볼 수 없는 모습을 하고서 현관으로 걸어가니, 그때까지도 별 동요 없이 차분해 보였던 황남영 차장은 막상 그가 현관에서 신발을 신는 걸 보고는 득실득실 다가오는 무서움을 떨치기 힘들었다. 그래서

413

그녀는 한 손으로 아랫배를 감싼 채, 어떻게든 그를 붙잡으려 했다.

'이대로 놓칠 수 없어! 지금 놔 버리면, 내 미래마저 없어져!'

마음을 급하게 먹은 탓인지, 황남영 차장의 팔과 다리는 뜻대로 움직이지 못했다. 그럼에도 불구하고 그녀는 필사적이었는데, 현관으로 향하는 그 짧은 시간 동안 많은 생각들이 머릿속을 스쳤다. 지난날 끊임없이 느껴야했던, 항상 자신의 마음을 자극했던 어두운 통증이 그 대부분을 차지했다. 말로는 표현하지 못할 그것들을 생각하고 나니, 그제야 조금 편하게 움직일 수 있게 된 그녀는 현관 앞에 섰다.

"……."

하지만 현관에서 자신을 빤히 보는 장인목 병원장의 눈과 마주하게 되자 황남영 차장은 정신이 까마득해지는 걸 느꼈다. 그의 얼굴은 어느덧 꽛꽛하게 굳어 틈이라는 걸 찾을 수도 없었으며, 서릿발과 같이 차가운 그 눈은 그녀를 보고 있었다.

"……언제까지 속일 수 있을 거라고 생각했지?"

황남영 차장은 장인목 병원장이 자신에게 던진 물음을 똑똑히 들었으나, 뭐라고 해야 좋을지도 모르는 데다 차갑게 얼어 버린 그 눈빛을 보며 말할 자신도 없었다. 그의 눈을 볼수록, 자신의 안에서 무언가가 지워지는 것 같은 까닭에 입을 벙긋할 수도 없었다.

"……."

"……."

시간이 지나도 황남영 차장에게서 대답을 들을 수 없었기에, 장인목 병원장은 눈길을 돌려 가볍게 고개를 저었다. 가엾게도 애타게 한

곳만 바라보던 황남영 차장은 그가 눈길을 거둔 순간, 그녀 안에 흐릿했던 상실이 홀연 확연하니 뚜렷해진 나머지 눈에 눈물이 차올랐다.

"네 명이라고요?"

탁성일은 나이 든 남자가 한 말을 곱씹어 보았다.

"그랬지…… 나도 처음에는 세 명인 줄만 알았었는데, 나중에 보니까 한 명이 더 있었어. 그…… '구승희' 곁에 딱 붙어서 산길을 다니는 걸 내 눈으로 똑똑히 봤거든. 어린 남자애였는데 동생이라고 하더라고. 그렇게 어린 동생을 손에서 놓지 않는 걸 보려니까 어찌나 딱하던지…… 그런 마당에 안쓰럽게도 고아가 되었으니, 날벼락이지!"

탁성일은 고개를 끄덕이면서도 미심쩍다는 생각을 지울 수 없었다. 자신이 이미 아는 것과는 다른, 전혀 새로운 것이었기에 갈피를 잡기 힘들었기 때문이었다.

"친척도 없는 마당에 무슨 선택의 여지가 있나. 그래서 고아원에 가야했는데, 거기 시설이 암만 좋아 봤자 원래 살던 집만 하겠냐고. 그러다 때마침, 사진관의 남 사장이 걔네 동생만 키우기로 한 거야. 남 사장이 너그러운 데다가 사교적이기도 하고, 그나마 알음알이라서…… 그래서 '그 녀석'도 안심하고 동생을 맡겼겠지."

"남 사장이라는 분은 어디에 계시죠?"

탁성일의 질문을 들은 나이 든 남자는 그걸 예상했다는 태도였다.

"그게, '그 녀석'이 고아원에 가던 날에 남 사장도 사진관을 닫고 여기를 떠났어. 애초에 오래 있으려고 온 것도 아니었고, 그렇다고 장사가 잘되는 것도 아니었으니까! 그래도 그 친구가 사람이 좋아서 다행이지."

　말을 마친 나이 든 남자가 자연스레 기지개를 켜 버리니, 얘기가 갑자기 막힌 것에 당황한 탁성일은 자신이 가진 의문을 토해 내었다.

　"그게 끝인가요? 남 사장의 연락처는요? 남 사장의 이름은 대체 뭐죠?"

　나이 든 남자는 고개를 절레절레 흔들기만 할 뿐, 좀처럼 입을 열기미가 보이지 않았다. 그럼에도 탁성일이 끝내 포기하지 않아, 그 등쌀에 못 이긴 나이 든 남자는 귀찮은 듯 화를 억누르며 그에게 말했다.

　"이것 봐, 서울서 온 손님! 당신은 이런 시골이라고 하면 무조건 마을 사람들끼리 속속들이 다 알고, 누구네 집에 숟가락이 몇 개인지도 다 안다고 생각하는 모양인데…… 실상은 그렇지 않다는 걸 알고 있으라고!"

　"아무리 그래도, 이름을 모른다는 게 말이 됩니까?! 몇 년을 한 마을에서 같이 살았을 텐데."

　"시골이든 어디든, 사람 사는 건 다 거기서 거기야. 당신이 생각하는 그 정도로 정다운 사람들이었다면, '구승희'네 가족이 그렇게 되도록 두고 보기만 하지 말았어야 돼! 그렇게 비쩍 마른 채로 마을을 돌아다니게 둬서도 안 되는 거고, 하루아침에 고아가 된 그 형제를 마을 밖으로 내몰아서도 안 됐고, 그 애들이 헤어지게 내버려 둔 것도 말이 안 된다고. 인심이 아무리 좋다고 하더라도, 결국에는 '나' 사는 게 제일 중요하지. 그게 사람이야…… 농사를 짓든, 장사를 하든 다 자기네 잘 살아 보겠다고 하는 거라고. 나를 포함해서 다들 자기 먹고사는 데에만 바빠서, 사소한 것쯤은 무시하고 사는 게 우리야……."

"……."

그들은 물끄럼말끄럼 마주 보았는데, 눈에 보이지 않을 뿐 살벌하게 날이 선 신경들이 서로 부딪혀 저릿저릿 하는 것이 느껴지는 형세였다. 그렇게 한동안 정적이 흐르다, 마침내 탁성일이 벌떡 일어나고는 빠른 걸음으로 가게를 나가려 했다. 재빨리 돈을 지불하고 그곳을 나온 탁성일은 어서 서울로 돌아가기 위해 걸음을 서둘렀다.

가게 안에서는 탁성일이 나갔는데도 그 여운이 가시지 않아 한참 동안 침묵이 흘렀다. 나이 든 남자는 좋지 못한 표정으로 계산대 앞에 있는 자리에 옮겨 앉았다. 어쩐지 숙연한 분위기의 그에게, 원형 탈모가 진행 중인 젊은 남자가 슬그머니 말을 꺼내려 했다.

"왜 말을 그렇게……."

"내가!"

돌연 소리친 나이 든 남자는 눈을 한껏 부라려 젊은 남자를 한 번 째려보더니 말을 이었다.

"더 이상 이런 꼴을 안 보려면, 하루라도 빨리! 여기를 떠야 될 텐데!"

나이 든 남자가 한탄하자 그곳은 다시 조용해지고 말았다.

황운보 교수의 집을 나온 장인목 병원장은 그 맨션을 내려오는 내 내 당혹스런 마음을 떨칠 수 없었다. 근래 들어 예상치 못한 일들이 꼬리의 꼬리를 물고 자신을 괴롭혀 매일이 고단하던 중에, 이번에도 여지없이 무언가가 튀어나와 자신을 덮치고 만 것이었다. 그나마 빨리 발견한 편이었으나, 이것은 이것대로 그를 곤란하게 만들었다.

'기가 막히는군! 황운보로 모자라서, 이제는 황남영?'

장인목 병원장은 소란스러운 마음을 다스리려 눈을 감았지만, 이내 헛웃음이 튀어나왔다.

'생각할수록……!'

이곳에 온 원래 목적을 이루지 못한 터라 마음에 걸린 장인목 병원장은 은은히 못마땅하여 혀를 찼다.

밖을 나와 보니 이미 한밤중이었는데, 장인목 병원장은 여러 가지가 애석한 탓에 느럭느럭 차를 향해 걷고 있었다. 그러다 갑자기 울린 휴대전화를 반사적으로 받은 그는 그것이 서울로 올라오는 중인 탁성일이 건 것임을 알게 되었다.

"아, 나야. 듣고 있네…… 뭐?!"

가뜩이나 피곤했기 때문에 별 기대 없이 통화하던 장인목 병원장은 전화기 너머로 들리는 목소리로 인하여 눈을 크게 떴다. 그는 몹시 놀랐다는 것을 증명하듯, 미간을 구기며 통화에 집중하는 모습이었다.

"그게 다야? 다른 건?"

통화를 마친 장인목 병원장은 신중한 빛을 띠고 생각에 잠겼는데, 그것은 오늘 보인 모습 중에 가장 활기찬 모습이었다. 불거진 눈덩이처럼 빈틈없이 엉킨 실타래가 심히 부담스럽기만 하던 찰나, 이제야 비로소 실마리를 찾은 것 같아 걸음이 가벼워졌다. 그는 여실히 가벼워진 걸음으로 차에 타고서 피곤한 몸을 뉘이더니, 눈을 감으며 생각했다.

'⋯⋯남 사장이라.'

COINCIDE 2

1판 1쇄 발행 2022년 1월 1일

지은이 권이한

교정 윤혜원
편집 홍새솔

펴낸곳 하움출판사
펴낸이 문현광

주소 전라북도 군산시 수송로 315 하움출판사
이메일 haum1000@naver.com   홈페이지 haum.kr

ISBN 979-11-6440-897-9 (03810)

좋은 책을 만들겠습니다.
하움출판사는 독자 여러분의 의견에 항상 귀 기울이고 있습니다.

파본은 구입처에서 교환해 드립니다.
이 책은 저작권법에 따라 보호받는 저작물이므로 무단전재와 무단복제를 금지하며,
이 책 내용의 전부 또는 일부를 이용하려면 반드시 저작권자의 서면동의를 받아야 합니다.